陈耀群　著

星辰集

江苏大学出版社

图书在版编目(CIP)数据

星辰集/陈耀群著. —镇江:江苏大学出版社,
2010.7
ISBN 978-7-81130-149-6

Ⅰ.①星… Ⅱ.①陈… Ⅲ.①散文－作品集－中国－
当代 Ⅳ.①I267

中国版本图书馆 CIP 数据核字(2010)第 119468 号

星辰集

著　　者/陈耀群
责任编辑/郭　杰
出版发行/江苏大学出版社
地　　址/江苏省镇江市梦溪园巷 30 号(邮编:212003)
电　　话/0511-84440890
传　　真/0511-84446464
排　　版/镇江文苑制版印刷有限责任公司
印　　刷/丹阳教育印刷厂印刷
经　　销/江苏省新华书店
开　　本/889 mm×1 194 mm　1/32
印　　张/15.75
字　　数/430 千字
版　　次/2010 年 7 月第 1 版　2010 年 7 月第 1 次印刷
书　　号/ISBN 978-7-81130-149-6
定　　价/38.00 元

本书如有印装质量问题请与本社发行部联系调换(电话:0511-84440882)

关于《星辰集》及我认识的
"星辰"（代序）

赵婉言

本书的作者，是我十分敬重的陈耀群先生。

但凡对他真正了解的人，都是真心地喜爱并尊敬他的，尽管他根本谈不上富贵与权势。他的魅力非在其外，这本书可算是一个极好的明证。

《星辰集》收录了陈耀群先生退休后十年内撰写的部分作品，新闻类不在其内，计一百八十余篇文章，三十余万字。若加上新闻作品，粗略一算，几乎每两天就有一篇千字左右的作品问世，即便是专门以文字为生的人，也不见得有这样的高产，何况他已退休，写这些文字并非为稻粱谋。退而不休，笔耕不辍，陈老师以丰沛的生命力实践着对文字的追求。面对这位年届七旬、满头银丝的老人，能真切地感受到"革命人永远是年轻"。这种生命力到了文字中，显得同样生动、鲜活而充满张力。正如书名和他常用的笔名——星辰一样，在母亲的鼓励下，他立志做一颗为祖国建功立业而闪光的星星，每一步都走得踏实而勤勉。书中凝聚的，则是他积淀了大半辈子的人生智慧。读其书，知其人，通读全篇会了解到，无论做人还是写文，陈老师都早已是"从心所欲不逾矩"，活得智慧而通透。

　　谈本书前先得介绍一下陈老师这些年对学校新闻事业的贡献。他非科班出身，也非专职新闻工作者，但工作五十年，转岗十余个，却始终没丢下手中的笔。他从工作中的点点滴滴写起，练就了极善捕捉新闻点的慧眼。在我结识他之初，全校每年百余篇的对外宣传报道，有三分之二是出自他的手笔，而且大多发表在省级以上的重量级媒体上。对于难以望其项背的后生我辈，着实是不小的震撼。退休后，陈老师受聘于江苏省船舶工业行业协会，担当常务副秘书长之职。他跑遍全省大部分船舶企业，亲手采写新闻和信息，这对年轻人来说都是难以想见的艰苦，陈老师却乐此不疲，成果丰硕。

　　就在取得这样不凡的新闻成绩的同时，陈老师又着手开始了本书的写作。用他自己的话来说，新闻之外，写下这些关于情感的文字，把人与人之间美好的心情记录下来，首先是鼓励自己，然后是鼓励周围的朋友、同事、弟子，乃至自己的家人和孩子。的确如此，陈老师可谓桃李满天下，弟子大多都与他结成忘年之交，见面多谈为文与做人。无数新闻界朋友亦折服于他独到的见解与丰厚的积淀，盼他多送经传道。两年前陈老师又在网上开了博客，照片只是自己的生活照，亦无噱头的标题及内容作饵，访客却颇众，纷纷留言叙说深受其文章的感染和启发。也许正是这些"有名"、"无名"朋友和笔友的鼓励，才鼓舞了他的创作热情吧。说到他的家人，且不论从事高等教育和艺术工作的儿子和媳妇，就说她的大孙女宠宠，小小年纪就已经拿到了全国"我的祖国"征文铜牌、全国小学生作文大赛二等奖等。就连六岁的小孙女萱萱，也能说出几句幽默的文学语言。陈老师到大孙女家去，问她在做什么？看小人书呢。爸爸呢？在里面看大书，写大书。这时孙女反问道："爷爷你看大书，写大书吗?"这一问，陈老师的《海疆见闻》一书被激出来了，之后一发不可收，洋洋洒洒写了十年，达数十万字。陈老师说，要给孙子辈们有个交待，这也算是本书的创作动机之一吧。

再说说我了解的本书的创作过程。写书的过程可谓甘苦兼有。《三更有梦故乡来》系列，陈老师基本是每天夜间构思，白天为学校公务忙碌，晚饭后趁晚霞余晖未尽，提笔一气呵成。写作《此船此人多壮美》系列时，正逢春节，陈老师无暇回家吃午饭，就抓一把饼干带到办公室，就点儿茶水咽下充饥，到下午四点左右再回去弄顿饭吃。他说，这样效率较高。《西双版纳南国风》、《呼伦贝尔颂塞外》、《岭南秀色令人醉》几个系列，无一篇是可以坐在家中闭门造车的。《东坡似仙更是人》及《吟诗品词话人生》各篇，没有耐得住坐冷板凳的爱书情怀和"青灯苦读书蕴香"的感受，是不可能坚持这样广泛阅读和深入思考的，更是不可能写得这样深透的。细细掂量书中每个字的分量，便会明白什么叫"读万卷书，行万里路"。

回过头来说书中的文字。

正如陈老师的为人，本书文字平实但韵味颇足。对于年轻的学子，这会是一本很好的文学入门导读读物。书中的文章篇幅都很简短精干，随手翻开一篇，清新隽永的文风都会让读者在领略文字之美的同时收获人生的体悟。对文学已有相当修养、不必再需任何指导的读者，我仍想推荐这本书。充满意趣的小文让你在手捧清茗时，读得轻松又兴趣盎然，并可获得新启发。若能彻底消化，在做人与理解、领会人生等方面都会有启发，不仅仅是增长知识而已。

　　散文，贵在形散而神不散，贵在言之有物。作者在谈到《此船此人多壮美》系列文章的写作体会时，介绍了一种"以事叙史，以史论理"的写作方法，这可能是多年从事新闻工作的人最崇尚的文风。通览全书会感到，作者总能抓住矛盾的主要方面，有要言不繁、一语中的之感，这是因为他在对事物的深刻分析和深入思考中有更广的视野与更高的境界。

　　人各有志，到了晚年，有的想休息一下，多欣赏桑榆景色；有的想安静一些，搞点儿琴棋书画。我认为，人老了以后，不要把自身的经历记在脑子里，最好放在计算机里，写在书里，不然放也放不下，丢也丢不开。应当像陈老师这样，把丰富的人生经历与体悟写下来，既是给后人的一笔财富，也不失为实现老有所为、老有所乐、老有所健的一种途径吧。

　　最后我想说的是，像陈老师那样热爱生命吧，生命必然给你以丰厚的回馈！

2010 年 6 月于古运河畔

自　序

陈耀群

　　《星辰集》，是我退休十年中出版的第三部书。此前，在
2004 年 1 月，我的《海疆见闻》由时代文艺出版社出版。2007
年 8 月，新华出版社出版了我的《新闻采写基础与创新》。之
后，我尽管一直在江苏省船舶工业行业协会(中国船协江苏联
络处)工作，工作也很紧张，但还是利用业余时间看书、写作，
并积下了一些稿子，现在搜罗起来的有一百八十余篇。尽管
稿子写得很粗糙，而且立意也不高不新，但若散失了也颇感可
惜，因此萌发了结集出版的念头。

　　2010 年，对我来说，是一个值得纪念的年份。至 1 月 3 日，
我参加工作已五十年整；10 月 5 日，是我七十岁生日。唐代诗
人杜甫在《曲江二首》(其二)中有一句被后人传咏了千百年的
诗句——"人生七十古来稀"。我的家人和一些朋友、学生嬉说
要给我七十岁祝寿。我以为人生不易，但搞什么祝寿之类的活
动就不必了。人与万物一样，也走不出产生、成长、消亡的辩证
过程。这七十年来，我往往记不住自己的生日，而且也不重视
过自己的生日。可是，我爱人的生日、孩子们的生日，我从来都
是忘不了的。我思考着，既然"人生七十古来稀"，那么是有必
要留点儿什么作纪念的。因此，我就将这十几年来的文稿搜集
起来，正式出版一部名为《星辰集》的文集，待到 10 月 5 日那

天,举办一个小小的首发式,将《星辰集》作为纪念品分送给参加此书首发式的亲朋好友。我想,这样的生日过得既有意义,又不俗气。这就是促成我出版《星辰集》的催化剂。

清代钱泳在《履园丛话·读万卷书》中有一句名言:"读万卷书,行万里路。"基本意思是提示人们正确处理好知与行的关系,也许就是学习理论与参加实践相结合的意思吧!然而,在现代的快节奏社会中,要达到两个"万"的要求确实越来越难。要说"读万卷书",现在的书的容量比古时木刻印刷的线装书的容量大得多,而且在现时知识爆炸的时代,知识更新和传播速度之快,就是"万卷书"也只是知识海洋中的一粟,算不了什么。再说"行万里路",乘坐火车、汽车、飞机,行万里路并不难,而古人说的"行万里路",不可能是用现代交通工具来完成的,而主要是迈开双脚(或坐车、骑马)一步一步走过万里路。不过人们还是乐意接受古人的遗训,努力实践着"读万卷书,行万里路"。

其实,读书、行路也是人生一大快事,尽管有时会有苦和难,但也乐在其中。如果将自己读书、行路的所见、所闻、所感、所想写成文章,与别人分享快乐,这就更是乐事了。人老了,要老有所为、老有所学、老有所乐。把自己所遇的一些有意义的事写出来,可以省得老是记着那些往事,而让脑子去记一些新鲜的事。也许像我这样的人生是平淡的,但平淡之中肯定有与别人不相同的经历和感悟。写出一本书来,让别人在茶余饭后读一读,与别人交流交流,或许自己和别人会从中有所得益。这不是有"为"、有"学"和有"乐"了嘛!也许这就是我写作和出版《星辰集》的出发点和归宿点。

2010 年 6 月于镇江京砚山南麓

不知哪颗星是我（序诗）

陈耀群

幼时，夏夜在场园南边，
架起一块门板。
与家人一起乘凉，
聊起天上的星星。

我问母亲，
天上为什么有这么多星。
母亲说，地上有一人，天上有一星，
那北斗星就是伟大的人。

我问母亲，
我是天上哪颗星。
母亲说，你是孩子，尚未为百姓建功，
有了功绩才会有自己的星光。

带着希冀，我渐渐长大，
我背着书包迎着星星放学。
星星向我眨着神秘的眼睛，

不知哪颗星是我。

我驾着舰艇星夜在海上远航，
穿过险风恶浪。
星星还是向我眨眼，
不知哪颗星是我。

我讲完课披着星星归来，
带着满身的疲惫。
星星仍然向我眨眼，
不知哪颗星是我。

我已经"奔七"，
依然孜孜不倦地笔耕。
星星不再向我眨眼，
不知哪颗星是我。

不得已，自起个笔名叫"星辰"，
激发起自己的豪情。
虽无功绩，
自信天上总有一颗星是我。

2009 年 10 月于京口依山苑

目 录

青灯苦读书蕴香 / 291

在水一方船有缘 / 349

三更有梦故乡来

　　思绪绵绵流淌的时候，故乡的河是我的梦园。

　　能写出来的不一定是诗，是诗也不一定有人欣赏。然而，写出的是那首心曲，始终重叙着无言的相思，一遍又一遍。

　　于是，我怀揣着绵绵思绪，与你携手，愿与你同行，去走完那浪漫的旅程。也许前缘注定梦难以再续，只愿那首心曲还能流淌。

神奇的故乡

　　常州,古称毗陵,亦称南兰陵。苏南地区一过丹阳,便是一泻千里的平原,完全没有大山,就连丘陵地的小土包也少见,只有纵横交错的水网。要说还有山的话,那就是无锡的惠山、江阴的黄山、常州的横山和常熟的虞山了。也许那是远古神话中所说的精卫填海和女娲补天时,不小心从天上掉下的几颗未能填海和补天的石子。要不然,这些山怎么会显得那样有灵气呢?

　　人称"江南鱼米之乡",也是指长江以南常州及其以东的无锡、苏州一带。出常州北门,一条大道通往长江边的江阴,这条路叫常澄公路。常州北去 10 里,大道分叉,右往江阴,左向魏村。就在这交叉点上,有一个叫龙虎塘的集镇,它如龙似虎,风云际会地雄踞在通往长江边的两条要道交汇之处,算得上是武北重镇,我的故乡就在这里。

　　"龙虎塘"如此威武的名字,着实令人感到神奇而自豪。民间有多种说法,其中有传说:龙虎塘乃龙争虎斗而得名。相传远古有一飞龙与当地一群猛虎曾于现在镇子的东、北、西方向相争斗,扒开了许多深潭,这就是龙虎塘周围大大小小的大沟深潭以及多达千亩的湿地的来由,故此地名曰"龙虎塘"。

　　在我童年的时候,龙虎塘镇东有一座横跨澡港河的环形石桥,顶端有 10 多平方米的顶盖,桥的四角各有一根 3 米高的石柱。顶盖上凿有图案:左为飞龙,右为跃鱼,隐有"飞龙戏水、鱼跃龙门"之意。依古人《易经》"云从龙"、"虎从风",该桥被命名为"风云桥",倒也和龙虎塘这个地名相吻合。据史料记载,该桥始建于明代,一修于清乾隆二十五年冬,再修于同治四年春,1968 年重建"新风云桥"。不过,老桥上没有发现反映当地那群猛虎的图案,给人留下了许多遐思,难道猛虎被飞龙打败了吗? 这里的后人是"龙的传人"吗?"虎的传人"又到哪里去了呢? 桥上的一副对联,似乎给人以回答,这副对联是新中国成立前龙虎塘小学的校长所书:

　　无龙无虎龙虎塘,

　　有风有云风云桥。

　　这对联似乎告诉人们,此地龙争虎斗只是传说。可是龙虎塘处在常澄、常魏公路的交会点,确实经受着历史风云的淋沐。

地名的遐想

　　故乡地名叫塘叫湾的很多,大都是以姓氏开头,只有少数不以姓氏为名。想必江南地方是一片冲积平原,早在远古时代,起码在宁镇山脉以东是一片汪洋,后来长江水带着上游高原的泥沙,冲积起这片平原。那时,也许没有人居住耕作,也许只是一片滩涂。借着大自然的功力,沧海变桑田了。开始有先民垦田、居住,某姓氏的前辈在此地繁衍生息,形成了一个个自然村落,因此称之为"某家塘"。这当然是根据一般自然发展规律推论出来的,并没有什么可以作证。

　　前几年,有人研究了这里的居民发展史,如樊氏的来龙去脉。据说,西周周宣王时,有一功臣叫仲甫,定国安邦之后,宣王封赐田地,命他"食邑于樊"。为了纪念周宣王恩赐,此人改姓樊,名仲甫。

　　南宋初年(公元1135年),北方辽国金兀术起兵侵犯中原,宋高宗赵构南渡,黄河流域居民迁至长江以南。樊氏迁到现句容市境内,后又迁到束渎(现金坛市境内),又迁于扁担河(现常州市境内),明朝初期遭旦角族击,又迁至武北地区(现龙虎塘境内)定居,以种田为生。几十年之后,樊氏子孙兴旺,成为自然村庄,又因周围河塘多,所以称之为"樊家塘"。现称大樊、小樊则以人口多少为定,多者为大樊,少者为小樊。

　　当然也有地方不称"塘"的。如与我家相隔几条河汊的地方,一反常态地被称为"黄石山",使人感到十分神奇,许多地方称什么塘,而那个地方叫"山"。说是山,却比别处高出不了多少。我少年时,对这地名就十分好奇。有一年夏天,约了几个少年同伴,带着镰刀和草绳,脱下衣服往头上一扎(免得衣服湿了),泅渡到对岸的黄石山去割草,果然发现那里有几块巨大的黄石。这样巨大的石头,在古时候没有先进的运输工具是运不到那个地方去的。如果有需要,也许能创造出常人不可想象的事情来,如山海关老龙头那巨大的石头,是有人运去的。假如黄石山上的黄石是人们运去的,却看不出有什么目的。也许是自然而成的,也许正是古代传说中精卫填海、女娲补天的石头遗留在此的,真叫后人费神猜想。

在众多的村落名中还有称"西湖塘"、"荷花坝"的村落。为什么叫这么优美的名字,这名字又是如何从远古流传至今呢?思想起来,我不禁要大声地呼喊:故乡啊,神奇的故乡!

苇塘好风景

　　故乡东、西、北三面的苇塘,可是一道好风景。苇塘的四周几乎都是河。苇塘中间有水塘或河汊,要是不熟悉的人,走进去是会迷失方向、找不到走出苇塘的路径的。

　　初春季节,苇塘里的芦笋破土而出,尖尖的,嫩嫩的。一阵春雨,它就长高一节。到了仲春时节,芦苇已有半人多高了。天气也暖和了,春汛发了,苇塘里到处是水,鱼开始在芦苇丛中戏水产卵,日夜发出鱼儿戏水的"哗啦、哗啦"声。许多人披上蓑衣,把竹篾制成的鱼罩举得高高的,眼睛盯着、耳朵听着芦苇丛中的动静。看准了机会,猛地一下将鱼罩罩下,鱼就在鱼罩里乱窜,伸手进去一摸,便是一条或几条大鱼。罩到的大多是鲫鱼和鲤鱼,还有鲶鱼,偶尔也有些草鱼和鳊鱼的。

　　到了初秋季节,苇塘又是别样风景。那里是蚂蚱的天下,到处都是乱蹦乱跳的蚂蚱。偶尔它们跳入河中,很快就会有一条鱼窜出来,一口将蚂蚱吞下。蚂蚱多了就引来了无数的黄雀等鸟类,这些都是抓蚂蚱的好手,整日在苇塘里"叽叽喳喳"地吵个不停。一些人也开始捕黄雀了。夜间,黄雀栖在芦苇上,被手电筒一照,眼睛便花了,一动也不动。人们用特制的网一罩,手一捏,就装进了早就预备好的背篓里。卖到饭店里,油炸后烹上作料,就是一道十分美味的好菜。尽管年复一年地抓,黄雀也并不少。从现在的观点来看,是因为形成了一条食物链,芦苇养了蚂蚱,蚂蚱成了黄雀的食物,人又捉了黄雀,但也只占总数的百分之几。到了夏秋季节,芦苇塘的河汊里有人工养殖的菱角,也有野生的菱角、鸡头米等等。河塘里有各色的大鱼小鱼。所以,芦苇塘总是那么生机勃勃。

到了深秋季节,苇塘里的芦花白花花的,芦柴金黄黄的,周围田里的稻子还没有完全熟透。有几天空闲时间了,人们便相约到苇塘里的小池塘里去捉鱼。先架上一部人力水车,几个人轮班上去踩水,大约经过一天一夜,便把池塘里的水车干了。正午时分,几个人都到了,就开始在泥塘里抓鱼摸虾,有时也会有几条大鱼。人人弄得浑身是泥,但非常开心。最后将抓到的鱼分成几份,共同参加劳动的人,每人都有一份,有大鱼,小鱼、虾、蟹等。共同劳动,共同享受大自然的馈赠,给人们带来许多乐趣。难怪故乡人有一句话:"吃鱼没有抓鱼高兴。"

地灵人亦杰

　　故乡是一个人杰地灵的地方。据史料记载,历史上常州曾出了一个帝王,那便是南北朝时期的梁武帝萧衍(464—540 年)。史书上记载,萧衍是南兰陵(今常州)西北人。从所示方位来看,龙虎塘是在常州的北偏西方向。从距离上看,龙虎塘离长江仅有 30 余里。龙虎塘与萧衍有什么关系,并没有找到证据,而萧衍这个人史书上记载颇多,如《资治通鉴》就有较大篇幅记载他的活动。然而,常州民间流传的萧衍的事情却不多。因为,他所处的是一个战乱年代,而且他的活动大都不在南兰陵西面,而在建康(今南京)以西。他的儿子——昭明太子萧统所编纂的《昭明文选》,在中国文坛上倒是颇有影响。

　　据说明代朱元璋当皇帝的时候,他的军师刘伯温就看出常州北面要出杰人,因此在离常州北门约三里之遥的地方,建了一座庙,俗称"三井头"。我少年时,步行到城里必经此地。这个庙,正处在常澄公路和一条向北的大土路的交汇处。那里有一个亭子,亭子内有三口井,亭子朝南的墙壁上有浮雕或笔绘的神像,记得神像面容峻而不露。三口井的水色各异,左边一井混浊,中间一井稍混浊,右面一井却是清澈的。不知道这三口井的水色给人以什么启示和教益。

　　在庙的西面有一条沟,当地人叫它"长沟"。沟中有一条长长的土埂,当地人叫"龙埂"。据说,这是刘伯温做的事,他看出三井头以北的龙虎塘会出杰人,甚至会出如萧衍这样的"真龙天子"与明天子争天下,因此便挖掘了三口井,截断了长沟中的"龙埂"。据说,截断"龙埂"时,血流成河。这样,就断了龙虎塘的龙脉,镇住了龙虎塘。然而刘伯温的镇地之举,也许在明朝年间管用,而到了清朝就不灵了。进入近代以后,龙虎塘杰人辈出。

对于这些上一辈人传下来的故事,不能作唯心主义的理解,而应当结合整个社会发展的进程来考察。当我出生的时候,故乡欣逢一个伟大的时代,那就是半封建半殖民地的旧中国向自由、民主、独立的新中国转变。故乡也随着这个伟大转变而向前发展。在这个伟大时代里,故乡必然会有杰人出现。最有预见的先知先觉者也难以预料那里会出现多少杰人。在我孩提时代,就起码听说过两个杰人,那就是革命先烈承寿根和爱国民族资本家万鉴明。

国难出英雄

　　20 世纪 20 年代,中国共产党领导的第一次国内革命战争在湘鄂赣地区建立起革命根据地。故乡的穷苦农民在这个胜利的鼓舞下,开展了革命斗争。1928 年春,红军江阴游击队西路支队在江阴西和常州北活动,故乡涌现出了一批无产阶级革命者。其中有一位叫承寿根的共产党人,是为故乡人民所熟知的。

　　据史料记载,承寿根(1900—1938 年),小桥头人,出身贫苦农民家庭。其父承仁喜,生三子(寿根、二根、福根),一家以种租田度日。寿根是老大,十五六岁时,为分担父母的家庭重担,到富人家去当小伙计,饱受富豪的欺凌,从小养成了强烈的反抗精神。1927 年,他率弟二根、福根和当地贫苦农民奔赴江阴参加农民协会,并成为骨干。兄弟三人参加了江阴农民的武装暴动。同年,承寿根加入中国共产党。1928 年 1 月,承寿根担任红军江阴西区支队大队长,积极参加澄西、武北革命武装斗争,铲除土豪劣绅武装势力。后来,他二弟、三弟都为革命献出了生命,但承寿根仍然领导游击队进行顽强斗争。1931 年 1 月 14 日,他和战友们在圆通庵集会,因内奸告密,一部分战友牺牲,另一部分战友被捕后坚强不屈,被国民党反动派残酷杀害。承寿根掩埋了同伴的尸体,擦干了身上的血迹,继续战斗。首先惩处了告密者,以革命的手段对付敌人的血腥镇压。国民党反动势力拼命“围剿”江苏的这一点革命火种。1931 年冬,承寿根转移至上海,不幸被国民党警察局侦缉队逮捕,判处无期徒刑,关押进苏州监狱。1937 年抗日战争爆发,在抗日统一战线的政治背景下,承寿根出狱回乡。他组织当地民众抗日,成立了抗日游击队。同年冬,他发动群众毁坏常澄公路,拆毁桥梁。年底,他率领千余群众去常州和墅堰两处火车站,撬毁铁路,将钢材和钢管运到农村隐蔽起来。

1938 年,承寿根的妻子金子芳等人也组织成立了抗日妇女救国会,为抗日战争筹款出力,后因承寿根牺牲,组织才停止了活动。

承寿根如此英勇抗日,引起了日伪顽的恐惧和憎恨。1938 年10 月 15 日,承寿根被国民党江苏省主席韩德勤手下的国民党保安第九旅旅长张少华杀害,时年 39 岁。杀害承寿根的刽子手张少华,在新中国成立后的 1951 年镇压反革命运动时,被人民政府枪决,人民讨还了这笔血债。

1982 年春,当地政府为纪念故乡的革命先烈,在承寿根故居的公路边建立了革命烈士纪念碑,以示对为革命献身烈士的怀念。

工商界名人

　　万鉴明先生（1878—1941 年）是故乡的一位杰出工商界人士。故乡的老人们都知道他。万鉴明又名国屏、竹如，田里村人。幼时读乡村私塾五六年，娶庄氏女为妻，生有两子。1913 年至 1920 年，万先生先后担任过武进县议员、乡农会副会长等职。万先生发家走的是农、商、工综合经营之路。他 20 多岁时，除耕作祖上留下来的 30 亩田之外，开始兼营工商。1905 年至 1941 年的 36 年间，他先后办起了"恒盛槽坊"、"公永昌猪行"、"兆伦茧行"、"恒大稻行"、"万盛铁厂"（现常州柴油机厂的前身，新中国成立后部分迁至南京，改名长江机器厂）。他捐款出资在家乡建立了"鉴明中学"，请中西名医开设了"夏令施诊所"。20 世纪 30 年代，他拥有田产千亩、房屋 70 余间。1926 年，他捐洋 1 000 元筹筑"仁龙马路"（南起常州北门天地坛对面仁寿栅，北至龙虎塘），长 7 公里、宽 1 米许，全由金山石板铺设。尔后他独资新筑龙虎塘中街至田里村和小学共约 200 余米的金山石片路二段；资助龙虎塘至太平桥铺设麻石板路 1 里许。1931 年又经手修理太平桥、薛家桥二座，助建小塘桥（平板桥）、龙虎塘东首小桥（环拱桥）两处，助修风云桥（环拱桥）一处。他独资修建常魏公路上的闾家小平桥一座。

　　日军侵华前的 10 多年间，他每年年终都对当地贫困农户发放一次"岁给米"，每次 20 石左右，同时还发一些从当铺没期货中买回的旧棉衣，约值 10 余石米，以使农户果腹御寒。1937 年底，本地农民奋起抗日,万鉴明出面与龙虎塘自卫团洽谈供给承寿根部枪械 11 支,并提供老宅天井给承寿根部隐藏劫回的敌产钢材 30 吨。1939 年 10 月,抗日武装经济困难,缺乏寒衣,他供给新四军老二团徐绪奎部银元 15 000 元(约值大米千余石)。

万先生经常亲自下作坊检查、品尝陈酒,与师傅研究改进措施,不断提高陈酒质量。在销售上,他诚信待客,宽厚待人,主动赊销。在猪行的管理上,剪猪、抬猪、运输均搞定额付酬。万先生对巩固发展家乡经济,起了积极作用。

1941 年 2 月,万鉴明先生病逝于常州三牌楼庄宅。对于这么一位具有强烈爱国心的民族资本家,故乡的几代人都知道他的美名。从我懂事开始,就知道他的名字。他爱国爱民,发展故乡经济;他也爱才爱学,发展故乡教育。当年的鉴明中学,新中国成立后改名为龙虎塘中学。他逝世后就安葬在鉴明中学的操场后面,似乎听到孩子的读书声,就能安息在九泉之下了。故乡人民十分怀念他。

祖先在何方

　　我的祖先并不在龙虎塘这个神奇的地方,在哪里呢? 不仅是我,连我的父母也说不准。据我父亲回忆,祖父是清朝的一个穷秀才,到他那时家道中落,只以在乡里给人家孩子教书混口饭吃。据说,祖父也能画得一手好画。祖父是老来得子,50 多岁才有儿子,取大名叫世孝(1896—1976 年),字锦生,这就是我的父亲。我父亲到了 3 岁时,祖父一病不起,撒手留下孤儿寡母,自己一路归西去了。祖母料理完祖父的后事后,家产所剩无几,只能艰难度日。过了两年,老太太也一命归西,只剩下我父亲,当时只有 5 岁。一个孤儿,如何生活? 只得投靠自己的娘舅。娘舅也是一个鳏夫,从未娶妻,也就带着我父亲生活了几年。一个穷秀才的家,几经折腾,便无法生存下去了。我父亲 12 岁那年,娘舅带着他闯荡江南,落脚在现在我称之为"我的故乡"的地方。开始父亲给地主家当小伙计,干些放放牛、侍候主人的事。不久,娘舅也过世了,父亲成了实实足足的孤儿。

　　据父亲说,当时,娘舅和自己都不识字,没有想到请人写一个自己老家的地址,只是记得老家在苏北,从常州过江后往东走。在那愚昧的封建社会,出生在一个穷困潦倒的穷秀才家中的孩子,自然想不到许多。据我哥哥回忆:1937 年 11 月日本侵略者攻陷故乡之前,他曾为避兵祸,随别人家的船到过祖父的故乡。可是我哥哥那时仅有 7 岁,而且祖籍地的族人也无法认识我哥哥。在那兵荒马乱的岁月,自身都难保,容留别人家的孩子不仅很难,而且难担责任,因此我哥哥只是住了一晚。第二天,族人就将我哥哥送上船,还送上炒熟了的几升蚕豆,作为给孩子的礼物。所以我哥哥也弄不准确他去的地方在哪里。据父亲说,他娘舅临终前交给他一幅中堂画,据说是我祖父所作。这幅画我和我的哥哥、姐姐都见过。因为,每到过年,父母亲都要将这副中堂挂起来,焚香磕头,三叩九拜。记得画上画着一群文人学士,聚集在一个壁上画有一只黄鹤的地方,一个文人头上戴花,右边有几个人饮茶,左边是一丛棕榈树。由于我们后辈年幼,父母又不识字,在这幅画中,祖父的遗作描绘了什么,其中又对我们后代交代了什么,全然没有弄清楚。非常可惜的是,1966 年"文化大革命"一开始,红卫兵破"四旧"时,便将画搜去一把火烧掉了。

近几年,因工作需要,我常在江苏沿江两岸行走,不时也打听在常州隔江的地方哪儿有陈姓的家族。据说,祖籍是在靖江与如皋交界处。也许,我的祖先就是出生在这片土地上的吧!

我家的老宅

父亲到了 27 岁才成亲，自然也是找了一个"门当户对"的穷人家的女儿。这就是我的母亲，随夫姓陈名爱娣（1905—1993 年）。旧社会对妇女不尊重，嫁了人连名字都不称呼了，只是呼一声"某某（丈夫的名字）家"。生了孩子后，从孩子名加一个"娘"字，便是她的称呼。我大姐叫"秀珍"，我母亲便被称呼为"秀珍娘"。

父母是在地主的磨屋里成家的。父母虽然成年累月为地主家耕织，却没有自己的家。后来父母向村上的另一个地主租了村东面的一小块地，搭起了两间草屋，总算有了自己的家。我就出生在这个家里。人口增加了，靠给地主家做长工已不能维持全家生计，父亲改成租地主的几亩地种，再加上为地主家帮工。父母是勤劳简朴的人，家道还算维持得好，但他们付出的劳动是常人难以想象的。

老宅，经过父亲几十年的经营，成了一个十分美丽的地方。我在那里住到 1958 年"大跃进"时才离开。原来的两间草屋盖上了瓦，后面又建起了 3 间草房，虽然墙是土块的，梁是树干的，却是父母流血流汗、苦心经营出来的。在老宅的北、东、南面都是河，西面有道路通向大村，河边种着各种各样的树木，有杨树、榆树、桑树、苦楝，还有淡竹，等等。绿树成荫，河水清澈。

租用这块土地是要付极高的地租的，每年要几担米，而且这个地主住在城里，要的是糯米。糯稻收成低，半亩地的地租大约要有两亩地的收成才够支付。每到年底,父亲总是将碾得白白的糯米,加上一点儿鸡鸭鱼之类的年货装上独轮车,母亲帮着拉车,送到地主家里去。有时,地主留他们吃一顿饭,送一包芝麻糖之类的东西。一直到新中国成立后,才停止了交租。

老宅常常遇到的问题是:夏天怕水,因地势较低,常有被淹的可能,但实际上一次也没有淹上屋基;再就是怕秋天的风,因为是独户人家,草屋常常被秋风掀起,弄得一家人十分惊恐。到1958年,"大跃进"、人民公社来了,有人把我家的锅灶都拆了,我们就到大村上去吃食堂,进入"共产主义"。母亲说:"这也好,免得我们怕水怕风的了。"我们十分留恋老宅,常去看看。后来,老宅被人家拆了,木头上了水利工地,土块成了人民公社的肥料。父母花了88元钱,买了已经分给人家的地主家的磨房,我们又回到了父母当初成家的那个地方。

心灵的安慰

在旧社会,故乡的庙、庵、堂很多,稍大一点儿的村上都有。那是旧社会愚昧落后的文化产物。剥削阶级利用迷信蒙蔽农民群众,而农民群众在与地主和自然界的种种斗争中无法取得胜利,只能用宗教来安慰自己的心灵。

我是一个从小受宗教安慰心灵的人。据说,幼时算命,算命先生说我要依靠一个伟人才能生存。在老百姓的心目中,那个时代无地主不狠,无商人不奸,只有庙里的菩萨是最诚恳待人的了。我们村上有一个尼姑庵,叫延福庵,有几十间房子,前面的一排屋内,塑着土地老爷、土地娘娘等一系列的菩萨。幼时常在那里玩耍,用现在的眼光来看,庵里的菩萨还真称得上是十分精美的雕塑艺术品。一段时间,在土地堂的东面还塑着关公、关平、周仓及赤兔马。这是为了教人不仅要向善,而且要忠义。在这个庙进门的地方,如通常的寺庙一样塑着弥勒佛、韦陀护法神。在这个庙的宝殿上,中间塑的是南海观世音菩萨,左面是地藏王,右面是药师王。在当时社会制度和自然灾害无可奈何的情况下,只有寄希望于大慈大悲的观世音菩萨了。运气不好,求观世音菩萨发发慈悲,给一点好运;天时不好,求观世音菩萨给点儿风调雨顺,因为她手中的那根杨柳枝是调节风雨的。哪家婚后不生孩子或生孩子不是男孩,就去求观世音菩萨,因为她有"送子的职责"。大媳妇们做上一双绣花鞋,送给观世音菩萨,磕上几个头,许上一个愿,说不定到时真会生一个胖小子。

　　我父母是穷人,又与庙里的那些法师关系挺好。因此,在我还未懂事的时候,就举行了一个仪式,把我交给了观世音菩萨,成了他的弟子(或叫徒儿)。因此,我见到这庙里的老法师要叫"公公",而见了年轻的法师要称"哥哥",也许就是"师兄"的意思。每年观世音菩萨有三次生日,我都要在父母带领下去朝拜。每到大年初一,都必须去朝拜。有了病痛,也到他面前去烧炷香,磕三个头,求一包仙丹(香灰),回家吞服,也就慢慢好了。尽管这些求神拜佛出于个人自愿,但也反映了一种社会意识、一种文化。也许在那种落后的社会中,这是使人们得到安慰的一种办法、一种精神寄托,人们希望在观音菩萨的庇护下,这一辈子活得平安,下一辈子有一个更好更顺的人生道路。这么说来,幼时的我实际上还是一个有些唯心主义人生观倾向的人。

　　几十年下来,凡事我总有个好心态,且为人正直、疾恶如仇、办事认真,也许是因为我幼时曾拜在观世音菩萨脚下为弟子的原因吧。

战乱与兵荒

我家老宅那地方，虽然是一个绿树成荫、秀水环绕的好地方，但在新中国成立前的那个社会环境中，也是一个不安定的地方。因为，从我家过一条小河，便是常魏公路，由此向西北 30 多里便是长江。再则，我们是大村，较富裕，房屋好而多。在那兵荒马乱的年月，常有方方面面的政治势力的军队过来过去，父亲和村里的穷人常常被国民党的军队抓去当挑夫。

在新中国成立以前，我幼小的心灵常常充满惊恐。有时黄昏点着油灯吃着晚饭，突然听见外面有人声，父母就"噗"的一声把灯吹熄了。男人们操起门闩、扁担等家伙，准备斗争，女人们搂着孩子，大气不敢出，听着人声远去了，才恢复平静的气氛。就这样，人们常常过着提心吊胆的生活。也许在大村子上要好一些，因为人多势众，就是拉夫、抢劫也没人那么胆大。像我们那样穷人家庭的男人女人，"逃难"的事是常有的，稍有一点儿兵乱的迹象，男人们就牵着牛，女人们就抱着孩子到田野里去过夜。

我年少时，父亲给我讲过一件他亲身经历的事。那是 1937 年 11 月，日本鬼子打来，故乡沦陷。几个日本骑兵到了我家，当时我家前屋屯着收获的黄豆，日本兵就放马吃黄豆，并到后屋找人。我父亲一人在家，他机灵地从后门溜出去，悄悄地滑下河滩，钻到杨树根下。日本人一看没有人，让马糟蹋了半屯黄豆后就"开路"了。父亲躲过了一难。他说起此事，总带有一点胜利者的神情，他说：

"日本人是外来的狗东西,两眼一抹黑,斗不过中国人。"

解放前,我父亲也为共产党做过事。那时我大约四五岁,有一点儿记忆。那是一个中秋季节的下午,我父母在屋后的一块田边踩水。公路上来了一支似兵非兵的队伍。其中有一个人过来问:"老乡,往新桥怎么走?"我父亲就向西指。那人说:"你能给我们带路吗?"父母一看来人手上有枪,也弄不清是什么人。那人说:"老乡,不要怕,我们是新四军,是打新桥黑狗子的。"父亲连上衣也没来得及回家取,就领着队伍向西去了。新桥离我们家只有5里路。一会儿,那边枪声大作,天上升起了黑烟。母亲非常担心。到了晚上,父亲回来了,身上多了一件布衫和一个竹笠。原来,战斗打响后,新四军就叫父亲离开。他不敢从原路返回,顺着河的另一边,借了人家一件布衫和一个竹笠乔装改扮了一下。

解放后,说起此事,我与父亲说过笑话,说当年你就该跟新四军走,这样现在我们也成了"光荣之家"了。

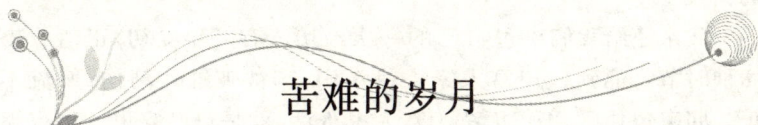

苦难的岁月

我父母这一辈人，是艰难困苦的一辈。一家几口人的生活担子都落在父母的肩上。父母在世时常常讲起他们年轻时的生活，那时苦得让人难以想象。我童年、少年、青年都听过他们的叙述。

一家人为了生活，租了地主家10多亩地，可地租一交就所剩无几。春二三月，青黄不接，父亲就出去给人家打工。一方面糊了自己的口；另一方面，打工得点儿米也可糊一家人的口。给人家打工，那是廉价得不能再廉价的劳动力。有钱的人家花一斗米（约15斤），你就要为他打一个月工。有时，一斗米家中已吃完了，一天工还没有打呢！

人家花一斗米让你去打工，是"照顾"你的，自然是给你干最重最重的活计。我父亲曾说过，人家给一斗米，你给人家挑了31天"粪桶河泥"（河泥可作稻田肥料，不靠河的内陆田的河泥是靠人用粪桶挑去作肥料的，每担大约150多斤）。

父亲在外打工，母亲就在家照顾着孩子，做着家务，养着桑蚕。有时自己种的桑叶不够蚕吃，父亲就得出远门去买桑叶。否则，蚕饿死了，那就亏大了。我父亲说，有一次他出远门买桑叶，三天没回家，钱都买了桑叶，最后一天身边只剩一个铜板，只能买7粒蚕豆充饥，好说歹说，人家给了8粒，待推着独轮车到家，将要"上山"的蚕也快要饿死了。看到父亲回来，母亲喜出望外，撒上桑叶，蚕匾里立刻发出了沙沙的声音。母亲高兴得噙着眼泪喊着:"孩子他爹,蚕有救了,蚕有救了!"也就在这时,蚕吃完桑叶就结茧了,父母亲累得熟睡在蚕架匾下,蚕茧从房顶结到了父母的头发上。

父亲还给我们讲过自己的一次经历。有一年夏初,正值收麦插秧时节。他到一户富人家去耕水田,脚被破缸片割伤,血流不止。回家包扎后,不仅无法为富人家干活,就是自己家里的秧也无法插下去。过了季节还插不下秧,就要荒田,如何交租子呢?此时父亲不仅心中焦急,而且伤口严重发炎,人也发起烧来。地里只靠母亲一人忙碌,无济于事。不几天,母亲也生起病来了,家中连个烧水的人都没有。据说,当时我大姐才6岁,看父母病了,想烧些水给他们喝,而水缸里没有水,她只得找了一个可以提的陶罐到河边打来水,烧开了给父母喝。所以,我父母在世时,对大姐分外爱护,总说她是个好孩子。

艰苦、惊恐的生活,给父母的身心健康带来极大的伤害。后来,尽管活到80多岁才与世长辞,但父母身上的苦痛是常人难以忍受的。

我有个叔叔

前文说过，我祖父母只生了父亲一子，这里怎么说我有一个叔叔呢？这原委在解放以后才知道。我们称他为叔叔的那个人，也姓陈，名国藩，家住武进县小河，是一个有些文化的人，毛笔字写得堪称一流。家中也不富裕，曾在我们村上一个地主家开的中药铺当"药朝奉"，懂中药，会算账，忙时也下田干农活。

我父亲也在这个地主家做伙计，与陈国藩是同姓，又都是穷人，在那个社会中只有穷人帮穷人，他们就结为同姓兄弟，我们也都称呼陈国藩为叔叔。他曾送给我父亲一副对联，上联的抬头称"锦生兄"，落款称"弟陈国藩"。我多次见过这副对联，内容不记得了，只知道他的行书写得真好。我父母也常告诉我们，说叔叔懂学问。我大约七八岁（1947年或1948年）时，国藩叔叔常到我家帮着干农活。晚饭以后，常在桌边坐着与父亲聊聊天。说现在的世道要变，江北有了共产党，并说："共产党领着穷人造反，要搞一个没有欺负人、剥削人的世界。"在我记忆中，这是我第一次听到"共产党"这个名词。因为我家离大村子较远，四周无其他人家，因而说话可随便些。而大人总关照我们这些小孩子，听了不能出去乱说。

临解放前，国藩叔叔离开龙虎塘回到小河去了。若干年中，由于我年幼，弄不清他是什么人，又到哪去了。直到解放后的1951年，国藩叔叔的父亲背着一个口袋从城里回小河去，经过我们家，说起国藩叔叔的情况，才知道原来他回到小河后，不久就病逝了。

他老父亲为此有些精神不振。我父母好饭好菜招待了他,住了一晚上。父母给他收拾了一些农副产品,他带着就回小河去了。后来就再也没有音信了。

随着年龄的增长,我对叔叔这个人理解得深了。他属于农民中的知识分子,有文化,懂时势。而且,他所处的武进县小河,在武进、丹阳、扬中交界处,与苏北只是一江之隔,他便受到了革命的影响,盼望着穷人翻身得解放。甚为可惜的是,国藩叔叔没有等到他所盼望的穷人翻身得解放的日子到来就病逝了。他送给我父亲的那副对联,每年春节都要和祖父的画一起挂在堂屋里,直到"文化大革命"初扫"四旧"时被红卫兵搜去付之一炬,想来甚为惋惜。

我的启蒙地

　　我父母均不识字，原指望我哥哥能读读书，其实在那样的条件下是不现实的。我哥哥曾对我说过他的读书岁月。正月十五一过便开学了，读上几天，春天来了，便要放牛、割草。因为，他是家中的大儿子，自然是父亲的帮手。哥哥常常因家里的农活而请假，一学期能上一两个月的学就算好的了。

　　到了1948年9月，我8虚岁，实足也就六七岁不到，是我该上学的年岁了。我二姐和我一起在龙虎塘中心小学读"半年级"。二姐比我大好几岁，她只读了个把月，到了中秋节之后，因将进入秋收，就辍学了。我因为年纪小，不读书也干不了什么事，也就读下去了。

　　龙虎塘中心小学是我人生的启蒙地，这么些年过去了，我总也忘不了那个地方。它是由万氏家族的祠堂改建的，既是小学而又保留着祠堂。在学校的礼堂里，放着万氏家族祖先的灵牌。在神龛外，挂着孙中山先生的画像，两边贴着孙中山先生的"革命尚未成功，同志仍须努力"的对联。其实，我们是刚步入学堂的乡下孩童，根本不知道那是什么意思。老师告诉我们，孙中山为国父大人。我们就知道了孙先生是了不起的人物。早上必须到礼堂集合，由老师领着向国父大人三鞠躬，向国父大人默哀三分钟。完毕后，校长讲几句话，就散了，周一至周六天天如此。

　　那时的孩子上学很简单，大人没有接送的习惯，似乎也没有时间送孩子去上学。那时候的生活条件比较差。雨天,有雨伞的同学并不多,穿上胶鞋的极少,多数是披着麻袋之类的东西,赤着脚到学校。天气冷时,就带上鞋,到校后,将脚洗干净,再穿上鞋。有时,中午遇上大雨,回不了家,就在学校里呆着,午饭没有吃,就饿一餐也不足为奇。放学后,作业并不多,常常匆匆地赶回家为家中做事。因此,那时的中小学生丝毫没有一点骄娇之气,和他们的祖辈一样朴朴实实。

龙虎塘中心小学从一年级到六年级都有,教师并不多,一人都要兼好几门课。教学也很活跃,初小有国语、算术、自然常识、历史、唱歌、手工等课程。我一直读到 1954 年小学毕业后才离开这里。虽然当时的教育比较落后,但学校毕竟是学知识、学做人的地方,尤其是解放后,非常重视学生的品质修养,教育一个人应当爱什么、恨什么,应当学什么、拒什么。记得有一次,学校请了一位志愿军英雄来作报告,幼小的我们,懂得了美帝国主义侵略者是世界上最坏的,中国人民志愿军是最可爱的人。实际上,那时候就在我的心田中植下了从军保国的想法,总想长大成人以后,只要国家需要,我一定会拿起枪杆子去保卫可爱的、曾经历过千难万苦的祖国。

体罚的滋味

　　刚上学那个年代,学校还对学生实施体罚,上课不守课堂规矩,是要面壁的。面壁,也就是面向墙壁站着,同时不准讲话和活动,反省自己的过失,也叫"面壁思过"。因为我们那时年纪太小,并不觉得"面壁"是一种惩罚,也不觉得惩罚是一种不光彩的事。有调皮的,看到老师不在课堂时,就掉过头来做一个鬼脸,惹得全教室的同学哄堂大笑。

　　另一种体罚就是用"戒方"打手心,每一个教师的桌子上都准备了一根用木头刨得光溜光溜的、厚实厚实的方木,大约一尺多长,也叫"戒尺"。学生背不出书或做了不守规矩的事,不是以教育为主,而是以体罚为主。轻者用"戒方"打一下手心,重者要打 10 几下,再重者用"戒方"打屁股。

　　有一次,一个同学在画图,我捡了一根芦柴做的笔,蘸上墨水,不小心滴到了他的图画上。这位同学就去告诉教语文的杨文秀先生。先生把我叫到办公室,说我有意弄脏了别人的图画。我辩解说不是有意的。先生说,还嘴硬,要"打手心"。也就这次,我算亲身领略了"打手心"的滋味。先生叫把一只手手心朝上,摊在桌上。老师拿起"戒方"往下打时,我迅速地把手抽了出来,"嘭"的一下,"戒方"打在桌上。先生没有打到,非常恼火,说:"还调皮,罚一倍。原来打一下,现在要打两下。如果再调皮就要打四下了。"这一次讲清了"规则",我想不用害怕,打两下就打两下,我就没有再缩回来,咬着牙让先生"噼噼"地打了两下,我噙着眼泪走出了办公室。那位同学听说因他的告状，我被打了两个手心，很过意不去。后来，我们成了上学时以及后来的好朋友。

在解放头一两年，学校还是有这种体罚的，尤其有一个体态肥胖的女老师，对学生特严厉，动不动就拎学生的耳朵。后来，听说她出身地主家庭，也许家中父母被斗，因此一切不顺心都发泄到学生身上。学生们对她敬而远之，背后叫她是"地主婆"。后来，随着社会的进步，人们的平等观念逐步增强了，老师体罚学生的现象没有了，代之以表扬为主的正面教育和严格管理，使原来师生对立的状态得到了改善，师生之间都建立了良好的关系，甚至，我们离开学校多少年后，还想念着那时候的老师，心中铭记着老师的教诲。不过，几十年以后，今天的孩子已不知道何为"体罚"，我却有幸领略过"体罚"滋味。

冬日的寒冷

　　小时候的冬天，感觉特别冷。草屋上常常积着厚厚的雪，天稍晴，草屋上的雪水就滴滴答答地往下滴，逐渐变成了长长的冰凌，像锋利的尖刀指向地面。冬日最大的快乐就是太阳出来的时候，到房子的东山墙下去晒太阳取暖。一到冬天来临的时候，父亲总是弄一些稻草堆在房子东山墙下的北面，挡住从西北方吹来的寒风。孩子们一边晒着太阳，一边用脚炉（一个粗陶的钵头中装上粗稻糠，上面抄上些火灰，就会自燃）取暖，一边在炉里爆着玉米花，一颗小小的玉米粒，会爆出一颗很大很好看的玉米花来。

　　后来，我翻了翻家乡多年的气象记录，资料表明：1952 年和 1981 年全年的平均气温为 15.3℃ 和 15.4℃，最低温度为零下 6.8℃ 和零下 8.2℃。根据这些数据，冬天气温不是过去比现在冷，相反的是，现在比过去冷。但人的感觉，怎么会是过去比现在冷呢？这与当时的衣食住行水平有关。记得那时候的冬天，大人和孩子并没有什么保暖性好的衣帽鞋袜。身上穿的往往是空荡荡的一件棉衣棉裤，这算是条件好的人家，许多人还穿不上棉衣。脚上虽有母亲手工做的一双棉鞋，但不管是风雨天还是晴天总穿着那双鞋，湿了又干，干了又湿，自然不保暖。因此，那些年代的冬天，我脚上总是生冻疮，甚至烂得厉害了，白天不能走路，晚上痛得不能睡觉。母亲常常半夜起来，到菜田里摘几片菜叶，敷在我生冻疮的脚上。脚感到凉爽了，痛也就减轻了。记得那时盖的被子也很薄，甚至是多块破棉絮缝在一起的，床板上垫上厚厚的稻草,然后铺上一条板板的旧棉絮,冷是自然的了。再加上居住的房屋破漏不堪,处处透风。大人们常说,冬天是"针大的洞,斗大的风"。那年月,大人们常常怨恨冬天,说夏天对穷人、富人都公平,因为热,无论是穷人还是富人都是要承受的。而冬天对穷人是不公平的。因为,有钱的人可以有棉、毛、皮衣来御寒,而穷人只能受冻,最好的办法,白天靠阳光取暖,晚上靠稻草垫床。因此,严寒的冬季在穷人的眼中是愁惨的季节,冬季把天上的水和穷人的心都冻成了冰。

在冬天,父亲常常对我们说:"冻死的是懒人,天冷了就找些力气活儿做,就不会觉得冷了。"因此,在寒冷的冬天,父亲总是找些活儿,要我帮着一起做,如将稻草捶软(熟)了搓草绳、打草鞋等。还是在我很小的时候,我就学会打草鞋了。

解放那时节

  人民解放军渡江那年，我 9 岁，虽不懂政事，但看得出世道挺乱。1949 年春节以后，我家后面公路上常"过兵"。国民党的步兵、炮兵浩浩荡荡地往魏村、江阴方向的长江边上开去。我父亲仍和往常一样，牵走家中最宝贵的黄牛到偏远的、交通不便利的地方去躲避。母亲把我们几个小孩子安排在后面的猪圈里睡下后，就要到外面附近的田野里去躲避，但时刻都在注视自己房屋周边的动静。为什么把我们小孩子安排在猪圈里呢？后来我们才知道：一是因猪圈不容易引人注意；二是猪圈是用石头砌成的，坚固些，起码子弹是打不透的。

  1949 年 4 月 21 日，人民解放军渡江。同日，人民解放军 199 团在龙虎塘以北的潘墅与国民党 54 军第 291 师遭遇，战斗打得十分激烈，解放军一举打进了国民党 291 师师部，击毙了师长廖得藩（这些情况是后来在史料中知道的）。战场离我家约有五六里路，炮声、枪声、爆炸声连续不断。战斗持续到第二天天亮，敌人拼命地向人民解放军反扑。解放军击退了敌人的反扑，国民党军队向南逃窜，公路上彻夜人流不息，嘈杂声、吆喝声和怒骂声此起彼伏。

  天稍亮，躲在外面的父母回来了，他们听说共产党部队过江了。因为人们没有见过共产党部队是什么样，心中还是担惊受怕，在家里还是疑惑不决。母亲说："留得青山在，不怕没柴烧。"还是决定外出躲避。大家匆匆喝了一碗锅里昨夜留下的冷粥（因为不敢动火,一动火就有烟,会招来兵)。我父亲仍然牵着牛走了,母亲叫我牵着一头小山羊与二姐一起往村子西南方向跑过一座石桥,因为,那是一个河湾,过境部队一般不会到这里来。不一会,人民解放军的部队到了我们大村上,叫人送口信来说,共产党的部队来了,你们不要怕,大家可以回家了。我和母亲、二姐跟着别人往回家的路上走去,刚走到小桥上,就有军人向桥的方向打了一梭子弹。我们吓得赶快往家跑,刚进家门,又是一梭子弹打在瓦上。我年纪小,先把羊拴好了,再逃进屋来。许多人惊恐万状,有的爬到床下,有躲在桌子底下。

又过了一会儿,村上又有来人通知大家回去,这回我们没有遭到惊吓,安全到了自己的家。公路上全是部队,那是刚渡江过来的解放军部队,有人浑身是泥,有人负了伤,头缠着白布。虽然我是小孩,但经历了几回逃难,似乎胆子也大了些,敢于隔着河看"过兵"了。

见到解放军

那是 1949 年 4 月 22 日上午，我们一家避难半天，近中午时分才回到家。已经非常饿了，等着母亲做饭吃。那季节，麦田的麦子已经抽穗，田里的紫云英开着紫色的小花，太阳暖洋洋的，我在大门的门槛上坐着、玩着。

因为麦子长高了，所以难以看到远方来的人。突然从南面过来几个身上满是泥水的兵，帽子上挂着红星，身上挎着冲锋枪。当我看到时，已经躲避不及，我并不怕，不过也呆呆的不知道说什么才好。他们走近了，其中有一个喊了声："小鬼，不要怕。"还有一个说："家中有吃的吗？"还有一个在前面场园下的田里揪起一把紫云英的头子，就往嘴里塞。看那样子，他们确实是饿极了。我就向屋里喊："娘，还有吃的吗？"母亲听到生人说话，就迎出来，听说这三个兵要吃的，就用碗盛了早上剩下的稀粥，他们每人喝了一碗，又揪了一把紫云英，一边往嘴里送，一边道谢。其中有一个兵摔了两个东西给我，说了声："小鬼，给你玩吧！"原来是两排子弹。母亲很快没收了子弹，往远处的麦田一摞，说："这东西不能玩。"原来，在国民党兵来来往往的地方，看到小孩子手上有子弹，就要追问哪里来的，干什么用，弄不好会引来祸事。

过去，村子上常常驻扎国民党部队，到了天气好的时候，他们也把装备、武器、弹药等拿到太阳下晒，有些好奇的孩子，就去偷几颗子弹，要被发现了，轻则一顿打，重则追根溯源，问不完的为什么？弄得父母只得请当地有头面的人物出来保证无什么背景，纯属小孩子不懂事，才算完了。其实，过去偷装备、弹药的人不是老百姓，而是他们自己内部的官兵，他们常常偷些装备和子弹出来换酒喝，不过这里也难以说清是不是共产党的地下工作人员在收集这些装备或弹药。记得那是解放前一年的事，我曾在国民党军队居住的地方看到柱子上绑过一个人。因为我们是小孩子，去看看热闹也无妨。据大人说，这个人就是在村上在那些兵中收集子弹的人。当然，我年龄小，也搞不清这个人是商人，还是共产党的地下工作者，或是其他人。后来，审问不出来，也就放走了。因此，我相信母亲的做法是对的。但我也相信刚刚那几个兵，与我过去见过的那些兵是不一样的。国民党的兵，是常常骂着人、拉着枪栓或拉着手榴弹的弦儿吓唬老百姓的。

这是我第一次见到解放军时留下的印象。

巩固新政权

一个反动政权被推翻之后,总是有些人妄想卷土重来。故乡刚解放时,也同样有人向新生的人民政权反扑。

1949 年 4 月,人民解放军渡江作战胜利,解放斗争正向全国推进。故乡建立了人民政权,有了共产党领导下的人民政府,生产也处在恢复之中,土地改革还没有开始,土地的耕作还是维持着原来的局面。多数人希望人民政权巩固起来,创造一个自由、平等、和平、民主的新生活。也有不少人在观望人民政权真的能巩固吗? 国民党还会不会再回来? 总的说,这些人不希望国民党再回来。极少数隐藏下来的反动分子不甘心失败,他们盼望国民党反动派卷土重来,让他们重新骑到老百姓头上作威作福。

1949 年夏天,那些不甘心失败的反动分子开始蠢蠢欲动。他们制造谣言,妄想复辟。记得当时,有反动分子利用人家放在屋檐上盛酱的酱缸(故乡有习俗,做了酱要用缸盛着,白天晒太阳,晚上沾露水,酱油才鲜,雨天要盖上盖子)盖子书写谣言,说蒋介石要回来吃月饼,也就是说国民党反动派要在中秋节前反攻回来。字迹歪歪斜斜,似是而非,模模糊糊,反动分子说这是"天书",反映的是"天意"。然而,这些劣作只是为他们反革命活动增加了一些新的罪行。那时,几个村子的群众合起来办民校,让没有文化的人来识字。我们小孩子也去凑热闹。有一天晚上正在上课,突然有一个民兵来报告说,村子西面较远的地方有手电光与东面的手电光"对射"。在场的土改工作队的同志很有警惕性,说:"这不是对射,这是在发信号。"因此,他命令民兵集合,很快便带着民兵向手电光发出的地方奔去。当时的气氛十分紧张,确实感受到了反动势力不甘心灭亡,正组织伺机向革命政权反扑。

酱缸上的"天书"反映的既不是"天意",也不是"民心",而是一小撮反动分子的梦想。人民武装起来了,少年儿童组织起来查可疑行人的路条。民兵用大刀、长矛武装起来,开始了声势浩大的斗地主、反恶霸的斗争。待到镇压反革命运动开始,这些谣言也就无影无踪了。

我们那个村子的周围环境十分复杂。在镇压反革命中,人民政权镇压了好几个地主、恶霸和反革命分子。人民看到了革命专政的威力,情绪稳定了,并希望人民政权永存。可见,人民渴望得到永远稳定的生活。

仇恨喷发了

　　解放了,天亮了,几千年来压在中国农民头上的封建剥削制度终于被推翻了。祖祖辈辈受压迫、受剥削的农民的仇恨像火山、像洪水一样喷发了。在人民政权、土改工作队和农民协会的组织下,一场清算地主、恶霸、反革命分子的斗争开始了。

　　记得毛主席在天安门城楼宣告新中国成立的时候,故乡人民也正在进行大游行。农民以行政村(许多自然村组成的基层行政组织)为单位,组成了一个个手持大刀、长矛或各种农具的农民方队,中小学生手上举着各种彩纸制成的上面写着标语和口号的小旗帜。沉默的故乡沸腾起来了,许多地方召开斗地主大会,一些老头老太,拿着血衣,袒露着胸口的伤痕,控诉地主、恶霸、反革命分子的罪行。台上台下的哭声、口号声此起彼落。中国农民千年、百年、几十年闷在心里的苦和怨、仇和恨吐出来了。

　　记得那时候的文艺宣传特别好,老百姓都爱看,一幕幕表演与台下的观众形成共鸣。记得当时发生了这样一件事:一个民兵在看到舞台上表演地主欺负农村妇女的情节时,心中非常气愤,拉开枪栓,就朝舞台上打了一枪。虽未伤及演员,但演出的场地上着实混乱了一阵,不过很快就平息下来。当然,这个民兵也醒悟过来,原来这是演出,悔恨自己不该开枪。这件事说明,农民的阶级义愤被激发起来了,他们愤恨旧社会。另外,也说明文艺演出的宣传效果很好,舞台上再现了旧社会罪恶的一幕,达到淋漓尽致的地步,竟然能使台下观众如身临其境,而且敢于拿起武器与"敌人"作斗争。

农民这种朴素的阶级义愤,经过党组织和农民群众自己的组织的引导,变成巨大的精神动力,而且这些精神动力化为土地改革、镇压反革命、抗美援朝三大运动和建设新中国的巨大动力。我们村上,大地主没有,中小地主有几家。农民协会在工作队同志的支持下,按照党的政策把地主的田地、农具、家具、衣服和金银等财产都分了,但不少农民不敢要分得的地主的财产,怕地主将来进行倒算报复。我父亲就是这样的人,分给他土地和农具是要的,而房子和钱财他不要。用他的话说:"我们天生是种田的命,有田种就行了。"因此,土改之后,我们仍住在远离大村子的半草半瓦的"独家头"老宅。

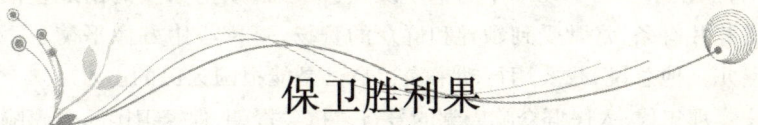

保卫胜利果

  1950 年夏，美帝国主义发动朝鲜战争，把战火烧到了我国的鸭绿江边。党中央发动了全国范围的抗美援朝运动。故乡的人民深知获得翻身解放的不易，都积极投入抗美援朝、保家卫国运动。首先是青年踊跃参加志愿军。我们村上参军到朝鲜去打仗的有好几位。其中有一个年龄比我大、小时候在一起玩得很投机的小伙子。他估计自己回家向父母亲说要去报名参军，肯定得不到同意，就和几个同伴偷偷地报名，不告诉家人参军集结的地点。他父母好不容易找到部队，但他不见父母的面，一再向领导表达参军的决心。最后，部队首长给他父母亲做了思想工作，小伙子终于可以赴朝作战。直到朝鲜战事结束，他和其他几位同时参军的人才回乡。

  我哥哥比我大 12 岁。他当时也是一名积极要求参军抗美援朝的青年。报了名，身体也合格，家庭也同意，因为他有点文化，被分配到空军部队。正在集结的时候，指导员找他谈话，不让他参军了。若干年才知道，我哥哥在 1948 年底或 1949 年初被迫参加当地的"自卫团"三个月，被视为有"政治问题"而不让他参军。其实，我哥哥有很大的委屈。参加当时的地方民间组织也是被逼无奈。1948 年，国民党反动派在辽沈、淮海、平津等战场连连吃败仗，要抽壮丁补充兵源，当时国民党抽壮丁的原则是"三丁抽二"、"二丁抽一"。我家兄弟三个，我和弟弟年幼，自然哥哥就被抽去。为了逃避壮丁，家里托人让哥哥加入当地的民间武装"自卫团"，站岗放哨,无所作为。过去许多年,哥哥谈起这件事,心中还是非常不平,总感到因此而未能争取到一个报国为民的机会,非常不甘心。后来,他在家乡当了几十年的生产队长,带领群众把家乡的田地整治得井井有条,常常受到领导和群众的赞扬,哥哥心中好像平衡了一点儿。他总说,我要用行动来表达自己是能报国为民的。

那年代,人民群众响应党的号召,"抗美援朝,保家卫国",是家喻户晓、老少皆知的。"雄赳赳、气昂昂,跨过鸭绿江"的歌声,在全国,也在我故乡的大地上此起彼伏。人民群众十分踊跃参加捐献飞机大炮的活动,有的妇女将自己金戒指、金耳环都捐上了。我母亲是其中的一个。有的人家将家里的铜器都捐上了,最没有东西可捐的农民家庭,也挑 100 斤或 50 斤稻谷捐了。真是众志成城,一心打败美帝野心狼!

儿时盼过年

小时候,若有人问起你喜欢什么? 我和其他孩子会众口一词地回答说:"过年!"差不多过了九九重阳节后,孩子们就开始计算还有多少天过年了。

过年,不仅热闹,有好东西吃、有新衣服穿,而且还有一种浓浓的农村"年文化"。进入腊月,年味儿就越来越浓了。我家虽不富裕,但过年该有的活动是一样不少的。这是因为在父母心目中,过年不仅人不可冷落,天地、菩萨、神仙和祖宗也是万万不可冷落的。

腊月廿四,是送灶王爷上天的时候。在过去(现在也还有),故乡人家家有灶,灶灶供有灶王爷。灶王爷天天监察着你家的善恶举动。到了腊月廿四,灶王爷要到天庭去汇报他所在人家的善恶情况。因此,人们在送灶时也就更善待灶王爷。除了烧香磕头之外,还要做上一碗搅拌着红糖的米粉团子,连灶王爷的马的马料(一点儿剪碎的稻草和一点儿黄豆)都备好了。人们在磕头时,嘴里还一边喃喃地说:"灶老爷,送你上天了。你上天言好事,下界保平安啊!"到了大年三十晚上,鞭炮齐鸣,再将灶王爷接回来。

大年三十,与灶王爷一起回来"上班"的还有财神爷。故乡的穷人,明知自己在来年发不了大财,但也不敢冷落财神爷。据说冷落了财神爷不仅发不了财,还很可能会破财。但是,财神爷是不会永远在你家的,也许他一年中还有许多公务要忙。因此,过了年初五,人们就"送财神"了。

　　腊月廿九日是祭祖的日子。人们在这天给祖先烧上一炷香，斟上一盅酒，磕上几个头，以示不忘祖先的创业之难、养育之恩。这也许还算不上迷信。"每逢佳节倍思亲"，正是如此，中华民族代代相续，不忘祖先成为传统。

　　到了大年初一，早上要将烧好的红枣茶和点心在客堂里供天地、供菩萨、供祖先。我们都尽可能地穿上新衣、新鞋。问候过父母亲后，打开大门，门上已贴着红红的对联。接着，大人们开始放鞭炮了。

　　儿时为什么盼过年，因为，那时的生活艰苦，盼着过年有吃、有穿，也有几角钱的"压岁钱"。尽管有可能过年后又会被父母亲收回去买盐或火柴，但总也算"富"了几天。我家不富裕，但年前总会做些馒头、糕团，弄上几斤肉，河里抓几条鱼，豆制品和蔬菜是少不了的。尤其是到过年时，父亲也上灶台了，做上扣肉、肉圆，有时还煮上一个猪头，母亲则退居"二线"去烧火或做帮手。父亲对母亲说："你烧一年的饭了，这几天也该歇歇了。"多么温馨的年味儿啊！

老师的疑惑

我读小学的时候,学习成绩不算太差。但对算术没兴趣,相比其他课程成绩要差些。那时,小学设有国语、算术、自然、地理、历史等主课,副课有美术、音乐、大字、作文等。那时学校实行 5 级分制计分。

我的作文比较好。曾记得有一次老师出了一个命题作文——《我的父亲》。我的文章从父亲有一天起早去送"爱国粮"描述开始,写到他在旧社会遭受的苦难和他对新社会的热爱以及勤奋劳作的许多生动事实。作文交到语文老师那里,过了一天,老师就叫我到他的办公室去,先是问了父母什么文化程度,家里还有什么人会写文章,等等。最后问我写的作文——《我的父亲》是自己写的吗?我说是的。老师又叫我把父亲的情况说了一遍。我感到老师对我的作文有疑问,似乎不大相信是我写的。老师出了一个题目,叫《我们的校园》,要求当场作文。我从学校的环境入手,讲起了学校的历史、现状及师生情况。作文刚做了一半,老师就说:"好了,不用往下做了。"老师还说:"你的作文做得不错,但有些词用得不恰当。"老师在我的作文中指出了几处,如要说我们家"很贫穷",不能说"太落后";"一骨碌爬起来"不能写成"一咕噜爬起来",并鼓励我要多读些别人的文章。其实,那时候穷人家的孩子到哪里去找到别人的文章呢?如果在一个较好的条件下,也许我的文章会写得更好些。

　　第二天,老师在课堂上评说作文时特地把我的作文拿出来读给同学们听,并说,写作文不要什么都往上写,要"宁吃一个好桃,不吃一筐烂杏"。也就是说,写到作文中的内容要经过选择,方能说明问题。我自己并没有意识到什么"桃"和"杏",但老师的教诲总记在心上。也许,这就是我后来认真做作文的开始。

　　后来的岁月中,我非常感谢这个老师对我们作文方法的提高的帮助。其实,老师不只是看我们作文做得如何,更是教会我们一种作文的方法,也就是我们常说的"授人以鱼,莫如授人以渔"。我们学习某项工作,学会一种方法,要比做好这项工作更重要。随着阅历的增加,随着经验的积累,愈会感到学习方法或教给别人某些方法很是重要的。

　　一个人幼时难以料到自己将来会做什么,但很可能在幼时就表现出兴趣和爱好来。做老师、做父母的不要轻易将孩子幼小心灵中的兴趣和爱好抹去,也许他们的这点兴趣和爱好经过继续努力,可能成为自身的立业之本、为人民做事之基。

我曾落过榜

　　1954 年,我 14 岁,于龙虎塘小学毕业。在毕业之前,老师组织我们学习当时全国有名的小学毕业生回农村种田的典型人物——徐建春。那时候国家教育落后,小学生多,能升入初中的人数极少。因此,学校是不得已在小学毕业生中大力宣传到农村去,在这样的宣传攻势下,我和我的家庭也麻痹了,学习肯定受到了影响。但是,真正到了中学录取发榜发现榜上没有我的名字时,心里还是非常痛苦,我哭了。父母也同样处在"无可奈何花落去"的境地。因为,14 岁的年龄,身体又那么单薄,怎么能种地呢?

　　当时,我就有这样的想法,没读上中学,不一定就是我的成绩差,而是我出生在一个老老实实的农民家庭,只是在家等着消息。而有些有活动能力的家庭,去走走"门路",打打招呼,孩子也有可能上得了中学。当时父母并不理解其中许多缘由。尤其是父亲,反应比较激烈,也许是出于对儿子的某些期望;也许出于自己没有文化,在新旧社会都饱尝到了没有文化的苦头;也许出于为儿子读书付出了极大的努力。母亲的心情却不大一样,她不过分地责怪自己的儿子,知道儿子没考上初中,心里也是有苦难言。

　　从此,我在田野上开始劳动。我并不懒,力所能及地在家里做一些事。记得有一次放牛,放到东面村上的芦塘边,有一个不讲理的农民从我手中抢走了牛,说牛吃了他的芦苇,要赔款。后来,父母到当时的乡长那里去说情,赔了两元钱给那个农民,才算还了牛。我心中十分不服,牛并没有吃他的芦苇,他完全是"敲诈"。过了几天,我偶然遇到这个农民,我说:"你这小子,敲了我两元钱,还是没有发财嘛!"那个农民后来告诉我父母亲。我父母就劝我平平气,当是花两个钱买一个乖。

到了冬天,要将干稻草铡碎喂牛。一次,我不小心把左手的食指铡破了,血流不止,就从供佛的香炉里抓起一把香灰捂上,止住了血。过了一年,我也与大人一样参加田间、场头的劳动了,不过刚开始是与女劳动力一起干活,在场上打麦、轧稻、扬场、入库。到了16岁,我基本上可用自己劳动所得工分维持自己的口粮了。但是,我总不甘心在农村,稍有一点儿机会就想出去做事情。因为我们几个同学中继续读书的人是极少数的,而留在农村的也都陆续出去工作了。农闲时,可以学习的时间很多,但没有书本,没有人指导,也没有同伴之间的鼓励。有一段时间,我参加夜校,与那些不识几个大字的农民在一起,我就算"小先生"了。

种菜与卖菜

　　故乡人对种粮种菜有兴趣，素有精耕细作的习俗。我父母亲也愿意种菜。记得在老宅居住的时候，房子周围就是一个大菜园。在老宅的场园前，有一大片韭菜地，再往南便是几分田的茭白。在房子周围宅基上的大小树杈上，夏天挂着丝瓜，秋天又挂上了红扁豆。一年四季，风景各异。

　　那时，为了菜能卖一个较好的价钱，要到很远的地方去卖。父亲有时要担着担子或推着独轮车赶几十里路。那时的菜只卖几分钱一斤。父母卖完菜回来的晚上，我总是在油灯下帮着父亲点钱，那时见不到较大面额的钱钞，尽是些角票，元票是极少的。点完之后，父亲也许会给我一角钱买铅笔。

　　有时候大人农活太忙，田里的菜又要去卖，就叫我挑两筐到街上去卖。也许我没有感到种菜的辛苦，给人家的秤头总是翘翘的，钱总是往少里算，不大与人计较。因此，我的菜总是很快就卖完。

　　我少年时，农村贫穷落后，整个村子上只有一架从地主家没收来的"自鸣钟"。农民缺乏时间观念，日出而作，日落而息，中午看太阳照射朝南的大门影子居于正中了，母亲就叫我到田里去喊干活的父亲回家吃午饭。要是阴天，不见太阳就靠自己估计一下。有一年秋天，父亲有事出远门，母亲和我们几个孩子留在家。眼看着地里的韭菜长高了，树上的红扁豆也要老了。母亲就和我说："这些菜该卖了，你父亲又不在。我们今天将菜准备好，明天起个早,去卖掉些。"当天下午就开始割韭菜,并一把一把整理好,放进筐里,放在河边浸一下水,然后拿上岸,将水沥干,韭菜显得水灵灵的。我又爬上树去帮母亲将红扁豆采摘下来。除了有红扁豆外,还有白扁豆、青扁豆。

　　母亲也许心中有事,夜晚一觉醒来,以为快天亮了,生怕起晚赶到城里迟了,菜卖不了。就把我叫起来,她收拾起菜担挑着,我帮她拿着秤,往城里赶,一路上遇到的人很少。赶了十几里路到城里,天还是黑黑的。偶尔有一家店门开着,便去打听现在几点钟。人家告诉我们现在是一点半钟。此时,我们才恍然大悟,起得太早了。我们只得将菜担歇在人家屋檐下等候天亮。我年纪小,又赶了十几里路,自然困了,就靠在墙边呼呼睡起觉来,母亲还要照看着菜担。我一觉醒来,天麻麻亮。街上开始有人活动,开始有人问我们的菜价了,不一会菜都卖光了。母亲叫我看着菜篮,她到麻糕店里花 3 分钱买了一块大饼给我吃。她自己没有吃,我知道母亲舍不得那 3 分钱。我将大饼分一半给她,拿起菜篮往回家的路上走去。

故乡的夏夜

　　故乡的夏日实在是令人难熬，中午蒸腾的热气扑面而来，蝉无休止地叫唤着："知了！知了！"其实它什么也不知道。中午过后，太阳偏西，人们才下田劳动，要不然在烈日下干活会中暑的。

　　故乡夏天的夜晚，又是一派景象。男人们贪恋在太阳的余晖下想多干些活，总是收工很晚。而女人和孩子们早在自己的场园前搁起了门板，把准备好的晚饭放在上面。饭篓里有饭，钵头里有大麦粥，条件一般的总有几样农家菜，条件好的也有些鱼肉之类的菜肴，等待着在田里干活的人们回来。

　　吃过晚饭，洗过澡，大家都坐在搁得高高的门板上，摇着扇子谈论着家事。孩子们洗完澡后，在大人坐的门板上挤出一块地方就躺下了，看着天上的星星，听母亲讲牛郎织女的故事。记得那年代的天空是墨绿色的，星星似乎比现在的星星亮。那是因为那个年代农村没有电灯，只能看到远处市内的灯光辉映着南边很小一部分天空，所以看上去星星似乎更比现在亮得多。

　　这季节，房屋周围的稻苗正在苗壮成长，呈墨绿色。到了夜晚，叶子上挂满了露珠。最令孩子们兴奋的是田野里飞来飞去的萤火虫。萤火虫的尾部会发出一闪一闪的荧光，孩子们拿着扇子到田边扑萤火虫，然后装进小玻璃瓶里。在睡觉时带进蚊帐中去，闪闪的荧光能亮一夜。母亲总是在早上起床时催促我们把萤火虫放到田野的稻苗上去，说它们也是生命，不好饿死它们的。到了晚上,我们又扑来一些萤火虫,照常装入瓶中,第二天清早又放了。

夏天晚上在场园里乘凉,蚊子很多,不时袭击人们,叮得身上起疙瘩发痒。父亲总是预先割些青草,尤其是野菊花、野艾草等,晒得半干不干的,加上些麦秸点起火来,放在上风向,让袅袅的清香的烟赶走蚊子。那时,牛是农家宝,白天它也劳作辛苦,于是便常拴在离人不远的桩上,让驱蚊的烟熏着它。它无论是站着,还是躺着,嘴里总是不停地叼着草。

场园南面爬满了南瓜藤,上面开满了黄色的南瓜花,结着大大小小的南瓜。到了晚上,那里的"纺织娘娘"和地下的蚯蚓,还有许多不知名的小虫子,吵闹成一片。当你走近那里,发出响动声,马上就寂静了,过一会儿,又吵起来了。

许多文章中有秋声之说,而故乡夏天的夜晚也是有声的夜晚,那就是人们扇子摇曳的声音,加上其他知名和不知名的昆虫的叫声,汇集成故乡夏天夜晚的交响乐。

瓜田稻草人

过去的年代，故乡许多人家都种瓜，我看父亲算得上是种瓜好手了。从我六七岁记事起，直到 1956 年农业合作化前，家里年年都种瓜，绝大多数年份收获不算差。

种瓜是一个十分复杂的农业技术。清明时节，要在瓜秧苗圃中下瓜种。一般准备种瓜的田，在上年秋季套种条型元麦、大麦。待元麦或大麦黄时，就翻瓜垅、施基肥。待瓜秧有三四片叶子时，就移植至大田，要浇水。那季节是大忙季节了，小麦也黄了，秧苗也高了。

童年留下最深印象的不是种瓜，而是看瓜。到了农历的五月，瓜田已经生机盎然，瓜藤游开了，开着黄黄的小花，有的结上了小小的瓜纽。这时候就要在瓜田旁的空地上搭起一个瓜棚，看瓜了。这时看瓜，不是怕人偷瓜，而是怕小鸟破坏小瓜。我父亲常常在瓜田里插上一两个稻草人。稻草人右手拴上一把破扇子，左手挂上一个空铁罐。风一吹，扇子飘飘荡荡，铁罐"叮叮当当"，吓得小鸟远离而去，不敢来田里啄食小瓜。可是时间一长，小鸟似乎也认出这稻草人不是人，就壮着胆子飞来飞去。所以，人们有时也给稻草人换换装，或戴上草帽，或穿一件红衣服，等等。有时父亲交给孩子一个破脸盆或破铁桶，看到小鸟飞来时，就敲这些破东西，吓唬得小鸟不敢驻足。

在大人的浇灌中，在我们的驱赶声中，瓜渐渐长大了。这时候的瓜不怕小鸟,而是怕地上的"破坏者"了。常常出没在瓜地里的是刺猬,而稻草人对它来说是毫无作用的。别小看这小东西,它聪明至极。大瓜它背不动,对于较小的西瓜、甜瓜,它的办法很绝。它在瓜上一滚,瓜被刺扎住,它就背上瓜,爬进河边乱草岗的洞穴中去享用了。因此,故乡人称它为"偷瓜畜骆驼"。

真正偷瓜的还不是小鸟和刺猬,而是人。因此,当瓜长到一定时候,白天黑夜都要有人在瓜田的瓜棚里守着,到晚上就由父亲或哥哥来一起睡在瓜棚里守着。尽管守得很严,但还是会有可乘之机。例如,午休时间,一些孩子(一般大人不会)会来偷瓜。他们从河那面游水过来,悄悄上岸,采上几个熟了的西瓜往河里一撂,几个人就在河那边吃了。如果被发现,也就讲几句或吆喝几声就完了,不会叫人家赔偿。故乡有"偷瓜不算贼"之说,因此,对偷瓜行为也不甚认真。

秋蟹"沙沙"声

故乡是一个水网地区,摸鱼捉虾是生活中的常事。

有时,在河边走就能在河边水草中见到一群小黑鱼,有几十条,而在这不远处,就可能有一条大黑鱼在保护着这些小黑鱼。不过据说这大黑鱼不好,当小黑鱼长大些就会把小黑鱼吃掉些,最后剩几条。有时,在河边走就会发现清澈见底的水下,有一只刚蜕壳的软壳蟹,爬动缓慢,你如果有兴趣,可以卷起裤腿下水将软壳蟹抓上来。有时,在水草繁茂之处,虾子乱跳,下到水里空手也能抓上一些活蹦乱跳的虾子来。

故乡的人们与鱼虾打交道多了,就了解了它们的活动规律,懂得根据这些规律捕获它们。我小时候曾与别人夜间去河边捉过蟹。蟹有一定的活动规律:春天,蟹苗乘着春水进入内河,经过春、夏两季,到了霜降前后的深秋时节,蟹长大了,它挺着肥肥的身子,就要回归到长江边去。说来也怪,它有十分敏锐的方向感和时节感,只要深秋的西北风一刮,它就不顾一切地向长江方向爬去,大部分顺着河道爬,也有少许上岸在稻田里往长江方向爬行。所以,人们有时在走路的时候或割稻子的时候会拾到挺大的蟹。

我家老宅旁边有一条河,南面直通苇塘和农田,北面有大河与长江相通,是大部分蟹回归长江的必经之路。因此,在河段上用竹片子、芦柴杆或葵花秸秆做成一个帘子,插入河中,上面露出水面一截,在帘子的两头各用稻草扎上一个三角的草篷,晚上,草篷里各睡上一个人。到了半夜,也许就会听到蟹在草上沙沙的爬行声,只要用手电筒或风灯一照,就能轻而易举地捡到一只又肥又大的蟹。那是因为,蟹在回归的路上,遇到了河中的帘子挡住了去路,回归的方向性和时节性使它只得沿帘子向两头爬去,而不知道两头等着它的是聪明无比的人类,在手电筒的光照下,它眼花了,不动了,乖乖地成了人们的盘中佳肴。

这样的捕蟹方法,是典型的"守株待兔",不必费很大的劲,一晚上逮上几只,成绩就不小了。不过,我小时候,做不了这个事,因年纪小,嗜睡,就是蟹爬到我的枕头边,恐怕也难以听到,正如父亲说我的,要等蟹爬到鼻子上才会知道。不过有时也跟大人们去凑个热闹。

最近这二十几年,在故乡的河道里难以发现蟹了,主要是农药用多了,再就是工业造成水质污染,清澈见底的水消失了,见到的水犹如酱油一般。偶尔也有看见几只耐药性好、耐得起污染的小螃蟹。

故乡的农民

土地改革以后，故乡的农民着实过了两年好日子。江南地方，人多地少，每人分得一亩多一点儿土地，每亩田的年产也仅有三五百斤，但尽管如此，比起土改前还是好多了。

那时，农业抵御自然灾害的能力基本没有，还是靠天吃饭，收成很不稳定。尤其是当时的虫害猖獗，而且没有什么好办法来治理。有的年成，6,7月份的时候稻子长得一望无际的墨绿色一片，看来会有好收成。但到了8月稻子要抽穗（秀稻）了，螟虫害发了。螟虫从刚抽穗的稻苗底下一咬，这稻穗就死去了，农民称之为"白秀"。农民痛心之极，看上去稻苗长得不错，但一亩地收下来只有两三百斤。另外，稻田的供水、肥料、种子等条件也极差。为了根除虫害，政府想了许多办法：夏天夜间，在田野中点灯（叫螟蛾灯），让螟蛾投火而掉入灯下的水盆里，水面上倒上一点油花，使螟蛾的翅膀粘在油上飞不起来。到秋天，稻子收完后，种麦子之前要把稻田的稻根挖掉，然后将稻根倒入水塘内，使螟虫的幼虫闷死。这些做法，也许有益处，但工程浩大，往往要弄几个月才能挖去稻根种麦子，那时已经晚了。

由于当时缺乏先进的农业技术和农药、化肥，农民种了一季又一季，而所收的粮食只能勉强够吃，许多农民日子十分难过。尤其到了春二三月，田里麦子才抽穗，家里已粮食断顿了，就到田埂上去找马兰头或其他野菜充饥。等到有青蚕豆或麦子快黄时，受饥饿煎熬的人们才有了点儿盼头。

当时,国家要发展重工业,为保证城市居民的粮食供应实行统购统销政策。规定每亩地要缴多少"爱国粮"(农业税),要卖给国家多少粮(统购粮)。但由于常遇水、旱、虫灾和农技水平低下、品种落后、肥料不足等原因,减产幅度较大。缴了公粮,卖了余粮,自己所剩无几。有些贫农出于无奈,开始将土改得来的东西逐渐变卖,重新沦落于苦难之中。那时,我不过才十几岁,尽管父母精细把持着穷日子,但家中也常在青黄不接的时节以榨过油后的豆饼和麦麸、菜、豆等食物勉强度日。更困难的人家,远不如我家,但在那个年月里,很难去顾及别人。因为,自己也在饥饿之中。看到故乡许多农民无奈地在穷困中挣扎,心中茫然。一个问题常在心头萦绕:"我们(农民)到底往何处去?"

合作化道路

　　对于农民到底向何处去的问题，党中央、毛主席早已经看到，决定进行农村社会主义改造，带领农民走农业集体化道路。1955年以后，故乡陆续办起了农业合作社。各家各户的土地、大型农具等生产资料都归集体，人们组织起来参加集体劳动，实行按劳分配。人们只要努力去劳动，到一季或一年结束时，就能获一份口粮和与付出的劳动相应的报酬。大家生活并不富裕，但过得比较安定，基本制止了农民继续滑向更贫困的下坡路。

　　当然，作为一个家庭来说，压力也减轻了。因为，作为一个家庭，只要考虑生活，而不要考虑生产了，生产由社队集体考虑安排。农业走了集体化道路，才有后来抗拒自然灾害能力的增强。1956年，在集体经济的支持下，故乡农村建起了电力灌溉站，告别了千百年来靠人踩、牛推水车灌溉的落后状况。至此可以说，抗拒旱灾的能力达到极高的程度。

　　随着农业技术的发展，防治庄稼病虫害的能力也提高了。这是因为，一方面，国家重视了农药的研制和生产；另一方面，是农药的推广和应用；再一方面，农村的集体经济壮大，有一定的经济实力购置农药和大面积使用农药，因而取得了较好的效果。那时的农民虽然仍算不上温饱，更说不上富裕，但人们似乎看到了一些希望。用当时的话来说，农业合作集体化道路是农民共同富裕的道路。

那时候,田里的肥料来源主要不是化肥,而是农家肥,如养猪、养羊的灰肥,其次是用杂草、秸秆与烂泥混起来的土肥,最主要的是农村的河泥与稻草、青草沤成的泥肥。那时,我才十六七岁,力气并不大。一个春天,几乎就在与河泥打交道。一开春,天气暖和了,有人下河罱河泥,我就去掮河泥(河泥罱上来后,用粪勺一勺一勺地往上面塘里舀),那也是很吃力的活。到了清明前后,开始翻草塘(即把稻草、紫云英草等与河泥加水拌和起来),那是更累的活。一个春天要翻五六个草塘,刚开始时,我手上磨起了五六个血泡,泡破了,就成了老茧。后来,农田的活,我基本上都可以做了,如挑河泥、插秧、种麦、收割、打场等等。人就是这样锻炼出来的。

过了若干年,再来回顾自己的经历,似乎有些感慨。

一个人的成长,是要在各种环境中锻炼出来的。吃过某种苦,也是一个人的资本。青年甚至少年时期,吃一点儿苦,对人的成长和人格的完善也未必不算好事。历史上逆境成才的伟人、名人很多。当然,我们不要去刻意给孩子们"制造逆境",去为难孩子,父母不忍心,现在的社会也不忍心,但在日常生活中碰到的许多自然逆境还是要让孩子们去经历一下的。要常常教育孩子们自觉地去经受逆境的锻炼。

首次读小说

20 世纪 50 年代农村的生活十分的艰苦,不仅农活要付出很大的体力,生活方面的条件也是很简陋的。那时没有电灯,每到晚上,条件较好的人家点煤油灯,一般是没有玻璃灯罩的煤油灯(乡下人叫"洋灯"),另一种是带有玻璃罩的(乡下人叫"美孚灯")。而我家仍很贫穷,点的是油灯,用的是棉籽榨的油,用碗或碟子,倒上棉油,用灯草或棉纱条做灯芯,点一会儿就要动手将灯芯剔一剔。火也就是黄豆粒那么大,在一尺范围内大约能看清书上的字。

1955 年冬天,我从村上的一个教师那里借到了一本前苏联作家尼古拉·奥斯特洛夫斯基著的《钢铁是怎样炼成的》。我在这黄豆大的灯光下,开始阅读这本书,也可以说,开始接受无产阶级思想教育。天很冷,我在身上披些破棉衣,每晚都读得很晚很晚,有时将灯盏的油点干了,还是不能尽兴。父母亲也不知道我读的什么书,那么厚厚的,以为儿子能读书,又读得如此认真,总是好事,因此也不过问。

回忆当时阅读《钢铁是怎样炼成的》的心情,现在还是那样激动。我深深地敬仰保尔·柯察金和那些青年英雄,同时也懂得了人为什么活着,明白活着就不能碌碌无为,应当为老百姓做点儿事。书中的情景和精神,陶冶和激动着我的心情。同时,我也从书中感受到了人生美好的东西,如亲情、友情、爱情等。尤其是保尔与冬妮亚之间的感情波折,使我看到人生最珍贵的东西,不过在当时,我对他们之间的感情结局深为惋惜。我从读书一开始就被描述的保尔与冬妮亚的友情所吸引,憧憬着他们之间的友情会升华为爱情,可是最后的结局使人失望。

　　用一个多月的晚上时间读完了这部书,方才知道,阅读一部感人的小说是一种享受。苦在当时的农村,不仅买不起那样好的小说,就是借也是难以借到的。也许,在年轻的时候,若能多读几部诸如《钢铁是怎样炼成的》之类的小说,我的思想会觉悟得更早些,从不懂事到懂事这个过程会缩短许多。争取早5年时间为人民做点儿事,也就等于我的生命多活了5年。过了40多年,我儿子听说我酷爱《钢铁是怎样炼成的》这部小说,有一年我过生日,他买了一部作为生日礼物送给我。每当读起这部小说,就会情不自禁地回忆起第一次读这部书的心情。

我能入团吗？

那是 1956 年的时候，我的小学老师（也许他那时兼做着乡里共青团的什么工作）到我们村上的民校给青年上课。当时讲的什么，已经记不清了，但是我与老师的一段对话，记得非常清楚。记得那是一个晚上，上课结束了，我找到他，我问："我这样的人可以加入共青团吗？"他说："这要问你呢！"他接着说："加入共青团必须是自愿的，你愿意吗？"我回答："愿意！"他又说："只是愿意还不行，要符合条件，还要履行手续。"

从那以后，我积极参加共青团组织的会议和各项活动。当时的一些活动，无非就是积肥、除"四害"、教农民识字等。但是，那时并没人对我和我这样的人进行培养和教育，尽管工作做得很多，但没有人过问此事。

曾记得一年夏天的晚上，共青团在某小学开会。那时候白天劳动很累，会议开了两个小时，我趴在桌子上睡着了。会议结束时，竟然没有人叫醒我，因为我那个村子上去开会的只有我一个人。当我醒来时，教室里漆黑一片，校园里也空无一人，外面阵雨刚过，远处还响着隆隆的雷声（因当时没有钟表，也不知道什么时候）。我心中有些紧张，因为这样恶劣的天气，还要走三里田间小路，穿过许多坟地和广阔的田野才能到家。小时候就听过许多当地鬼怪的传说，心里难免有些害怕。我怨自己怎么会睡着了，没和大家一起回家，也怨那些开会的人不叫我一起走。为了不使自己寂寞,我一路上唱着歌,壮着胆,往前赶路,也不管是水,是泥,只要不滑倒就行。实际上,不一会也就到家了。从此,我对赶夜路不害怕了。这事过去从未对人说过,怕人家笑话我。说我还想入团呢,开会睡大觉,会散了都不醒。不过那也是歪打正着,这一觉为自己创造了一个锻炼赶夜路练胆量的机会。1959年春,我开始到阮市大队当通讯员兼邮递员,经常要晚上去通知、传达事情和了解情况,我不相信那些小时候听到的鬼怪的故事了,那时自己已锻炼出来了。

实际上,人往高处走,水往低处流,同属自然规律。每一个青年都是希望自己各方面都有所进步的,尽管他不一定十分明确自己为什么要争取进步,但自我完美的希望人皆有之。可是,往往自己并不懂得如何使自己更加完美。年长的、有德行的人有指导青年成长的责任。

进农中读书

随着国家经济建设的加快，农村也需要大量有文化的人。那时，与我同龄的初中毕业生几乎都被国家招去工作了。因为那时候文化水平普遍低，初中毕业生已是国家的人才资源了。而像我这样的小学文化水平的一大批人，还不属于人才。农村发展同样需要人才。1957 年，当时的龙华高级农业合作社办了一个农业中学。这个学校离我家住的村隔一条河，不过要到学校还必须绕许多路，过了桥才能到达。

记得当时也没有要缴什么学费。课程设置有文化课、政治课和农技课。有 3 个教师，据我所知，其中严君兰、薛琴老师是在城里工作的，在他们被打成"右派"后，下放到乡下来，农业社抽他们到农业中学教书。应该说，他们为人诚实，教学水平还是较高的，我们对他们很尊敬。

在农业中学，不少老同学相聚在一起，同时又结识了许多新朋友。但我在农业中学的时间并不长，只有大约一年时间。当时的办学条件很差，教室是在一个会堂内，空间很大，没有电灯，有一些破桌椅。学生没有吃住的地方，仍和小学一样，中午放学回家吃饭，来回要赶上几里路。遇上雨天，田间道路泥泞难行，有的人也就不来了。当时管理十分松懈，没有什么教学纪律约束，加上那时候人们看不起农业，认为艰苦而没有出息，学习时间没有保证，有时家中或队里农活一忙就不去上课了，日复一日，成了"自然消亡"。人生从少年刚转入青年阶段,感到再读书有点儿不自由,许多人对自己要求也不高,因此也很容易坚持不下去。

后来,这个学校经过"大跃进",又东迁西搬,历时好几年,直到1962年国家教育调整时才撤销。过了若干年,再来看这所学校,感到它的意义十分不一般。应当说,那时候已经有人意识到,农村要发展就需要人才,而且将这一理念化成办学的实际行动,从后来的重视教育、培养人才的观点来看,当初的决策和行动是具有远见卓识的。至于后来因国家经济、政治、教育形势的变化发展,年轻的农业中学夭折,那不是决策的初衷。农业中学,在我和我的同学们的记忆中是磨灭不了的。

"大跃进"年代

1958 年的夏初季节,"大跃进"如风潮一般席卷着故乡大地。

没有经历过那个时代的人,不会相信那时候的人做事情有多么的愚蠢和盲目。夏初时节,大炼钢铁的"大跃进"时代已经来临。全党全民动手大炼钢铁,大概那时县里已有了铁钢厂和小高炉,但是炼钢需要原料、燃料和人力。没有原料就把各家各户凡是铁制的东西(锅、窗户铁栏杆和废铜烂铁)都收集起来,送到小高炉;没有燃料,就将大树、小树砍下来送到焦炭厂烧成炭去炼钢;砌小炉没有耐火砖,就发动老百姓把缸敲碎(如粉末状)送到小高炉工地制耐火砖。效果如何?不用多说,历史早已作出了结论。

农业上的"大跃进"在秋季开始了。"亩产超万斤"等此类的人造"奇迹"不必说了,就自己经历的"深翻土地",也是让经历过的人难以忘怀的劳民伤财之举。也不知道哪个不学无术的"专家"或领导得出一条谬论,并以此来指导工作。认为土地深翻能使土地松软,庄稼的根就会扎得深,根深叶茂,才能有好收成。1958 年进入仲秋,稻子快熟了,"土地深翻"、"大兵团作战"和"食堂化"同时来到故乡的土地上,搞得民不聊生。

其实,土地上层是熟土,越往下越是生土,庄稼是靠熟土生长的。把土地深挖一米,尽管努力将熟土保持在上层,但总是不如原来。这种没有哪个农民可以想得通的事,在"瞎指挥"、"强迫命令"的错误工作方法下推广开来。人们像部队一样,日夜苦干,频繁调动。当时,我年少气盛,说了几句牢骚话,竟然有人去告诉了干部,这个干部在田头开会时点名批评了我,说我对"深翻土地"不满,对命令怀疑,执行不坚决。我父母亲是老实巴交的农民,一听说年纪不大的儿子在外干活整天整夜不归,反而挨了批评,特地抽空到"深翻"现场找我,要我学乖些,少说话。我听了他们的话,每顿吃两大碗饭(当时口号是:"放开肚子吃饱饭,鼓足干劲搞生产。"),每天翻一段田,总能达到要求。其实,在那时候我就已经养成了一种性格,对于自己认为不对的事,敢于提出质疑。当然,对于当时"深翻土地"的意见,我并没有什么先见之明,不过是反映了当地当时一些农民群众的想法。至于有些干部的批评,那也是以执行上面指示所必需的。

工地洒汗水

"大跃进"年代前后,农民无偿为国家工程出工的项目很多,开河、建机场、修公路、筑铁路,都是农民自带口粮、工具、柴草进行无偿劳动。

1957年,也就是17岁那年,我随哥哥去长江边的魏村开河,那河叫德胜河。对我来说,那是苦难的年代。我刚步入青年,本来身子就单薄,承受如此繁重的劳动,实在是不易。早上(雨天除外)要去开早工,回来一人一碗半稀不干的粥,吃完后继续上工地去挑土或用钉耙装土。到了10点,肚子饿了,人没有力气。那时候穷,3分钱一块的大饼也没有钱买,只能忍着饥饿到中午。午饭每人一碗饭,就着自带的自家制的豆瓣酱,吃完再去干。晚上回来,累得动弹不了,只能喝一碗稀饭就睡觉。好在那时,我与哥哥同往,多亏了他的关照,否则,我是会累得垮下去的。

1958年秋后,国家又要农民无偿出工了。这次出工的地方是沪宁铁路复线工程。也就是说,要在原有的铁路旁边再筑起一条铁路的路基,工程十分浩大。不过我们知道,那与开河不一样,那是在平地上挑土,不要担着重担爬几十米高的坡。我们一批年轻人都被派去了。我们的工地在常州以西的周村附近,那里离新岗车站不远。除了我们之外,还有一些妇女,有姑娘家,也有有了孩子的少妇和年老妇女。

每天的工作是挑土,将路基夯坚实,最后,施工员测量计算。

平均每人要达到一定的土方量,否则晚上要去挑灯夜战。许多人希望我去与他们打夯。因为,夯是由 6 或 8 个人齐出力,才能将一块栓有 6 根或 8 根麻绳的夯石摔到比人头还要高,再落下去,要有一点儿技巧。我打夯会喊号子,过了许多年,似乎还记得那些打夯的词:

"同志们啊(领)——杭唷(和)!

修铁路啊——杭唷!

来打夯啊——杭唷!

齐努力啊——杭唷!

修好铁路——杭唷!

上北京啊——杭唷!

哎呀哎之杭唷,唷——唷呀唷之杭唷!"

然后,再从头开始,词要变化,要见景生新词。大家情绪高,不仅步调一致,而且不觉得很累。那年直到春节前,我们才从工地撤回家。

《九九艳阳天》

在沪宁铁路复线工程劳动的时候,是我青年时代难忘的经历。因为年轻人较多,气氛非常活跃。偶尔,南京铁路分局也派电影队到工地上来放电影,记得一次放映了故事片《柳堡的故事》,陶玉玲扮演的二妹子形象非常深入年轻人的心,工地上常常飘荡着《九九艳阳天》的歌声:

九九那个艳阳天来呀,

十八岁的哥哥想把军来参。

东风呀吹得那个风车转呀。

蚕豆花儿开呀,麦苗儿鲜。

……

过了许多年,听到这首歌就想起当年听到这歌声时的情景。

在工地上的日子里,也有雨天不能上工地的时候。老年人爱睡觉;中年人爱回家;年轻人就组织在一起唱唱歌,说说笑笑,快乐得很。常常有人独唱《九九艳阳天》,也有合唱的。

临近春节,民工们都要回家过春节了。据说,节后不必再来,又有另外地方的民工接着往下干。我们几位年轻人,算是干得出色的,复线工程指挥部奖励我们一条毛巾。我还记得毛巾是翠绿色的,上面印有红色的"筑路英雄"和"沪宁铁路复线工程指挥部"的字样,我们十分高兴。想起这事,我由衷地赞美中国农民的伟大。他们自己带着口粮,带着柴草和工具,无偿地为国家出劳力,最后发一条毛巾，就打心底里感激政府。我为曾是如此伟大阶层中的一员而深感自豪。许多年过去了，我认为我还是农民的儿子！

1985年9月的一天，我已从部队转业至镇江船舶学院。这天是镇江第四中学的校庆日，我代表镇江船舶学院去祝贺，发现主席台上坐着一个女同志，看上去非常面熟。我苦苦地思索，她是谁？突然想起她是《柳堡的故事》影片中"二妹子"的扮演者陶玉玲。庆典活动完后，我找到陶玉玲，请她到学院与师生见面，她欣然同意了。第二天，我去接她，她在学院以自身的经历作报告，3 000人的大礼堂座无虚席，轰动了整个学院。陶玉玲是镇江人，刚解放那年，她从镇江步行到昆山，追寻部队文工团。她经历了许多艰难困苦，凭着对文艺的执著追求，塑造了许许多多令人难忘的朴实的女性形象。如《柳堡的故事》中的"二妹子"、《霓虹灯下的哨兵》中的春妮等。

走上了社会

1959 年春，一个十分偶然的机会，我遇上了一个真正走向社会的机会。一天傍晚，我在小河边洗脚，不远的地方有两个人在对话，一个是我们大队的刘书记，还有一个是一位农民。刘书记对那个农民说："现在大队要一个通信员兼做邮局的投递员，你愿意去吗？"那个农民非常直率地回答："不能去，我家务多，去送信顾不了家。"就这么简单的对话，说者无心，而我听了却有意。那年我已经 19 岁了，家中父母健康，无甚牵挂。我回家与父母商量，父母同意，但不知人家是何意。

第二天，刘书记从田里收工后，就到小河边洗脚。我就壮着胆子问："刘书记，听说大队要一个送信的，你看我可以吗？"刘书记听了很高兴："可以是可以，不过一天要跑几十里路，你吃得了苦吗？"我说可以。过了一天我就接下了原来送信的老大娘的班。从此，我算真正走上了社会。

到大队送信，工作十分简单。上午不会有什么大事。午饭后，就到龙虎塘邮电局取了信、邮件和报纸，开始一个个自然村送信、送报。有时要根据当时任文书的钱大姐（她是比我大 8 岁的一位面慈心善的大姐）的要求，统计各生产队的生产进度。一圈下来已是傍晚时分，将统计的生产进度表交给钱大姐以后，就可以回家了。后来，因夜间大队有时有事，需要通知生产队或在下面工作的大队干部，要我住在大队部，我就从家中搬了被褥到大队住。

　　那年代落后，电话只能通公社，没有自行车，凡事都要靠两条腿。初时，我走夜路的胆量不大，因为一个大队走一圈要几十里路，有些不熟悉。后来熟悉了就不怕了，甚至会找出窍门来，省时省力。例如，有一个生产队在河东，有一个生产队在河西，从岸上转一圈要半个小时，而涉水过仅用五分钟，因此，夏秋季节我常常将邮包顶在头上，脱衣涉水而过。工作并不算艰苦，除了送挂号信、电报有很大责任外，其他事情只要能完成就行，没有什么压力。因为送信是在田间小路上行走，一路上没有安全问题，我常常一边走路，一路看书读报，送信成了一个学习的机会。当然，遇上风雨雷电，也是有难度的。遇上大风大雨、烈日当空或深更半夜，走路有体力和心理上的困难，但我从不畏惧。记得有一年春天，大雾天气，我从大队部去某生产队，要经过一道坝，当时这个生产队的人说："那坝上刚刚有'鬼火'飘动的，你敢去吗？"（也许是试试我的胆量）他们要派人送我，我谢绝了，毅然冲进大雾之中。还是老办法，一路靠歌声壮胆，顺利走完了全程。

第一次讲话

在大队送信才 3 个月,就遇上新桥公社邮电局评选先进。我工作不久,也不知道先进是如何评选的。当时的局长姓孙,给每一个邮递员发一本意见簿,要求每一个人都要请用户写意见。其实,我也不知道这些意见写了对自己有什么用,但上级要这样做,就这样做吧。信送到什么地方,我都请人写意见。人家看我如此虚心,又没有发现工作中有什么缺点,总是写上一些好话,至少也是鼓励性的话。评选先进就是根据人家写的这些话进行评选。结果我就一下成了一个先进。

记得那是一个初夏季节的晚上,公社召开表彰大会,发了毛巾、草帽、胶鞋、雨伞等一些用品。在当时的经济条件下,这些奖品已算是很丰厚了。奖发完后,要我代表受奖者说几句话。因为预先没有告诉我,我也没有准备,加上从未在如此场合下讲过话,心里很激动,也很乱。只是一个劲地说:"我很激动,今后一定好好干。"既没有客套词,也没有豪言壮语。会议开完了,心里很后悔,没有说几句感谢孙局长的话。这就是我有生以来第一次在大会上讲话。多年以后,想起当时的窘迫劲儿,脸上总发烫。

后来,在我送信的范围内多了一个国营企业,其实那不是我职责范围内的事。过去有规定,专送一份电报要付给投递员两角钱的送递费(劳务费),而这个企业电报多,有时一天送两趟,他们常常不肯支付送递费。后来,孙局长知道了,就专门去这个企业要求付送递费。这个企业收发室的老太太家里有人在前苏联,常常要我帮她买纪念邮票寄信到苏联,关系也就好多了。

那年初秋的一天,我在外送信,遇上了大雨。那是一个前不着村、后不着店的旷野之地,淋湿了衣服,当晚就发起烧来。第二天早上起不来了,也没有吃早饭,又昏昏地睡去了。到了中午后,我挣扎着起来,要到邮局去领信、领报,刚走出大队部就昏倒了。那是因为烧还没有退,加上两顿饭没有吃,身体很虚。后来,被人发现送到大队部,在钱大姐的照料下,喝了点儿开水和稀饭,总算无大事。那天的信是大队长老左帮我去送的。第二天早上,我身体恢复了,又照常去送信。我认为,说话是要算数的,困难再大也要努力把工作做好。

要当好干部

那时的农村干部是十分艰苦的，平时要到分片的生产队去参加集体劳动。大队部是不开伙食的，有一座灶平时仅供烧开水用。那个年代粮食宝贵之极，偶尔几个人在那里煮一点儿稀饭，也是各人带米合在一起煮。其实，大队的粮食多得很。那年冬天，我就搬到堆放稻谷的仓库里去睡，晚上在那里看守稻谷，一大排房子有十几间，都堆满了稻谷，但任何人都没有想过动一粒粮。因为那是要卖给国家完成统购任务的。

在与干部们相处的日子里，深感当干部难，当好干部更难。有一次，大队有一位干部从自己村上弄来了一条鲢鱼，正准备烧着吃。大队刘书记从外面回来，问这鱼从哪里来？花了多少钱？那位干部说："这条鱼是我从自己村上要来的，没花钱。"刘书记要他把鱼送回村里去，并说："我们当干部的不能占老百姓的便宜，不能损害老百姓的利益。否则，久而久之，我们这些人会变质的。"这位干部的党龄比刘书记长，是 1947 年入党的党员。但刘书记那么一说，他就把鱼送回去了。

1959 年，国家经济困难已初露端倪，群众生活十分困难。记得有一天晚上，要组织人将一船稻谷送到粮管所，先要找人将稻谷装上船，然后到粮管所码头卸下来。我也跟着去了。卸完了稻谷已是深夜一两点钟了，这些出劳力的人早已饥肠辘辘。因为我也算是大队工作人员，大家推举我出面向粮管所要几斤从糠里筛下来的细米,回去做半夜餐。好心的粮管所保管员看我们干到半夜,真给了一点儿细米。回到大队已是三四点钟了,大家不散,等着细米做成饭吃了后再回去。不一会儿细米饭做好了,是半干不干的饭,里面除了有细米外,还有谷嘴头、稗草籽等杂质。一点儿菜也没有,大家也顾不得那些了,每人吃完了自己那一份才回去睡觉。那时,天都已经是拂晓了。

我在大队工作只有 9 个月,经历的事情不多,而如何当干部这个问题,对我影响深刻,虽然那时并没有读过毛主席的《为人民服务》,但那些老干部们做出了样子。他们无论在何等艰苦的条件下,尽管手上有权、有粮、有钱,但不谋私利,不损害群众利益,时时都抵制社会上的权势欲的侵袭。过了若干年,我总认为:青年时期在农村,那里的干部给我上了一堂生动的人生哲理课。

遇到好"老师"

在大队工作时，记忆犹新的是一个夏日的晚上，刘书记教育了我一顿，说得严重一点，是教训了我一顿。事情是这样的：我在大队当通信员，工作也还可以，听话，能吃苦，与人随和。一天，钱大姐找我谈加入共青团的事。她一提起入团的事，我就随意地回答了一句说："入团能怎么样，不也靠干活挣饭吃，我看入不入团是一样的。"

这件事钱大姐告诉了刘书记，刘书记就找我谈话。记得那是一个雨天的晚上，他难得晚上有时间在大队部，以往常常到生产队去了解情况或开会。一个大队几千号人的生计都担在他和同事们的肩上，平时是没时间过问我的事情的。这天下雨，出不了门，他就开始问起我前面所说的话，我直言不讳地说是我说的。他有些激动，接着问："你想不想为老百姓做点事？"我说："想啊！"他说："靠你一个人能做什么事呢？送信送报，不能干一辈子。如果现在我们叫你当团支部书记，而你不能，因为你还不是个团员。"他接着说："你这个人说是要为老百姓做事，又不积极靠拢党团组织，如何为老百姓做事情呢？"后来，我告诉他，我1956年就写了入团申请书，至今也无消息。他说："这不怪你，因为这三四年团组织变化大，你的申请也不知道到哪去了，过去在家种田，也没有人注意到你，现在不同了。钱大姐是共产党员，从今天起，由她负责教育你。"到了这年的9月，我终于加入了共青团组织。许多年过去了，刘书记的这次谈话,我还铭记在心。

在大队当通信员时,遇到的不只是刘书记和钱大姐这样的好干部,几乎所有的干部都很关心我,他们都是我政治上的启蒙老师,左大队长就是其中一个。他后来担任书记,我们习惯地叫他左书记。他是一个很有原则性的干部,对待我们年轻人亲如子弟,凡事都好好与我们讲道理。

钱大姐长我几岁,我们同属"小字辈",那些人都称她"小钱"。她为人厚道,聪明能干。她是常住在大队部的,负责处理日常事务工作。她最喜欢我给她讲故事,因为我送信送报时,能边走路边读书,有空就给她讲《钢铁是怎样炼成的》等一些古今中外小说上的故事。后来,我参军的通知单发下来了。在我离家的前一天,她的情绪很低沉,似乎舍不得我走,但又无可奈何。我说:"你是个好人,我这辈子不知还会遇到像你这样的好人吗?"一语点到了她的心灵处,她"哇"的一声哭了出来。我也忍不住流着泪,赶快离开了她的办公室。否则大家哭成一团,会给别人笑话的。

社会其实也是一个大学校,在社会上的所见所闻都无时无刻地不在影响着你,改变着你,问题是要有一定的鉴别能力,知道应当接受什么影响,应当拒绝什么影响,必须有一种"扬弃"的态度。

离别故乡时

1960 年 1 月 3 日,是我参军报到的日子。前一天晚上,母亲对我说了许多话。我感觉母亲的形象比一般农村妇女的形象高大了许多。她说:"儿子,你是我的儿子,但你也是国家的人。我不留你,你应当去国家需要的地方。"她说:"出去做事要与人为善,不可由着自己的性子来。"她又告诫说:"不要抽烟,也不抽别人的烟,也不买烟给别人抽,如果你来我往互相请抽烟,不会抽也会学会的。"

那时候,国家经济困难的征兆已经出现。儿子出远门,父母总要弄一顿好一点儿的饭菜送行。可是,拿不出什么好东西来。父亲将家里饲养的一只鹅杀了,烧了一锅菜,全家一起吃了。没饭,仅有一碗赤豆,煮熟了也吃了。

村上有我去参军,也算得上村上的光荣。村上在大食堂里为我送行,炒了大青菜,河里捉了几条鱼。唯独没有更多的米烧几碗饭,只好是大家喝粥。不少人为我庆幸,说终于脱了"凡胎"。在他们眼里,农村是"苦海",我离开农村是"成仙"去了。

到了下午,大队组织许多人敲锣打鼓把我送到公社,我胸前佩戴着大红花,我父母亲也戴着红花。古话说"儿行千里母担忧",是不错的。母亲在钱大姐的搀扶下,不住地抹着眼泪。父亲 60 多岁了,虽然劳累过度,弯腰曲背,但从他的神情中似乎看到因为他的儿子走出了农村,心情很兴奋。我挥挥手走上专门送我们的汽车,我看到母亲和钱大姐都哭了,还一个劲地喊着:"到了新地方,要给家里写信!"

汽车启动了,锣鼓声、鞭炮声、人们的掌声夹杂在一起。这时候,透过车窗的玻璃,我看到父亲在擦眼泪,似乎还在嘱咐我什么。我的视线模糊了,挥手示意他们回去吧!

车轮滚动了,车窗里掠过送行的人们、村庄、田野、苇塘,掠过神奇的龙虎塘,掠过生我养我的故乡,我的心中似乎在喃喃地喊着:"别了,故乡!"

事隔近50年了,如今回忆起往事,那充满离别时的惆怅,一个青年与故土告别时的动人场面,仍然历历在目。我父母活到80多岁离我们而去,唯独故乡仍在。故乡在经历着一场场不平凡的洗礼,她也变了,变得繁荣了,人们富裕了。但我与许多人一样,一个理念没有变:我仍是故乡的儿子!对故乡的思念,已经融入我的血液之中了。无论到天涯海角、天荒地老都会思念故乡的。

此船此人多壮美

　　船，与人类相伴已久。竹筏、独木舟、木帆船……桨声、帆影，从远古而来。

　　600多年前的郑和，率200多艘木帆船，载27 000人下西洋，创下了世界航海史上的奇迹，这是中华民族的光荣和自豪！

　　如今的船已是航母、超级油轮（VLCC）……许多大而快的船，它正向未来驶去。

　　历史告诉人们：中华民族向海而兴，背海而衰。大声地呼喊吧：关注海洋，关注蓝色国土！

弘扬郑和航海精神

  600 多年前的 1405 年 7 月，在苏州太仓刘家港的长江上，一支由 200 余艘船组成的远洋船队出发了。这支船队，由宝船（官船）、座船、战船、粮船和马船等组成。他们乘着东北季风，扬帆远航，直驱我国的东南沿海，然后，由此再向南洋和西洋进发。这就是名扬于史的郑和下西洋。

  郑和七下西洋，是举世闻名的壮举。从 1405 年至 1433 年的 28 年中，郑和率船队七次下西洋，访问了 30 多个国家，最终到达了今天的索马里、肯尼亚和沙特阿拉伯的麦加。这是人类历史上空前的壮举，把我国古代的造船事业和航海事业推向了一个新的高峰，在中国与东非之间建立起经常的海上交通，形成了一个密集的亚、非两洲的交通网。

  郑和下西洋在世界航海史上写下了灿烂的篇章。郑和下西洋比哥伦布 1492 年到达美洲早 87 年，比达·伽马 1497 年到达印度加里库特早 92 年，比麦哲伦 1519 年开始环球航行早 114 年。不仅如此，郑和的船队还在中国和东非之间建立起海上航线，为欧洲人的东来以及随后欧洲人的环球航行奠定了基础。可以说，郑和下西洋是后来地理大发现的前导。

  郑和下西洋在世界航海史上占有重要的地位，受到了各国学者的高度重视和赞扬。荷兰的戴文达说它是"十五世纪初中国人伟大的海上航行"。英国的李约瑟称赞它"是中国历史上最伟大的航海探险"。日本的寺田隆信则说："郑和完成的航海事业,应该说的确是伟大的事业。这不仅是中国历史上最大的海上活动,而且是直至 15 世纪初,在人类所进行的同样事业中规模最大的一次。在它的面前,迟于数十年才开始的所谓的'大航海时代'的种种航海,便相形见绌了。"

斗转星移,时光流逝。600 多年后的中国在世界造船业和航运业上有了巨大的发展,今天的人们在向世界开放的意识下,更需要弘扬郑和的航海精神,继续发展我国的造船业和航海业。为此,在纪念郑和下西洋的时候,我们有必要了解郑和其人、郑和的远洋船队和郑和航海的壮举。

郑和其人其事

　　郑和(1371—1435 年)，我国明代杰出的航海家。郑和七下西洋，在中国几乎家喻户晓。然而，对郑和其人，未必全知。我走访了在江苏的几家纪念馆和郑和的墓地，搜集了介绍郑和生平的一些文字资料，对郑和有了一个较系统的了解。

　　郑和，本姓马，回族，云南昆阳(今晋宁)人，生于明洪武四年。他的远祖系西域人，元朝时，郑和的六世祖赛典赤·瞻思丁曾被封为"咸阳王"，在云南行省平章政事(省一级的最高行政长官)，遂落云南籍，从汉俗。由于西域人无姓氏(赛典赤一词，为宗教贵族)，到郑和五世祖，即赛典赤·瞻思丁第五子马速忽时，改姓马，世袭侯爵之位。其祖与父都到过伊斯兰教圣地麦加，被伊斯兰教人尊为"哈只"(阿拉伯语，意为"巡礼人")。

　　郑和的父亲生有二子，长子马文铭，次子马文和(小名马三保)，即郑和。郑和幼时对外洋情况有所了解。明初，郑和入宫做宦官，从燕王起兵，赐姓郑。他历任明洪武、建文、永乐、洪熙、宣德五朝太监。因他崇奉佛教，后来人们使用佛教教义中的佛、法、僧三宝，尊他为"三宝太监"。永乐三年(1405 年)七月，他奉命率领远洋船队从江苏苏州刘家港出发出使"西洋"，历遍南洋各地，两年而返。以后又屡次航海，从 1405 年至 1433 年的 28 年间，郑和所统率的航船维绡挂席，际天而行，云帆高挂，昼夜星驰，往来于南洋群岛、印度洋上，并远航至非洲东岸波斯湾及红海麦加等地，访问过

30 余国,第一次打通了从中国到红海、东非等国的国际航路。郑和下西洋加强了中国与南洋各地的联系,促进了中国与亚非各国经济文化的交流,在中国历史上和世界航海史上写下了光辉的一页。

郑和的具体长相是什么样呢? 在明代作家罗懋登的《三宝太监西洋记通俗演义》中有所描述,明大臣刘诚意向皇上推荐郑和为下西洋主帅时,描述了郑和其人:"若论他的身材,正是下停短兮上停长,必为宰相侍君王;若是庶人生得此,金珠财宝满仓箱。若论他的面部,正是面阔风颐,石崇擅长乘之富;虎头燕颔,班超封为万里之侯。又是河目海口,食禄千钟,铁面剑眉,兵权万里。若论他的气色,红光横自三阳,一生中须知财旺,黄气发从高广,旬日内必定迁官。"当然,这是文学描写,还带有几分神秘色彩。我们在江苏太仓浏河郑和纪念馆看到的郑和塑像,样子甚是年轻,手中握有一卷航海图之类的东西,显得胸有成竹、踌躇满志。与塑像基本相似的还有一幅《台湾文化杂志》刊载的郑和像,十分古旧。后在郑和墓见到一幅后人绘制的郑和像,相比之下,形象就比浏河纪念馆中的人像老练多了。这符合时空发展的规律,郑和 1405 年首次出使西洋才 34 岁,而 1433 年最后一次出使西洋已是 62 岁了,两年之后的 1435 年他就逝世了。

领袖评说郑和

我们中华民族大概自古以来,就有一种对异域和异物渴望探索的精神。我们民族在历史上之所以能兼容并蓄,从而创造出这样光辉灿烂的文化,原因很多,这种精神也起了相当大的作用。

随着造船科技的发展和中华民族的先人对地理知识的了解,探求异域的规模越来越大。秦代有徐福东渡扶桑,寻找"长生不老药";汉代有张骞、班超、甘英通西域,开辟"丝绸之路";唐代有鉴真和尚东渡日本;等等。到明代,我国又开辟了"海上丝绸之路"。郑和下西洋航程之远、船队规模之大,不仅在我国古代航运史上罕见,就是在世界航海史上也是空前的。

对此壮举,中华民族现代的领袖给予了极高的评价。

中国民主革命的先驱孙中山先生说:"乃郑和竟能于十四个月之中而造成六十四艘之大船,载运二万八千人巡游南洋,示威海外,为中国超前轶后之奇举。至今南洋土人犹有怀想当年三保之雄风遗烈者,可谓壮矣。然今之中国人,借科学之知识,外国之机器,而造一艘三千吨之船,则以为难能,其视郑和之成绩何如?"

周恩来总理说:"我国明代郑和是一位大航海家。郑和曾访问过东非索马里、肯尼亚等国家,为中非友谊作出过重大贡献。"

邓小平同志说:"现在任何国家要发达起来,闭关自守都不可能。我们吃过这个苦头,我们的老祖宗吃过这个苦头。恐怕明朝明成祖时候,郑和下西洋还算是开放的。明成祖死后,明朝逐渐衰落,中国被侵略了。如果从明朝中叶算起,到鸦片战争,有三百多年的闭关自守。如果从康熙算起,也有二百年的闭关自守。把中国搞得贫穷落后,愚昧无知。不开放不行……你不开放,再来个闭关自守,五十年要接近经济发达国家水平,肯定不可能。"

江泽民同志说:"中华民族有着悠久的历史和灿烂的文明,几千年的历史中有许多重大事件……就古代而言,中国对外交往可以追溯到公元前二世纪的'丝绸之路'和公元十五世纪的郑和下西洋,这些都给我们留下了深刻的印象。这说明,中华民族在历史上就致力于同各国人民的友好往来,进行文化和经济交流,共同创造美好的未来……总而言之,古今中外有许多历史人物,他们推动了社会的进步事业,我对他们都怀有敬仰的感情。"

2005 年是郑和下西洋 600 周年。中央高度重视郑和下西洋 600 周年纪念活动,决定成立纪念活动筹备领导小组。海内外、社会各界非常关心和支持纪念活动。这次活动的主题是"热爱祖国、睦邻友好、科学航海"。作为郑和事业的继承者——中国造船业,应当重视开展这一纪念活动,以此弘扬郑和精神,发展中国造船和海洋事业,为创建世界造船大国而努力奋斗!

探访龙江宝船厂遗址

　　郑和七下西洋的壮举,足以让每一个驾船与造船的中国人感到自豪和骄傲。当年打造郑和宝船的龙江宝船厂就坐落在今天南京三汊河附近。沿着三汊河南街前行,一方池塘忽地映入眼帘。放眼望去,只见清波荡漾,垂柳依依。不是那块碑石、那行文字的提示,谁也不相信这里便是郑和下西洋的起始点、古代“海上丝绸之路”的起始点——龙江宝船厂遗址。

　　当年朱元璋定鼎金陵,即在南京下关三汊河设厂造船,水域宽阔的龙江关由此成为明代的造船工业基地和水运枢纽。龙江船厂厂区占地面积为 8 100 亩,为当时世界上规模最大的造船厂。龙江船厂隶属于工部都水司,厂设工部分司(掌管督察)、提举司(总管造船业务)、帮工指挥厅(总领监督施工)。洪武初年,明政府调集浙江、江西、湖广、福建、直隶江海沿岸的船工 400 余户,按照明代城市居民的坊厢组织,根据专业编为四厢,各司其职:一厢工匠制造木梭橹,二厢工匠制造木铁缆,三厢工匠修补旧船,四厢工匠制造棕篷等。船厂厂址东抵城壕,西抵秦淮卫军民塘地,西北到仪凤门第一厢民住官廊房基地,南至留守右卫军营基地,北到南京兵部苜蓿地及彭城张田。当年船厂共有 7 个船坞,皆东西向,与长江夹江相通。现在这些船坞仅存四号、五号、六号 3 个,每个船坞长 500 米,宽 40 米。如此庞大的规模和惊人的生产能力,就是在科学技术高度发达的今天也让人叹为观止。

明代造船业的发达为郑和下西洋提供了物质保证,龙江造船使中国造船业达到 19 世纪以前世界木帆船建造的顶峰。其实这些成绩的取得,主要得益于明王朝出于其巩固政权的需要而对造船业实施的政策扶持。洪武初年,朱元璋在朝阳门外(今中山门外)蒋山之阳"建立园圃,广植棕、桐、漆树各数万株",以备造船之用。船厂所需的各种造船原材料,都由明朝政府调配供应。明成祖甚至宁愿停建皇宫也要建厂造船,并支动天下十三省钱粮为造船开销。郑和下西洋的宝船都是在明朝中央政府的直接控制下以强制劳动的方式进行生产制造的。

从这些船坞里驶出的郑和宝船最大的长 138 米,宽 56 米,载重量达 2 500 吨,排水量 3 100 吨。这在当时是首屈一指的。哥伦布美洲探险的船队只有 3 艘小帆船,麦哲伦环球航行的帆船只有 5 艘,总吨位也不过 500 吨,远逊于郑和下西洋船队中任何一艘船的吨位。孙中山先生有感于郑和 10 个月内造成 64 艘大船、远游南洋、示威海外之举,称之为"中国超前轶后之奇举"。

昨天的池塘里浸淫的是全国人民的心血和汗水,龙江宝船厂在嘉靖年间漕粮因海运改为河运而最终衰败,但宝船的印记却深深地烙在了这片土地上。"上四坞,下四坞"的地名,从昨天一直叫到今天。1957 年,从一个淤塘里捞出一根长 11.07 米的舵杆,现陈列在中国历史博物馆里;1965 年,从文家大塘捞出一段绞关木,长 2.21 米,现陈列在南京博物院里;1983 年,中堡村村民发现一只 70 厘米见方的石臼,里面还有当年捣制油灰的陈迹。

历史是不能忘记的,池塘也是一面让人警惕的镜子。如今,水塘两边的房屋已全面拆除,在龙江宝船厂原址上,为迎接郑和下西洋 600 周年的国际研讨会在南京召开,一个占地 280 亩的郑和宝船遗址公园,在 2005 年 6 月之前呈现在世人的面前。

(此文与李文宝同志合作写成)

解读郑和宝船

　　明代前期,中国国力强盛,造船业基础雄厚。主要造船厂除了南京龙江船厂外,还有淮南清江船厂、山东北清河船厂等,规模宏大。据资料记载,当时的淮南清江船厂有总部 4 所、分部 82 处、工匠 3 000 余人,分工很细,造船有统一规格和严格的用料标准。1957 年在南京龙江船厂遗址出土的大舵杆,其长竟达 11 米,可见当时所造船的吨位不小。

　　郑和下西洋的船队,是当时中国造船业和航海业中最有代表性的了。郑和七下西洋,他的船队由 60 余艘宝船与众多的其他船舶组成。有的资料上说,他的船队共由大小船只 200 多艘。每次远航载员为 2.7 万 ~2.8 万人。宝船,想必就是官船。据《三宝太监西洋记通俗演义》中描述,第一号宝船是帅府,由郑和乘坐。第二号宝船也是帅府,由兵部尚书、副元帅王景弘乘坐,第三号宝船是国师乘坐,第四号宝船是天师乘坐……除宝船外,还有战船、座船、粮船、马船等。航行时,摆开队列,一至四号宝船是中军帐,又以宝船、座船、战船、马船、粮船分别组合成中军营、前哨、左哨、右哨、后哨等远航编队。"昼行认旗帜,夜行认灯笼。前后相维,左右相挽,不致疏虞。"这虽然是文学作品的描写,不可避免地有艺术加工成分,但毕竟来自生活,而且出自明代的文学作品,有一定现实生活作为基础。可见郑和的船队组织十分严密,掌握了当时世界上最先进的航海技术,不仅使用罗盘针指明航向,而且利用测深辨位、对景定位、天文定位等方法测定船位,采用地理导航和天文导航等技术,并善于运用驶风技术和利用季候风,大大提高了征服南洋的能力。

郑和下西洋的船到底有多大? 现存资料均表明:最大宝船长为44丈4尺,宽18丈,9桅12帆,载重量2 000余吨。以米为单位换算,其长130米以上,宽在60米以内,是当时世界上最大的远洋船舶。《三宝太监西洋记通俗演义》中描述帅府船的内部舱室和舾装情况时说:宝船有头门、仪门、丹墀、滴水、官厅、穿堂、后堂、库司、侧屋、书房、公廨(即官员办公室)等,都是雕梁画栋,象鼻挑檐;挑檐上都安有铜丝罗网,以防鸟雀秽污。这都反映了明代造船技术的高超,也说明了航海技术的发展。

由于多种原因,明代中叶以后至清代朝廷曾下令禁海,限制了中国造船业的发展,但中国造船力量及其技术仍保持它的优势。中国海船仍活跃在赴日本和西洋航线上。因中国海船设计精密、结构坚牢、适航性好,所以有些国家多仿造中国船。如公元1605年(明神宗万历三十三年),西班牙驻菲律宾总督就主持制造过中国船。

宝船的锚和缆

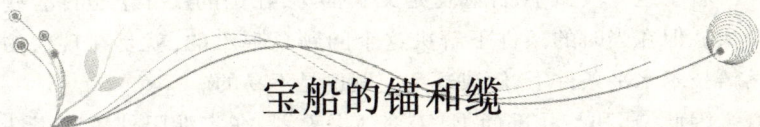

　　宝船上的锚与缆,看来并没有像船体那么重要,可没有这些配套设备也是无法下西洋的。在江苏太仓浏河郑和纪念馆采访时,看到馆内陈列着从沉船中打捞出来的一段粗大的油棕缆,大概这就是宝船上的遗物之一——锚缆。

　　一进郑和纪念馆的大门,便看到了一个前几年雕塑的大铁锚,这种四爪的铁锚是古代船上用的。我们又在纪念馆的壁画上,看到了正在制作的巨大的宝船上的大铁锚。在当时的冶炼技术条件下,铸锻如此巨大的铁锚是何等艰巨。200 艘船的远洋船队,每一艘船上按两只锚计算,400 余只铁锚制作起来是多么不容易。我们渴求了解当时铸锚的技术和情景,翻阅了手头的许多资料,但还是不得其解。因为,没有哪份资料能回答这个问题。只是在《三宝太监西洋记通俗演义》中看到这样一段描述:

　　　　船造好了,朱皇上问船舶设计者——金碧峰长老,何时开航。金长老说,还不能开航,因为锚还未造好。朱皇上说:"三山街旧内三门里面,曾有几把旧锚可借用罢?"长老说,旧锚太小,要新造。金长老说了一番锚的要求,太大了太狼抗(笨重)用不得,太小了浪荡(轻漂)也用不得。他把锚分成上、中、下三号,每一号中又分上、中、下三等,三三共九号。说一号锚要七丈三尺长的梃(锚杆),三丈二尺长齿(锚爪),和八尺五寸高的环。二、三号锚的

尺寸比一号锚逐号递减,还要百十根棕缆,每根要吊桶般
的粗笨,穿起锚的鼻头来,才算锚齐了。

看了这一段文字,深感这是文学描写,在锚的尺寸上也许有些
夸大。但在当时的条件下解决这个问题是艰难的,就是在现代的
熔铸技术水平条件下,解决这个问题也是不易的。

因此,郑和与兵部尚书、工部尚书筹划,在定淮门外盖起了铁
锚厂,调动了各省直府、州、县、道凡有该支钱粮的火速解到铁锚
厂应用。广泛招募了柴行、炭行、铁行、铜行等三百六十行的工匠
会战。经过相当时日,终于完成。具体如何完成,书中并未有描
述。这些虽是艺术地再现制锚的艰难过程,比起科学的历史记载
真实程度低多了,但在没有考证资料时,也可以参考,以此了解当
时造船之艰难和先辈克难而进的精神。从太仓浏河郑和纪念馆
的壁画上可以看到铁锚之巨大。另外,旁边有一口生着火的铁
锅,那是将棕缆在油锅里走过,因棕缆走油以后,即使受海水浸
蚀,也不易腐烂,这与现代舰船上用的油棕缆工艺是一致的。

远洋船队送别情

郑和下西洋用的船和锚都制造好了,船队定于永乐三年(1405年)正月十五日(上元节)从南京三汊河出发,前往江苏太仓刘家港集结。根据资料记载,当时不仅在南京建造下西洋船队船只,而且还在浙、闽、赣、湖、广等地建造。

永乐三年上元节这天,船队从南京三汊河起航,是举国瞩目之大事。当时大明国的最高统治者成祖皇帝摆驾三汊河送行,在正史中尚未发现朱皇上送行时的情景,在《三宝太监西洋记通俗演义》中却有详尽描述:

> 朱皇上在到三汊河送别前,首先举行了盛大筵宴,款待国师、天师、征西大元帅、副元帅和众多征西官将及在朝文武百官。筵宴完毕以后,朱皇上对国师、天师、元帅、副元帅及至每个士兵、道官、道士都有赏赐,大员自然赏赐甚厚。就是每一位士兵也赏夏绢四匹,冬布八匹,花银十两;宝船水手每人赏红绿布十匹,花银八两;那些道士也赏夏青布四匹,冬青布四匹,花银五两。一切征西人役无不沾恩,一切沾恩人役无不欣喜。尤其是朱皇上赐给元帅、副元帅空头敕(皇帝颁发的命令)三百道,允许"先斩后奏,体朕亲行"。
>
> 到了正月十五日上元节这天,朱皇上摆驾三汊河,上了帅船。朱皇上亲自祭江。祭文曰:"维江之渎,维忠之

族。惟忠有君,惟朕为肃。用殄鲸鲵,誓清海屋。旌旗蔽
空,舳舻相逐,烁彼忠精,所在我福。"

这是说,在浩浩荡荡的长江之滨,忠心耿耿的将士们要出发
了。你们只忠于我皇上,你们只敬仰我皇上。你们去执行肃清海
寇、海盗的任务吧,要发誓扫清海宇。旌旗遮蔽了天空,舟船的首
尾紧紧地相接。发扬你们辉煌的忠精精神吧。祝福你们成功,等
候你们的好消息!

祭毕,朱皇上回朝,船队起航。到了这年七月,远航船队会齐,
郑和即将率船队远航。当地百姓前往送行。送行的情景尚未有资
料可查,但从过去的刘家港天妃宫,即现在的郑和纪念馆的壁画上
可以看到当时送行的场面。远处,艨艟巨舰,风顺帆张,威武雄壮;
近处,旌旗飘拂,骏马列队,声乐齐鸣,百姓遥拜。后人形象地描绘
当时送别时的热烈场面和民众对船队远航的良好祝愿,再现了郑
和下西洋在当时民众中的巨大影响。郑和等人率领 2.7 万人,乘
坐 62 艘宝船和其他船只,浩浩荡荡地驶出刘家港,出长江入海南
下,到福建长乐五虎门(闽江口)稍作停留,待秋季东北风起,顺风
驶入南海。据资料记载描述:"云帆高张,昼夜星驰,涉彼狂澜,若
履(走)通衢(四通八达的大道)。"船队首先抵达占城(今越南中南
部),然后往南到达爪哇、旧港、苏门答腊(今印度尼西亚),再往西
航行到满剌加(今马来西亚)、古里(今印度南部)等国。第二年夏
天,当西北信风刮起的时候,船队顺风返航,于 1407 年 10 月(永乐
五年九月)还朝。这就是郑和第一次下西洋的壮举。

郑和与王景弘

　　说到七下西洋，许多人只知道郑和或"三宝太监"。其实，下西洋的头领并非只有郑和一人，还有当时明朝的兵部尚书（相当于现国防部长或总参谋长）王景弘。此人在历史资料中很少有记载，只在《明史演义》中有一点描述，但把"王景弘"错说成"王景和"了。

　　王景弘何许人也？《三宝太监下西洋通俗演义》中有所描述：王景弘，山东青州人，现任兵部尚书。在描述他的外形和身世时说："身长九尺，腰大十围，面阔口方，肌肥骨重（身材很魁梧）。读书而登进士之第，仕宦而历谏议之郎（是靠读书进入仕途）。九转三迁，践枢涉要（总是在要害部门工作）。先任三边总制，屹万里之长城；现居六部尚书，校八方之戎籍。参赞机务，为盐为梅（很会处事）；中府协同，乃文乃武（能力很强）。堂堂相貌，说什么燕颔食肉之资；耿耿心怀，总是些马革裹尸之志。"王景弘到底如何，无史料可查，但根据这些文学作品的描述，他是一个文武双全之帅才。可想而知，郑和率远航船队下西洋，船队中就有战船，因为战事是难免的，没有王景弘这样的军事首领是难以行止的。

　　另外，我们从《三宝太监下西洋通俗演义》中可以看到当时战船配备的武器装备已经相当先进。每战船器械，大发贡 10 门，大佛狼机 40 座，碗口铳 50 个，喷筒 600 个，鸟嘴铳 100 把，烟罐 1 000个，灰罐 1 000 个，弩箭 5 000 枝，药弩 100 张，粗火药 4 000 斤，鸟铳火药 1 000 斤，弩药 10 瓶，大小枪弹 3 000 斤，火箭 5 000 枝，火砖

5 000 块，火砲 300 个，钩镰 100 把，砍刀 100 张，过船钉枪 200 根，标枪 1 000 枝，藤牌 200 面，铁箭 3 000 枝，大坐旗 1 面，号带 1 条，大桅旗 10 顶，正五方旗 50 顶，大铜锣 40 面，小锣 100 面，大更鼓 10 面，小鼓 40 面，灯笼 100 盏，火绳 6 000 根，铁蒺藜 5 000 个。要说现在舰队远航，装备对海、对空导弹算是先进的话，那么在当时的远航战船带上的这些武器装备的先进程度，也相当于现在的战舰上有对海、对空导弹一样。郑和的远航船队中左右前后哨的战船众多，具体率领这支武装力量的王景弘自然不是等闲之辈。从现在的资料看到，郑和与王景弘关系密切，思想统一，步调一致，配合默契。郑和总称他为"王老先"，意即"王老先生"。我们在太仓浏河镇的天妃宫，即现在的郑和纪念馆的壁画上，看到了一幅特写的画，画面是这样的：画面的左侧，站着一个文职打扮的官员，这就是郑和元帅；右侧，站着一个武将打扮的将领，想必这就是王景弘副元帅了。在各自登上帅船之前，他们相互拱手作别，互道珍重，显示了主、副帅之间的关系融洽。此虽属后人描绘，但也反映了中华民族为了征服自然，为了开拓新的事业，表现出来的精诚团结的风貌。

另据一份资料记载，在郑和率领的船队所到之处，王景弘同样受到异国民众的欢迎。据《南洋旅行记》中记载，在现在印度尼西亚的爪哇，称王景弘为"王三宝"。在那里有一"三宝洞"，洞旁有一墓，是王景弘之墓。当时郑和与王景弘到此不久，王景弘便逝世于此。王景弘为了建立中华民族与东南亚人民之间友谊的桥梁，献出了自己的生命，如今纪念郑和下西洋，不能忘却王景弘这位文武全才的明朝大帅。

静海寺的祝福

　　在南京,郑和曾生活了好长一段时间。因此,与郑和有关的遗迹很多。狮子山麓的静海寺,原本是明成祖朱棣为纪念郑和下西洋凯旋所敕建的。赐额"静海",意在"命使海外,风波无警"。

　　其实,就"静海"二字而言,除了祈求,还有宣示的意思。明成祖认为郑和代表他宣威海外,皇恩遍布四方,四海平静,盛世来临。在这种情况下,建静海寺,既可以庆祝郑和下西洋成功,还可以辟一处"西洋宝物"展览馆,可谓一举多得。

　　永乐九年(1411 年),郑和第二次下西洋从锡兰山带回了至尊宝物——佛牙。按佛典记载,佛祖释迦牟尼火化后留下的几枚牙齿被佛教界视为圣物。郑和第二次下西洋在锡兰山迎请了佛牙,随船带回中国,这是中国佛教界历史上一件大事。传说迎请佛牙到船后"灵异非常",凡数十万里,风涛不惊,如履平地。狞龙恶鱼,纷出乎前,恬不为害,舟中人皆安稳快乐。

　　静海寺大约于永乐十四年(1416 年)建成,其规模相当宏大,占地 30 余亩。后来几经修缮扩建,到明万历年间,全寺已有宏伟的金刚殿、高大的钟楼、别致的井亭,还有供奉各种神佛的殿堂。仅供寺中和尚使用的僧院就有 40 间房舍,光是供给寺中日常开支的土地、池塘就有 200 多亩。静海寺在当时被人们称赞为金陵城里规模第一的寺庙。寺中曾植有郑和从西洋带回的海棠,十分高大,蔽地数亩,花开如锦绣。

为航海成功建立庙宇,这在中国应该是绝无仅有的。"静海"成为人们的良好祝愿,然而就是这么一座庙宇,却历经战火。据《郑和下西洋资料汇编(下)》载,静海寺自永乐建成后,至正德、万历、乾隆年间,三经重修,于道光十二年、道光二十二年、太平天国、1937年冬日军进攻南京时四度被毁,几乎被夷为平地。尤其让人痛心的是,1842年,这儿竟成了割让香港的《南京条约》议约地。当时英舰"康华丽"号就停泊在下关江面,英方曾邀清朝官员参观舰上机器。清朝官员开始"疑其轮转系牛拉动",看后始叹而信之,并为其船坚炮猛所威慑。曾给了我们许多荣耀的龙江宝船停泊在历史深处,"所有欧洲国家联合起来都无法与明代海军匹敌"(李约瑟语)印证的昨天,辉煌不再。风平浪静的祈求,只是人们的一种愿望,海洋观念淡漠就要挨打,这是深刻的历史教训。

1998年,南京市下关区对静海寺遗址进行拆除复建。复建后的静海寺占地628平方米,为仿明庙宇建筑,但非原建筑的复原。1997年,南京市青少年学生和社会各界人士捐款铸就一只警世钟,长鸣的警钟将警示后人,莫忘清政府割让香港的百年屈辱,激励海内外炎黄子孙共创美好的未来。

(此文与李文宝同志合作写成)

天妃宫的传说

　　为了解郑和下西洋的出海口，我专程去江苏太仓刘家港镇考察，虽然是一个镇，但也十分繁华。我初次到刘家港镇寻找郑和纪念馆，许多人告诉我说在天妃宫。汽车在大街小巷穿行，好不容易找到了天妃宫。天妃宫是一座砖木结构的建筑，很显然是明清时期的。走进大门，中间有一个大天井，穿过天井，看到了后面正殿上方的匾额上写着"郑和纪念馆"。从此地向右拐，有一个小院子，里头香火正旺，天妃就供奉在此间。

　　天妃是何许人也？这里暂且不去探究她。在其他一些资料上，也曾见过天妃宫之类的文字。如长安南山寺有一碑，称《天妃之神贡应记》。南京也有天妃宫。据刘家港镇天妃宫人员介绍，民间传说天妃宫与郑和下西洋有着密切的关系。

　　郑和第一次率船队下西洋，船队下海才行了一二日，只见海面宽阔，路径不明，且是浮云蔽天，不见太阳。又遇上了大风，把航船编队都打散了，连天师、国师的船也离开了编队。两位元帅着急了，就跪在船头拜天恳求，说道："信士弟子郑某、王某，恭奉南膳部洲大明国朱皇帝钦差前往西洋，抚夷取宝，不料海洋之上风狂浪大，宝船将危，望乞天神俯垂护佑，回朝之日，永奉香灯。"祷告已毕，只见半空中哗啦一声响，响声里吊下一个天神。天神手里拿着一盏红灯，明明白白听见那个天神喝道："甚么人作风哩？"又喝道："甚么人作浪哩？"那天神却就有些妙处，喝声风，风就不见了；喝声浪,浪就不见了。一会儿风平浪静,大小宝船渐渐归队。两位元帅又跪着说道:"多谢神力扶持,再生之恩,报答不尽。伏望天神通一个名姓,待弟子等回朝之日,表奏朝廷,敕建祠宇,永受万年香火,以表弟子等区区之心。"只听得半空中那位尊神说道:"吾神天妃宫主是也。奉玉帝敕旨,永护大明国宝船。汝等日间瞻视太阳所行,夜来观看红灯所在,永无疏失,福国庇民。"刚道了几句话,却又不见了这个红灯。须臾之间,太阳朗照,大小宝船齐来拢帮。这是《三宝太监下西洋通俗演义》中的一节,不可为证。

据《三宝太监下西洋通俗演义》描述,郑和与王景弘向朝廷朱皇上奏明,遵旨在南京龙江之上敕建天妃宫。与此同建的还有宗家三兄弟庙、白鳝王庙,以昭灵贶。至于刘家港的天妃宫建于何年何时,未查寻资料,想必与郑和上述的一段传说有关。否则,郑和纪念馆也不会与天妃宫设在一起。这些传说尽管带有一些神秘色彩,但也能说明郑和下西洋之艰辛,以及在航海的实践中,逐步摸索到远洋航海依靠星辰日月定位("日间瞻视太阳所行")的天文航海和按灯塔、灯标("夜来观看红灯所在,永无疏失")指引的方向航行的技术。这些也许就是人类天文航海和发挥灯塔、灯标在航海中作用的初始阶段。

南京天妃宫碑拾忆

天妃又称"天后"、"娘娘",福建、广东、广西、台湾一带称为"妈祖",尊为海神。传说海神能保佑航海人平安,故近海之地以及江河码头旧时无不有"天妃宫"或"天后庙"。现在比较有名且保存完整的有福建泉州、江苏浏河等地的天妃宫。当年声名远播的南京天妃宫历经战火,如今仅留下一块碑石,人们只能面对这块碑石遥想当年郑和航海的盛事,倾听岁月留下的回声。

郑和七下西洋,涉沧溟 10 万余里,往还于太平洋、印度洋和阿拉伯海,前后到达 30 余国。郑和所处的时代,中国的造船技术比之前更加进步,航海经验更加丰富。但海上复杂的海情和吉凶难测的天气,即使具有坚强性格的郑和,也免不了产生人本渺小、神佛伟大的宿命感。实际上,对于本为伊斯兰教徒后又皈依佛教的郑和,神佛是他不灭的精神支柱。而作为中国航海者,他信奉的是一个特殊的海神——天妃。天妃神灵是当时中国航海者精神上的最终寄托,同时也是航海者中凝聚集体意志的神。

郑和下西洋行前沿途要祭祀天妃,平安归来后要酬谢天妃。为感谢神灵护佑,永乐五年,规模宏大的天妃宫在南京狮子山下建成。郑和常遣太常寺少卿朱焯祭告。永乐十四年明成祖御制《南京弘仁普济天妃宫碑》,对天妃保佑"遣使敷宣教化于海外诸番国"加以褒扬。此碑立于南京天妃宫内。永乐十七年九月郑和第六次下西洋归来后,为了报答天妃护佑之功重修天妃宫于南京仪凤门外。天妃宫内有正殿、两廊庑、后殿、三清殿、玉皇阁等,两庑绘有郑和航海途中所见风云变幻、鱼龙隐现的种种奇观。天妃宫的原有建筑现已毁坏殆尽,但永乐十四年所立之御制碑尚巍然屹立,因久经风雨侵蚀,碑身已开始风化、剥落,但碑文仍清晰可辨,是当今研究郑和下西洋的重要遗物和实物资料之一。

　　神的力量只产生在信仰者的精神世界,科技的发展才是战胜一切困难、创造新的辉煌的最终选择。弥足珍贵的天妃宫碑原存于天妃宫小学,现移至静海寺《南京条约》史料陈列馆内。目前南京市下关区正在大兴土木,兴建静海寺——天妃宫景区,相信不久的将来,天妃宫碑就会复归原位。

（此文与李文宝同志合作写成）

拜谒渤泥国王墓

　　郑和远航大大促进了我国与亚非各国的政治、经济、文化交流，增进了各国的友谊。在郑和下西洋之后，许多国家的国王、首脑或使者纷纷来中国访问，与中国建立了邦交和贸易关系。在南京安德门外石子岗西侧有一座颇为独特的陵墓。它并不是哪朝天子的陵寝，而是一位外国君主———渤泥国王的墓葬。

　　渤泥国就是现在的文莱。明永乐六年（1408 年），渤泥国王麻那惹加那乃亲自访问中国。他的来访与郑和下西洋有无直接关系，并没找到史料证实，但渤泥国王受到明成祖朱棣的热烈欢迎是事实。因渤泥国王在中国水土不服，不久便在南京患病逝世。明成祖甚为悲痛，辍朝三日，并依渤泥国王生前"体魄托葬中华"之遗愿，以礼葬安德门外石子岗。后历经战乱，渤泥国王墓曾一度被草丛湮没。1958 年 5 月，南京市文物保管委员会文物普查时发现了佚名已久的渤泥国王墓，墓前有石马、石羊、石虎等，墓碑上书"渤泥国恭顺王墓碑"，碑文依稀可辨"永乐六年八月乙未"、"渤泥国王去中国"、"葬于安德门石子岗"等字样。国家多次拨款修葺，在墓地增设了祭桌和石凳，铺筑了墓道。渤泥国王墓修缮后，20 世纪 60 年代初文莱等国还专门派人前来敬谒。

　　早在汉代，渤泥国就与中国有商业往来。到了明初，明太祖朱元璋吸取元朝覆灭的教训，对侵犯中国的海盗坚决采取"讨"的方针，对于"不为中国患者"的海外国家，则采取"不辄自兴兵"的和平方针。一方面加强海防,一方面"怀柔远人"。到了明成祖时,除了继续巩固疆防,在外交上亦积极推进对外开放的睦邻友好政策,"厚往薄来","宣德化而柔远人"。郑和在下西洋的过程中就是以"宣德化而柔远人"为宗旨,把中国人民的真诚友谊和文明成果带给亚非地区的广大人民,扩大了中国与海外各国的友好往来。郑和船队每到一处,必先"开诏、颁赏",宣示文明。这与一些欧洲航海家每到一处就"立柱"留念的海盗行径形成了鲜明的对比。

渤泥国王墓 2001 年被定为国家重点文物保护单位。40 多年来,渤泥国王墓的墓园、神道、墓碑等进行了 7 次大修,整个墓园庄严肃穆。目前,渤泥国王墓已被列入南京南郊风景区旅游开发项目,文莱风情园等景观也将投入建设。2003 年 11 月初,文莱驻中国大使阿卜杜勒·哈密德夫妇拜谒了文莱古国——渤泥国王墓,并同历史学家进行了史料文化交流。文莱大使深深感谢我国政府对象征中文友好交往的文莱前国王陵墓的精心照料。他表示,将弘扬郑和精神,促进中文两国人民的友好交往,为共同建设好渤泥国王墓园区作贡献。渤泥国王墓只是郑和下西洋促进中国与东南亚各国人民之间友好交往无数实例中的一例。

马府街与郑和公园

南京人走过马府街，自然就会忆起郑和。南京郑和纪念馆就坐落在马府街北的郑和公园内，这里也是郑和在南京任守备太监时的府邸花园旧址。岁月沧桑，马府街没留下任何表征性的建筑，只留下这个街名。后来有关部门在马府新村内立碑，告知人们郑和府邸确切所在。

南京郑和纪念馆由叶飞将军题写馆名，是建筑面积为734.2平方米的仿明建筑群。主题展馆是一幢两层楼的展览厅，附设的仿古平房是郑和学术研讨馆。沿着曲径走进纪念馆，可见郑和从西洋携回的珍贵植物品种——五谷树和西府海棠依旧枝繁叶茂。

郑和纪念馆以郑和下西洋的航海活动为主线，再现了他的生平和业绩。馆内展品除了大量实物外，尚有模型、图表、照片、文献等170余件。在众多展现郑和生平家世的陈列品中，尤为引人注目的要数1983年在兴建郑和纪念馆时出土的大批明初瓷片，其中以"马"字墨书的瓷片最为珍贵，它证明了该纪念馆就是建立在当年的郑和府邸之上的。

整个纪念馆展品极为丰富，有郑和下西洋的出发地——南京龙江宝船厂遗址出土的11.07米长大舵杆和巨型绞关木、铁锚、石臼等；有按原物复制的郑和第七次出洋前夕与王景弘及同官军人在福建"发心铸造"的一口铜钟（铜钟实物现存于福建省南平市博物馆）；还有按1∶85的比例精制的郑和所乘大余宝船模型，足以让人领略到明初中国造船业的发达。

此外，呈"一"字形展开陈放的《郑和航海图》也颇为引人注目。全图从南京下关沿江的天妃宫、静海寺等地绘起，经太仓刘家港，过长江口至福建闽江五虎门出洋，沿海岸抵古城国（今越南中南部），然后一直向前经南洋群岛、马六甲海峡，进入印度洋，再过非洲东海岸诸国，以今波斯湾为终点。所记沿途地名540多个，其中约300个是外国地名，包括城市、岛屿、航标、河道、山脉等等。可以这么说，这幅航海图是郑和船队数十年航海经验的知识总结，代表着15世纪中国航海的最高水平。

走出郑和纪念馆，整个展览的结束语引用的是邓小平同志在中央顾问委员会第二次全体会议上的一段讲话，强调"开放，国运昌隆；闭关，国势积弱"，深刻阐明了纪念郑和的现实意义，让人深思，发人深省。

（此文与李文宝同志合作写成）

牛首山下郑和墓

　　听说在南京中华门外牛首山下有郑和的墓，我一心想到实地去瞻仰一番。一个秋日的下午，我驱车几十里，询问了许多路人，好不容易在牛首山的南麓、江宁县的谷里乡周村附近，找到了伟大的航海家郑和之墓。

　　从公路边走进墓道，约有200多米。路旁修有仿明代时期的保护房、重修的郑和墓碑亭和石碑、石廊。墓道前部是用碎石片铺成，后部是混凝土浇筑的台阶，共28级，意即表示郑和七下西洋历时28年。28级石阶走到尽头，在苍松翠柏中有一石棺，镌刻在一块汉白石板上的"郑和之墓"四个大字映入眼帘。据传，郑和就长眠于此。

　　郑和于1426年第六次航海归来后，曾被任命为南京守备（明成祖朱棣于1421年迁都北京）。7年后，第七次下西洋时郑和已经62岁了。这一次，也是他一生中最后一次远航。关于郑和在何时、何地逝世，以及墓葬何处，史学界颇有争议，葬制更是众说纷纭。一说殁于七下西洋的归航半道，葬于南京；又说殁于南京，葬于牛首山；也有史料记载"卒于古里，赐葬山麓"。古里是指南洋古里国（今印度南部科泽科德，也称作卡利库特）。而现葬地称谷里，是不是与古里有关，尚未有具体资料考证。

　　据守坟地馆人员介绍，郑和墓葬资料极少。因此，牛首山南麓的郑和墓，一般不大为人所知，埋葬的是真遗体，还是衣冠冢，无法证实。为什么像郑和这样一位伟大的航海家,竟会在死后近600年连埋葬的确切情况都搞不清楚呢？原来,后人对郑和下西洋的功过也是评说不一。就在郑和下西洋50年后的弘治年间(约1455年),明王朝一个举足轻重的经济大臣刘大夏,过分夸大了郑和下西洋造成的弊端。在一气之下,刘大夏竟然将郑和及其下西洋的全部档案材料调出,付之一炬。这就给后人研究郑和下西洋造成了困难,也是令人十分痛心的事。一个伟人受到后人的种种评说是完全正常的。在蔡东藩(1877—1945年)编撰的《明史通俗演义》中,叙述到郑和下西洋时,他也加了一句批语："人称郑和为有功,吾独未信。"看来,他对郑和也持否定态度。郑和也只能是"担当生前事,何计身后评"了。

我们共产党人对待历史事件和历史人物,必须用辩证唯物主义和历史唯物主义的观点来看待,不可否定郑和七下西洋表现出的中华民族不畏艰难险阻的精神,以及对发展科学航海、发展与亚非各国人民之间的友好往来起到的巨大的推动作用。在郑和下西洋580年之际,郑和墓、碑亭、记事石碑和墓地保护房,经南京市文物管理部门和江宁县人民政府大力维修和护理,面貌已今非昔比。展现在我们面前的是挺拔的苍松翠柏围绕在郑和墓的周围,环境极其幽雅和清新。看着在夕阳照耀下静静平卧的石棺,我们由衷地对郑和这位中国的也是世界的伟大航海家肃然起敬。

(此文与李文宝同志合作写成)

郑家村与郑和后代

南京牛首山郑和墓西面的几个村落中，一个叫周家村，一个叫郑家村，这里的人大都姓郑。据说这里原是郑和墓的守坟田。这里的郑姓人家，大都是郑和的守坟户。暮春季节的一天，我专程走访了郑家村与郑和后代。

我到了南京中华门外谷里乡周村路边的一家小店，遇上一位老奶奶叫郑国存，问及郑和后代，她说，她就是郑和后代，今年77岁，路边那个小店就是她孙子媳妇开的。她孙媳妇告诉我们，这里姓郑的共有70多户，每年清明时节，他们都要去郑和墓祭扫。并说，这里老老少少都知道自己是郑和的后代，都听说过郑和七下西洋的事情。

我心想，郑奶奶虽是郑和后代，但我毕竟还没有到达郑和后代集居的郑家村。经她指点，往东走过一段乡间小路，那便是郑家村。我们按照她的指点，不一会果然来到门牌为"郑家1号"的人家。女主人张秀华，40岁。她告诉我们，这里的人原不知道自己是郑和的后代，只知道牛首山下那座坟墓的墓主是他们的祖先。十几年前，马来西亚来了客人，朝拜那座坟墓。方才知道，那是郑和的墓。这里姓郑的每年都拜郑氏宗谱。

说到郑氏宗谱，我便想了解一下。据说"郑家2号"74岁的郑良贤老人知道一些情况。我找到了郑良贤夫妇，他们热情地把我们让进屋里。郑良贤对宗谱的事津津乐道。真正的、古老的宗谱已在"文革"中"破四旧"时烧掉了,现在的宗谱是新续起来的,更早的已无人记得。他说,他们的祖先并不姓郑,后来姓郑,大致有三种可能:一是郑和子侄们的后代,世代相传,守着郑和的坟;二是随郑和下西洋的人,郑和逝世之后,世代守着郑和的坟;三是明朝廷为了郑和世代有香火供奉,划了大片守坟田,种守坟田的百姓认为"有郑和方有田,有田方能养人,养人方有后代"。先辈感恩郑和,遂改姓郑,世代相传至今。郑良贤老人告诉说,郑氏宗谱在周村79岁的郑全有老人那里。他们属郑氏第几代孙,因以前宗谱已毁,无从可查,但知道他祖太公辈是"长"字辈,祖爷辈是"全"字辈,父辈是"丙"字辈,自己这一辈是"良"字辈,儿子是"善"子辈。他说他没有儿子,有5个女儿,大女儿今年已49岁,叫郑善梅。孙子辈是"贵"字辈,他的外甥已经上大学。当我们问起后代是否有人学造船和学航海时,他说,想学,想继承先辈的事业,可找不到学造船、学开船的门。

说到经济发展时,他告诉我们,这里经济发展一般。只靠种地,难以发展经济。他们希望政府能靠祖先的名声把旅游业发展起来,把牛首山、郑和墓、郑和湖、郑家村和农家生活连成一条旅游线,再与南京城的郑和公园、郑和纪念馆、马府街、龙江宝船厂、天妃宫、静海寺等与郑和下西洋有关的遗迹连接起来,发展成"下西洋"古文化旅游经济,宣传祖先的历史,弘扬祖先的精神。

刘家港郑和纪念馆

　　江苏太仓刘家港,以郑和七下西洋起始地而闻名于世。为了寻找郑和下西洋的一些图文资料,一个初春的下午,我从苏州经昆山到达太仓。前面便有两个镇,一个叫"刘家港镇",另一个叫"浏河口镇"。到底郑和纪念馆在哪个镇上呢? 因为,这两个地名与郑和下西洋起航地都有关。向路人打听,说是在刘家港镇。进入镇区,路上偶有天妃宫路牌指引,本地人都知道天妃宫与郑和纪念馆是同一码事,而外地人就不知道了。

　　经过几番周折,终于来到了一个保留完好的砖木结构的建筑物前,这里就是天妃宫,宫前的广场也是用青砖铺就的,可见刘家港镇对这一遗迹的保护做得十分恰当。进入天妃宫,我向工作人员说明来意,出示了《中国船舶报》记者证,也许因为我们与郑和是同行(造船业和航海业)的原因,工作人员十分热情地免票请我们自行参观。

　　走出天妃宫的仪门便是一个天井,一座古色古香的二层砖木结构的建筑映入眼帘。此时,我才轻轻松了一口气,终于见到这个郑和纪念馆了。

　　在郑和纪念馆的大门前,有一座巨型雕塑,由古锚、罗盘及巨大山石组成,上面书有"刘家港永乐乙酉年"的字样,底座上有"锚泊瀛涯"4个字。瀛,即海;涯,即边际,是锚泊在海那边的意思,这就是雕塑的名称。

在郑和纪念馆的门厅前廊下,挂着"弘扬郑和'敢为天下先'的开拓进取精神"的条幅。这也许就是刘家港人民对郑和精神的感受和理解。这里没有人为郑和烧香,因为这里的人并没有把郑和看成"神",而看成是"人",是中华民族历史上曾经出现过的伟大的一员。

走进纪念馆展厅,那里首先映入眼帘的便是郑和其人,有雕塑的,也有绘画的。在雕塑背后,艺术家们画上了壮观的船队和异域风情。

展厅分楼下楼上两层,大都是依照历史资料整理的文字和图表,实物极少。在楼下,两边的壁画十分引人注目,有着威武的船队、古老的村落、飘扬的旌旗和送行的场面,艺术家用形象的手法再现了郑和那个年代的风起云涌、艨艟巨舰和风土人情。

郑和纪念馆展出的资料是极其丰富的,我这个远道而来的参观者不可能一一去读。在展出的资料上有一前言,其中有一段话写道:"刘家港是一处郑和下西洋的重要历史纪念馆,它从元代开始逐渐发展成为繁华的海运港口,并被郑和选为下西洋的出海始发港,在这里留下了不少郑和航海的遗迹和文物。我们举办这个陈列,试图展示郑和下西洋在太仓和刘家港的活动,让我们重读郑和下西洋的历史篇章,振奋精神,提高民族自豪感,坚持改革,搞好对外开放,对内搞活经济,为建设四化、振兴中华而努力奋斗!"

当我们走出郑和纪念馆时,看到大门口挂着许多铭牌,这里是江苏省苏州市、太仓市等许多学校的德育教育基地。

《三宝太监西洋记》一书

描述郑和下西洋壮举的书,据说不少,如马欢的《瀛涯胜揽》、费信的《星槎胜览》和巩珍的《西洋番国志》等。这些书是一批随郑和出使的人所著之作,其特点是以亲身经历为素材,言简意赅,明确真实。后来,民间传说郑和下西洋的故事,逐步使郑和走向神化。据说,在东南亚许多民间故事中,都将郑和神化了。然而,郑和下西洋故事真正在民间流传的程度,远不及《西游记》。

一个偶然的机会,我们在旧书摊上见到了一部100回80余万字的《三宝太监西洋记通俗演义》(简称《西洋记》),是明代万历年间陕西人罗懋登所著。作者在书中描述了西洋的天时地利、风土人情和各国概况。《西洋记》是根据"览胜"的记载敷演而成的,这点已有学者认真研究并得到了证实。

在《西洋记》情节的构思和表述手法上,鲁迅在《中国小说史略》中有所评论,说《西洋记》"所述战事,颇窃《西游记》、《封神榜》"。其他学者也有认为,《西洋记》对《西游记》模仿的形迹很重。当然,罗懋登写作《西洋记》是有一定的历史背景的,正如1982年2月陆树仑、竺少华为《西洋记》作的前言中所说:"作者不满腐败丑恶的现实,尤其认为那些峨冠博带的官员们,都是人面兽心的东西。罗懋登的这种情绪,是与他痛心国威不振,忧虑倭患未去紧密联系的。同时,也是他希望'当事者尚兴抚髀之思',能再有郑和、王景弘一样的人物出来肃清海表。"

至于该书构思了许多神仙鬼怪的故事,显然是受那个时代文学创作的环境影响。马克思主义哲学观点告诉我们,不论是人们零散的心理,还是理论化的观念形态;不论是形象的文学艺术,还是抽象的概念和原理;不论是正确的思想,还是荒唐的迷信邪说,都是外部世界某种形式的反映。如果我们抛弃那些不符实际的描述,还是可以看到事物的内核(实质性)的东西的。《西洋记》对于研究郑和下西洋的历史事实和意义是有一定参考价值的,但不能作为历史佐证。

在历史上,郑和七下西洋客观上对沟通东西交通,开拓海外市场,促进东南亚、南亚、东非各国之间贸易往来,曾起过巨大的积极作用。《西洋记》中曾叙述下西洋船队向西洋诸国赠送手工业品、传授农业生产技术和文化知识等情形,说明古代中国对西洋社会进步有过贡献,但内容涉及甚少,而偏重于用兵,特别强调华夏正统观念,甚至认为:中国为君为父,夷狄为臣为子。从今天的历史观来看,这是大国沙文主义,是错误的,而且是不符合历史真实情况的。

《西洋记》到底多大程度上反映了600年前郑和下西洋的史实,难以测定。但书中的神魔故事也许能带给我们一点儿艺术享受,也能帮助我们学一点儿不够确切的地理和历史知识。同时,我们从《西洋记》中也感受到它表现出来的相当强烈的爱国思想。如今纪念明代伟大的航海家郑和下西洋,《西洋记》也有它许多值得研究的地方。

《明史》中的郑和下西洋

从《明史》中看到，明成祖朱棣是一个开放观念极强的封建君主。在郑和下西洋之前，朱棣一上台就一反朱元璋制定的"片板不准下海"的禁海政策，不仅已有船只往来于南洋群岛和南亚等地，而且曾派遣使者向西域、北方和东部进行友好往来，开展贸易活动。因此，在明史中有"当成祖时，锐意通四夷"的记载。

明成祖为什么派郑和、王景弘等人下西洋？明史上有记载："成祖疑惠帝亡海外，欲踪迹之，且欲耀兵异域，示中国富强。"这番文字虽简，而解说起来甚繁。还得从明王朝朱元璋死后的权力争斗说起。1368 年，朱元璋称帝建明朝。其有 24 子，按习俗立长子朱标为太子，而太子早逝，留有 5 子。当时，朱元璋想立燕王朱棣为储君，但怕舍孙立子，不合礼数。经与大臣们会商，乃决立朱标长子允炆为皇太孙。洪武三十一年闰五月，即公元 1398 年，71 岁的朱元璋逝世。死前立诏，允炆登基嗣位，诸王镇守国中，不必来京。允炆料理祖父后事后改元建文，史称建文帝（至清称建文帝为恭闵惠皇帝）。

燕王朱棣因没有当上皇帝，心里十分不爽快，在一班谋士鼓动下，提出了"清君侧"，南下靖难。实际上是侄子当皇上，叔父不满，发动了明统治者内部权力之争。虽多年征战，但建文帝顾及叔侄之情，屡次表示不想伤害其叔父。公元 1403 年，朱棣带兵越过长江攻入南京。宫中大火，建文帝不知所踪。据说，建文帝离京时带走了传国玉玺。建文帝到底到哪里去了？始终是一个谜。明成祖朱棣在肆意屠杀忠臣的同时，一心想寻找建文帝的踪迹。这就是朱棣命郑和下西洋的直接原因，称为"寻宝扶夷"。有书记载："建文帝出亡云南，驻锡永嘉寺，埋名韬晦，人无从知。"郑和下西洋找不到建文帝，也找不到传国玉玺是当然的。

而在有些书上并不是这样说的，如《西洋记》中就说是元顺帝逃亡海外带走了玉玺。也许建文帝根本没有见过传国玉玺，确是元顺帝带走了，这已经成了"千古之谜"。

由于这些原因，所以就引出了郑和七下西洋。人们做事情的因果往往是不一致的，郑和下西洋本是秉承朱皇帝寻宝（传国玉玺）的旨意出使的，但"宝"并没有寻到，倒与所访问地区的人民结下了友谊。郑和船队每到一个国家，都受到隆重欢迎和热情接待。郑和首先以明朝使节的身份向当地的国王或首脑赠送礼品，表达建立邦交、发展两国友好关系的诚意，并邀请他们到中国来访问。然后，再同当地政府和商人进行贸易。船队带去的大批货物，如瓷器、丝绸、铁器等，都非常畅销。尤其是青瓷碗盘、苎丝、绫绢、烧珠等物，最受欢迎。船队也从各国买回许多土特产，"所取无名宝物，不可胜计"，主要有象牙、宝石、香料等奢侈品，还有谷米、棉花、布匹、药材和少量的铜。第三次下西洋时，郑和征得满剌加国王的同意，在那里建立排栅城垣，设四门更鼓楼，里面再筑一小城，盖造仓库，作为储藏货物、粮食的中转站。有了这个中转站，船队便可以从这里分头前往各国进行访问、贸易，回来时再到这里碰头。"打整番货，装载船内。等候南风正顺，于五月中旬开洋回还。"

宣德七年，即1432年，最后一次下西洋时，郑和已是62岁的高龄。第二年初，就在返航途中，郑和以身殉职，病逝于古里。随船的官兵把他的遗体运载回国，埋葬在南京中华门外的牛首山下。郑和把他毕生的精力，全部贡献给了祖国的航海事业，是我国也是世界历史上杰出的航海家。

郑和下西洋发现了世界

几个世纪来,郑和下西洋已经成为世界造船业、船舶业史学研究的课题。近几年来取得了新的成果。2002 年 12 月 15 日至 17 日,英国业余航海史学者加文·孟席斯应"郑和下西洋 600 周年纪念活动民间推进委员会(筹)"的邀请,在北京与中国史学界、考古界和海事界等十几个学(协)会的专家、学者见面。在此之前的 2002 年 3 月,孟席斯提出了一个惊人的历史新发现学说,他认为,"郑和比哥伦布早 72 年发现了美洲大陆,比麦哲伦提前一个世纪完成了环球航行"。

为此,《海事大观》杂志编辑陈振杰先生对孟席斯中国之行跟踪采访,在该杂志的 2003 年第 2 期上发表了与孟席斯专著同名的《1421:中国发现了世界》的报道。在文章前有一张《孟席斯的"1421—1423 年郑和船队环球航海线路图"》。孟席斯认为,1421 年 3 月至 1423 年 10 月(即郑和第六次下西洋),郑和船队曾分编成 4 支大型船队进行了远洋航行。

洪保船队航线:从中国出发,经印度洋,绕过好望角到达非洲西海岸佛得角,而后向西南航行,过大西洋到达南美洲,穿过麦哲伦海峡(即"龙尾"处),又向南至南极洲的南舍得兰群岛,再向东北跨太平洋到达澳大利亚南岸和西岸,经印度洋、南海,返回中国。

周满船队航线:从中国出发,到达非洲西海岸佛得角,向西南航行到南美洲,过麦哲伦海峡,向北到达秘鲁西海岸,横越太平洋,到达澳大利亚东岸和新西兰,而后回中国。

周闻船队航线:从中国出发,到达非洲西海岸佛得角,向西北航行到达中美洲波多黎各、古巴等地,而后沿北美洲东海岸北行,绕格陵兰岛,经楚科奇海、白令海峡回中国。

杨庆船队航线:从中国出发,越印度洋到达非洲最南端好望角,而后沿非洲东海岸、阿拉伯海和孟加拉湾沿岸,经南海回到中国。

这些船队中的许多船员及其随船家人分别到达并定居在马来西亚、印度、非洲、南北美洲的一些地方以及澳大利亚、新西兰和太平洋岛屿。因为,第一批欧洲航海家在许多地方都遇到了中国的定居者。

孟席斯为证实他的观点,在世界各地及浩瀚的历史档案文献资料中,寻找到了许多证据。证据一,曾跟随郑和多次远洋航海的茅坤,记述了在北半球凭借北极星、在南半球凭借老人星来确定经纬度的"牵星过洋"航海技术。证据二,当时世界各地的土著人中都有中国船像房子一样大以及中国男人穿长袍、女人穿裤子的描述。证据三,通过现代 DNA 技术鉴定,在现在的委内瑞拉、苏里南等南美印第安人地区,都发现当地印第安人的 DNA 与中国广东沿海一带人的 DNA 是相关的。证据四,在秘鲁,有 100 多个地名源自中文而与当地民族语言没有任何联系。证据五,在夏威夷,欧洲探险家发现有 28 种不属于本岛而是来自于中国、东南亚、印度、非洲、南北美洲和南部太平洋地区的植物。证据六,这些地区还有一些与中国传统文化、技术相关的事物,如用石头建筑房屋、染料提取、铜矿开采与冶炼以及一些中国船队使用的压舱石、高达几十英尺的大船艄舵和中国沉船遗骸、舢板、中国渔网、大量中国铜钱、瓷器、玉器以及船员生活用品等当地土著人不可能发明和拥有的技术与物品。孟席斯提出的 1421 年中国发现了世界的新论点,还需要有更多的证据来进一步证实。

最近,孟席斯又提出了新的观点:郑和船队在世界范围内传播了这么多作物和技术,对推动人类文明进程起着十分重要的作用。

为中国争创世界造船强国作贡献

　　江苏是郑和下西洋的出发地,也是他人生的归宿地。从南京的龙江宝船厂、马府街、静海寺和牛首山到太仓刘家港的天妃宫,都散落着郑和的足迹,成为江苏造船人和航海人的光荣与自豪。

　　自古以来,江苏都有着发达的造船业和航运业,尤其是最近这十几年来造船业已经成为江苏沿江、沿海的既传统又新兴的产业。据统计,"九五"期间江苏主要造船企业的造船产量达到 197 万载重吨;进入"十五"以后,江苏造船业有了更加强劲的发展。据主要造船企业统计:2001 年造船完工量为 52 艘,计 70.07 万载重吨;2002 年造船完工量为 50 艘,计 137.79 万载重吨;2003 年造船完工量 56 艘,计 164.37 万载重吨。在全国造船总量中,"三分天下有其一"。

　　近 5 年来,江苏造船业不仅在产量上有所增加,而且在技术含量和质量上有较大的提高,已经成功建造了 30 万吨超级油轮(VLCC)、大型成品油轮、化学品船、大型散货船和快速集装箱船、大型滚装船和海洋工程特种船。在船舶配套设备方面和游艇制造业方面,江苏都在全国居于领先地位,在全国省市区造船业中名列第一。

　　江苏在船舶工业科技和人才培养上也有着全国其他省、市、区无可比拟的优势。江苏有着众多的与船舶工业相关的科研所和江苏科技大学(原华东船舶工业学院)等科研单位,对江苏造船业科技成果的转化和人才培养起到了关键的作用。

在纪念郑和下西洋 600 周年的今天,我们回顾郑和下西洋的历史事实,就应当弘扬郑和航海精神。航海离不开造船,江苏作为郑和下西洋的船舶建造地和远航起航地的这片热土,应当在中国创建造船第一大国中作出更大的贡献。

中国的历史无数次地证明,落后就要挨打,而经济落后最根本的原因是思想观念保守、自满和缺乏居安思危的意识。这种落后观念尤其表现在对海洋观念的贫乏、淡漠和落后上。许多历史学家、海洋学家、船舶与航运专家们纵观中国历史得出了一个结论:"中华民族向海而兴,背海而衰。"同时又预言,21 世纪是"海洋世纪"。我们在纪念郑和下西洋之时,应当大声疾呼:"关注海洋,关注蓝色国土。"要教育青少年们增强海洋意识,保卫祖国的海洋,准备献身于海洋事业,为中国创建世界第一造船大国而努力奋斗!

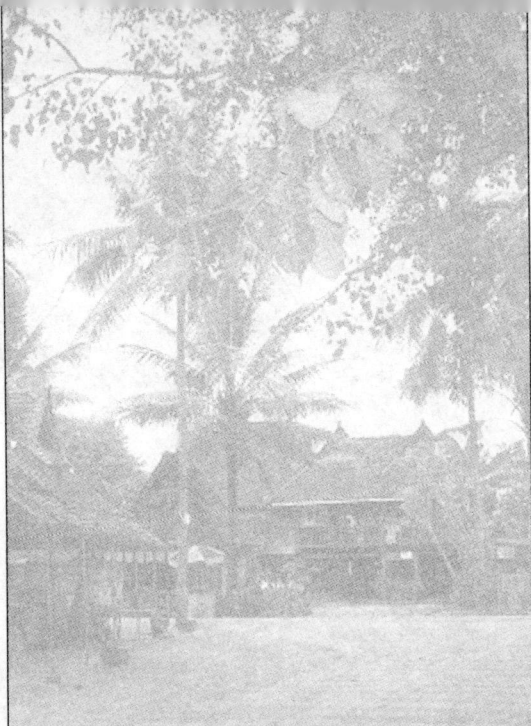

西双版纳南国风

　　西双版纳,犹如璀璨的绿宝石。这里滋养着大象、孔雀和无数珍稀生物。

　　遥望喜马拉雅,就像蘯天关闭着大门,留住了大洋吹来的湿热的风,使得东部成为绿洲。站在喜马拉雅西望,那是一片又一片沙漠。

　　昔日伟人曾喻,将昆仑分送全球,让世界同此凉热。今日遥想喜马拉雅,何日洞开门户,使东西南北同此干湿。

西双版纳之魂

　　从昆明乘汽车，经过 20 多小时的颠簸，终于到达西双版纳州的首府——景洪市。我们一行住进了澜沧江大桥附近的绿桥宾馆。为了充分利用宝贵的时间，尽情欣赏这热带城市的风貌，稍歇了一会儿，我们就到景洪市东南方的曼听公园游览。

　　"西双版纳"为傣语，"西双"为十二之意，"版纳"为交纳封建负担的单位。而西双版纳有一个称之为"魂"的地方，这就是曼听公园。据介绍，过去这里曾是一个供封建领主游玩的御花园。有一位召片领（封建领主）的少夫人至此游园之后，患病不起，经占卜，说她的灵魂丢在这里了。于是，召片领带她再到园内来，果然，一进园她就神清气爽，病也烟消云散。从此，有了"春欢"之称。

　　"春欢"，傣语的意思为"灵魂"，所以这里又叫"魂园"。

　　走进园内，风光迷人的热带雨林映入眼帘，在门外大汗淋漓，而一入园顿时凉爽舒适。这里有集园、寨、佛寺、塔为一体的建筑，新奇有趣的民族风情，娇艳欲滴的花草，香甜诱人的瓜果。难怪泰国公主也迷醉于这里的风光，还亲手在此种下了 4 棵槟榔树。后人为此立下了一块纪念碑。

　　在公园的柜窗中写着这样的文字：

　　　　如果说西双版纳是一幅画，曼听公园便是画中极有神韵的一笔。

　　　　如果说西双版纳是一首诗，曼听公园便是诗中醉人心魄的佳句。

如果说西双版纳是一支歌,曼听公园便是歌中最为动人的一节。

如果说西双版纳是一台舞,曼听公园便是舞中柔美绝伦的妙姿。

我们徜徉于天然的村寨公园,一种回归自然、平和温馨的幸福感油然而生。

孔雀的故乡

我们信步来到"魂园"南边的孔雀园看孔雀。这里饲养着一百多只孔雀，走进园内，许多孔雀迎我们而来。孔雀园的管理人员说："西双版纳有'孔雀故乡'之称，你们是远道而来的客人，哪有客人来了，主人不出来欢迎的呢！"

这里的孔雀着实漂亮得光彩逼人，在其他地方是难以见到的。其中有蓝孔雀、绿孔雀和白孔雀，尤其是白孔雀是珍奇稀有的动物，受国家重点保护。为什么见游览者进园孔雀就迎上来呢？因为，来观看它们的人很多，孔雀相互之间没有敌意，而且许多人买饲料——玉米粒子喂它们，所以见人就很亲近。

西双版纳有"孔雀生长在云端，来去人间落魂园"之说。现在，人们可以人工饲养这些称为"鸟中之王"的孔雀了，而在远古时代为什么西双版纳这些地方就能生长出如此美丽的鸟类呢？据介绍这里有这样的地理条件：

在地图上看，西双版纳处在北纬15°至北纬30°之间，从中缅泰老的交界处往西看，印度、巴基斯坦、沙特阿拉伯以及非洲都有浩瀚无垠的沙漠，而西双版纳则有着茂密的热带雨林和温暖、湿润的气候环境。这就要感谢大自然这个"造物主"了，那是因为我国的喜马拉雅山挡住了太平洋、印度洋上吹来的湿热空气，形成了西双版纳周围的环境，使它犹如一颗璀璨的绿宝石镶嵌在祖国南疆。

这种环境为各种野生动物提供了生长繁殖的良好条件。据有关材料介绍,这里有陆栖脊椎动物 539 种,约占全国总数的 25% ; 有鸟类 399 种,约占全国鸟类总数的 16% 。所以这里是孔雀的故乡,就不奇怪了。在孔雀的故乡看到的这些"鸟中之王",像青春少女一样美丽善良而又热情大方,也就更不奇怪了。

白塔·八角亭·总佛寺

　　西双版纳的傣族,全民信仰小乘佛教,按照传统习俗,傣族男子都要出家为僧,只有这样才算有教化。因此,佛塔、佛寺甚多,享有"塔乡"之称,凡有傣寨就有佛寺。其中最有名的是景洪市的白塔、八角亭和总佛寺。据说,到了景洪,不看白塔、八角亭和总佛寺,算是没到景洪。

　　当我们来到白塔面前时,阳光照射在洁白的塔身上,一种圣洁的感觉骤然升起。白塔,又叫佛塔,主塔高 16.29 米,周长 42.6 米,四周环抱 8 个小塔,多层葫芦型塔身,像一丛刚劲的龙竹,又像拔地而起的粗大的竹笋,是佛教建筑的杰作。

　　在白塔的南面一点,就有一粉红与橘黄色间隔的八角亭,与白塔相比,使人感到热烈而庄重。据说,八角亭始建于 1701 年,是依释迦牟尼的金丝帽台"卡钟罩"建筑而成。塔属砖混结构,八角形,高 32 米,亭基长宽均为 8.25 米,偏厦自下而上收缩,重叠美观,错落有致,结构精密,别具一格。

　　过了八角亭,有一座金碧辉煌的建筑吸引着人们,门上用金镀着"西双版纳总佛寺"七字。佛地着实清静,在那样的氛围中,谁都显得那样虔诚,不乱说,也不乱动。这里是傣族佛教文化中心,是泰国僧王、缅甸高僧以及各国佛教僧侣、信徒朝拜和布施的地方。进入佛寺是必须脱鞋的。

　　在总佛寺东面有一栋大楼,看上去是现代建筑,与白塔、八角亭、总佛寺不甚协调,里面书声琅琅,原来是一座佛学院。有几个小和尚在看我们。我们便上前问询。他们告诉说,那佛塔是镇妖降魔保平安的象征;八角亭,傣语称"波苏",凡有"波苏"的佛寺,标志佛寺等级之高,"波苏"是僧侣议经和举行佛教仪式的场所。

我们衷心祝愿塔、亭、寺长存,永保祖国南疆平安!

水的民族

　　多民族的西双版纳自治州,有 80 余万人口,其中傣族、汉族和其他少数民族(拉祜、哈尼、布朗、瑶等族)各占三分之一。平时在大街上随处可见各民族男男女女的风采。"西双版纳民族风情园"更是将西双版纳各民族风情浓缩在一起。

　　最为令人注目的自然是傣族。当我们走进"民族风情园"时,就看到热带雨林中的奇花异草和大象、孔雀。再往里走,有一个露天的舞台,台上傣族"俏多丽"(姑娘)和"小赛哥"(小伙子)正在跳着舞,台下的人和着民族音乐拍着手。演完几个节目以后,主持人报幕说:"下一个节目:泼水舞。"台下少数观众开始"骚动"起来,一些初到西双版纳的人不知道是怎么回事。大家正为台上男女青年优美的舞姿所陶醉时,突然台上的十多位男女青年手上盆里的水就泼到台下来了。接着台下就乱了,躲避的,也有躲避不及已浑身湿透的,索性拿起盆在台下的积水池里舀起水往台上泼,嬉笑声、叫喊声,当然也夹杂着外地人的抱怨声和喝彩声,热闹极了。

　　西双版纳各民族都有自己的节日。傣族的"泼水节"就如汉族的春节一样。不过"民族风情园"里是天天"过节"。傣族人爱水、恋水、惜水、敬仰水,以水表达爱恋,以水表示祝福,人们把他们称为"水的民族"。在景洪的曼听公园一进门,就有一尊周恩来总理的塑像,从头至足是傣族男子的打扮,手上还拿着一个用来泼水的盆。这是为纪念这位伟人 1961 年 4 月 15 日在这里与群众一起欢度"泼水节"而建的。

在傣族人居住的地方看到最庄重的是佛塔。除此之外，就是井塔了。傣族人对水井的建造别具匠心，井身的造型多以傣族人崇敬的大象、孔雀形象来装饰，使井塔映掩在凤尾竹下，显得特别庄重、优雅而奇幻。

傣寨风味小吃与"丢包"

　　我们来到西双版纳这块神奇土地上的时候,正是收获的季节,遍地稻谷金黄、蔗林翠绿,集市上塞满了瓜果,有红色的木瓜、黄色的香果、深褐色的甜蕉、橙绿的杨桃……还有许多名贵的药材,如灵芝、三七、虫草等等。

　　更令人难忘的是傣寨的风味小吃。到达景洪的头天,就听人介绍傣寨民族歌舞餐厅别有风味,于是,我们去尝试了一下。一到歌舞餐厅门前,在此欢迎的傣族姑娘手端银盆就要往我们身上泼水,我们带相机的急忙用手指着胸前挂着的照相机——不能泼水。我们那紧张的神情,引起了一串爽朗的笑声,但免除了一场"倾盆大雨"。

　　走上"竹楼",是一个大厅,前面是舞台。听说我们是北京来的,便将我们安排在了前排。这个大厅有300个座位,8~10人为一桌,都是竹子制作的矮桌椅,桌上放着傣族的特色菜肴,有菠萝饭、手抓饭、风味烧烤、用竹叶包着的粉蒸肉、糯米做的年糕等等。酒是装在竹筒子里封好的,不用玻璃酒瓶装酒。唯独有一种肉(什么肉不知道)味道很怪。台下的人吃着风味小吃,台上傣族青年男女表演精彩的节目。歌声、掌声、笑声、喝彩声、照相机的"咔嚓"声,汇成了合奏曲。

　　酒也喝光了,小吃也吃得差不多了。台下的招待小姐和台上的跳舞小姐走到客人间来了,给每一位客人脖子上挂上一个做得非常精致的四角小包。这个包每个角上有颗珠子,珠子下面有红线穗。我有幸挂了两个包。当时我们对这个包不知其意,第二天大家议论才知道,这是傣族的婚俗。傣族青年男女婚恋自由,方式多样,其中"丢包"是表达一种爱慕之心。傣族实行一夫一妻制,结婚举行"拴线"礼,意思是新人的灵魂相随,真诚相爱,白头至老。我们仅有人"丢包",但无人"拴线",自然成不了傣族的女婿或媳妇。

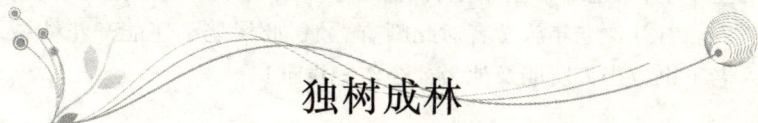

独树成林

刚到西双版纳时，有人说这里有"独树成林"的奇景，我们百思不得其解，因为历来说法是"独木不成林"。当我们到达边境重镇打洛时，才对"独树成林"有了理解，确信"独树能成林"。原来，这是一棵古老的大树，足有 30 米高，除了有一株粗大的主干外，还有从上面的枝干向下伸出的 36 根树干，每根粗细不一，粗的一两人抱不过来，细的也有碗口粗细，而且根根都在泥土中生根。可以肯定，这样的"独树成林"不是打洛一处有，我们在别处也见到过这样的树。

在西双版纳看到奇奇怪怪的树木太多了。这里的植物终年常绿，葱郁苍翠，像绿宝石一样。据说，全国有 3 万多种植物，而西双版纳就占了 5 千种。植物在发展过程中，也在变化。在这里，植物的变种极为普遍，目前已收集了 3 890 种。

西双版纳勐仑植物园的植物物种是最齐全的了。有笔直向天的望天树，有枝叶星星散散的茶王树，有盘根错节的爬地龙根，有犹如防空导弹的棕榈林……珍花异草处处生根，如虬似龙的莽藤，有的依附大树，有的穿石爬壁。植物园外，大树也举目皆是，许多几个人抱不过来的大树不住地从车窗前掠过。远处的橡胶林，横竖整齐，这就是 1967 年印尼归国华侨开始种植的，如今规模更大了。

"独树成林"的奇景吸引了人们。在植物园里见到了一种"老茎开花,老茎结果"的"菠萝勉",也使人感到新奇。我们见到的一般植物,都是在枝头上开花结果,而这种"菠萝勉"的花是开在树木的主干上,果也结在主干上,而且那些果子结得不小,有大甜瓜那样大。有几位老年旅游者对此颇有感慨,此树老了还能开花结果,人老了也应当力所能及地为社会作些贡献!

到傣寨人家做客

汽车经过橄榄坝的时候,有人提议看看市场。因而,我们有机会在这里下车,到傣寨人家做客,深入到西双版纳的社会细胞中去考察一番。

在西双版纳的傣族、哈尼族、基诺族和其他少数民族,都以"干栏式"的竹楼为民居。"竹楼",傣语通称为"很",造型独特,别具一格,堪称中国民居之佳作。它的外形很像一顶大帐篷。名为"竹楼",也并非全是竹子建成。房屋是架建在立于地面的木柱上。供人住宿的楼室离地 2 米左右,搭建在数量可观的木柱中间。底层木柱林立,四无遮拦,用于养家禽家畜和放置农具、柴火等杂物。

我们走进一座竹楼,大约 30 多岁的女主人出来欢迎客人。楼上好似个体商家,一位阿婆正在哄着睡在四角用带子吊起的"布床"上的小孙子,见客人来了,忙端竹椅、倒茶、拿出米糕招待我们,非常好客。原来,这 5 口之家,男人上山干活,女人在家开小店。因为在旅游地区,常有外地人来游览,出售的物品是一些玉器、木雕、服饰等。

这时,竹楼内部结构才一目了然。楼室一分为二,内侧为家人就寝的卧室,外人不可入内;外侧为堂屋,设有火塘,既是待客之所,又是生火、取暖、做饭之处。楼室外有一走廊,供纳凉,一侧有登楼木梯,一侧是露天阳台。登楼或入室都要脱鞋。

女主人十分健谈,给我们介绍傣族的风俗和购买玉器、木雕等辨别真伪的常识。她告诉我们,这里的玉器是上等的,是缅甸玉石加工的,这东西带在身上可"凉血",但要辨真假较难。她告诉我们,看玉器,一是看光是否透亮,有无瑕疵;二是摸凉,手摸上去冰凉的,是好的;三是试硬,用玉在玻璃上划,真玉比玻璃硬度高。说着,拿起她的玉镯卡玻璃,玻璃被卡碎了,而玉镯光滑依然。

离开傣寨人家时,我们为他们那颗真诚、朴实的心所打动。

野 象 谷

汽车在崎岖的山路上奔驰着,一会儿向左,一会儿向右。西双版纳的道路是从崇山峻岭中开辟出来的,大概 200 米不拐弯的路是没有的,30～50 米一弯是正常的。汽车从勐养出发行驶约 2 小时后,在路左出现了一片现代建筑的楼房,路边有一段半墙,上面镌着流畅的"版纳野象谷"5 个 1 米多高的大字。有人提议下车看看"野象谷"是怎么回事。

下来问过路的一位大爷,方才得知,前面有一山谷,谷中有溪水,常常有野象在此出没。据说,有时深夜野象站在公路上,汽车开不过去,只能开灯关灯,驱它让路,而不敢鸣喇叭激怒它,不然它一使性子,鼻子一摆,车就翻下沟去了。后来,旅游部门就在这里的山谷附近造上楼房,供旅游者住、吃,晚上到山谷边看野象出没、喝水、嬉戏。而野象什么时候出没,可就说不定了,有时一晚上也不出现,有时要到深夜才出现,想看野象的人,裹着衣服,拿着照相机、望远镜去等候。

这里被人们誉为"天然动物园",除了亚洲象之外,还有印支虎、金钱豹等。然而,对于我们这样匆匆而来、匆匆而去的旅游者,不可能在此守候野象的出现,只能到动物园中去看看大象。其实,我们在西双版纳的民族园中早已看到这种庞然大物,经过人们驯养之后,它们变得与人甚善甚亲,大人小孩都可接近,甚至骑到它的背上照相。在民族园我们也见到了一头刚在驯养的野象,脚脖子用铁链锁在大铁桩上。我们用照相机对它照相,它以为我们又用麻醉枪之类的东西伤害它,竖起了两只大耳,用直直的眼神看着我们,似乎要与人决斗。在旁的驯养人员示意我们别照相,又用手拍拍大象的脖子,大象怒气没了,又正常地用鼻子勾起地上的甘蔗吃了起来。在景洪市的大街上,也偶尔有大象驮着东西和男女青年走路的,当然这就见惯不怪了。

国门那边

　　西双版纳与缅甸、老挝接壤，与泰国只隔几个城镇。到西双版纳的人大致不会错过到缅甸的勐拉去看一看。

　　早上，天刚亮，就上车向西双版纳中缅边境的打洛前进。打洛那边便是缅甸掸帮东部第四特区，也就是现今世界称之为"金三角"的地方。从打洛开车几分钟就到了缅甸的国门。出境凭"居民身份证"和景洪市公安部门的批文办理手续。汽车经过打洛武警边防站时，武警战士上车，向大家敬礼，核准人员，检查东西，然后放行。到缅甸特区边防检查站，也是一样，显得很严格又有礼貌。这样，我们的车就进入了缅甸勐拉市区。它是一个旅游城市，主要销售玉制品，建筑物的佛教特色很浓，生产糖和烟。

　　一进入缅甸国门，首先映入人们眼帘的是"缅中友谊大金塔"，在蓝天的映衬和阳光的照耀下，显得更加金碧辉煌。据说主塔顶是用金箔包起来的，有 4 个副塔，很是壮观。塔里面是用雕塑、绘画和文字（中、缅文）表达的佛教故事。过去，常听说"金三角"毒品猖獗。这几年缅甸政府也重视禁毒，在此建了"肃清鸦片纪念展览馆"，并给游人发一份宣传材料。可以看到"金三角"人种植鸦片的经营在改变，在中国专家的指导下现在已开始种植水稻、甘蔗、水果等。掸帮东部第四特区宣布："能够以自己的辛勤劳动将这块美丽的家园建设成一块人间乐土。"

　　在缅甸勐拉，中国的普通话都听得懂，人民币也是通用的。我们在一个玉器销售商场里看到了琳琅满目的各色玉器，价格从几十元到几万元，乃至几十万元不等。在此，我们曾看到一位欧美人士购买了一只价值23万8千元人民币的手镯。这里赌博盛行，在玉器销售商场里，就有赌局。我们目睹有人成千上万地输赢，手机都压上了，然后被人架出门外。缅甸，毕竟是缅甸。

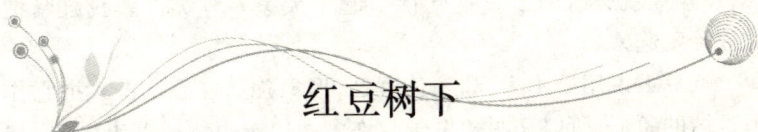

红豆树下

勐仑植物园是我们在西双版纳的最后一个游览点，给人留下深刻的印象是中共中央总书记、国家主席江泽民在这里种下的那棵红豆树。

在这里植树作为纪念或将对西双版纳的情思寄托于植种树苗的知名人士很多。有 3 株 10 多米高、一人都抱不过来的堪称"铁树王"的铁树，传说是老一辈革命家朱德总司令种下的。泰国的王族人员、缅甸的领导人、柬埔寨的知名人士和欧美的来访者都在这种下了名贵的树木。

更能引起人们注意的是江泽民总书记种下的红豆树和全国政协主席李瑞环种下的桂花树，树下都立有植树纪念碑。江泽民总书记种的红豆树年时较短，只有碗口粗。我们到西双版纳已近中秋时节，树上的红豆夹子几乎都咧开嘴了，显然采撷的季节已过。但是，人们在总书记亲手种下的红豆树下，情不自禁地会想起孩提时就熟读了的唐代诗人王维的《相思》。

在西双版纳出售工艺品、旅游品的小摊上有孔雀豆、小红豆、小绿豆串成串卖。孔雀豆，是红黑点相间的花豆，小红豆、小绿豆像我们常见的赤豆、绿豆差不多样子。而江泽民总书记亲手种植的红豆树结的是什么豆呢？我们一行回答不了。有人提出到树下草丛中找一找，或许有散落在那里的。我们慢慢拨开草丛寻找，路过的人先是好奇，后来也蹲下来找。我有幸先找到了一颗，接着一位小姑娘也找到了一颗。一共找到 5 颗，其中有一颗不饱满。那位小姑娘把她捡到的那颗红豆送给了我，并风趣地说："爷爷我爱你，这颗豆就送给你了。"这句话引起了大家一阵笑声。我赶紧把红豆珍藏起来。

红豆虽说用处不大，却颜色鲜红，形象犹如红心。古人把它作为爱情的象征，所以又叫相思子。许多人边走边背诵着王维的《相思》诗："红豆生南国，春来发几枝？愿君多采撷，此物最相思。"

呼伦贝尔颂塞外

呼伦贝尔,不仅是成吉思汗的摇篮,也是中华民族游牧民族的武库、粮仓和练兵场。

待他们全副武装好了,就已不是游牧人,而是骑手和战士。由东向西走上历史舞台,敲打长城的大门,并征服最广阔的世界。

蒙古族人如此,契丹人、女真人、鲜卑人也是如此。这是因为,他们有呼伦贝尔草原。

历史上民族之间的悲剧时代已经过去。中华民族面前已经展现了一个群鹰搏击、万马奔腾的新时代!

飞向北方

　　2008 年 9 月，我应邀参加了《中国船舶报》社组织的一次采风活动，使我有机会感受祖国北方大自然的赐予，领略那里的风土人情。

　　4 日下午，我乘坐的客机按时从南京起飞，飞向哈尔滨。10年前的这个季节，我乘坐过一次去南方的飞机，参加《中国船舶报》社组织的异地采访，从南京起飞到昆明，再乘汽车到西双版纳。那是从北往南的飞行，飞机离开机场后，就钻入云雾之中，即使坐在窗口，也看不到地面，就像雾海乘船一般。这次向北方的飞行就大不一样了。南方时令已近中秋，而北方的时令来得比南方早，已是深秋季节了，气象预报，哈尔滨早晚的温度是 6～9℃。自然是秋高气爽，天高云淡。我的座位刚好在飞机窗口位置，飞机起飞后大约半小时，就可以眺望到远处的云天，使人有点儿不知身在何处。北方秋天的云，不是那样漫散，在明澄的天空中，微微地漂浮着稀疏的云朵，像春天最后的雪，泛着乳白色，像卸下的风帆那样扁平而细长，又像弹松的棉花蓬松而柔软，慢慢地，但又使人感到它显著的每一瞬间的变化。

　　向北飞行大约一小时的时候，从飞机的舷窗向下看，飞机正飞越大海上空，一片岛屿映入眼帘，岛屿色彩斑斓。岛的周边都镶着一圈银环。我静静地思索着，飞机到哪里了？为什么会在海的上空飞行呢？百思不得其解。一位空姐走来，我不禁向她提出这个问题。她说:"我们乘坐的班机的航线是由南京起飞,经青岛、大连和长春到哈尔滨降落,现在正飞越渤海或黄海海面。"这一语,使我的思绪理顺了。再往前,就进入东北大地的上空了。

飞机很快进入东北上空,偏西的阳光明晃晃的。眺望远处天地相接处,仍是烟雾一片,而当目光转视下方时,则看到了地面的城镇、河流、公路……大地洒满着阳光,公路像一条银线;湖泊似一面面向天的明镜;城镇像一堆堆散乱的积木玩具。这大概是大连或大连以北的城市或农村。再往前飞行,大约进入东北大平原的上空了,俯瞰地面,大地出现了一片多彩而形体整齐的版块,最抢眼的是金黄色的油菜花地,黑色是耕作着的土地,墨绿色是草地,橙红色是成熟的高粱,淡黄色是玉米地……

飞机向前飞行,眺望远处,出现了一座城市,我想这大概就是哈尔滨了。这时,飞机上播音员说:"女士们,先生们,我们这次飞行的目的地——哈尔滨就要到了……"我走下了飞机,这次北方之行,尤其是北方晚秋的白云、大地和凉爽的气候,给我留下了深深的印象。

不起眼的海拉尔

到哈尔滨当天的傍晚，我们一行就乘火车去海拉尔。因此，阳光下的哈尔滨没有看得真切，夜幕下的哈尔滨也只看到了火车站。黎明时分，我们到达海拉尔。

在临去哈尔滨前，我仔细查看了地图，明知海拉尔在内蒙古，在地图上却没有查到海拉尔。到了那里方才知道，海拉尔是呼伦贝尔市的一个区，自然在全国地图上难以找到。据导游小姐介绍，海拉尔在蒙语里的意思是"野韭菜生长的地方"。这里有海拉尔河，古时河两岸生长着野韭菜。如今，在这里的餐桌上常常会有一小碟绿褐色的调味品，据说就是野韭菜花腌制的。

要说海拉尔不起眼也不尽然。早餐后，我们来到成吉思汗广场。广场甚是宏伟壮观，中央有一座成吉思汗纪念塔，塔身呈圆筒形，有镂雕的图案，塔顶有一只翱翔的雄鹰，称之为"海东青"。蒙古人惯于将自己或英雄的人物称为"海东青"。在中原的古建筑上，大都镌刻有龙、凤、狮、虎等图案，而在成吉思汗广场的建筑上，只有鹰、牛、马、羊等图案，这是蒙古民族的特色。

雨后的广场显得特别干净，广场的南面有一座群雕，由 10 人骑着骏马组成。居中的便是成吉思汗，两边是他的大将和有战功的儿子们。无论如何，成吉思汗是中华民族的一位大英雄，在马背上生活和战斗了一辈子，建立了大蒙古帝国。过去对成吉思汗并不了解，到过海拉尔，就对他产生了兴趣。近日读《元史》，方知其人,他名叫铁木真,成吉思汗是他的皇帝尊号。1206 年,部落拥戴他为首领,中原称"皇帝"。成吉思汗即是尊称铁木真为蒙古汗国首领(帝)。"成吉思"为成者大也,"吉思"为最大之称。连起来理解,意思是"最大的皇帝"。这个皇帝确实够大的了,当时的蒙古帝国的领土扩充到了中亚、西亚和欧洲东部,横跨亚欧两洲。

现今的蒙古族人对成吉思汗是十分尊敬的。我们所到的蒙古包或大酒店,几乎无一例外地供奉着成吉思汗的画像或塑像。成吉思汗不愧为"一代天骄"。然而,在他前后,民族之间的争斗经历了几百年。新中国成立之后,在中国共产党领导下,一个多民族和谐的大家庭才真正形成,民族之间的征战才告结束,各民族团结一致,创造出了一个太平盛世的时代。

呼伦贝尔传说

　　早就听说呼伦贝尔大草原，然而当置身于其中，只是感到寂静、空旷，令人心旷神怡。汽车在呼伦贝尔草原上跑了4个多小时，而路边的路牌上还是标着呼伦贝尔市，问及此市有多大，据介绍，该市包括6旗、若干个市。

　　呼伦贝尔有着美丽的传说。在很久很久以前，草原上住着一个蒙古族部落。部落中有一对青年，女的叫呼伦，男的叫贝尔。他们和乡亲们生活在这块水草丰美的草原上。一天，妖魔莽古斯带领狐兵杀向草原，抢走了呼伦姑娘，吸干了草原的流水，牧草枯黄，牲畜倒毙，草原处在深重的灾难之中。贝尔为了挽救草原，救出情侣呼伦姑娘，他飞马驰骋，寻找妖魔莽古斯与之争斗，抢回呼伦姑娘。为了挽救草原，呼伦姑娘设计智取了莽古斯头上的神珠吞下，变成了湖水淹没了众小妖。这时，贝尔也杀死了莽古斯。贝尔在湖边找不到呼伦姑娘，悲痛欲绝，纵身跃入湖中。顿时，山崩地裂，形成两个湖泊。一个是今天的呼伦湖，一个是贝尔湖，乌尔逊河犹如一束银色的彩带将呼伦湖和贝尔湖连在一起。湖水滋润了草原，草原又充满了生机。人们为了纪念他们，就把这个草原取名为呼伦贝尔。

　　中午时分，汽车进入呼伦贝尔草原深处的华俄后裔杂居的额尔古纳市。我们一行在市内的一家饭店用餐，领略了那里人们豪爽而热情的性格。从一桌饭菜就可以看出那里的商家有着实实在在的经商态度。我们7个人一桌,上了8个菜,无论是土豆炖牛肉、白切鸡,还是蕨菜、青菜,每一个菜都是大碗大盘,都是真材实料,丝毫没有南方烹调的"花头"。我们对饭店的人说太实在了。他们说,要是客人将菜吃完了,那是对客人不礼貌的表示。如此好客的人们与这神圣的土地、新鲜的空气、湛蓝的天空、触手可及的白云和灿烂的阳光是多么协调啊!

秋天的市场

在额尔古纳市，我们进入中俄贸易市场观光，看一看这里的市场。蒙古族是一个具有悠久历史的民族。蒙古，其意为"永恒之火"。额尔古纳市地处中、俄、蒙交界之处。我国的开放政策，使"永恒之火"更加熊熊燃烧，吸引着异国的经商者，同样我国各地的商品也汇集在这里交流。

我们到市场上转了转，发现有鲜活的淡水鱼虾，形状显然与南方的淡水鱼不一样，看上去挺肥。最多的还是东北森林里来的山货，蘑菇、花菇、木耳、榛子、松子等。特别是刚从树上摘下的红果，惹人喜爱，样子像苹果，但比苹果小多了，有点儿像南方的海棠果似的。还有小得像黄豆粒那样大小的沙果，有黑色的，也有红色的。这是做果酱的，在其后几天的餐桌上，常常有这样一小碗红色的果酱，甜甜的，抹在馒头或面包上很好吃。据介绍，这果酱营养价值很高。

当然，在这样的草原城市的市场上，少不了牛羊肉以及制成品，但很少见到猪肉。

北方秋天的市场并不单调，也是色彩斑斓的。我看了一圈，又转到老大娘摆卖红果的摊子前，海棠果般的果子又吸引了我。我就与老大娘商量，能否让我拍一张这果子的照片。老大娘没有听懂我的南方普通话，以为我要买些果子。待她弄懂了我的意思，就抓起一把硬要塞给我，并说："不买不要紧，尝尝吧，甜着呢！"当她知道我要给这些果子照相时,她高兴地说:"照吧！照吧！给果子照相我不收钱。"

我照完了大红果,又照了小红果几张。我对大娘说,我家离这远着呢,早买了带不回去。她说:"要照相,到我们屯子里去。这秋天,那成片的果林都是红扑扑的,那才好看呢!"

在后来的几天,我们在饭桌上亲身感受到了这里的秋天。吃的并不单调,除了牛羊肉之外,也有鸡鸭之类荤菜,蔬菜非常丰富。因为这里虽是草原,但不是沙漠,黑土地肥沃。我们在中俄边境的小镇上,看到了一片土豆地,早上到田边转转,拳头那么大的土豆都显露在泥土外面。大白菜长势很好,还没有到收割的时候。黎明,草场上有人拾蘑菇,一早上就能拾一铅桶。这里的人们对什么样的蘑菇可食或不可食,熟悉到了一眼就能判断出来。有一位中年男子,前一天我们中有人骑过他的马,看到他在拾蘑菇,我们便与他聊起来。他告诉我们,蘑菇拾回去可以吃新鲜的,蘑菇羊肉饺可是鲜美,吃不了就腌起来,等拾不到的时候可以吃。上市场,那是实在太多了才去卖,因为太多了就不值钱,人们不愿意做此买卖。

神奇的白桦林

在到草原前,就想起北朝民歌《敕勒歌》:"天苍苍,野茫茫,风吹草低见牛羊⋯⋯"然而,我们一行置身于呼伦贝尔草原时,并没有见到诗词中描述的如此美妙的佳景。问起导游小姐,她介绍说,草原有三种:一种是"典型草原",草长在地皮上,牛羊在上面吃草,草又不断地长出嫩叶来,羊群像天上的白云在蓝天上飘荡;第二种是"草甸草原",草长得很高,牛羊淹没在草中,微风吹过,才会有"风吹草低见牛羊"的景象;第三种是"森林草原",草木共生,牛羊在林子里放牧。呼伦贝尔草原,属典型草原。

我们一行中有人提出,到内蒙一是看草原,二是看森林。而草原太平淡,能不能看森林。导游说,再往前开一段就能见到白桦林。汽车向北行驶了近一个小时,前方出现了大片白桦林。笔直的公路,从两边的白桦林中伸向天际。白桦树,树皮白色,秋虽还不算深,叶还是绿绿的,而其中夹杂着几张淡黄色的叶子,分外显眼。

到了一处密林深处,我们下车欣赏这白桦林海。遇上一位老人,拎着些枯树枝从林中出来。我们上前问候,得知他住在附近的小木屋内。老人是护林的,我们就问起这白桦林的由来。老人告诉我们,这些白桦林是自然林,不是人工播种的。这白桦林很神奇,树上的种子经风和鸟的传播,只要在可以生根的地方,落地就发芽生根,三五年就能生长成一片林子,七八年有的就能派上用场了。这里建房、做牛羊栏、做家什、烧饭取暖都靠白桦树。

汽车继续前行,前面又出现了一片白桦林,山上山下,有牛群在放牧,这才看到了像牧场的景象,这些牛有一块块黄白黑杂色的毛,在阳光下一照,加上多姿多彩的白桦树,真是美极了,展现了一幅"白桦林中牧牛图"。我们再回头迎着偏西的太阳看去,高天、远山、近山、近林、脚下的草地和公路,由于光线的不同,出现了层层不同的颜色,高天蓝蓝的,阳光下飘着悠悠的白云,远山呈现出深蓝色,近山是淡蓝色,近林是绿色的,山下的草地是淡黄色,上面还堆着一垛垛供牛羊过冬吃的干草,脚下站的是黑色的柏油路。这又是一幅"草原远山图"。我们中有人情不自禁地呼唤起来:"远山,我们来了!"

汽车继续前行,奔驰在向着中俄边境的公路上,草地、牛羊、村庄、白桦林、湖泊从车窗掠过。导游说:"不到呼伦贝尔草原,是不知道祖国大地的辽阔的。"这话不无道理。试想,老是在上海南京路上转悠的人,怎么会知道祖国大地的辽阔呢!

农垦者的足迹

额尔古纳市向北，便是一马平川。尽管还可看见远处的山峦，但这里是一片水草丰美、可牧可耕的平原。

确实我们的眼力是不错的，前行几十公里，在路边出现了一块牌子，上面书着"王震将军率军农垦旧址"。遥想 50 多年前，我们足下这条路便是王震将军率几万农垦大军走过的路。我们的前辈在这里流血、流汗，甚至献出了青春，献出了生命，后来又献出儿孙。这是一条奋斗的道路，光荣的道路。我们走在这条路上感慨万千，心中由衷地敬仰这些革命前辈。

汽车前行，路边时不时地出现一个个非村非镇模样的群居地，路边出现"五一"、"五四"、"六一"、"七一"、"八一"等路牌。我们猜想，这也许就是当年农垦部队的驻地。现在居住在此的是农垦部队指战员的后代。他们仍然在这里生活着、战斗着。

一路看去，现在这些村镇条件不差，各户大多是独园，这里有牛栏，木材加工场，周围是农牧林间作的土地。只是发现房子大都是木材筑成的，房顶是涂锌铁皮钉上的。没有高层建筑，就是平房也很低矮。起初，我们一行人有些不理解，为什么没有楼房？为什么不用砖瓦？为什么家家有独园？等等。后来经过观察和思考，方才明白，这里的土地表层是黑土，这是千万年腐殖形成的，而在黑土之下，便是沙土或碎石层，不是黏土，没有黏土是不能烧成砖瓦的。另外，这里冬季常在零下二三十摄氏度，砖瓦含水后经严寒就冻酥了。常年没有南方的酷暑季节,不会有闷热的气候,而冬天严寒,取暖靠木材或煤炭,房子高了,空间大了,难以保暖。另外,由于土地资源丰富,一家盖个独园就没有问题了。因此,在这些非镇非村的地方,不需要建楼房。

汽车开了一个多小时,才走出原来的农垦区。那里的人们生活很安静,一派自然生态景象,过着与世无争的生活。我们中有人赞美和爱慕这里人的生活,但大多数人认为,这里的生活太单调,有钱也花不出去。有人说,每月发你 3 000 元,让你带着老婆孩子到这里生活,你恐怕也不愿意来。这显然是一句玩笑话。想当年多少军人从战火纷飞的战场来到这里,多少知识青年从大城市来到这里,经受天寒地冻,极其艰苦地生活,在此垦荒,在此成家,在此生儿育女,在此为国奉献青春年华,是多么不容易啊!我想起三年自然灾害时期,全国许多人饿肚子,当时我正在海军部队服役,起初,我们每天的粮食标准,名义是一斤二两,但每人每天必须节约二两粮食去支援灾区。后来,农垦部队丰收了,给我们每人每天增加一两粮食,全军是多少啊!我们应当记得农垦英雄们,共和国是不会忘记他们的!

边境小镇——室韦

　　室韦，初时，我们只闻其名而没有见字，以为是"市委"。后来才弄清，我们要去的是中俄边境的一个小镇，名叫室韦。别看这个华俄杂居的镇子很小，在内蒙古自治区的地图上还是能找得着。如果将中国地图比作一只雄鸡的话，那么室韦小镇就在"雄鸡"的鸡冠位置上。

　　室韦，这个名字源远流长。《元史》中说："蒙古源流，本为唐朝时候的室韦分部，向居北方，打猎为生，自成部落。"在这一段文字中就提到了"室韦"。它是蒙古族的发祥地。

　　室韦离中俄界河——额尔古纳河只有百来米。额尔古纳河仅有一二百米宽，河那边便是俄罗斯边境的一个村庄。据说，当时中俄边界没有勘定之前，华俄两族来往甚多，民间通婚也是常事。后来，中俄边界勘定之后，国界明确了，居民国籍不能变更了。国界以主航道走向为界，中国这边有边境哨所，并配有巡逻艇，但气氛十分祥和。

　　室韦，是我们旅途中的一个夜宿地。我们住宿在一家华俄后裔家庭开设的"木刻楞"小旅馆，仅有 20 个床位。"木刻楞"是用较大的圆木建造的，对外界温度变化反应比较迟缓，因此，夏天凉爽，冬日保暖。洗澡、如厕、就餐是原始的，没有一般旅馆的空调、淋浴器、抽水马桶等。晚餐和第二天早餐，也是在这家吃，自然是中俄风格交叉的饭菜。

　　进入夜晚，边境小镇非常宁静，除了偶有狗叫声之外，其余什么也听不到。而黎明时分，外面就有人说话声、牛马叫声和"嘎嘎"的鸭、鹅的叫声。太阳从东方升起的时候，我们一行中的几个到镇后的额尔古纳河边眺望对岸的俄罗斯边境小村，朝霞映在清清的河水中。远望俄罗斯的层层山峦，越远的颜色越是青蓝，有的山顶上已有阳光，近处的江畔，也是黑色的土地。

　　从边界两边小镇的外观看，是有些不同。中国这边似乎要比俄罗斯那边的小村富裕发达些。这边，路灯都是风力和太阳能发电，房顶上几乎都架有太阳能热水器，还架着卫星电视信号接收天线。而在俄罗斯的村落外观上，并没有看到这些设备。另外，我们到室韦的几小时中，看到在额尔古纳河畔散步、骑马的游人络绎不绝，而对岸很少有人走动，只见两艘钢质的船搁在浅滩上。显然，那里并没有发展旅游业。

　　在两边的河岸上，有高高的铁丝网拦着，留有小门，是供人走向河边的。当地牧民告诉我们，到了冬天，河上封冻，两岸的人们可以"串门"。因为两岸的人中也还有沾亲带故的，往来是正常的。也常有双方牛、马、羊越河来去造成走失的情况。为了避免矛盾，设了铁丝网。中俄是近邻，在过去，前苏联曾被我国人民称为"老大哥"，如今情况变了，但愿两国和睦相处，直到永远！

俄罗斯族家庭

　　在室韦有许多俄罗斯族家庭。我们夜宿的那家，便是一个华俄结合的家庭。男主人尤里，是俄罗斯族人，黄头发、蓝眼睛，蓄着一束黄色的小胡子。女主人都日娜是内蒙古鄂温克族人，身材宽大，能歌善舞。早年都日娜的父辈渡过额尔古纳河，居住在俄罗斯的那个村庄上。后来勘定边界时，尤里又随都日娜过河到了中国。在他家的餐厅里挂着都日娜年轻时的照片和近几年的照片，判若两人。都日娜年轻时确实是一位美丽的姑娘。现在虽然风韵不减，但毕竟50多岁的人了。

　　到室韦的那天下午，导游小姐领我们去看望了另一家华俄后裔的家庭，男主人外出了，女主人是一个典型的俄罗斯族人，俄罗斯名叫娜佳，中国名叫考花。我们到达考花家时，正遇上中央电视台的记者在采访，考花向我们介绍了家庭的情况。她家是俄罗斯民族家庭示范户。政府为了帮助边境群众发展经济，考花家得到政府的资助，建起了一幢木结构的小客房，用于接待旅游者。我们在她的院子里和客房门前参观，园子里种满了花，中间放着一套乘凉的桌椅，每个窗台上放着盆花。客房里非常整洁，洁白的墙壁、木地板，卧具整齐。她告诉我们，许多游客很想了解一下俄罗斯家庭的生活，就在这里住几天，吃的是这家庭的饭，用的是这家庭的生活用具。最后，女主人为我们用俄语唱了《喀秋莎》等歌曲。

　　我们告别了考花后，就回到尤里家用晚餐。都日娜和他的媳妇、女儿为我们表演文艺节目。都日娜用俄语演唱俄罗斯歌曲很地道,如《莫斯科郊外的晚上》、《红莓花儿开》、《喀秋莎》等,还边唱边跳。她的儿媳手风琴拉得很好。她的女儿俄罗斯民歌唱得好,俄罗斯舞蹈也跳得好。母女俩还邀请席间的年轻人一起跳,气氛十分热烈。我们中有一位福建船舶工业集团公司党群纪检部主任、《中国船舶报》福建通讯站站长郑世俊,甚是活跃,而且多才多艺,他随身带有笛子和葫芦笙等乐器。他与手风琴手一起合奏了一曲曲中国民歌,许多年轻人与都日娜母女翩翩起舞,歌舞使气氛推向最高潮。我们一行在这华俄杂居的边境小镇,度过了一个难忘的黄昏。

　　第二天早餐后,我们就要离开边境小镇,开始新的旅程,尤里、都日娜和乡亲们与我们道别,希望我们再来做客。我们答应再来。其实,如此边境小镇,来去是何等不易啊!说再来,几乎是不可能的。不过,中俄边境的俄罗斯家庭,给我们一行人的心中留下了美好的回忆。虽然再次来此几乎是不可能的,但从另一个角度来说,心到是随时可以到的。

骑马上山岗

在室韦,还有一件事对我来说是难忘的,那就是骑马上山岗。

我们一到室韦,人还没有下汽车,就有许多当地的"牵马人"牵着配好鞍的马等着我们骑,这是这里的旅游项目之一。骑马对于这里的人们来说,并不是新奇当的事,而对我们外乡人来说却是一件新鲜事。我们中的几个年轻人十分活跃,很想上马一试。因我年老,怕骑马时候会从马背上摔下来,摔伤了就麻烦大了。骑还是不骑,很是犹豫不决。"牵马人"中有一位中年人牵着一匹黄骠马,不算高。他说:"老爷子,我这黄骠马脾气好,你骑它,保证没问题。"我看着别人都上了马,开始行动了,就鼓足了勇气,也骑上去。手扶着鞍前的半圆铁圈,牵着马缰,马就信步地向额尔古纳河边走去。"牵马人"跟在旁边,万一马不听话,他就会马上上前拢住马头,以避免事故。

这黄骠马,走起来确实稳当,它不受别的马的影响,信步走着。我发现它总要往烂泥路上去,而不走石子路。"牵马人"告诉说,这不要紧,它走泥路,不走石子路,是因为石头路硌着蹄难受。一边走,我一边问"牵马人",打听他家和这马的情况。"牵马人"的老家在山东。1962年我国遭受严重自然灾害,因他舅舅在室韦,就投奔舅舅来了。后来,就在此落户。他自称是"新一代闯关东的人"。家有一个孩子,在城里读完书又回到室韦工作,生活得挺如意的。问起牵马的生意如何时,他说早几年没有开发旅游,没牵马的事,靠牧、农、渔、林的收入，生活还比较宽裕。这几年接待游人骑马，收入又多了些。

马信步走着，我与"牵马人"聊着，突然马长嘶起来。我问"牵马人"马为什么叫？他说："不要紧，它叫它儿子呢！"我感到好奇，便问："它有儿子啦？""它有4个子女了！今年7岁，从3岁开始，每年生一个。"说话之间，有匹马驹子从后面赶来，黄骠马停下了，马驹子在母马前站下，一转身，就钻到母马肚子底下吃奶了，吃了大约五六分钟，马驹子就奔走了。我问："小马怎么走了？""它喝完奶就与同伴去玩了，也和孩子一样。""牵马人"说。

骑着马在河滩转了一转，别的马往东面山冈走去，它也跟着"嘚嘚"地跑起来，一起登上了山冈。有人骑马往更高的山冈去了，我对"牵马人"说："咱们不去了吧！""牵马人"说："把缰放松，让它啃草，它就不去了。"我照做了，马就在草地上吃草，不时还打着鼻息。过了一会儿，其他的马回来了，我们的马也跟着马群回到镇上。马是通人性的，我骑了一回，它似乎认识了我，我搂着它脖子，它也很顺从。我走远了，它的眼睛还盯着我。马群到齐了，"牵马人"上马，呼啸一声，马像风一般地奔驰而去。啊，这才像草原上的骏马呢！

"下马酒"与"手把肉"

　　9 月 6 日,我们告别了室韦的乡亲们,乘车向返回海拉尔的方向行驶。中午时分,到达了一个叫呼和诺尔的地方。这个地方离海拉尔只有一个多小时的路程,似乎是在湖边,而在地图上找不到。我们一行将在这里就餐、祭敖包。呼和诺尔在一片草原上,搭着几十个现代蒙古包。说它"现代",因为里头开了饭店和一个展览馆。

　　下车后,向蒙古包走去,就听到了马头琴声和蒙族男女青年的歌声。我们走上前去,几位蒙古族男女青年请我们喝"下马酒"。在此之前,我们的导游已向我们作了介绍。告诉我们,喝"下马酒"是蒙古人迎接珍贵客人的最高礼节,大家要尊重民族风俗,诚心诚意地接受这珍贵的敬意。我们一行站成一排,蒙族的男女青年边弹马头琴,边唱歌,给我们每人献上一条蓝色的哈达,并用银碗斟上一碗白酒。我们按照蒙古族习俗,用左手接下酒碗,用右手无名指蘸酒,第一下弹向天空,叫敬天;第二下弹向地面,叫敬地;第三下抹到自己的额上,是敬祖宗和祝福自己。然后,能喝酒的把酒喝完,不能喝的,可以不喝或象征性地喝一点儿。我们一行,大都是"酒精考验"者,几乎都是一饮而尽,很有一点儿蒙古族人的豪爽劲头。

　　喝完了"下马酒"就参观了蒙古族展览馆,里面供有成吉思汗的画像,我们向画像行鞠躬礼。里面还陈列着草原放养的和野生的动物标本,一个个栩栩如生。参观完后,我们被带到一个单独的蒙古包餐厅里就餐,其中最令人难忘的是"手把肉",这是大块的带骨的羊肉。每人给一把刀子,羊肉上台后,就用刀子割着吃。一刀下去,还有血水流淌。但这里的羊肉,真不像南方的羊肉那样膻味大,好像心理上还能接受。据介绍,真正草原放养的羊肉是没有羊膻味的。在"手把肉"上来时,又有蒙古族的男女青年弹琴唱歌,敬上马奶酒。此酒是有奶香味的白酒。出门在外,谁都不敢多喝,因为弄不清此酒的后劲如何。当然,除了"手把肉"和"马奶酒"之外,还有其他的菜和羊肉水饺,其中,有一样吃了很后怕,那就羊血肠。它是将羊血化在羊肠中蒸的,也许没有蒸熟,也许就是这个风味。一刀下去暗红的羊血如豆腐般,食后在心理上老是有不适感,也只能入乡随俗了。

饭后,我们向湖边走去,那几十座"现代"蒙古包连成一线,蔚为壮观。那湖我们没有弄清是什么湖,也许是横贯呼伦贝尔市区的那条伊敏河的一段。河面宽阔,河水清澈,蓝天白云,在阳光照耀下,清晰地看到河对岸远处的城市高楼。我们身处在呼伦贝尔大草原的深处,亲身感受着草原的风、和煦的阳光与蒙古族淳厚的文化的淋沐与陶冶。

敖包及敖包相会

十五的月亮升上了天空哪，为什么旁边没有云彩。

我等待着美丽的姑娘呀，你为什么还不到来哟嗬?

……

　　之前听到这悠扬而动人的《敖包相会》歌声时，我还不懂得什么是"敖包"，什么是"敖包相会"。这次呼伦贝尔之行，见到了敖包，才长了一点儿见识。

　　我们一行在呼和诺尔吃过"手把肉"后，就去祭敖包。那是一堆乱石，上面扎着彩旗和人们祭祀时挂上的蓝色和白色的哈达。敖包，蒙古语是"堆子"的意思。草原广阔无垠，古时蒙古族各部落为了标明道路和部落疆界，故以石块堆成"堆子"——敖包，上插旗帜，以示天下之路，像大海上的灯塔一般有路标指路的功能，有时也标志某部落的领地，甚至也有表示某一部落的威仪之功能。据传说，成吉思汗在与另一部落作战时被敌人围困，躲在某个"堆子"上，他祷告，只要这个"堆子"掩护他渡过难关，将来一定永久祭祀这个"堆子"。果然敌人没有发现他，使他有了东山再起的机会。因此，成吉思汗及他后来的子孙都以"堆子"——敖包作为祭祀神灵和祖先的顶礼膜拜之地，以祈求吉祥、幸福和安宁。过去祭祀，一般设在夏历时节，由蒙古喇嘛主持仪式，焚香诵经，场面恢弘，众喇嘛顶礼膜拜，牧民们围跪三边。法号奏出雄浑、苍凉之乐，声音久久回荡在草原的上空。祭祀仪式的最后，祭祀的人们要围绕敖包由左向右转三圈，许下心愿，祈诉希冀,认为如此可以将心愿和希冀变成现实。

在祭祀会上,还举行传统的赛马、射箭、摔跤、歌舞等活动。这时青年男女从人群中溜出来,约会在一处,互诉爱慕衷肠,相约再见的时日,这就是传说中的"敖包相会"。

不过,时代不同了,草原上敖包的功能逐渐弱化,因此也越来越少,在呼和诺尔所见的敖包,也是为旅游者设置的一个游览项目,已不是古时敖包的原意了。我们不过是模仿蒙古人的习俗,也拣块石头转上三圈,各人的心愿和希冀也是大不一样的,但不外乎三种,一愿世道太平,二愿身体健康,三愿子孙有出息。至于敖包相会,已不像《敖包相会》民歌中所唱的,因为我们也没等待别的什么人,别人也没有等待我们。一行好友在此相会,同游呼伦贝尔大草原几日,也就心满意足了。我想"敖包相会"应当不仅有爱情的一层意思,还应当有亲情和友情的另一层意思。我祝愿那些向往"敖包相会"的天下有情人,终成眷属吧!

新牧民的生活

9 月 6 日傍晚时分，我们一行同行到海拉尔。第二天，又从海拉尔乘汽车向西，目的地是中俄交界处的满洲里。一路上见到的仍是草原风光，偶尔能看到几个古式的蒙古包。导游听取我们的建议，停车让我们下去体验一下蒙古包的牧民生活。

在离公路不远处，有一家牧民，扎着三个蒙古包。我们走去，便有蒙古包的主人迎来。我们向他问好后，在他带领下去家里参观。蒙古包，我们在电视、电影上看过。新发现的是蒙古包外面竖着一根高高的铁杆，上面有一个大风扇，不停地迎风旋转，这就是风力发电机。地面上放着电视卫星信号接收天线。蒙古包旁停着两辆很新的摩托车和一部拉水车，还有一只油晃晃的大铁锅，这想必是用于煮全羊的。

走进蒙古包，与草原上非牧民家庭中的陈设差不多。人已经不是睡地铺上了，而是睡在床上；做饭也不是我们原来所知用干牛粪，而是用罐装石油液化气。问起主人家庭情况，我们方知，现在牧民已经有了生活定居点，出来放牧才住进这蒙古包。这户牧民，国家划给他家承包的草原有一万多亩，可以放牧，但同时要承担草原的养护。随着国家退牧还草、保护草原生态方针的落实，现在羊养得少了，主要是养奶牛。因为，羊对草原资源损害较大，羊不仅吃草，而且也吃草根。牛吃草，是吃上层的嫩草叶。马也养得少了，过去北方养马，主要用于运输、交通，甚至作战，而现在几乎都被现代化的运输工具所代替。这点确实如此,我们在草原上走了几天,看不到马群,要说见到许多马,那还是在室韦镇供游人骑着玩的。这个蒙古包的主人告诉我们,现在放牧,不是骑马,而是骑摩托车。

我们一行有几位年轻人,经主人同意后,就要骑摩托车在草原上试一试。有人戴上蒙族人的帽子,扎上宽大铜饰的皮腰带照相。有人与蒙古包家庭成员聊天,甚是一派和谐景象。在中间的一个蒙古包中,供奉着一幅成吉思汗的小幅画像。可以看出,家庭成员是常常在画像面前焚香的。他们崇敬他们的先人,尽管与我们汉族人的风俗习惯形式有许多不同,含义却是相同的。

看过草原上新牧民的生活,想到了马克思主义哲学的一个重要观点,这就是"社会存在决定社会意识"。社会物质生活条件,主要是生产方式及社会经济制度的改变,也改变着人们的思想、观点、思维方式及生活方式,从而,这些先进社会意识又对社会的发展起着动员、改造和组织的作用,这就是社会存在与社会意识之间的矛盾运动。

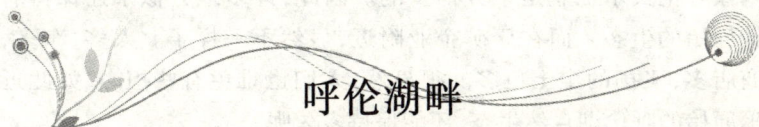

呼伦湖畔

从呼伦贝尔市到满洲里，经过呼伦湖畔，人们出于对呼伦贝尔名字和神奇传说的敬慕与好奇，必定是要下车欣赏一下呼伦湖的，领略一下湖光山色，感受一下古时呼伦姑娘不畏强暴、为民献身的精神以及对贝尔忠贞不渝的爱情。

呼伦湖，在满洲里南，陈巴尔虎右旗东北。在内蒙古来说，算得上是第一大淡水湖。沿着乌尔逊河向南，有个叫贝尔的小镇，途中有一个很小的淡水湖，不足呼伦湖的几十分之一，也许这就是呼伦姑娘的恋人贝尔给呼伦和后人留下念想的地方。我们到达呼伦湖时，正值枯水季节，据说，今年的水位还算高。

在呼伦湖畔，有一尊呼伦姑娘的雕塑。呼伦面南，手托一颗红色的神珠。这颗神珠就是在《呼伦贝尔传说》一文中说的，呼伦智取妖魔莽古斯头上的那颗神珠。看来，在汉蒙的神话传说中，都是推崇德才双全的青年女性的。记得几年前，我在广东珠海的大海边，看到一座"珠海渔女"的雕塑，也是一位年轻女性，双手高擎着一颗珍珠。汉蒙两族人民对真善美的标准是一致的。

走过较长的湖滩，到达湖边的一座亭子，顶是像蒙古包一样的馒头形。远处有一座栈桥伸向湖中。水并不清澈，有些泛黄。湖上没有船行或帆影。远处没有高山映衬，湖似乎大而无边。据说，这几年，呼伦湖水为大庆油田的石油开发立下了新功。因为，大庆采油所需的水，都是由呼伦湖提供的。也许是因为如此，呼伦贝尔的故事越来越神奇,到这里观光的人也越来越多。

在离湖不远处,有一些大型厂矿企业,大概这就是鹤岗市。在内蒙呼伦贝尔工业是十分稀少的。因此,许多地方似乎还保持着较原始的生态。而在厂矿企业附近,显然不一样了。人多,车多,商店多,飞扬的尘土也多。很显然,人们也难免有些担心,如此近乎原始的呼伦湖自然生态,还能保持多久呢?

在呼伦湖畔,我们午餐安排了一个"全鱼宴"。上桌的几乎都是湖中的水产,各种各样的鱼、蚌肉、鱼肉饺。鱼有海中的黄鱼或鲈鱼,也有南方江里的鲶鱼,也有凤尾鱼,另外还有蚌肉炒青菜等,虽说算不上名贵,但在草原深处的大泽旁,能吃到像海鲜、江鲜一般的湖鲜也算不易了。我们以愉悦的心情承受内蒙大地的恩赐,感谢"呼伦姑娘"对我们的深情。

在"呼伦姑娘"雕塑的基座上,镌刻着一幅诗书作品。因是草书辨认起来很难,大概是:

> 草原深处大泽流,四野仁宁似包宇。
>
> 孤马时嘶随牧去,群鸥陈曲伴渔行。
>
> 一壶马酒三家泉,千里源长南园情。
>
> 天道酬勤如贝尔,兼容并蓄若呼伦。

尽管我们对字迹的辨认可能有差错,但诗人以饱满的激情和优美的诗句赞美呼伦湖的感情是撼动人心的。

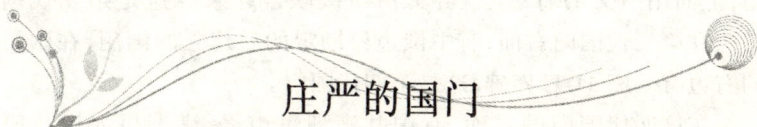

庄严的国门

　　到满洲里的人，大概都不会错过去看一看中俄交界处国门和国门附近的 41 号界碑的机会。这是一次生动的爱国主义教育。

　　也许为了使更多的中国人方便"阅读"这份爱国主义教材，这里专门开辟了"国门景区"，使游人能够在一定的范围内领略国门的庄严。在"国门景区"内，管理得非常好，非常干净。路边种满各种花草，盛开着秋日的鲜花。国门高大的建筑和边防军营房显得那么凝重。我们到达国门时，一列从俄罗斯驶来的长长的原油油罐车显得那样有活力，有生气。国门路上，许多游人在瞻仰国门、照相和谈论，显得那样祥和与安宁。

　　在高大而庄严的中华人民共和国国门顶部，五星红旗迎风飘扬，在国门的门楼上悬挂着中华人民共和国国徽。国门横跨在铁道上，这是从我国通向俄罗斯的欧亚大通道之一。透过国门，可以看到俄罗斯的国门，在其右边的门楼上，浮雕着双头鹰图案。与我国的国门相比，俄罗斯的国门规模小多了。

　　在庄严的国门西面，偏西的阳光照射着历史上遗留下来的一系列国门。最早的是清代与沙俄的国门标志，沙俄的标志是木制的"双头鹰"，清朝是一根巨木，上面似乎刻有什么，经风雨洗刷已经难以辨认，被称为第一代国门。在第一代国门的右面，有一座用木板搭着顶篷的国门，顶篷下的一块巨大横木上，写着"中苏门"三个字，这是民国时期中苏合并的一个国门，这是第二代国门。再向右,有"中华人民共和国"红色字样和镶有国徽的混凝土结构的国门,在这座建筑的对面,离得很近处有一座钢结构建筑的苏联国门,上面用中文书着"全世界无产阶级联合起来!"这是第三代国门。在第三代国门右面,有中俄边界勘定的后建立的国门,在国门的右边有一座 41 号界碑,这是第四代国门。

在这四代国门的左面,有中共满洲里市委、满洲里人民政府2004 年 6 月立的一块很特殊的石质纪念碑,碑名为"满洲里红色国际秘密交通线遗址",上面书着这样一段文字:"建党初期,为加强与共产国际和苏共的联系,中国共产党依托中东铁路,经满洲里建造了一条组织周密的红色国际秘密交通线。一九二八年,中共代表由此出境前往莫斯科参加'六大'。一九三七年,日本侵略者加紧对中东中苏边境的封锁,为此中共北满特委在满洲里、扎乔诺尔等地组建地下交通站。一九三七年,各秘密交通站先后遭敌人破坏。建党初期至一九三七年间,我党早期领导人李大钊、陈独秀、瞿秋白、王明、李立三、王尽美、邓恩铭、邓中夏、张闻天、周恩来等,均于此处留下光辉足迹。满洲里红色国际秘密交通线为中国革命乃至国际共产主义运动作出了重要贡献。"

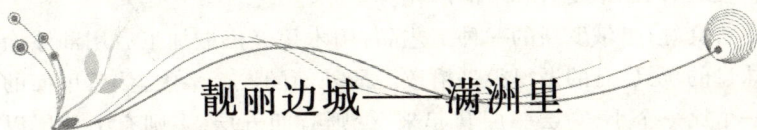

靓丽边城——满洲里

在游览完国门景区之后，我们经满洲里市区到火车站，将由此乘火车回到哈尔滨。经过满洲里时，已是傍晚时分了。晚霞映着边城，显出几分妖娆。

满洲里因是中俄边界城市，离蒙古边界不远，加上过去受过日本帝国主义的侵略，这里建筑的样式多姿多彩。这些年由于我国实行改革开放的国策，边境贸易十分活跃。一个商店的招牌上，大致都有中、俄、蒙几种文字。据介绍，当地人从店牌上就能辨别出店主是哪个国家的，一般都是将店主所在国的店名写成本国大字。这里建筑的外墙颜色与中原不一样，南方多青灰色，保持着秦砖汉瓦的本色，而满洲里的建筑不仅是五彩、七彩的，甚至有更多的颜色。也许边城工业污染极少的原因，当地建筑物和道路非常干净。

在满洲里，也许是草原的辽阔或受俄罗斯民族和蒙古文化的影响，称广场的地方颇多。

"火车头广场"陈列着一台蒸汽机的火车头。据说，1949 年 12 月 16 日毛泽东主席、周恩来总理就是乘坐此列车去苏联访问的，是弥足珍贵的历史文物。

"战斗机广场"上停着一架银灰色的米格战斗机。在抗美援朝初期，中国人民志愿军出战朝鲜。满洲里人民捐献了一架喷气式战斗机。该战机（5005 号）在志愿军空军飞行员的驾驶下，屡立战功。战争结束后，有关部门决定，将该机陈列在满洲里，作为纪念。

"和平广场"上有一个在"M"字母上托着一个地球模型的不锈钢雕塑,模型上有和平鸽或飞翔或栖息,周围还有大理石的人群雕塑,以示人们享受着和平的阳光。

套娃,是俄罗斯的一种工艺品,用木块经机械加工后用油漆涂抹过的玩具,有的做得很是精致。最外面的一个最大,然后里面的一个比一个小,一层一层套起来,少则有四五层,多则有十几层以上。在"套娃广场"上有上百个大小套娃,大概是用玻璃钢制作的,形象美观、生动,富有艺术性的夸张。广场中央的一个商场的外形也是一个特大的套娃形状。其实,这种套娃艺术品,已经走向全国。我9岁的大孙女,就有海南岛、桂林、西安等地买来的套娃。这次,我给她增加了一个从满洲里买来的套娃,她甚是喜欢。给小孙女也买了一个,她玩得也挺开心,一会儿拆开了,一会儿又装起来了。

我们一行在夜色降临时,乘火车离开了这靓丽的边城。我们的呼伦贝尔之行就进入尾声了。我们有着许多感慨,成吉思汗带领他的战将和子孙们,在这水草丰美的地方养精蓄锐,建成了一支支蒙古铁骑,最后走出呼伦贝尔草原,建立"大蒙古帝国"。我们来到这块神奇的土地上,接受特色民族文化的熏陶,似乎我们对自己所要从事的事业也信心百倍了。来自祖国各地的同仁们、朋友们从呼伦贝尔草原出发了,我们不可能像成吉思汗那样建立一个"大蒙古帝国",但我们应当对所从事的工作有所创造、有所发展、有所前进才好!

岭南秀色令人醉

　　没有到广西,并不知道广西之大。那里是六万、九万再加上十万大山。在二十五万大山中,处处藏着奥秘。

　　到了广西才知广西之美,不论桂林山水美名天下扬,就说德天瀑布也是美中美,真有德天归来不看泉的感叹。归春河的水,欢快地唱着睦邻友好的歌。

　　更美还是广西各民族的人,勤劳、勇敢、美丽而多情。

　　去一趟广西,不是"丹泉"酒使我醉了,而是山山水水和那里的人让我醉了。

花路秋色胜如春

　　不错的,南方的 10 月,是收获的季节,也是播种的季节。国庆、中秋刚过,我被邀参加《中国船舶报》社主办的"船舶工业管理与新闻宣传"研讨会,有机会到我国岭南地区的广西走一下,领略祖国的南国风情。

　　所谓岭南,泛指中国南方的五岭之南的地区,相当于现在广东、广西全境,以及湖南、江西等省的部分地区。五岭由越城岭、都庞岭(一说揭阳岭)、萌渚岭、骑田岭、大庾岭五座山组成,大体分布在广西东部至广东东部和湖南、江西交界处,是中国长江以南最大的横向构造带山脉,是长江和珠江两大流域的分水岭。五岭不单是指五个岭名,也包括穿越南岭的五条通道。

　　我们一行乘坐的深圳航空公司的航班非常舒适,中午 11 时 20 分从南京起飞,13 时 30 分就降落在南宁吴圩国际机场。走出机场,就感到这里虽然是南国,但秋的脚步已经来临。俗语说:"二八月乱穿衣。"当然,这个月份是指农历。一出机场,就看见人们的衣衫穿着各异,有女人穿裙子,也有人穿短袖的,而我穿着春秋的夹衣,因为我是来自岭北地区,"保暖"工作做得提前了一些。其实放眼望去,穿着西装的人也不少,使人相信南国的秋季已经临近。

　　从机场到南宁市内,有 28 千米。大巴车驶入了高速公路,漫山遍野的鲜花掠过车窗。问起同座的旅客,他们告诉我,这花品种繁多,矮的是朱槿花,中等的是三角梅和紫槿花,高的是树上黄色和淡红的,叫什么花他们也说不出来。似乎南宁的乔木、灌木都会开花,而且是聚在这秋天一起开的。

进入南宁市,更是处处绿树芳草。因此,南宁有"中国绿城"之称,是世界最宜居城市之一。大街上的行道树大都是果树,也有桉树和榕树。果树有荔枝、扁桃、人面果、羊角扭、芒果、槟榔、椰子等。扁桃是南宁市的市树。难怪我们来到这里,满眼的翠绿、金黄和深红,果香弥漫天地。

我记得还是在读小学的时候,就知道"桂林山水甲天下"。南宁市虽不是以风景名胜著称的名城,但实际上是座很美的城市。市区西北晶莹碧透的邕江水,像一条碧玉带绕在市区边缘。市区的碧翠小湖镶嵌在林立的高楼之中。

对于时序来说,南宁也是有春夏秋冬的。但这里各季节的温差相比岭北地区小多了。据导游介绍,这里的冬天最冷也在6℃,夏天最热也不过在35℃。不像北方冬夏温度差距之大。据说,2008年南方遭受冰雪灾害,南宁的气温下降到2℃,南宁的电暖器、热风器就成了紧俏商品,曾经出现全市脱销。南宁人经历了一次少有的寒冬。

南宁,秋天当然是有的,但花草树木凋零得很慢,空气常常很湿润,天色淡而迷,少风多雨。不像古今中外那些文人描写的秋天是黄叶飘落、秋风萧瑟、万物凋零、肃杀凄凉的景象。这里的秋天,是收获的主要季节,是欢乐的季节。南宁的秋天,也是一个播种的季节,播种着来年的希望。

从秋天想到了人生。人生也有春天和秋天。在生命的春天里不要只是观赏春花、春景、春水、春光,而要努力播种、耕耘……这样,到了生命的秋天,才不至于望着自己的败叶而悲叹,看着别人的硕果而羡慕。我们应当把成熟的饱满的种子,播向无边无际的未来。

秋天,比春天更有绚丽灿烂的色彩。

我爱这个时代的秋天,愿春光般的秋色永驻人间!

众多民族建天堂

广西是我国 5 个民族自治区之一。世居有壮族、汉族、瑶族、苗族、侗族、仫佬族、毛南族、回族、京族、彝族、水族、仡佬族等 12 个主要民族，另有 25 个其他少数民族。也就是说，除了 12 个主要民族外，还有 25 个少数民族，但其人口总数在广西所占少数民族总人口的比例很小。

在广西，汉族人口约 3 000 万，壮族在 1 800 万少数民族人口中，约占 1 500 万，有的少数民族人口只有几千人。各民族有自己的文化和生活方式，有自己的语言和文字，如壮族、彝族、苗族、侗族等，他们不仅有本民族的语言、文字，而且也用汉字或汉语。有的虽有本民族的语言而用汉文，如瑶族、水族等。有的民族有自己的民族语言，但也用汉文、汉语和壮语，如毛南族、仫佬族、仡佬族、京族等。广西的民族宗教信仰较少。

在南宁市的大街小巷，像我们初来乍到的人是分不出某人是属于哪个民族的。当地世居人士则有这种眼力，能从人的外貌特征上分辨出来的。在我们眼里，只有穿了不同民族服装，才能分辨出不同的民族。例如，壮族中分为红衣壮、蓝衣壮和黑衣壮。

我们一行到达南宁的第二天，中船桂江造船公司的领导在南宁饭店宴请我们，使我们长了见识。看到了穿着部分少数民族服装的姑娘们，她们在餐厅里担负着服务工作，礼貌周到、待人热情、做事利落。整个用餐过程几乎是一场艺术表演。

用餐前,姑娘们首先为客人表演《打油茶》,一群穿着民族服装的少女,围绕着一套打油茶的古老设备,先是唱着民族歌曲,然后开始打油茶。客人可以去观看,可以去照相。带队的姑娘为大家介绍打油茶的一个个环节。不一会油茶打好了,她们将每人一小碗油茶送到席上。我轻轻地呷了一口,有食油的香味,微苦而爽口。接着,她们又开始打起第二道油茶。她们一边唱着歌,一边打着油茶,不一会儿,又将每人一小碗带着甜味的油茶送上席,我轻轻地呷了一口,仍然是食油的香味,但是甜甜的。我问送茶的姑娘,刚才一碗是苦的,这一碗是甜的,有什么说法吗?姑娘说:"先苦后甜的意思。"我明白了一个道理,中华民族中无论哪个民族,人生道理都是相通的:先要经历艰苦奋斗,才能享受到甜美的生活。餐后,她们又送上一杯龟苓糕茶,含义是祝客人健康长寿,步步高升。

席上喝的酒是地产的"丹泉"白酒。玻璃酒瓶是"中国红"颜色,造型很美,外表精细。主宾发表了"祝酒词"后,大家举杯畅饮。我过去偶在家宴上喝过一两次茅台酒,鉴别酒的能力很差。但以我看来,这"丹泉"酒能与茅台酒媲美。我无酒量,但很喜欢"丹泉"酒瓶的造型,就向服务员领班要了一个酒瓶作纪念,她欣然同意并要给我一瓶未开动的"丹泉"酒,我婉言谢绝了。

这些少数民族的少女劝酒也是艺术性的,我们一行中就有人享受了这种高规格的"待遇"。先是七八个穿着少数民族服饰的少女,在被敬酒者背后唱"祝酒歌",然后由一位领班的斟酒,一杯、二杯、三杯……杯杯都有说词。当然不可能对每一个客人都这么祝酒,而总是找其中的几个"特殊"的人物祝酒,所谓"特殊",就是有"海量"者。也许,这就是我们常说的酒文化一类。

前面说到我要了一酒瓶作纪念,后来登机前,安检人员认为酒不能上飞机,但后来一看是个空酒瓶。我又赞扬了一番南宁的"丹泉"酒瓶,那安检人员大概是被我爱南宁的激情所感动,她笑着挥挥手说:"你喜欢就带着吧!"

现在,这个"丹泉"酒瓶珍藏在我家中的柜里,每看到它,我就想起过去在历史上曾长期被北方人称为"蛮夷之地"的广西,如今已经建设成经济发达、文化繁荣、民族和睦、人民幸福的新广西,这都是古往今来的广西各民族人民共同创造的。在新中国成立后的60年中,尤其是改革开放以来的30多年中,广西不仅是我国光彩夺目的南大门,而且也是我国与东盟国家密切联系、友好往来的宽广通道之一。自古有"上有天堂,下有苏杭"的说法,时代不同了,我们满怀信心地说:"众多民族齐努力,广西定能成天堂!"

通灵峡谷有奇观

　　会后,会议主办单位安排我们去广西几个风景区看看,以增进我们对广西的了解。实际上有机会欣赏一下祖国的大好河山,是一次生动的实在的爱国主义教育。

　　广西的自然风光婀娜多姿,最明显的特点是山峦气势磅礴,溶洞深邃奇崛,港湾水天一色,平原水网纵横。我们的爱国主义教育——欣赏广西大好河山的第一课,是游览通灵大峡谷。

　　一早,汽车从南宁出发,向西行驶,到大新市已是中午时分。我们在大新市以西公路边的一个简陋的饭店用餐,就像北方人的大车店,可饭菜倒是很实在。饭后,汽车继续向西行程一小时,就来到靖西通灵大峡谷自然保护区。导游先生说了一段话,很能反映这里的特点,他说:"到北京看墙头,到上海看人头,到广西看山头。"这话确实,在这里汽车无论停在何处,用心环顾四周,就感到我们四面被山包围了。这里的山,与别处的山有所不同,江浙的山是圆平顶的,这里的山大都是尖顶的;川陕的山是连绵的,这里的山似倒置的青螺。青螺的尾部朝上,陡陡的,尖尖的,山的表层覆盖着青绿的植被。

　　通灵大峡谷,就在这崇山峻岭之中。我们一行在一个壮族小导游的带领下,从上向峡谷走去。尽管一路有台阶,但人们都不敢东张西望,因为稍有不慎,便有摔伤的危险。人们小心翼翼地一步一步地向谷底走去,"走路不观景,观景不走路"。我们走进原始森林,陡峭的山道旁,古树参天,蟒藤缠绕,盘根错节,硕果压枝。路边有几棵不大的怪树——吃人树。导游和树下的告示牌都敬告游客不要靠近它。这树有许多刺,会把人或动物裹挟进去,销蚀殆尽。再往前,有几棵称为莎萝树的植物,据说,它是与恐龙同时代的。我们步履艰难地到达了谷底。似乎微微的薄云在我们头顶上流动着,岩石与草丛都从润湿中透出几分油润的绿意,已经听到从远处传来的瀑布"隆隆"的响声了。向前几十米就看到了一股从山顶滑落的瀑布,下面有一潭,这可能就是鸳鸯潭了。瀑布从上面冲下,仿佛已被扯成大小的几缕,那水变成了水花、细雨、雾气,如龙、如花、如蝶,似珠、似玉、似银……你可以任意想象,你想什么,就像什么。

再往下走几十级,瀑布就悬在我头上了,潭内似乎满池的珠玑翻滚,流出缺口,淌漾出一条滚滚奔腾的河流,这大概就是称为芙蓉河的那条河。再往下几十步,一缕阳光射进峡谷。这时,我们的注意力才从脚下转过来,知道走出了溶洞,大步地沿河走去,在绚丽的阳光下拍照留影。

过了一座小桥,远远看到一注更大的瀑布。那是从几百米高的山巅跌落的,称为散落的珠玑、倾盆的雨雹、荡漾的烟雨等等都不为过。再往前走,许多人都犹豫不决了。因为,前面是一个大溶洞,飞瀑从溶洞顶上直泻而下,犹如《西游记》中所说的水帘洞,要穿过这挂水帘,方能看到洞内的奇观。我和同伴们以"不到长城非好汉"的勇气,瞬间冲进"水帘洞"。洞中很宽广,顶上通天,阳光照射进洞,洞顶飞流直下,犹如白龙天降,其威势似龙吟虎啸,雄浑磅礴,而水落入池中,只闻水声隆隆,不见去向,大约这里是某条地下河的发源地。我们在溶洞中转了一圈,走出洞外,正是阳光灿烂,照着满坡的凤尾草绿茵生翠,不到这里,在这个时节是难以看到这样的奇景的。

导游小姐带着我们从另一条平坦的道路返回出发地。沿路上,我与小导游交谈,她是黑衣壮,问她姓名,她说:"我姓陈,名小舟。"与我同行的朋友告诉她我也姓陈时，我说五百年前咱们是一家。没想到，她在我面前，深深地鞠了一躬，叫了声"爷爷"，我对这种突如其来的尊敬，受宠若惊，忙说："不敢当，不敢当啊！"

她陪我们回出发地。在这较平坦的路上走着，途经一处竹木搭建的歌台，上面挂着几盏红灯，竹楼里有几位少数民族的阿妹在与路人对歌。调子就是歌剧《刘三姐》的调子，而歌词是需要即刻自编的。有几位大胆的年轻游人与其对歌。当然，游人很难成为这些阿妹的对手，不过是逗逗大家开心，也是一展广西民间文化的一页。我问小导游广西壮族人都会唱歌吗？她说："唱歌就像孩子读书一样，从小就学起，到了 20 岁左右，男女都会唱。"她一高兴来了几句，调子还是歌剧《刘三姐》的调子，而歌词临时编成赞美我这个"爷爷"的歌词。我道过谢后，就与她分手上车了。陈小舟给我留下了广西壮族阿妹纯朴、真诚和聪慧的印象。

归春河畔起歌声

　　早晨,从南宁出发,中途游览通灵大峡谷后,汽车继续翻山越岭向德天大瀑布景区前进。山下有一条河流或缓或急地向下游流去。导游先生告诉我们,山下流淌的河叫做黑水河。他说,为什么叫黑水河呢,其实河水是十分清澈的,因两岸高山倒映在河中,看上去河水呈现出墨绿色,由此而得名"黑水河"。

　　这么一解释,引起了人们对河水的关注。我通过车窗俯视山谷深处的河流。这河是出奇的清澈,清到了不管多深,都可以见底。河床的卵石、沙砾、水草都能在车窗内看得清清楚楚。我眼前的黑水河,是一条清澈、碧漾、渊深、宁静的河。而在一些石碑文中可以看到,黑水河是一条不平常的河。黑水河是古老的名字。清朝年间,南方少数民族常常不服朝廷的高压歧视政策,乾隆时以其武功文治才使少数民族表示屈从。朝廷将黑水河改成"归顺河",以表示封建帝王的功绩。新中国成立以后,将归顺河改名为"归春河",一字之差,却反映了两种完全不同的民族政策。

　　当我们到达德天瀑布景区的时候,已是夕阳西下,残阳把山巅和江面烘染得一片橙红。我们一行被安排在山坡上坐北朝南的客房里住下,站在门口就可以看到山下平缓流淌的归春河。再望远处,河那边便是越南的江山。再向西看,更是"风景这边独好"。远处是崇山峻岭,再近些便是越南的板约瀑布和我国的德天瀑布。近前,便是归春河。越南那面有一些农民在河边忙着农事,几只水牛自由地啃着草,几堆野草燃起了缭绕的烟雾。河边不远处有一越南的建筑,也许是边防检查站吧。山顶上有一边防观察哨。不远处传来瀑布的轰鸣声,江面飘着支撑着蓝布棚的竹筏,显示着中越边境的平静和安宁。据说,中越边界战争时,这里没有发生战斗。

黄昏时分,岸边的灯火与天上的星星倒映在归春河里,远处的瀑布依然轰鸣。景区进入了深夜,偶尔可听到瀑布的轰鸣声中夹杂着歌声。这歌声也许出自当地少数民族的表演,也许是旅游者的联欢。归春河畔是孕育少数民族文化的沃土。在德天景区的小摊子上,我购得一部广西民族出版社出版的《古笛艺文集》,其中就有许多的带有归春河风情的诗与歌。这些诗歌出自一位名叫古笛的老艺术家和诗人。我们对古笛先生了解甚少,但知道他成果颇丰,他是歌剧《刘三姐》剧本的主笔之一。这里抄录几首关于黑水河(归春河)的歌词,以供赏析,并以此证明我上述的看法。

一、《梦游黑水河》:初到黑水河/像在梦中/深深的河谷高高的山/云悠悠来水悠悠/清清的水里荡漾着彩霞/绿绿的山上长满了锦绣/多么神奇的景色/令人入迷/引人入梦/教人来了不愿走/啊/美丽的黑水河/来也爱你/去也爱你/你使我从春梦到秋/再到黑水河/还在梦中游/云缠雾绕浪打转/流连忘返难舍走……

二、《黑水河情歌》:百丈崖头唱山歌/山歌跌落黑水河/渔家阿妹打捞起/捞得千万还给哥/黑水河边唱渔歌/渔歌跳上高山坡/打柴阿哥莫砍掉/刀下留情在心窝/

人说阿妹像花朵/难得一见无奈何/心想飞去把花采/隔山隔岭又隔河/黑水河是镜子河/镜里浮游青山坡/哥在高山难见妹/妹在河中常见哥/

彩云编好凤凰巢/不知哪日共一窝/有心来引鸳鸯鸟/又怕无水养天鹅/莫要老在云里躲/云开见晴(情)意也合/情投意合同起步/哥下山来妹上坡/

哥爱妹/妹爱哥/不用鹊桥渡银河/别有天地洞房美/
依山傍水来做窝/哥唱歌/妹唱歌/情歌唱满黑水河/唱醉
天下旅游客/醒来还想听恋歌……

三、《山水相爱人相恋》：山爱水/水爱山/山水相拥
抱/瀑布流潺潺/胸怀坦荡倾吐爱/情歌日夜唱不完/啊/
奔腾的爱河/激荡的浪漫/水是归春水/山是多情山/海不
枯来石不烂/山水相爱人相恋……

四、《一衣带水中越情》：山放歌/水弹琴/欢天喜地
乐涛声/德天瀑布跨两国/一衣带水中越情/啊/山要断时
水又接/树连枝叶草连根/炊烟相缭绕/鸡犬也相闻/牛铃
相对响/山花相映红/兄弟姐妹在一起/亲密友好共耕耘/

山相亲/水相连/中越两国心连心/界碑立在边境上/
分山分水难分情/啊/山挽臂膀水交流/流来流去总归春/
马达相呼应/汽笛也和鸣/笑脸望笑脸/歌声对歌声/世世
代代在一起/归春留住万年春/

古笛先生用饱蘸着归春河水的笔，抒发着爱国、爱民、爱情的崇
高情感，成为这里的山、水、人、情的真实写照，读来使人感到归春河
的歌是那样的美、醇、净！

"德天独厚"银瀑飞

　　第二天一早，天公有些不作美，下起了毛毛细雨。我们一行情绪仍很高昂。有人说，雨中游德天，别有一番情趣。大家准备雨具，一阵忙碌之后，便向德天瀑布进发。人们彩色的雨伞和雨衣蜿蜒在山路上，好似一条彩色的长龙。

　　德天瀑布是世界第二跨国瀑布，堪称亚洲第一，与紧临的越南板约瀑布相连，宽约200米，高80多米，分成三级跌落，形成数十股银瀑飞泻，颇为壮观。德天，在壮语中，就是多石多山的地方。果然，这里周围山石耸立，层峦叠嶂。壮语自古称此地为"德天"，这如诗、如画、如影、如花的风景，引来了古今许多名流逸士到此畅游山水，醉酒放歌。我国明代著名地理学家、旅行家徐霞客，就不远千里到此探幽访胜，写下诗文，赞美此处大好山河。

　　我们一行从归春河畔登上竹筏，筏工用篙撑着竹筏靠近瀑布群。在这秋季薄阴的天气，近瀑布处，水面激起了银白的雪浪。仰望高处，飞流从几十米高的地方跌落，正是"云非云，雾非雾，飘飘洒洒长飞舞。纱非纱，布非布，织成无边锦绣图"，迸发出连续不断的春雷般的"隆隆"声，其气势雄浑而磅礴，豪迈而坦荡。

　　竹筏在飞雪般的喷沫和惊心动魄的轰鸣声中，缓缓靠到了瀑布下的深潭边，我们跳上岸去，回望大瀑布的美景，心中无限感慨。激荡之水东流去，年年岁岁总相似。我们沿着一条上山的小石径，登上了"二级泉台"。从这里看去，石头的河床平缓，树木杂乱丛生,河水浩浩荡荡向下游方向流去。远眺台下,归春河是一条翡翠河,更远处,两岸群山耸立,河南岸便是越南。再向上走,便是"三级泉台",途中有一小庙,其中供奉着观世音菩萨,石头供桌上香烛颇丰,游客可以自拈点燃插入香炉,许下心愿。上得高处,德天景区尽收眼底,流水仍然悠悠地向瀑布方向流去。这是从哪里来这么多的流不尽的水呢? 西望远处群山,那里便是水的源泉所在。

离开"三级泉台"继续向上,眼前出现了一片开阔的露天边贸市场。这是中越边界的中间地带,中越边界两边的人都在此做生意。以越南人及越南商品居多,经营的大致是烟、糖、香水、工艺品、玩具、少数民族的饰品。越南产的香水还是可以的。法国香水世界闻名,越南曾是法国的殖民地,也许法国人在那里留有制香水的工艺。越南和我国的广西、云南一样,制作香水的植物等原料丰富,加上这种露天的销售,不像在城市店堂中销售的香水成本那么高。销售者为了推销他们的香水,总是先给客人喷一两下,弄得人人香气扑鼻。在边界做生意的大都是越南女人。据说,长期战争给越南造成了女多男少的局面。

在这市场南北,各有界碑。在北界碑之北,还有一块老的界碑,大约是中越正式划界之后留下的古老界碑,如今成了文物。到此一游者,大都要留影纪念。界碑两边没有军人设哨,不像我所见到的中缅、中俄边界那样戒备森严。足见中越虽有不和睦的历史,但现在睦邻还是友好的。这是两国政府、两国人民,尤其是两国边民的共同愿望。越南那边人少,基本上看不到住房,在远处有一所十分漂亮而不大的建筑,大概那是边防哨所之类的设施。中国这一边,是德天风景区,人来人往,车水马龙,建筑密集,炊烟袅袅,一派繁荣、祥和、富裕的景象。这可能是越南还没有开发板约瀑布旅游和边境旅游项目的缘故。

游览了瀑布、泉台和边界市场后,再从山腰公路漫步回到住所,重新远眺我们走过的路,深切地感到德天瀑布之天工巧夺。德

天,真是得天独厚啊！上车离开德天景区时,我脑子里涌出一首
《别瀑》：

> 来时不易别也难,山水美景舒胸怀。
>
> 如若人生能长久,定有缘分重相览。

北海岸边抒情怀

在岭南的最后一天，我们去了广西的北海市看海，一早冒着濛濛细雨乘车出发。北海市在南宁的东南方，车要开四五个小时。到达北海市港口，已是中午时分。

对于一些内地的同志来说，能见到海是激动的。对于我来说，见到我国南海的海，也是激动的。我在海军 23 年，到过渤海的旅顺、大连，黄海的青岛、连云港，东海的上海、舟山、三都、厦门，而去南海的机会则没有，只是离开海军之后，有一次到深圳和香港的海面溜了一圈。现在有机会到南海的北部湾看海，自然有些喜形于色。

也许是由于我这一生与海打交道的时间多了一些，在我心目中，对海有些偏爱。海与山的差异在于：海是动的，山是静的，海是活的，山是呆板的。凝神看青山，一片青岱色地连绵不动，如同一群困牛一般。而海没有一刻静止，潮起潮落，风吹浪打。就是平潮无风的时候，还免不了有微波粼粼推向岸边，触着岩石，欣然激起千朵万朵的浪花。

当我们到达北海港时，巧逢热带风暴，站在港口远眺大海，碧浪万千从远处推来，撞击在栈桥和岸边的挡浪堤上，激起梨花千树。对那些刚刚与海照面的人来说，感到大海猛浪了一些。因为这些人还不知道大海的脾性，正静静地等待着海的亲吻，海浪一时没头没脑地盖过，身上就全都湿了。

南海的水色与黄海的水色是不同的。北海港虽然经过了几天热带风暴的搅和,灰白的天空下,远望千顷波涛有些青灰色,但近看还是晶莹透彻的。要是在黄海,风浪不用搅上几天,就是黄泥水了,因此,称黄海是不会错的。北海港与东海的港口也有不同。这里从港口望去,说是碧波无际、浩浩渺渺、浩瀚无垠、一碧万顷等都不为过。它不像东海的海面,近海有许多的岛屿。舟山群岛就是十分典型的,由千余大小岛屿组成。如果在海边照相,背景上显示出几个岛屿,形成的画面就有变化,自然灵气便油然而生。要是在照片的背景上仅有一条与天同色的水平线,那就显得平淡了。

在北海市,我们一行参观了既展示也销售珍珠制品的"还珠堂"。这里展示了珍珠养殖的历史,其中有一首《南珠赋》的诗,写出了对珍珠的赞叹:

> 至宝欣怀日,良兹岂可俦。神光非易鉴,夜色信难投。错落珍寰宇,圆明隔浅流。精灵辞合浦,素彩耀神州。抱影希人识,承时望帝求。谁言按剑者,猜忌却生仇。

这里的珍珠是海水养殖的,因海水清澈,珍珠质地纯真而坚硬,光亮、细滑、粒大,颜色有白色、米色和紫色的,而价格上下差距很大,项链有的100多元一条,有的几千、几万元一条。

在海洋馆里,看到了各色的鱼类和珊瑚。最精彩的,要算是人与鱼的表演了。那些潜水表演的女郎,在水族馆中骑着、抱着、牵着鲨鱼,在一个特大的玻璃房内进行水下表演。这里有人类认识、征服、开发、利用海洋历史的图文展览。其中我感兴趣的是郑和下西洋的一段历史。郑和前3次下西洋,船队从江苏太仓出海,途经苏、浙、闽、粤海面,到达了广西北海,在此休整以后,又从这里驶向占城(今越南中南部)、爪哇、旧港(今印度尼西亚)、满剌加(今马来西亚)、古里(今印度南部),后4次则横渡印度洋,到达阿拉伯及非洲的东海岸。北海港应当也是我国先人开辟的"海上丝绸之路"的南海始发点。

在北海市东的海边,有一片连绵几千米的沙滩,称之为"银滩"。这里是被誉为"世界少有,中国仅有"的 4A 级景区——"天下第一滩"。银滩的沙子都是高品位的石英砂,经千万年沉积而成,沙子二氧化硅含量很高,不含泥,纯净度极高,干沙洁白如雪,细腻如面,柔滑如缎,松软如棉,阳光下,会呈现一片银光闪闪。银滩具有"滩长平、沙细白、水温静、浪柔软、无鲨鱼"的特点。这里虽处岭南,入秋之后,海水已有凉意,但还是有游客不放过到北海市的好机会,执意要下水与北部湾的水拥抱一下。我们一行中,许多人只是赤脚在沙滩上走一走,也算不枉到北部湾来过了。

欣赏完北海的银滩,我们的岭南之行就进入了尾声。祖国南海,远处近处白浪滔滔,航船悠悠。开发南海的路漫漫,只有用科学知识武装起来的"造船人"和"开船人"才能担当此重任。

东坡似仙更是人

苏东坡是一个多面角色的人。

林语堂说苏东坡"是一个秉性难改的乐天派，是悲天悯人的道德家，是黎民百姓的好朋友，是散文作家，是新派的画家，是伟大的书法家，是酿酒的实验者，是工程师，是假道学的反对派，是瑜伽术修炼者，是佛教徒，是士大夫，是皇帝的秘书，是饮酒成癖者，是心肠慈悲的法官，是政治上的坚持己见者……"

像苏东坡这样的人物，是人间不可无一、难能有二的。直到现在，许多读者还是乐意读他的诗、词、文。因为，他是中华民族文人的脊梁。苏东坡过得快乐，无所畏惧。仔细研究，苏东坡也与常人一般，生活在这个常人的社会中，他不是神仙，而是受人倾慕的常人。

"唐宋八大家"中的"三苏"

　　近日,购得一部林语堂著、张振玉译的《苏东坡传》。读了一点儿,就对史称"唐宋八大家"中的"三苏"产生了兴趣。其中最令人惊奇的是苏家父子,竟然在"唐宋八大家"中占了三席。他们的才学,自不用说,这是经过近千年的历史检验过的。而他们是怎样发展成为人们心目中的"三苏"大家的呢? 他们成才的外部条件和内部条件是怎样的? 难道真是唯心主义认识论所解释的,是什么天上的"文曲星"下凡,他们的才能是"天赋"的吗?

　　而当真正接触这一家令人敬重而又可爱的"三苏"时,则显得很是"陌生"起来,要了解深入一点儿,需要有许多的时日和翻阅大量的资料。尽管如此,还不知能否回答问题的一二呢?

　　也许这些问题,早已有人研究过,我这里是"少见多怪"了。不管如何,在读书中研究某些问题,是为了使自己对某些事物有所了解,而这种研究,不立题,不用哪个地方出课题费,研究得有所得还是无所获都不要紧,完全是个人的事情。如果有所得,可以在朋友相聚时的茶余饭后作为闲话谈谈。写点儿什么,也是像做点儿读书笔记一样。吴晗先生曾经说过:"读书是学习,摘抄是整理,写作是创造。"刚看一点关于苏东坡的书,就想动笔,这是将吴晗先生说的方法糅合一起来做。这种方法,似乎比较适合我这样年老而记忆力衰退的人。试试看吧!

　　研究"三苏",先要认识一下最最基础的东西。史称的"唐宋八大家"是指：唐代韩愈、柳宗元，宋代欧阳修、苏洵、苏轼、苏辙、曾巩、王安石。由韩愈、柳宗元开创的古文（对唐宋年代而言）运动，到欧阳修成为文坛领袖时，才算取得了完全胜利。以后的"三苏"、曾巩、王安石等人起了巩固作用。于是，就文学史主流而言，散体古文的统治地位从此再也不动摇了。唐宋古文运动对后世的影响是极其巨大的。研究"三苏"要是离开了"唐宋八大家"这个集体概念，就意义不大了。因为，在中国文坛上，古往今来出现的单个"大家"多得很，而一家出三个大家，却是历史上罕见的。

在这八大家中，"三苏"是一家人，苏洵是苏轼、苏辙的父亲，苏轼是苏辙的哥哥。下面把"三苏"逐一作些简略的介绍。苏洵（1009—1066年），字明允，号老泉，眉州眉山（现在属四川）人。他强调文章要"得乎吾心"，写"胸中之言"；主张文章应"有为而作"，"言必中当世之过"。他的散文论点鲜明，论据有力，语言锋利，纵横恣肆，具有雄辩的说服力。艺术风格以雄奇为主，而又富于变化。

苏轼（1037—1101年），字子瞻，一字和仲，号东坡居士，是我国文艺史上的通才，在诗词、文赋、书画方面都有很高的造诣。他沿着欧阳修开辟的道路前进，并使宋代古文运动获得全胜。他的谈史议政的散文，雄辩滔滔，笔势纵横，善于腾挪变化；他的叙事纪游的散文，常常熔议论、描写和抒情为一炉，在文体上不拘常格，勇于创新，在风格上因物赋形，汪洋恣肆；他的杂文，或随笔挥洒、不假雕饰，或就近取譬、深入浅出；他的笔记文，随手拈来，即有意境和性情。苏轼是可以同司马迁、韩愈、欧阳修相提并论的古文大家。他的散文长期哺育后世，其小品随笔更是开了明清小品文之先声。

苏辙（1039—1112年），字子由。在古文写作上有自己的主张，认为作家要有内心的修养，有广阔的生活阅历。他的文章风格汪洋澹泊，有秀杰深醇之气，在北宋也卓然为一大家。

苏轼家族及其经济状况

　　苏序是苏轼的祖父。苏东坡降生时,苏序已63岁,由此推算,苏序诞生在973年,卒于1066年。苏序年轻时高大英俊,身体健壮,酒量过人,慷慨大方。虽不识字,但人品不凡,生有苏洵等三子二女。他对儿子充满信心,二儿子苏洵27岁生苏东坡之前,并不好好读书,而老爷子也不过问。别人问他为什么不肯管教。他说:"这个我不发愁。"话中暗示,儿子有才气而不肯正用,总有一天会觉悟的。后因三子官居造务监裁,老爷子也曾封赠为"大理评事",大约相当于刑法部门的评议官员,是一种荣誉。

　　苏洵是苏轼的父亲,天性沉默寡言,禀赋新异,气质谨严,思想独立,性格古怪,不易与人相处。他到27岁时才发愤读书。娶妻程氏,是大家闺秀。由此推断,苏洵年轻时必有才华崭露头角之处,否则,程家不会将女儿许配其为妻。令世人惊奇的是,他晚到27岁才发愤读书,却能文名大噪,而且文名不为才气纵横的儿子所掩,这确属不寻常的事。此情虽能说明人老了也会有所成就,但不可以此说明年轻时可以不努力,将来必有成才之日。对此,应当作积极的而不是消极的理解。

　　从《苏东坡传》中看到苏洵有哥哥、弟弟。他们都科考成功,为官做吏。他与妻子程氏,在苏东坡出生之前就生了一个儿子,不幸夭折。后又生一女儿,即苏东坡的姐姐,后嫁于苏东坡外婆家的一个表兄。此女也许受程家人折磨,不幸早逝。苏洵大为恼火,决定与程家断绝往来。这是苏东坡 16 岁时的事。苏洵夫妇在苏东坡出生之后，又生了苏辙。传说苏东坡有一小妹，嫁与秦观。历史资料无从查证，也许纯属美丽的传说。

苏东坡的家庭经济状况，算是小康之家。由三个方面可以证明：

一、在苏序当家时，虽然住在眉山乡间，但自家广有田地，谷仓中常储稻谷三四万石，每年不断以米换谷。荒年歉收时，他会开仓放粮，先给他自己的近族近亲，然后是妻子的娘家，再次给他的佃农，最后给同村的贫民。苏序在时，衣食无忧，优哉游哉，常常携酒与亲朋好友席地而饮，谈笑风生。

二、苏东坡的家庭经济状况也许比一般的中产之家还较为富有。家中至少常有两个以上的使女，还能给苏东坡和他的姐姐各雇佣一个奶妈。弟弟苏辙出生后，家中又雇一个奶妈。按照中国的习惯，两个奶妈要一直把孩子照顾到成年，并与孩子过一辈子。

三、苏东坡及其弟弟苏辙，从小受到了良好的教育，这也是由其家庭经济条件比较优越而决定的。苏东坡 6 岁入学，进私塾读书。学堂不算小，有 100 多个孩子，老师仅有一个道士。这个老师对苏东坡和另一个叫陈太初的孩子特别欣赏。陈太初后来考中科举，但当了道士，并在后来"白昼升天"。苏东坡 11 岁时进入中等学校，认真准备科举考试。苏氏兄弟有着大量的文学经典著作可以阅读，这也与家庭经济有关。一个贫困的家庭，很难藏有经典著作。另外，苏氏兄弟的母亲程氏，娘家也是大户人家，经济条件极好。

从上述三点可以看到，"三苏"所以能在"唐宋八大家"中间占有三席，其家庭成员之间的相互影响是一个重要原因。但还有一个决定性因素，就是苏氏家庭富裕的经济状况。家庭这个社会细胞和整个社会是一样的，经济是基础。一个十分贫困的家庭，受着压迫和剥削，家庭主要成员的绝大部分精力或全部的精力都用在养家糊口上，尽管如此，还是食不果腹、衣不蔽体、贫病交加，是不可能有钱去供养孩子读书的。就是有远见的父母，希望自己的儿子能摆脱可悲的命运，在经济上也是难以长久维持的。许多人只需要自己的孩子识得自己的姓名，或能将来记个账、写个信函而已。哪有可能一直读书，使孩子从中得以锻炼并显示出不一般的才能呢？其实，这里的道理很简单：人总是要吃饱饭才能去从事文化艺术之类的事。这犹如社会的经济基础和上层建筑的关系。当然，我们不应否定有一些经济贫困家庭的孩子也能成才，甚至有成为大才的可能。这就要对具体的人作具体的分析了。中华人民共和国的 60 年和改革开放的 30 年，不就是如此吗！发展经济让老少边穷地区的人民首先有饭吃。然后，让孩子们有书读。倒是有这样一种状况，值得引起重视：经济条件优越家庭的子弟，未必能够成才。自古以来，那些"纨绔子弟"大多成了无德无才之辈，也是让人不解的。因此，经济尽管是基础，但教育制度、教育氛围、教育方法和手段等也是十分重要的。如今，人们的生活水平逐渐接近小康，而经常出现"播下的是龙种，收获的是跳蚤"（但丁语）的现象，是值得我们警惕、预防和努力避免的。

"三苏"家庭成员的相互影响

　　在人的一生中,幼年、少年和青年时期受家庭的影响是最深刻的。"唐宋八大家"中的"三苏"是在一个家庭中成长和发展起来的。此中,父亲与母亲之间、父母与子女之间,子女与子女之间,通过其言行相互影响着。"三苏"和苏东坡的母亲及后来的两个媳妇,共同构建了一个有利于文学天才成长发育的良好家庭氛围。

　　苏洵,在苏东坡没有诞生之前,因长子夭折,尽管已有一女,也许因为封建社会根深蒂固的重男轻女的观念,一直心颜不开,并企盼上苍能赐他一子。为此,他家中堂挂着一幅张果老的画像,7年来,他每天早上都在向张果老像祷告。后来长子苏东坡降生,如愿以偿,使他心满意足。大概因得了长子,自己的人生态度也严谨起来,追悔自己虚度光阴,鞭策自己向上。另外,他看到自己的哥哥、内兄,还有两个姐夫,都已科举成功,行将为官做吏,因此自感脸面无光。从其为妻子的祭文中"自子之逝,内失良朋……昔余少年,游荡不学,子虽不言,耿耿不乐。我知子心,忧我泯没……"可见妻子曾激励他努力向学。

　　苏洵之妻、苏轼和苏辙的母亲程氏,是曾经受过充分的良好教育的。在苏东坡8至10岁之间,苏洵进京赶考未中后在江淮一带游历。母亲在家管教孩子,教孩子学《后汉书》。《后汉书》中有《范滂传》,叙述后汉时期,朝政不修,政权落入阉宦之手,当时的文人书生进行了不屈不挠的斗争,其中有个勇敢无畏的青年叫范滂。

小东坡听后说："我长大了要做范滂这样的人。"问母亲愿意否？母亲说："你若能做范滂，难道我不能做范滂的母亲吗？"可见，苏轼、苏辙的母亲，对丈夫和儿子治学的严谨态度和言行是有着极大的正面影响的。

苏东坡与弟弟苏辙正在熟读大量文学经典之时，父亲赶考铩羽而归。苏洵科举考试失败，是因其在作诗上的弱点。诗的创作在于艺术的雅趣，而他则重视思想观念。读书人的出路要么就是教书，要么就是走仕途成功之路。他名落孙山，自然懊悔沮丧。在古时，学生读书，甚至老师读书是真正读书，不仅有声，而且有韵，学生不仅要读得懂，而且整本书都要能背得出来，真叫"死记硬背"。对于为父的苏洵来说，倚床静听两个儿子高声朗读经典，抑扬顿挫，清脆悦耳，确是人生的一大乐事。这样做不仅可以纠正儿子们读音不准的问题，而且内心产生了对儿子们猎取功名的希望，受伤的荣誉之心逐渐得到治愈。同时，他从儿子的苦读中振足了自己的精神，重新焕发了博取功名之心。其实苏洵的文学风格有其特点，他一向坚持淳朴风格，力戒当时流行的华美靡丽的文风，而且注重深研史书中的为政之法，乃至国家兴亡之道，这促使他的两个儿子明确了学习知识的方向。后来苏氏兄弟与众多青年学子进京赶考时，文学泰斗、礼部尚书、礼部主试欧阳修正决心发动一场文风改革运动。"三苏"的文风和内容正合乎此要求，自然得到欧阳修等考官的青睐。

在苏家，和苏东坡一起长大、一起读书、关系比较密切的，是他的弟弟苏辙。他们之间那种在顺逆荣枯过程中显现出来的深厚的手足之情，是苏东坡这个诗人毕生歌咏的题材。兄弟二人忧伤时相慰藉，患难时相扶助，彼此相会于梦寐之间，写诗互相寄赠以通音信。在苏东坡的一首诗中说："我少知子由，天资和且清，岂独为吾弟，要是贤友生。"苏辙在其兄的墓志铭上写道："我初从公，赖以有知，抚我则兄，诲我则师。"

苏东坡的传世名句中有写给他弟弟子由的几首诗。现摘录作以佐证：

《和子由渑池怀旧》："人生到处知何似？应似飞鸿踏雪泥。泥上偶然留指爪，鸿飞那复计东西？老僧已死成新塔，坏壁无由见旧题。往日崎岖还记否？路长人困蹇驴嘶。"

《水调歌头·明月几时有》(丙辰中秋，欢饮达旦，大醉，作此篇。兼怀子由。)："明月几时有？把酒问青天。不知天上宫阙，今夕是何年。我欲乘风归去，又恐琼楼玉宇，高处不胜寒。起舞弄清影，何似在人间。转朱阁，低绮户，照无眠。不应有恨，何事长向别时圆。人有悲欢离合，月有阴晴圆缺，此事古难全。但愿人长久，千里共婵娟。"

《狱中寄子由》："圣主如天万物春，小臣愚暗自忘身。百年未满先偿债，十口无归更累人。是处青山可埋骨，他年夜雨独伤神。与君世世为兄弟，更结来生未了因。"
《狱中寄子由》是苏轼在狱中写的，他一面感叹自己的牢狱之灾，一面想念弟弟。全诗流露出深厚感人的手足之情。

因小文篇幅有限，不允一一枚举，所举几篇可见一斑。

"三苏"的家庭，除了父母、父子、兄弟关系之外，还有夫妻关系。苏东坡第一位妻子是王杰的爱女王弗，王弗去世后，苏东坡又娶王弗的堂妹闰之为妻。苏辙的妻子史氏，出自四川旧家。两女都以公爹及她们自己丈夫的才学而深感自豪。她们可谓是孝顺、贤惠、勤俭、夫唱妇随的好媳妇。王弗因病早逝，遗有一子，年方6岁，那是苏洵的长孙苏迈。苏东坡在妻子逝世10年时，写了首词：

"十年生死两茫茫，不思量，自难忘。千里孤坟，无处话凄凉。纵使相逢应不识，尘满面，鬓如霜。"

"夜来幽梦忽还乡，小轩窗，正梳妆。相顾无言，惟有泪千行。料得年年肠断处，明月夜，短松冈。"
苏东坡妻亡后，次年四月，老父病逝。"三苏"一家，虽是聚少离多,但一直是保持着尊爱、孝悌、和睦的大家庭。

　　家庭是人生的第一个驿站,也是人生远航的起航地和返航的目的地,一个人纵然走遍天涯海角,总是魂牵梦萦地与家庭有着割不断的情思。"三苏"一家之所以能在唐宋八大家中占有三席,与他们自己营造的那个美满和谐的家庭是有着极其重要的密切关系的。在这里,老人教育着孩子,而且孩子的某些作为,也激励着老人和全家成员,给老人以启发和警示。

"三苏"成长中老师的作用

比"三苏"早出生两个朝代、同为"唐宋八大家"的韩愈,在《师说》中开宗明义地说:"古之学者必有师。"元代张养浩说:"甚矣,人之不可无教也!生如圣人,犹胥训告,胥教诲,况不能圣人万一者,可忽焉而不务哉?"这一段话是说:教育太重要了,人是不能没有教育的!生下来即使像圣人,也需要训告,需要教诲,何况够上圣人的人不到万分之一,可以忽视进行教育么?

"三苏"所以能在"唐宗八大家"中占有三席,必然离不开教育。其实,"三苏"并不是"圣人",不是生而知之的,而是学而知之的。就拿"三苏"中的苏东坡来说,他除了受家庭的教育和影响之外,同样接受了从初等到中等再到高等的教育。

苏东坡的启蒙老师是一个道士,而且苏东坡是最受这位老师夸奖的两位学生之一。其实在中国古代,道士、僧侣都属于知识界。有一学者在研究儒佛道与中国传统文化的关系时说,在中国如果离开了佛与道,是无法研究中国的哲学史、文学史和艺术史的。由此,推测苏东坡后来迸发出来的才学,可能与他的启蒙老师是道士很有关系。就拿苏洵来说,他也对道教颇有兴趣。他的大儿子夭折后,起码供奉了张果老7年,这就是例证。这里不是说现在的人为了开发智力,就应当学点儿道教。而是说,要把今天的文化与中华民族的传统文化结合起来,继承和发扬中华民族传统文化,增加现今中国人所需文化养分的元素。

　　"三苏"的第二位老师,是张方平。"三苏"启程赴京赶考前,先到省会成都拜访大官张方平(也许相当于现在的省教育厅厅长吧)。《苏东坡传》中说"后来张方平对苏东坡几乎如同严父",但未有具体情节的描述。当时苏东坡才 19 岁,苏辙 17 岁。大学者见到比自己年轻得多的学子,自然从培育人才和发现人才的角度上,对学子犹同己子一样要求严格,使学子们对他有一种敬畏之感,进而以他为师表。自古至今,这可谓是通理。而张方平似乎与苏洵是朋友关系。那时的苏洵,已是年近半百(47 岁)的人了。在学术上已经写了一部重要著作——《六国论》。这是一部论为政之道、述战争与和平之理、显示真知灼见、令京都文人刮目相看的著作。他将这部著作献给张方平,张方平十分器重他,想立刻任命他为成都书院教席(大约相当于现在的教授吧)。然而,苏洵还是决定参加殿试。后来张方平写了一封信给欧阳修。尽管张方平与欧阳修之间不十分融洽,他还是力陈老苏有"王佐之才"。"三苏"迢迢万里,经过两个多月的跋涉,到达汴梁城,准备于次年春季接受由皇帝亲自监督的殿试。"三苏"在眉州来京的 45 名考生中,考在 13 名之内。

　　"三苏"的第三位老师是欧阳修。欧阳修深受当时学术界的敬爱,是由于他总是以"求才育才"为己任。"三苏"进京后,苏洵去拜见欧阳修。欧阳修非常热诚地接待了苏洵,并将苏洵介绍给了其他高官显宦。

　　宋仁宗特别重视为国求才,对殿试极为关注。皇上任命欧阳修为主试官,另有若干饱学宿儒为判官。"三苏"都以优等得中。苏东坡的文章是论为政的宽与简,这是他的基本政治哲学。因为文章写得太好,甚至使欧阳修怀疑不是苏东坡作的,以为是由当时的大文才、后来的唐宋八大家中的曾巩所作。为了不致招人批评,遂把苏东坡名次从第一改为第二。

　　古时的科举考试,主考官录取一名学生,即表示自己恪尽职守,发现了真才。从此,这些学生就与主考官构成了"老师"与"门生"的终身不变的关系。殿试后,考中的门生,要去拜谒主考老师,致以敬意,并致函感谢老师的恩德。"三苏"当然不例外。当欧阳修看了苏东坡的感谢信后,对同僚说:"读了苏东坡来信,不知为何,我竟喜极汗下,老夫当退让此人,使之出人头地。"据说,当时在学生中有这样的话:"天不怕,地不怕,升不足喜,死不足惧,就怕欧阳老说话。"因为以欧阳修的才学和地位,一句话足以定门生之终身。他对苏东坡之评论,很快传遍全京城。

欧阳修真正为发现苏东坡这个真才而高兴不已。据说,欧阳修一天对儿子说:"记着我的话,三十年后,无人再谈论老夫。"他的话果然应验,因为苏东坡死后十年之内,果然无人再谈论欧阳修,大家都在谈论苏东坡。其著作尽管被朝廷禁阅,却总是有人暗中偷读。

一位或几位老师,对一个或一批学生适时地激励或鞭策,对学生的成才起着重要的关键作用。这无论是教师"传道"、"授业"、"解惑"中应有的,还是另加进去的,都是不可或缺的。"三苏"的成长和发展,说明了这一点。

"三苏"成长和发展的时代背景

　　在人类社会发展的过程中,艺术发展水平与物质生产水平并不是时时成正比的。而一批文学艺术人才的成长发展,除了其个人的家庭经济状况、家庭成员相互影响和师从等因素之外,最根本的是社会发展的时代条件。

　　人是社会的人,良好的社会条件对人才的成长和培养是有利的,而恶劣的社会条件对人才的成长和培养是不利的。尽管历史上有许多人才是在逆境中成长和培养出来的,但人们还是不愿刻意去制造逆境成才的社会条件,而总是努力创造顺境成才的社会条件。

　　"三苏"的成长和发展时期,是中国封建社会进入到一个曲折道路的前夕。一方面,封建社会出现了一个中度繁荣、平稳发展的阶段;另一方面,这个时期的社会弊病已经充分凸显,内忧外患即将爆发。苏洵的壮年、苏东坡和苏辙的童年,是在中国宋朝最贤明的君主统治下度过的。宋仁宗在位43年,极力激励发展文学艺术。国内太平无事,西北的游牧民族,如金、辽、西夏等,这时也与宋朝相安无事。在这样的内外环境下,朝廷贤良之臣在位,若干将才和杰出文士都受到恩宠,侍奉皇上,一片歌舞升平。翻一翻宋朝史书,名臣起码有范仲淹、吕夷简、富弼、文彦博、韩琦、狄青、孙沔、欧阳修、赵概、范缜、王素、包拯、司马光、张方平、吕诲等,真是贤臣云集。宋仁宗在位时,"三苏"虽有名气,但毕竟刚刚封官做吏,只是小有名气。

"三苏"自 1057 年殿试以后,当了什么官? 此事前文一直没有提及,从一些书上看到是这样的,在此有个交代。苏洵被任命为校书郎,后来又授以新职,为本朝皇帝写传记。1061 年,苏东坡被朝廷任命为大理评事、凤翔判官,有权连署奏折公文。苏辙被任命为商州军事通官。但父亲在京为官,兄弟二人必须有一人与父亲同往京师。苏辙因此辞谢外职不就,以后三年内一直偕同妻子侍奉老父,直至 1066 年父亲去世。1069 年,才被任命为检详文字。

应当说"三苏"求学、科举,直到初任官职,是在一个稳定的环境中度过的。这种良好、稳定的环境,是有利于文学艺术以及这方面人才发展的。神宗熙宁元年(1068 年)七月,起用王安石推行新法。后来,以是否赞成推行新法和对新法的评价的好坏为界限,朝廷里的大臣分成两派,老臣病死、还乡、撤职、调迁,原来的名臣几乎都走尽了,苏家兄弟也由于对王安石新法的不赞成,苏轼由直史馆出为杭州通判,苏辙由检详文字为河南府推官。这真是"多数老臣都罢政,一时新进都登朝"。

王安石推行新法没能给人民带来实惠,加上自然灾害肆虐、朝廷人员更替,更增加了混乱。积极推行新法和评价新法成果巨大的王安石一派,急于证明推行新法已达到了国富兵强的结果,而此时外族看到宋朝内部混乱,便挑起了战争。宋朝将士略有小胜,都记在推行新法的功劳簿上。真如《苏东坡传》中引苏东坡的话说:"在这种情况下,中国很容易被来自西伯利亚的敌人征服了。"在这样的环境中,能培养出什么样的人才呢? 后来的事实证明,像宗泽、岳飞、韩世忠等这样的军事人才,不仅受排挤,甚至被陷害至死。

1101 年 8 月 24 日,苏东坡在江苏常州逝世。崇宁元年(1102年)9 月,在右相蔡京的唆使下,宋徽宗御令将"元祐党人"一共 309人的名字刻碑,这就是著名的"元祐党人碑"。"元祐党人碑"上的309 人,主要犯有反对王安石推行新法之罪。"元祐党人碑"碑文称奉圣旨：309 人及其子孙世世代代不得为官；皇室子女也不得与 309 人的后代通婚；已经缔结婚约的，也要撤销；309 人的一切作品统统作为禁书予以销毁。苏东坡理所当然排名第一，他的著作被严禁刊行，连刻在石碑上的书法题字也都奉令被销毁。仅仅过了 4 年，1106 年，文德殿的"元祐党人碑"被雷击碎裂，宋徽宗惧于天意，始派人销毁全国各地的"元祐党人碑"。

苏东坡去世后，南宋高宗皇帝在新都杭州开始阅读苏东坡的遗著，尤其是他关于国事的文章。高宗也许出于对祖业的忠诚，越读越敬佩苏东坡的谋国之本。为了追念苏东坡，把他的一个孙子苏符封赠高官，使苏东坡身后的名气地位达到巅峰。到了孝宗六年，赐谥号文忠公，又赐太师官位。

当然，一个文学艺术人才的培养，不单依靠上面所论的社会大环境，一个人成才的因素是多方面的，必须从几个方面的因素来综合考察。

"三苏"成长发展中的自身努力

　　一个人的成长发展,外部条件是十分重要的,然而离开了自身的努力,也将一事无成。"三苏"所以能在"唐宋八大家"中占有三席,除了有适宜的外部条件外,必定经过自身艰苦努力。不过,在《苏东坡传》中,并没看到有"三苏"诸如"三更灯火五更鸡",甚至"悬梁刺股"之类苦读的描述。但从该书的字里行间,仍然感受得到"三苏"的成长发展是经历了自身努力的。

　　先说苏洵。在 27 岁之前,他似乎是一个敏而懒学的青年。政论上没有什么建树,文学上对诗词也没有太大兴趣。27 岁之后,他才开始抓学习。从成果来看,他是很努力的。这一时期,他著有一部重要论著,即《六国论》。他 47 岁时,带着 20 岁和 18 岁的两儿子上京赶考。他的著作得到了京城文人们的肯定。也因为有这部著作,仁宗皇帝对他恩赐尤佳,没有要他复试,就任命为校书郎,后来又任命他为本朝皇帝写传记。像《六国论》这样一部如此有分量的政论著作,不是一个年近半百而平时不用心或不努力的人所能写就的。

　　苏东坡年轻时自己就很努力。有两件事可见一斑。1054 年,"三苏"从家乡眉山出发,由长江水路出三峡,到京城赶考。大约是700 里水路、400 里旱路,历时 5 个多月。苏轼、苏辙的两个媳妇,还有苏东坡的大儿子苏迈同行,路途上并不寂寞。但苏氏兄弟并没有放过欣赏祖国大好河山的机会,一路上不停地创作诗歌。到了湖北江陵,全家弃舟登陆时,兄弟俩所作的诗歌已超过了百首。后来结成一集,名《南行集》。实际上这700里水路的行进,不亚于几年诗歌创作的学习。上了陆路之后,兄弟俩还是不断触景生情地进行着诗歌创作。后人评说,此时苏东坡创作的诗歌,比以前创作的诗歌更好,特别注重音韵、情调、气氛之美,节奏极好,形式变化多样。经湖北襄阳时苏东坡创作的《船夫吟》、《野鹰来》、《上渚吟》等,均属上乘之作。可见苏氏兄弟平素对待创作不仅热衷、有兴趣,而且也非常的勤奋努力。

1055年2月,"三苏"到达京城,科举考试后,恭候朝廷任命。在任命官职前,还要进行二次考试。老苏免考被任命,苏氏兄弟年轻不可免,又参加了京都部务考试和"制策"考试,要求坦率地评议朝政。宋仁宗求才若渴,所有读书人经大臣推荐并呈送专门著述后,都可申请参加此考试。苏氏兄弟经欧阳修推荐均获考并通过,尤其是朝廷给苏东坡评定的等第,只有两个人获得。苏东坡又呈上25篇策论文章。后来,皇后对人说,这次考试后仁宗曾说:"今天我已为后代选了两位宰相。"仁宗所指大约就是这等第最高、包括苏轼在内的两人。如果苏东坡平时自身不努力,不仅考不到如此之高的等第,而且也呈不上25篇策论文章,更不可能得到仁宗皇帝至高无上的评价。

苏轼与苏辙是同父同母,形象各异,在文学风格上也有较多的差异。苏辙的才气不足哥哥,但他的文章内容充实,具有深度,使他在这一类文章中足称大家。他们在个人性格上也大有不同。苏东坡轻快、开阔、好辩、天真,不顾后果。而苏辙沉稳、实际、拘谨、寡言。相比之下,苏东坡比他弟弟的名声大,因而面对的风险也就大多了。不过,他们对职分之内的事情都是恪尽职守的。一个名人之所以有名,不单是因为自己年轻求学时崭露的才学,更重要的是他进入社会之后在实践中发挥出来的才能,并因此形成了声望。

对任何一个名人的研究,必须从客观和主观两个方面来考察,如果只是片面地研究或过分强调某一方面,其结果必然陷入唯心主义和形而上学的泥潭。研究"三苏"的成长发展，既要看到客观的、外在的因素，又要看到他们主观的、内在的因素。

外因条件对于一个人或一群人的成长和发展，是有着重要的影响和必不可缺的。对此，个人选择的余地很小。因为，一个人的降生无权选择社会、地域、家庭、父母及其他家庭成员，就是对自己的妻子儿女，也难以有完全的选择权。外因条件是客观存在的，而这些条件的作用是要通过个人的内在因素起作用的。其结果有积极的或消极的、正面的或负面的、长远的或短暂的、决定性的或非本质的，但都取决于自身对这些条件的认识和运用。

苏东坡与江苏分外有缘

　　读了林语堂的《苏东坡传》之后又写了几篇小文,发现苏东坡与江苏十分有缘。日前,我回到故乡常州,听说常州市有一"东坡公园"。9 月 22 日,欣然冒雨到该园一游,并得《苏东坡与常州》一书,翻了翻,方知苏东坡与江苏不是一般地有缘分,而是非常有缘。

　　苏东坡出生在四川眉山,而从他 20 岁之后至他在常州逝世的 46 年中,活动足迹踏遍了半个中国,从北至南有:京城开封、陕西、山西、河北、山东、江苏、安徽、浙江、江西、湖北、广东、海南。江苏是所到次数最多的省份之一。以常州为中心,他到过无锡、苏州、江阴、宜兴、南京、镇江、丹徒、扬州、仪征、徐州、盱眙等。而其中以到达常州次数最多,共 11 次(一说 13 次),第一次到常州是 1071 年 11 月,最后一次是 1101 年,并终老于此。他在常州的行踪记载,现有一部陈弼、苏慎主编的《苏东坡与常州》,由中国社会出版社出版。

　　苏东坡在江苏的政绩中最令人景仰的是,1077 年在徐州任太守时,领导徐州人民抗洪 45 天。次年二月开工建造高 100 尺、犹如宽广的佛塔、用于防御水害的高楼——黄楼。

　　据现有资料,苏东坡在镇江留下的活动遗踪也有不少。镇江金山楞伽台,是苏东坡抄经的地方。因此,也叫苏经楼。苏东坡居住常州时,常来镇江,与金山寺住持僧佛印十分友善。1085 年 9

月,苏东坡的老师张安道(即张方平)传授给他一部佛经,并给钱30万,教他抄送传缘。苏东坡找到住持佛印,佛印说:"抄施有尽,若书刻之则无尽。"劝苏东坡抄写经书,刻成木版,可永久保存在金山。因此苏东坡就住在金山,抄写这部《楞伽经》四卷。南宋孝宗乾道年间(1165—1173 年),寺僧创建楞伽台,并在台畔筑楞伽室,后几经修建,现今仍保存完好。

苏东坡与金山住持佛印交往甚密,古称"忘形交"。一次,苏东坡往杭州赴任,途经镇江,特到金山访佛印。当时,佛印正准备为僧众说法。苏东坡突然来到方丈室,佛印一见便问道:"内翰(即入阁的翰林)从何处来? 这里没有你坐的地方!"苏东坡答道:"暂借和尚的四大(佛家认为人体由地、水、风、火等四大组成)作坐处。"佛印说:"我有一问,你如能随问随答,我就让你坐,若稍加思索,请你留腰间玉带为镇山门。"苏东坡欣然解下玉带,放在茶几上等候问话。佛印说:"山僧四大皆空,五蕴非有,内翰何处坐?"苏东坡正在考虑用什么话来答复的时候,佛印急对侍者说:"收此玉带来镇山门。"随即取出一领袈裟酬送东坡。苏东坡曾因此事写过一首诗:"病骨难堪玉带围,钝根仍落箭锋机。欲教乞食歌姬院,故与云山旧衲衣。"

苏东坡的玉带长约二尺,宽约二寸,带上缀有 24 块米色的白玉,有长方形、圆形、心形。清初被火焚 4 块。乾隆皇帝到金山时,命玉工补齐。现玉带上面刻有乾隆诗句,与原玉有色差,现仍存金山。后人为纪念此事,建玉带桥,桥长 16 米,桥下碧波荡漾,清澈见底,令人浮想联翩。

估计苏东坡到金山不是一两次,他曾留有一首诗《游金山寺》:

我家江水初发源,宦游直送江入海。闻道潮头一丈高,天寒尚有沙痕在。中泠南畔石盘陀,古来出没随波涛。试登绝顶望乡国,江南江北青山多。羁愁畏晚寻归楫,山僧苦留看落日。微风万顷靴纹细,断霞半空鱼尾赤。是时江月初生魄,二更月落天深黑。江中似有炬火

明，飞焰照山栖鸟惊。怅然归卧心莫识，非鬼非人竟何
物？江山如此不归山，江神见怪警我顽。我谢江神岂得
已，有田不归如江水。

在镇江市内，苏东坡也留有足迹。其时，丹徒人刁景纯与苏东坡的老师欧阳修同知太常礼院、集贤校理，其家有园池之胜。苏东坡在此留有《刁景纯藏春坞》诗："白首归来种万松，待看千尺舞霜风。年抛造物陶甄外，春在先生杖履中。杨柳长齐低户暗，樱桃熟烂滴阶红。何时却与徐元直，共访襄阳庞德公？"

镇江山水之美，曾经打动过苏东坡，他曾看中丹徒县（镇江市内）蒜山的一片松林，打算在此安家，后因双方在价格上谈不拢而落空。

镇江南郊有鹤林寺。苏东坡曾游此寺，并留有《游鹤林寺》诗："郊原雨初霁，春物有余妍。古寺满修竹，深林闻杜鹃。"并且在园内补种了一些竹子。后人称此园为"苏公竹院"。

顺便说说，林语堂所著《苏东坡传》中也说及苏东坡在镇江的活动，误写为靖江，笔误给知情者带来遗憾。

在 131 页上，林书："后来他（苏东坡）在靖江、金陵、庐山，交些和尚朋友"，其中点到佛印，是镇江金山住持僧，不是在靖江。

在 142 页上，林书："苏东坡游靖江时，他在焦山一个寺院的墙上题上了一首诗……"显然，焦山是在镇江，那里确实留有苏东坡题词石刻，内容有字和诗，石刻明确题有"眉山苏轼"，书上明显有误。

在 140 页上，林书："他（苏东坡）的堂妹嫁给了柳仲远，住在靖江附近。"而据新近所得的《苏东坡与常州》中的《苏东坡行踪交游》一文记述，1101 年 6 月 12 日，苏东坡从海南回京，途中因故改道经真州、润州（今镇江）时："在润州甥柳闳来谒，共论岭南作文；跋闳手写《楞严经》，祭闳父子文及闳母之墓。"闳父，柳仲远，字子文，闳母乃苏东坡堂妹，伯父涣之女。在润州，苏东坡曾命子苏过往吊苏颂（子容），此述可信，林语堂将润州（镇江）说成靖江，显然有误。

林语堂著《苏东坡传》中,涉及镇江误为靖江的还有一些,这里就不多说了,毕竟是现代人写古人的事,差错也是在所难免的。总之,苏东坡是中华民族文人的脊梁,是中国人的光荣,无论是读有关他的书籍,还是写有关他的文章,都是出于对苏东坡的敬仰和爱戴!苏东坡的才学与精神将永存万古!

《古文观止》中"三苏"文章的导读

　　说来，我也是惭愧的。久闻"三苏"大名，尤其是苏轼的大名可以用一句成语来形容——如雷贯耳，但我没有认真读过"三苏"的经典著作。一是，因为本人学历有限，压根儿没有读过多少古文；二是，手头没有相关书籍。近几年来，人们似乎又开始重视中华民族的国学，这方面的书也就多了些。

　　不久前，我得了一部由张志峰主编、作家出版社出版的新版《古文观止》。这本书可谓是一部"国学的重要书籍"。其中有许多古代名家的经典文章。更可喜的是，其中有"三苏"的部分文章。而且新版的《古文观止》除原文之外，还有"导读"、"注释"和"译文"。给古文底子比较薄的人提供了阅读的方便。当然，要真正理解和领会文中的含义，还是要费点儿工夫的。至于说理解和领会古人的文风和写作技巧，那更不是轻而易举的事。

　　新版《古文观止》一书，是以康熙年间的吴楚才、吴调侯叔侄二人为初学者选编的一部古文教材为基础的。二吴是浙江山阴（今绍兴）的乡间塾师，以课业教授为生。他们颇有眼光，所编的《古文观止》雅俗共赏，三百年读者风云往来。所谓"观止"，意即看了这些文章，就欣赏到了最高水平的古文，其余选本就不用读了。

　　在新版《古文观止》一书中看到，该书收入了"三苏"的若干文章。看到新版中有他们的20篇文章（其中苏洵4篇，苏轼13篇，苏辙 3 篇),当然,大家知道,这远不是他们文章的全部。但是,这也使我兴奋了。粗粗地读了几篇,就感到正如该书前言所说的那样,他们的笔下确有恢弘的气势,用很少的文字阐述着许多很深的道理。我们"爬格子"的人可以从中获得启发。

在此,将收入新版《古文观止》中"三苏"的 20 篇文章的"导读"摘录如下,以此让朋友们了解"三苏"经典文章内容和特点的一二,引起阅读"三苏"文章的兴趣,增进我们对"三苏"人品和才学的了解。

苏洵

1.《管仲论》导读:本篇是苏洵评论历史名臣管仲的文章。文章主旨是批评管仲临死未能荐贤自代的错误,以致造成竖刁、易牙、开方三个奸臣专权的局面,留下齐国内乱的祸根。封建社会由于高度集权,有影响的政治家的去世往往影响政局的稳定。作者提出荐贤自代,不失为一种卓越的见解。

本文剖析细致,反复对比,因而使论述层层深入,不露破绽,表现了苏洵文章纵横开阔、锋利雄辩的特色。

2.《辩奸论》导读:这篇文章最早见于邵伯温(1057—1134 年)所写的《邵氏闻见录》。邵伯温说:"《辩奸》一篇,为荆公发也。"苏洵在王安石实行变法之前三年便死了,故学术界认为本文显系伪托,冒苏洵之名,以攻击王安石。

全篇文章,采用对比映照的手法,以古论今,抓住王安石"衣臣虏之衣,食犬彘之,囚首丧面,而谈诗书"等"不近人情"的行为,断定王安石是大奸、必然乱国祸民,表达了作者对王安石其人其事的厌恶、否定之情。

不过,平心而论,本文多论断而少事实依据,虽说是"见微知著",但总给人以牵强附会和强词夺理之感。这种近乎于人身攻击的主观臆断,说得如此的武断、如此的尖刻、如此的严重,不论是针对谁,恐怕都不够妥当。而将这种文章选入《古文观之》,似乎也不够慎重稳妥。

3.《心术》导读:本文是苏洵所著《权书》中的一篇。文章从将帅的自我修养谈起,逐层展开论述,指出关于战争的正义性、备战养兵、知己知彼、审时度势、有备无患等方面的问题,从而阐明了战争的战略战术思想。在文中,作者强调了"治心"这一核心,所以题目为"心术"。

文章每节自成段落,各有中心,又统一于全篇的主题,井井有条,逻辑严密。

4.《张益州画像记》导读:张益州,即张方平。张方平,字道安,北宋南京(今河南商丘)人,宋仁宗至和元年(1054年)为益州知州,故称"张益州"。在他奉命回京的时候,益州人民为他修建祠堂,塑立画像,奉善神明。

本文即是苏洵为张方平塑像所写的一篇"记"。

文章对张方平治理益州的功绩高度肯定和倍加赞扬,表达了益州人民对张方平的爱戴、怀念之情;并通过侧面描写,烘托刻画了一个贤能的封建官吏的形象。

苏轼

5.《刑赏忠厚之至论》导读:本文是苏轼早年第一篇震动文坛的政论文章。文章主旨,在于论证刑赏的目的是劝善惩恶,是忠厚道德的最高表现。只要"待天下以君子长者之道"、"立法贵严,而责人贵宽",赏罚皆以"仁义"为标准,就可以达到大治天下的目的。

全篇文章以"仁义忠厚"为刑赏的出发点和归宿,深入细致地论述了刑罚和奖赏怎样才能达到极为忠厚的程度,其基本思想,是儒家的"仁义"、"博爱"观点。这种观点,包含有爱惜百姓、注重教化、慎施刑罚等积极思想意义,在一定程度上值得肯定和借鉴。

本文在艺术上的显著特点,是在议论文中发挥想象,大胆揣测,化虚为实,无中生有。

6.《范增论》导读:范增是项羽的谋士,被尊为亚父。在楚汉战争中,他屡次劝项羽杀刘邦,项羽不听,后来项羽中了陈平的反间计,使范增被迫离项羽而去。本文就范增当不当离开项羽,应在何时离开展开议论,惋惜范增不识"去就之分",同时也批评了项羽的猜疑和不能知人。

这是苏轼早年的一篇史论。当时作者阅历不深,难免有大言欺人的书生之见。但是,立意不落俗套,能翻空出奇,随机生发,极尽回环变幻的姿态。在写作技巧上,对后代的应试文章影响很大。

7.《上梅直讲书》导读:梅直讲即梅尧臣,字圣俞,当时他任国子监直讲。苏轼在嘉祐二年考中进士,主考官为欧阳修和梅尧臣。本文即是苏轼考中进士后,写此信给梅尧臣,要求拜见。文章以周公、孔子的故事来衬托自己与欧、梅的关系,显得形象高大,气度非凡。全文的主旨是获得贤人作为自己的知己是人生最大的快乐,通过古今对比层层铺垫,前后呼应,写得委婉有致。

8.《喜雨亭记》导读:喜雨亭是苏轼在凤翔府任签书判官的第二年建造的一座亭子。这篇散文就是叙述描绘这座亭子的。本文说明了此亭命名的缘由,并紧扣"喜雨"二字来展开描述,或分写,或合写,或倒写,或顺写,或用主客问答的方式来渲染,重点在于突出一个"喜"字,表达出人们在久旱逢雨后的无限喜悦之情,也表现出作者重民重农、与百姓同忧共乐的思想感情。作者思路开阔,集议论、描写、记叙、抒情于一体,文笔灵活多变,文情荡漾。

9.《凌虚台记》导读:扶风太守为登高远望建筑了一座土台,并请苏轼为他写了这篇论文。文章从凌虚台的兴建和命名谈起,从而引出事物的废兴成毁是人事所不能预料到的,指出人间有"足恃的"和"不足恃"的,应该致力于探索真正足恃的东西,文中并未点明真正足恃的东西是什么,但体现了作者旷达的人生态度和勇于探索的精神。

文章风格苍凉,议论深沉,文笔含蓄,耐人寻味。

10.《超然台记》导读:苏轼于熙宁七年(1074年)从杭州通判上调任密州知州。超然台在密州城上,由其弟苏辙命名。苏轼在到任第二年写此文。全文围绕"乐"字,论述了超然物外、随遇而安的思想,但行文中也隐约流露出无可奈何的辛酸。作者认为,如不能超然物外,则乐少悲多;如能超然物外,即使在困苦的环境中,也有可乐的东西。为了突出后者,既用前者来相比,又用四方形胜与四季美景来渲染。

11.《放鹤亭记》导读:本文是作者仕途失意后的作品。文章的主旨是"南面之君"的乐趣不如隐居山林的乐趣。文章记放鹤亭,却不实写隐士之好鹤,而是多次写鹤,刻画其"清远闲放"的形象,并且另寻出酒字,与鹤字作对,两相比较更见隐居之乐。文章透露出作者对隐居生活的向往,有明显的出世倾向。文章写景与叙事相结合,寓议论于对话之中,文笔诙谐,很有味道。

12.《石钟山记》导读:这篇游记叙述了作者探访石钟山命名意义的经过。作者不满足于前人的简陋记叙,能通过实地调查得出自己的结论,批评了主观臆断的作风,这是可取的。但作者的调查也还不够深入,实际上石钟山命名是因为它是一座中空如钟的石山。

文章写景和议论紧密结合,相得益彰。文笔流畅,首尾呼应,善于烘托意境,使人赏心悦目。

13.《潮州韩文公庙碑》导读:本文是作者在宋元祐七年应当时潮州知州王涤的请求而写的。文章对韩愈一生的得失和遭遇进行了评述,高度赞颂了他在文学上、儒学上的造诣以及被贬官潮州后的政绩。同时,对韩愈仕途的坎坷、命运的多舛,给予了深切的同情,指出导致韩愈不为时人所理解的原因在于他一心行天道,不钻营人事,不容于世俗,这实际上也是对其人格的褒扬。

文章气势不凡,情感充沛,运用了排比、比喻、答辩、歌咏等多种表现手法,使文章曲折变化,生动灵活,词采华美,挥洒自如。

14.《前赤壁赋》导读:赤壁是三国时曹操和东吴大战的地方,这个名字在长江、汉水流域共有五个同名的地方。后人一般认为湖北嘉鱼县是其旧址,苏轼所游的地方是湖北黄冈。本文是苏轼补贬到黄州作闲散的团练副使时所作。文章由游起兴,由景生情,由情入理。先写月夜泛舟江上,饮酒赋诗,使人沉浸在清风与明月交织成的美景之中,从而引发出忘怀世俗的快乐心情,接下来通过对历史人物兴亡的凭吊,发出人生短促、世界永恒的感慨,进而阐发变与不变的哲理,表现出旷达乐观的人生态度。

15.《后赤壁赋》导读:本文和前篇作于同一年,前篇着重于写秋景,本篇侧重于写冬景。与前赋相比,后赋由写水转向写山,着重描写冬夜的江岸,渲染出人间的凄凉气氛,寂寥惊险,迷离恍惚,充满了超尘绝世的奇想,尤其是结尾处又以道士化鹤的幻觉烘托了这种意境,流露出作者想要摆脱现实而又挥之不去的苦闷情绪。

本文铺叙有致,行文顺畅,有真实,有梦幻,有层次,有情致,写鹤以寄意,托梦以寓怀,可谓匠心独具。

16.《三槐堂铭》导读:铭文是刻在器物上以资纪念的文体,汉以后多是刻格言来警戒自己,也刻在石碑或基石上来歌功颂德。厅堂也可有铭,以表彰主人。"三槐

堂"是北宋初期大官僚世家王祜家的堂号,因王祜在庭院
中植三株槐树而得名,三槐是象征朝廷中的三公。作者
在文中赞颂了王祜的功业、品格及子孙的贤德,但把王家
的功名富贵归结为积累而得上天报答的天命观是不足取
的。不过,本文善于剖析事例,烘托陪衬,娓娓而谈,文风
通畅,在写作方面有值得借鉴的地方。

17.《方山子传》导读:本文不同于一般传记,一是传
主尚未去世,二是不叙述传主世系及生平行事,只是选取
了传主的生活片段以记叙,应是"别传"的体裁。传士方
山子,名陈慥字季常,是苏轼的好友。文章突出了陈季常
不慕名利,舍弃功利而甘愿贫贱的品格。文章以别人的
传闻开头,概括人物自少年、壮年到老年的经历,然后写
故友重逢,补充出能突出人物精神风貌的细节。

文中也隐约寄托了作者自己的感慨。方山子之所以
弃富贵而乐归隐,是因为"不遇",而自己的仕途坎坷,贬
于黄州,也是"不遇"。文章叙事、描写、议论交相并用,生
动形象。

苏辙

18.《六国论》导读:本文可与其父苏洵的《六国论》
比照阅读,他们都是总结六国灭亡的历史教训。苏辙主
要从战略形势着眼,深刻地批评了六国诸侯目光短浅、胸
无韬略,不能审时度势,联合抗秦,反而互相残杀。作者
是在宋王朝遭受北方辽和西夏威胁的背景下发表这番议
论的,可以说有一定的针对性和现实意义。

19.《上枢密韩太尉书》导读:枢密使在宋朝时执掌
全国兵权,位同秦汉时的太尉,所以本文称"太尉"。本文
是苏辙中进士后写给当时枢密使韩琦的信,目的是求得
达官贵人的接见,但并无求仕进之语。作者在文中,起笔
却撇开求见之意,而从作文养气说起,谈到游历名山大

川,继而说到晋见欧阳修,又由欧阳修说到愿见韩太尉,方点出上书本意,通篇以论文述志的姿态出现,显得高雅脱俗。

20.《黄州快哉亭记》导读:本文是作者被贬为筠州(今江西高安)监盐酒税时所作。其兄苏轼当时被贬为黄州(今湖北黄冈)团练副使,与苏轼同时被贬谪到黄州的张梦得这时建了一个亭子,苏轼命名为"快哉",苏辙为之作了这篇文章。本文借快哉亭来表彰张梦得能够随遇而安的旷达胸怀,实际上也是抒发作者自己的思想感情。文章从自然景物给人的快感写起,再借宋玉《风赋》一转,指出快与不快跟社会遭遇有关,最后又归结到快与不快决定于心胸是否旷达,文势汪洋,笔力雄健。

我之所以能够得到这些信息,首先要感谢新版《古文观止》的主编张志峰先生。我们这些靠笔杆子为人民服务、为国家做事的人,应当拥有一部《古文观止》。没有人要我做这个义务广告,而纯粹出于我内心的真诚感受,并将此告诉可尊敬的朋友们。

東郭梅西鄰姓惟
朱與陳和逢皆玉
咸丞提喚素賓穀
賤佳籍喜糯收酒
云醇每閣幽雅意
真帝愧周臣
癸巳季秋下澣
海鷗 □

吟诗品词话人生

中华诗词是世界文化之瑰宝。

它的题材极其广泛:有政治讽喻和历史题材;有田园风光、边塞风情;有社会矛盾、民族矛盾;有闺阁怨忧、缠绵恋情;有历代荣衰、太平盛世;有鞭挞贪官污吏的腐败与同情芸芸众生之疾苦;等等。

诗歌饱含着丰富的感情和想象,诗歌有着集中反映社会生活的特点,其中蕴涵着丰富的人生哲理。

让这些诗意伴随着我们生命的历程,让其教育我们、鼓舞我们、启发我们,甚至警示我们吧!

知恩图报与知恩必报

——读《中华诗词名句》中关于报恩内容有感

前些日子,几位 80 届的学生同校,20 余载后的相见,自然是欣喜异常。其实,我与这些学生相处时日不过三四个月。他们在校时,我是党总支副书记兼他们班的政治辅导员。当时毕业分配还是计划分配,那是"计划无情,分配有情",相互之间留下了很深的印象。此次见面,他们说是师恩难忘啊! 我说,我没上过你们的课,算不上你们的师。他们说,古语道:一日为师,终身为父。你没上专业课,但教了我们许多做人的道理。也许由于我心中承受不起"师恩"二字的压力,有心研究一下《中华诗词名句》中的"恩"和"报恩"。

知恩图报与知恩必报,是中华民族的传统美德,维系着中华民族的几千年文化。前者出自南朝宋代刘义庆《世说新语》,后者出自元代关汉卿的《裴度还带》。恩,向前是"情",反面是"仇",恩字的左右是"必报"与"图报"。细说起来,"必报"与"图报"是不一样的。"必报"应当是受恩一方自认一定要报答给予恩惠的一方。"图报"则有两层意思:一是,给予恩惠一方期望得到报答;二是,受恩惠一方,想方设法给施予恩惠方报答。日常用"图报",大多指第二层意思。

报恩的意思出现在中华民族文字中最早是在《诗经·卫风·木瓜》中,上有:"投我以木桃,报之以琼瑶。"意思是说,他人送我鲜桃,我以琼瑶还报他人。这是一首情诗,而后人常用此句来表示自己对他人恩（盛）情的回报。在我们日常言谈中，所涉及的恩是多方面的，自古就有父母养育之恩、师长教导之恩、上司和同事的知遇之恩、患难时的救命之恩、夫妻间的亲爱之恩、法度宽大的不杀之恩等。

在现代，已将报恩观扩大到政治领域。例如，无产阶级政党及其领袖与人民群众之间相互构成的恩情关系。这实际上是在中华民族传统报恩观的基础上更深化了一层，形成了无产阶级的报恩观，使人们的报恩观念扩大了。这在故纸堆里是找不到的。

作为个人，不是孤立地来到并生存在这个世界上的，而是不可选择地要在自己所归属的那个民族和祖国的现有基础上生存。个人的生存条件，是这个民族、这个祖国的先人们创造的。我们的一切是归属于他们的。他们对后来的每一个人都是有恩惠的。因此，我们对自己的民族、对自己的祖国有报恩的义务和权利。要尊重她、保卫她、建设她、延续她。这就是前人说的"精忠报国"、"国家兴亡，匹夫有责"、"忠于祖国，忠于人民"。对我们中华民族，对我们伟大祖国要做"知恩报恩"的事情。唐代戴叔伦的《塞上曲》有"愿得此身长保国，何须生入玉门关"的诗句，反映了古代誓守边疆的将士，情愿牺牲保国，而不求生还。爱祖国，这是作为一个中国人起码的义务。这已经成为我们现时代的道德的最起码也是最高的标准。

人人都是父母所生，程度不同地受过父母的生育、养育。因此，作为人子，父母的生育、养育之恩是不可忘记的，也是不可不报的。母亲从十月怀胎到一朝分娩，经历许多风险、艰难和痛苦。随着成长，还会给父母带来许多欣慰与烦恼。在《中华诗词名句》中有许多描述，唐代大诗人孟郊的《游子吟》："慈母手中线，游子身上衣。临行密密缝，意恐迟迟归。谁言寸草心，报得三春晖。"母爱犹如三春的阳光，子女难以报答慈母的恩情，就像小草难以报答阳光的养育之恩一样。诗句形象生动地表达了慈母爱子之情和子女对父母的感恩之心。

　　爱情成了中华民族几千年来诗词文学中的永恒主题。夫妻之间的诗词名句在《中华诗词名句》中占有相当大的地位,在此不一一列举,只是选几句欣赏一下。汉代有一无名氏作的《孔雀东南飞》,是中国文学史上最长的叙事诗。它是描写刘兰芝与丈夫焦仲卿被强行拆散的悲剧故事,诗中有一句:"君当作磐石,妾当作蒲苇。蒲苇韧如丝,磐石无转移。"表示着夫妻爱情坚贞不移、永不改变的决心。又有一汉代的无名氏写的《留别妻》中诗句:"结发为夫妻,恩爱两不疑。"决不要像唐代大诗人白居易《后宫词》中所描写的"红颜未老恩先断"。五代冯延巳《长命女·春日宴》中描写一位多情的妻子给自己的丈夫许愿说:"一愿郎君千岁,二愿妾身长健,三愿如同梁上燕,岁岁长相见。"盼望能与郎君长相厮守,永不分离。

　　至于朋友之间的报恩诗词颇多,但在金钱方面的报恩极少,而感情上报恩较多。在春秋时代的《诗经·邶风·绿衣》就有"我思故人,实获我心!"说是思念故人,最合我的心意。汉代有无名氏的《越谣歌》:"君乘车,我戴笠,他日相逢下车揖。"说是朋友之间那份诚挚的友情,不因为穷富环境的变化而变化。晋代陶渊明《移居二首》(其一)中"奇文共欣赏,疑义相与析"两句,形容朋友之间彼此切磋的乐趣和相互平等地讨论和分析问题。从唐代大诗人李白、杜甫、白居易、王维等人的诗中,看到他们朋友之间的交往是非常注重情分的。如李白的《送友人》:"浮云游子意,落日故人情。"《金陵酒肆留别》:"请君试问东流水,别意与之谁短长。"流露出与朋友的一份深情厚谊。杜甫的《徒步归行》中的"人生交契无老少,论心何必先同调",《秋兴》中的"同学少年多不贱",为旧日同学的成就高兴。杜甫的诗不仅对劳苦大众充满着深切的感恩之情,而且对与他同时代的大家,也是十分有情谊的。他有与李白相关的诗20多首,如"故人入我梦,明我长相忆"、"君今在罗网,何以有羽翼"、"李白一斗诗百篇"、"冠盖满京华,斯人独憔悴"、"千秋万岁名,寂寞身后事"等。王维的《红豆》诗以及"每逢佳节倍思亲"、

"劝君更尽一杯酒,西出阳关无故人"等名句,均是妇孺皆知的了。白居易除夕夜思念远隔万里之外的弟妹的名句"万里经年别,孤灯此夜情",甚是使人感到古人与今人的思念不相同。

　　写到此,我以为应当感激我们民族的先人们,他们留下的这些报恩名句是无价之宝。我们应当消化吸收这些精神营养,使我们和后来人的道德得到净化,精神得到振奋!

富贵不淫贫贱乐

——读《中华诗词名句》中关于知足常乐的名句

近几年来，我们周围有些人因贪心不足而受到惩处。从心理角度分析，他们存有贪欲；从道德角度分析，他们德行上有缺失；从法律上来说，他们触犯了法律。近日读《中华诗词名句》一书中诸如"富贵不淫贫贱乐"等句子，深受启发，许多千百年前古人的话语，与今天的道理却是同一个。

仔细想来，人的心态有美好的一面，也有丑陋的一面。例如，人的贪心，就是丑陋一面的表现。其实，那些贪心不足的人，都不是现今社会的低收入者或享受低保者。一个科长或处长的月薪，足以持家有余，但往往还是有人堕落为贪污腐败之辈。不凭他们说得如何，实际上他们不懂得人应当怎样活着？给子孙应当留些什么？也不知为社会做些什么？汉代无名氏《古诗十九首·生年不满百》中有"生年不满百，常怀千岁忧"一句，就是描述这些人的心态的。自己的工薪足以供妻子儿女糊口度日了，而为什么还作贪占之事呢？世人说他们没有看透。他们莫非想把钱留给子孙？在中华民族的历史长河中，不少人都搞不清楚这个问题。上面说"常怀千岁忧"，而到了明代王世贞则说："百年那得更百年，今日还须爱今日。"人生即使有百年光阴，可是百年一过，又怎能再来另一个百年呢？人们既然拥有今日，就该好好爱惜。明代悟空的《万空歌》中说："金也空，银也空，死后何曾在手中。"说的是，不论生前多么富有，死后手中又何曾有半点金银呢？这不是虚无主义，为了人民,为了国家,我们在活着的时候,应当尽力创造财富,而这些财富中,不合法的一点儿也不可贪占。有人会作"千岁忧",想死后将财富留给子孙,如果是你劳动所得的财产,也无可厚非。人应当留下干干净净的人生形象,而不是留下不干不净的财富,否则儿孙们如何面对世人呢?

这些贪心不足的人,也曾受过党的许多教育,群众也曾给过许多警示,但依旧我行我素,甘心堕落。正如汉代无名氏《箜篌行》中说:"公无渡河,公竟渡河。坠河而死,当奈公何。"这个故事是说,一个人没有船和桥而一定要过河。别人劝他不住,结果淹死了,又有什么办法呢?!

古往今来,志士仁人把自己面对金钱的修养标准,定得既高又实际。宋代程颢的《偶成》有一句:"富贵不淫贫贱乐,男儿到此是英豪。"说身处富贵不胡作非为,身处贫贱也乐天知命,一个人如能有这样的修养,才是英雄豪杰。元代乔吉有首《山坡羊·寓兴》的词:"鹏搏九万,腰缠万贯,扬州鹤背骑来惯。事间关,景阑珊,黄金不富英雄汉。一片世情天地间。白,也是眼;青,也是眼。"细细品来,此言甚是深刻。说有人想搏击长空,有人想腰缠万贯,有人想成仙。炎凉世态,白眼、青眼,都是势利眼。真正的英雄汉是没有黄金富贵的,让那些人去追逐名利吧!

这些封建社会的士大夫们,在千百年前就如此明白,而我们有的共产党员到今天也没有弄懂这些道理。结果如元代乔吉《山坡羊·冬日写怀》中说的:"黄金壮起荒淫志千百锭买张招状纸。"正可谓:悲哉!悲哉!

也许有人读了这些名句,在窃笑。庆幸他的贪心不足行为尚未受到惩处,黄金壮起的荒淫志,尚未招来状纸。明代冯梦龙的《醒世恒言》第20卷,有一句"善恶到头终有报,只争来早与来迟",这确是醒世之言。清代孔尚任《桃花扇·余韵——离亭宴带歇拍煞》中有一段词:"眼看他起朱楼,眼看他宴宾客,眼看他楼塌了。"难道不是吗?我们周围的那些贪心不足者,不是这样吗?他们神气活现上台,处心积虑为己用权,摧枯拉朽顷刻完蛋。

手上的权、钱、物,那是国家和人民的。要用好权、使好钱、管好物,并不容易。读读古人的廉洁名句,也许对权、钱、物有新的理解就会深一些。南北朝时期鲍照的《拟行路难》中说:"自古圣贤多贫贱,何况我辈孤且直。"唐代李白的《赠韦侍御黄裳》有:"愿君学长松,慎勿作桃李。"他的《江上吟》中说:"功名富贵若长在,汉水亦应西北流。"明代于谦《石灰吟》有:"粉身碎骨全不怕,要留清白在人间。"明代的唐寅,我们知他是个风流才子,而他在《言志》中有一句:"闲来画幅青山卖,不使人间造孽钱。"他以卖画为生,高风亮节,清贫自守,不贪取一文不义之财。他对金钱的淡然态度,给我们今天的人以应有的启示。

十一届全国人大一次会议闭幕时,国家主席胡锦涛在闭幕会上发表的重要讲话中说:"我们要始终保持不骄不躁、艰苦奋斗的作风,自觉树立社会主义荣辱观,正确使用手中的权力,诚心诚意接受人民的监督,严于律己,廉洁奉公,兢兢业业,干干净净为国家和人民工作。"干干净净为国为民工作,也许就应理解为,中国共产党人继承和发扬中华民族的优良传统,在新的历史条件下廉政、勤政、善政的新的宣言和号角。

三千年诗歌旋转的轴心

——读《中华诗词名句》中关于爱情的名句

　　无产阶级革命伟大导师恩格斯指出："人与人之间的、特别是两性之间的感情关系，是自从有人类以来就存在的。性爱特别是在最近八百年间获得了这样的意义和地位，竟成了这个时期中一切诗歌必须环绕着旋转的轴心。"(《路德维希·费尔巴哈和德国古典哲学的终结》)恩格斯所指的大概是欧洲的历史。我们从《中华诗词名句》中看到，中华民族的诗歌以爱情为轴心的历史有 3 000 年。

　　在《中华诗词名句》中，最早收入爱情内容的是《诗经》。《诗经》是中华民族第一部诗歌总集，本来称《诗》或《诗三百篇》，后来儒家把它尊为经典，称《诗经》。这部总集编成在春秋时代，其中包括西周初(公元前 11 世纪)到春秋中期(公元前 7 世纪)500 年间的诗歌创作，主要反映当时的社会生活。爱情诗在其中占有相当的分量，真实地反映了人民的现实生活，开拓了我国诗歌的创作道路。在《诗经》的"风"中反映爱情的诗句最多，而且生动精致，如"青青子衿，悠悠我心"(《诗经·郑风·子衿》)是描写一位女子对情人的怀念盼望。说青青是你身上的衣襟，悠悠是我思念你的心。"一日不见，如三秋兮"(《诗经·王风·采葛》)描写人在恋爱中对心上人的深切思念，由于期盼相见，心中充满着等待的痛苦。诗句说，一天不见，仿佛隔了三个秋天(三年)那么长，如今引用，仍是表达十分思念的意思。"窈窕淑女，君子好逑"(《诗经·周南·关雎》)指女孩美丽又贤惠,男孩子自然对她爱慕和追求。

不久前,偶与友人谈及年轻人的谈情说爱、相许终身之事,追寻相爱之因,众说纷纭。有说爱才,有说爱钱,有说爱貌,有说一见钟情,有说有恩要报,有说志同道合,等等。读了李白大诗人的《长干行》,方知古人男女相爱重在青梅竹马、两小无猜。此诗全篇是一个妇人的独白,开头几句是:"妾发初覆额,折花门前居。郎骑竹马来,绕床弄青梅。同居长干里,两小无嫌猜。"写男女从小一起嬉戏之乐,天真烂漫,女孩 14 岁成了这男孩的妻子。仅此可见两人从小情深意切、相互思爱的情状。此诗表述的是农业社会的爱情,如今已是信息社会,人们的活动范围扩大了,当然不必拘守此情。但是,我们从中可以看到古人在诗词中描写的爱情,至今读来还是栩栩如生。

爱情是与社会道德联系最紧密。人类社会进入封建社会后,道德颂扬爱情的专一性,鞭笞爱情的多元性。因此,在中华民族的诗词及其他文化形态中,都有强烈的反映,甚至把爱情摆到了人生中至高无上的位置。汉代卓文君(司马相如之妻)的《白头吟》就有"愿得一人心,白头不相离"之句,反映了女子流露的思慕爱情、盼望与有情人厮守一生、白头到老的心声。唐代张籍《节妇吟》中"还君明珠双泪垂,恨不相逢未嫁时",前句,对他人表达的深爱之情忍痛拒绝;后句,自己已成婚,只恨为何不早点儿相逢呢? 仍是反映女子的爱情专一。宋代陆游与唐婉合分的故事,读过他诗词的人都知道。他与唐婉在母亲的强逼下离婚,后改嫁的改嫁,另娶的另娶,但恋爱的创痕永远无法治愈。大约 10 年之后,"沈园"的偶遇,使陆游陷入沉思的苦境。他将泪水和苦酒一起咽下,在一堵粉墙上题下《钗头凤》一首,其中一句:"一杯愁绪,几年离索。错,错,错。"据说唐婉也曾和了一首。他们分离了,但是永远依恋;见面了,但是又还是沉默。唐婉的"惊鸿倩影"一直"陪伴"陆游到 85 岁而终。

古代的爱情诗有一个很大的特点,诗中的"怨"气较大。这不难想象,在封建社会中,男女恋爱不自由——怨;为生计夫妻常常分离——怨;征战不断,丈夫从军不归——怨;相隔路途遥远,交通阻塞,恋人各分东西,思念之苦——怨;等等。诗(词)人们借着春花、夏风、秋月、冬雪,抒发自己内心对爱(恋)人的思念。汉代无名氏《古诗十九首·行行重行行》中:"相去日已远,衣带日已缓。"说的是,丈夫离家相隔一天比一天远,因思念丈夫,身体逐渐消瘦,衣带渐宽。描写丈夫远行,妻子对丈夫的无尽思念。李白《三五七言诗》:"相思相见知何日?此时彼时难为情。"说想你,想见你,却不知哪天才能见到你,此时此夜为了你,我的心情是多么不能自禁。这是写秋月夜明,想会意中人,相见无缘,愁绪满怀,情何是了。李白写的怀情诗颇多,深深情意,是十分扣人心弦的。白居易《琵琶行》中有句为妇女打抱不平:"商人重利轻别离,前日浮梁买茶去。"商人重利轻情,离别妻子,前日离家到外地去做生意了。白居易的《浪淘沙》中有:"相恨不如潮有信,相思始觉海非深。"看潮水就想起你无情无信,潮水来去有汛期,我对你的想念比海还要深。大诗人杜甫也写了许多夫妻爱情的诗,反映了当时的社会生活,《新婚别》中:"嫁女与征夫,不如弃路旁!结发为君妻,席不暖君床。暮婚晨告别,无乃太匆忙。"全篇新娘口述,情节更是凄切动人。

唐代的女诗人写思夫之情,更是真切而动情。唐代陈玉兰《寄夫》:"夫戍边关妾在吴,西风吹妾妾忧夫。一行书信千行泪,寒到君边衣到无。"唐代葛鸦儿《怀良人》:"蓬鬓荆钗世所稀,布裙犹是嫁时衣。胡麻好种无人种,正是归时不见归。"前句说,丈夫远征在外,妻子对丈夫想念和关怀。后句是说,新婚燕尔,丈夫就外出了,庄稼该种无人种,丈夫该归没有归。这种夫妻分离的深情,各代都有。这里不过多列了唐代的一些罢了。

怨,反映了夫妻之间的难分难离之情,当然,夫妻之间爱情决不是怨能解决的。在历代的诗词中,写有关爱情其他方面的很少,这里也列举几句。汉代无名氏《饮马长城窟行》:"上言加餐饭,下言长相忆。"上句是,他(她)告诉说,要多多注意饮食;下句是,告诉他,我永远想你。不仅关切,而且思念。杜甫夫妇听到官军收复河南、河北的消息,欣喜若狂:"却看妻子愁何在,漫卷诗书喜欲狂。"这是描写夫妻共同的心情,夫妻之间理应有忧共忧,有喜同喜。唐代韦庄《思帝乡春日游》:"妾拟将身嫁与一生休。纵被无情弃,不能羞。"意思是说,我情愿把终身托付给他,纵使被他抛弃,我也不后悔,毫无羞愧。真情流露,热情大胆,情意诚挚,十分感人。唐代朱庆馀《近试上张水部》:"妆罢低声问夫婿:画眉深浅入时无?"所述新婚夫妇闺中趣事,生动有趣,古诗词中属少见。五代顾敻《诉衷情·永夜抛人何处去》:"换我心,为你心,始知相忆深。"意思是说只有把我的心换成你的心,你才会知道我对你的思念有多深!宋代辛弃疾《青玉案·东风夜放花千树》:"众里寻他千百度,蓦然回首,那人却在灯火阑珊处。"意中人在灯火暗淡的地方。宋代欧阳修《渔家傲·近日门前溪水涨》:"重愿郎为花底浪,无隔障,随风逐雨长来往。"我愿像水上荷花,年年开放,情郎像花下波浪,咱俩没有隔障,风雨不散,天天自由来往。唐宋爱情诗词颇多,内容十分丰富,词句艳美动人。到了清代就少了,偶见有如袁枚《寒夜》:"美人含怒夺灯去,问郎知是几更天。"丈夫深夜还点着灯在读书,妻子愤怒地把灯抢走,问丈夫,你知道几更天啦!妻子关心丈夫的休息,虽是闺房趣事,但生动活泼可爱。

　　如今时代不同了,科学发达了,交通方便了,男女之间的爱情,没有古代那么多的"愁"和"怨"了。我们要感谢这个太平盛世;要感谢我们生活的这个好时代。

留取丹心照汗青

——读《中华诗词名句》中关于气节的名句

气节，即志气与节操。中华民族自古以来就恪守气节，称中华民族气节；无产阶级政党历来讲究气节，这就是革命气节。许许多多忠贞不贰、情操高尚的志士仁人得到后人的颂扬，流芳百世；而屈从敌人、卖国求荣的失节者则受到后人的鞭笞，遗臭万年。

中华民族自古至近代对气节的理解，集中于孔子提倡的"杀身成仁"和孟子主张的"舍生取义"、"富贵不能淫，贫贱不能移，威武不能屈"的浩然正气，提倡保持民族尊严和人格尊严，在逆境中坚守信念，不屈不挠地抗击外来侵略。这一气节造就了历代如岳飞、文天祥、史可法、谭嗣同、邓世昌等一批批勇于为国家、为民族献身的英雄。在中国共产党及其领导的人民军队中，倡导为党和国家的利益也就是为人民的利益，不惜牺牲自己的一切甚至不惜牺牲自己生命的崇高气节。在革命战争岁月里，涌现出了方志敏、叶挺、杨靖宇、赵一曼、刘胡兰、江竹筠、董存瑞、黄继光、邱少云等无数英雄人物。无产阶级革命气节，成为我党和国家及军队战斗力的最重要因素之一。这种气节是以马克思主义解放全人类的目标和理论为指导，继承和发扬了中华民族气节，在长期革命实践中形成的无产阶级革命气节。

在中华民族现今的和平环境中，读一读《中华诗词名句》中关于气节的名句，深感其火焰仍然炽烈四射，其声音依旧震荡天宇。屈原是中华民族文学史上最早出现的大诗人，也可谓是中华民族气节理论的伟大实践者。孔子生于公元前 6 世纪中叶，孟子和屈原分别生于公元前 4 世纪的上半叶和下半叶，两人相差只有 32 年。很显然，屈原是接受了孔子、孟子关于气节方面理论的。他留下并得到后人证实的有《离骚》、《九歌》、《天问》、《九章》、《招魂》等 23 篇作品。在《中华诗词名句》中仅收入了"身既死兮神以灵，魂魄毅兮为鬼雄"等两句。他说，人身体虽然死了，但精神永不磨灭，永远是鬼界中的英雄。这囿于当时科学不发达，人们对于人体和灵魂还难以作出唯物主义的解释，因此有这样的判断是不奇怪的。可以肯定，屈原的行动和他在作品中表现出的爱国主义思想和高洁情操，对于后代正直的士大夫和文人学者产生了深刻的影响。几千年来，人民一直纪念他，端午节就是纪念这位伟大诗人的传统节日，这是众所周知的。

爱国主义是中华民族气节的核心内容，是以忧国忧民的忧患意识和团结御侮的不屈精神为特征的。孔子的"君子忧道不忧贫"；范仲淹的"先天下之忧而忧，后天下之乐而乐"；陆游的"位卑未敢忘忧国"；岳飞的"还我河山"；文天祥的"人生自古谁无死，留取丹心照汗青"，无不激发着中华民族的强大的向心力和凝聚力。

在此，最感人肺腑的诗句是文天祥的"人生自古谁无死，留取丹心照汗青"。一个人在顺势中保持气节已属不易，而在逆境中坚持气节更是不易。正如南北朝鲍照《代出自蓟北门行》中的诗句："时危见气节，乱世识忠良。"因此，文天祥的精神是难能可贵的。文天祥 20 岁时就中了状元。公元 1259 年，蒙古忽必烈率军进攻武昌，文天祥建议分兵抵抗。公元 1275 年，蒙军东下犯宋，文天祥在江西赣州组织上万义军，捐家资为军费，赴杭州勤王。第二年奉命赴敌营与蒙古统帅伯颜谈判，被扣留，后从镇江脱险南归。1277年，兵败被执后，押至燕京。元帝忽必烈等多方劝降，文天祥不屈，拿出"人生自古谁无死，留取丹心照汗青"的诗，并写下了《正气歌》，以表现出自己威武不能屈、富贵不能淫的战斗精神和决不屈辱的心志。1282 年，文天祥殉难，时年 47 岁。他是伟大的，是中华民族杰出的爱国诗人，他忠贞不贰的伟大气志和节操名垂千古、流芳百世。

过了许多年，明末出了一位西藏人，是回族将领霍集占的妻子，叫沙天香。清兵攻击时，她亲自提剑上阵，并作《战歌》，呼喊出了"人生自古谁无死？马革裹尸是英雄！"鼓舞将士奋勇杀敌。后兵败被俘，死于北京。至此，不禁想起一句"文官不贪财，武将不怕死"的古语，这是气节的概括。文天祥和沙天香都提出了人的生死问题，回答是为国为民死都不怕，还怕什么呢！

在中华民族的发展史上，许许多多志士仁人表现出了伟大的人格。唐代李白在《梦游天姥吟留别》中有句"安能摧眉折腰事权贵，使我不得开心颜"，表示了他清高自守、不向权贵低头的傲骨气节。李白还有"仰天大笑出门去，我辈岂是蓬蒿人"之句，也表现出人在一时落魄失意之时，仍然保留着豪情壮志、顶天立地的气魄。杜甫在《茅屋为秋风所破歌》中有句"何时眼见此屋，吾庐独破受冻死亦足"，他盼望有千万间房舍，以保障天下穷人在风雨中平安。这种推己及人的仁者胸怀，实在令人无限景仰。这也体现了古人的高尚人格。唐代刘禹锡《酬乐天扬州初逢席上见赠》中有句"沉舟侧畔千帆过，病树前头万木春"，他看到自然界和人类社会发展的总趋势，鼓舞着自己和同伴们要有战胜困难的信心。宋代杨万里《戏笔》中有句"天公交与穷诗客，只买清愁不买田"，既有悲叹的一面，也有表达清白的一面。宋代李清照以"生当作人杰，死亦为鬼雄"表明心志，抨击当权者的投降政策。宋代陆游的《示儿》写于他85岁生命临终前一刻："死去元知万事空，但悲不见九州同。王师北定中原日，家祭勿忘告乃翁。"至死还是忧国忧民。古代的志士仁人表现人格高尚的名句颇多，难以一一列出。而在近代也有许多这样的志士仁人，如龚自珍的"我劝天公重抖擞，不拘一格降人才"，谭嗣同的"四万万人齐下泪，天涯何处是神州"，黄遵宪的"可怜一炬成焦土，留于东京说梦华"，秋瑾的"一腔热血勤珍重，洒去犹能化碧涛"，王夫之的"埋心不死留春色，且忍罡风十夜霜"，他们在中华民族危难之时的不屈不挠和忧国忧民精神可见一斑。

中华民族进入近代历史阶段以后,内因清政府腐败无能,外受帝国主义的欺凌。沧海横流,方见英雄本色。无数先烈表现出中华民族的高尚情操和坚定心志。今天,我们生活在这个太平盛世,应当坚持我们中华民族的气节,正如梁启超所说:"男儿志兮天下事,但有进兮不有止,言志已酬便无志。"爱我中华,卫我中华,为中华之崛起而奋斗!这就是当代中华民族的子孙最崇高的气节。

金戈铁马驰疆场

——读《中华诗词名句》中关于战争的名句

《孙子兵法》中开宗明义地指出："兵者，国之大事，生死之地，存亡之道，不可不察也。"战争，作为人类社会进入阶级社会以来的一种存在，必然会在社会上层建筑意识形态的文学作品中反映出来。《中华诗词名句》一书是汇集几千年来中华民族诗词名句的鉴赏典籍，当然不可没有关于战争内容的诗词。

在《中华诗词名句》中，收入反映战争内容的名句当以虞姬《和项羽垓下歌》中的"汉兵已略地，四面楚歌声"为最早。楚汉相争，项羽在垓下被刘邦军队所围，乃作"垓下歌"。他的爱妾虞姬作此诗相应和。英雄末路，佳人相对，感慨万千。对于项羽来说，这是失败的歌。

在几千年中华民族的文明史中，战争作为一种特殊的社会存在，一些阶级和政治集团胜利了，一些阶级和政治集团失败了，这是正常的事。然而，战争不仅是本民族内政权更替的政治斗争的最高表现，而且也是抵抗外族入侵的有力手段。许许多多军事家凭借这个舞台，演出了一部部威武雄壮的活剧。北朝民歌《木兰诗》就是记述花木兰代父从军，带兵抗击外族侵犯的诗歌，其中有"将军百战死，壮士十年归"之句，说是经过上百次战斗，将军战死沙场，壮士从军 10 年（据有关记载：花木兰从军 12 年）后，胜利凯旋。花木兰从军的故事，一直鼓舞着中华民族的女性，涌现出了一代代"巾帼英雄"。这是胜利的歌，是中华民族女性荣耀的歌。

在中国漫长的封建社会历史中,中原地区常常受到北方游牧民族的南侵。这时的战争是带有反抗外来侵略性质的,也是这个时代战争的主旋律。当时的诗人们用诗歌来反映抗击外族侵犯、保卫中华民族和自己家园的诗词是很多的。唐代王昌龄的《出塞二首》(其一)中有"但使龙城飞将在,不教胡马度阴山"之句。龙城,是指汉时右北平;飞将,指李广。唐朝诗人为什么歌颂汉朝将军呢? 因为唐代常有边患,期望有"飞将军"李广这样杰出人才驻守在边塞。岳飞在《满江红·怒发冲冠》中有"三十功名尘与土,八千里路云和月"之句,足见在抵御外来侵略的战争中军旅生活之艰苦。同在此词中有"壮志饥餐胡虏肉,笑谈渴饮匈奴血"之句,他立誓要雪耻复国,杀敌抒恨,忠胆热忱,感人至深。当然,在此作中,有夸大的成分,但他表示的心志却是实实在在的。在《中华诗词名句》一书中,清代台湾抗日英雄丘逢甲有三首诗非常令人注目,这就是他的《答友问》、《春愁》和《离台诗》。其中有"十年如未死,卷土定重来","四百万人同一哭,去年今日割台湾"和"宰相有权能割地,孤臣无力可回天"之句。1895 年,清朝政府将台湾割让给日本,丘逢甲领导抗日失败,逃往大陆前,他在诗中表示,这次虽然失败了,但收复台湾的壮志不变。台湾割让后一年,他写诗再现台湾人民对割让台湾的胆战心惊、泪流满面、一同悲伤哭泣的情景。一方面责备李鸿章不该放弃台湾;另一方面表达台湾爱国志士有心保卫乡土,而无力抗拒日本侵略所表现出的悲痛和无奈。

在描绘战争的诗词中,有相当多的描绘了战争的具体情节。如唐代杜甫的《阁夜》有"五更鼓角声悲壮,三峡星河影动摇"之句,霜天五更,军中号角骤起,听来那样悲壮。还有杜甫的《兵车行》:"车辚辚,马萧萧,行人弓箭备在腰。"描写了兵车队伍出发的情景,我们今天读来,还有身临其境之感。杜甫生活的那个岁月,是一个战争频发年代,所以杜甫描写战争的诗歌很多,不仅有情景上的,而且有描述战争给人们带来流离失所和伤亡的痛苦的。爱国词人辛弃疾活动的那个年代,也是金兵南侵的年代,他不仅写战争诗词,而且亲自参加抗金战争,一生主张收复中原。他在《永遇乐·千古江山》(京口北固亭)中有"想当年,金戈铁马,气吞万里如虎"之句,回想了当年,宋武帝刘裕(平民皇帝刘寄奴)操着金戈、骑着战马驰骋战场,如猛虎一般英勇,期望能有刘裕这样的猛将出现。"金戈铁马"也许就出自该词。

从战争的性质来分,有正义战争和非正义战争。古人讲"春秋无义战",其实春秋时期的战争还是有属性的,不过许多战争的性质在过程中就发生了变化。反对外来入侵所发起的战争,是古代正义战争;为推翻一个腐败的政权所发起的战争,也是正义战争。但是,无论正义战争,还是非正义战争,都给当时的人民带来许多苦难。元代张养浩的《山坡羊·潼关怀古》中有"兴,百姓苦! 亡,百姓苦!"句。他是历史上深刻了解百姓疾苦的正直士大夫,说出了战争给人民群众带来的只能是"苦"。然而,他没有看到正义战争对推动社会进步、维护人民群众长远利益有着重大的作用。尤其是面对外来敌人的侵略,人民不得不忍受强加到头上的战争,如果不奋起反抗,就无法拯救民族于危难中。

《中华诗词名句》中描写战乱造成灾难的诗词是很多的,这里列出部分,以供赏析。唐代杜甫《月夜》中:"今夜鄜州月,闺中只独看。遥怜小儿女,未解忆长安。"还有他的《春望》中:"烽火连三月,家书抵万金。"唐代李益《喜见外弟又言别》中:"十年离乱后,长大一相逢。"这反映了战争给人们带来的妻离子散、音讯阻隔的痛苦。杜甫的《秋兴八首》(其四)中:"百年世事不胜悲。"唐代自玄宗天宝年之后,内忧外患侵扰不断,杜甫有感于国家多难,实在令人悲痛和愤恨。战争使千百万人失去生命,经济受到严重破坏,这些惨痛而悲壮的诗句也是战争诗中的主要部分。唐代曹松《己亥岁》中有"一将功成万骨枯"句,同样流露出人民和将士的血泪与悲恨。唐代高适《燕歌行》中"相看白刃血纷纷,死节从来岂顾勋"句,说一到交战,看到白亮的刀锋上血纷纷和为节义牺牲的人,还会想到功勋吗? 清代李渔《清明前一日》诗作中有一句"战场花是血,驿路柳为鞭",整首诗描述了清军入侵给中原带来的深重灾难和对传统文明的破坏。战争带来的破坏,是历朝历代的诗人所深感的。元代张养浩《山坡羊·潼关怀古》中"伤心秦汉经行处,宫阙万间都做了土"句,以沉郁悲怆的心情描写历来战争给老百姓带来的痛苦。

在太平盛世的今天,论起金戈铁马,意不在欣赏古人关于战争诗作中铿锵的诗句,而是以此提醒人们,要珍惜今天社会和谐的大好局面。当然,如果有人敢冒天下之大不韪,将动乱强加在中国人民头上,我们将与我们民族的先人一样,奋勇战斗,直至胜利!

早岁哪知世事艰

——读《中华诗词名句》中关于"说难"的名句

2008 年 5 月 12 日以来,四川汶川大地震牵动着中国人的心。由于路途遥远,像我这样的老弱之辈,难以上前线去为国分忧了,只能常常在电视屏幕前空自流泪叹艰难,或是捐上些小钱,聊表关切之心。值得欣慰的是,以胡锦涛为总书记的党中央和以温家宝为总理的国务院迅速作出部署,国家领导人亲临前线,指挥全党、全军和全国各族人民奋勇抢险救灾,使危难有了转机,使人们看到光明就在眼头。

在过去的岁月里,我也算经历过一些大的灾难,如 1966 年 3 月 18 日邢台地震、1976 年 5 月 29 日唐山大地震。自己在军队时也曾参与过海上抗灾、灭火、营救等小的抢险救灾,但都没有四川汶川地震抢险救灾如此壮烈。也许那时灾难的信息主要是通过广播传播,现在有了电视,灾难和抢险场面更及时、更直观、更实际了。在悲痛之余,翻翻《中华诗词名句》,以求了解古代社会的苦难和人们对待苦难的态度。不过是借着"名句"说"苦难"罢了。

毫无疑问,任何时代的人们都有苦难。人类社会就是在战胜苦难中向前发展的,无论是哪个时代的人们,都是要与苦难作斗争的。但是,在各个不同的时代,苦难是不同的。

首先是天灾造成的苦难。唐代杜甫《茅屋为秋风所破歌》描写了遇到的一场风灾:"八月秋风高怒号,卷我屋上三重茅。茅飞渡江洒江郊,高者挂罥长林梢,下者飘转沉塘凹……"诗中没有看到有人去帮助他,而是"南村群童"欺他年老无力,抢走了他屋上吹下来的茅草。他以由己及人的仁人胸襟,提出了怎样才能得到千万间宽广的楼房,用来庇佑天下无处容身的穷人,不但要使他们高兴,而且免受风雨袭击。看到四川汶川等地的地震灾情,我们的心情竟然与千年之前的杜甫如此的相似。

在古人所受的苦难中,战乱的苦难算得上是最深重的了。封建社会地主阶级内部政权的更替,都会给人民带来无尽的灾难。元代张养浩《山坡羊·潼关怀古》中:"峰峦如聚,波涛如怒。山河表里潼关路。望西都,意踌躇。伤心秦汉经行处,宫阙万间都做了土。兴,百姓苦!亡,百姓苦!"张养浩词曲意思是:历来兵家必争的潼关,山势层叠,犹如人聚,河水波涛汹涌,似猛兽怒吼。西望长安,心潮起伏。秦始皇、汉高祖都在西安建都,豪华庄严的万间宫殿,却化为泥土。每个朝代的兴亡,最痛苦的都是百姓。战乱带来百姓妻离子散、家破人亡的苦难,在唐宋诗词中有很多描述。

从奴隶社会开始,便进入阶级社会,人剥削人的社会制度造成贫富差距扩大,贫穷给人民带来了深重苦难。杜甫的《自京赴奉先县咏怀五百字》中有"朱门酒肉臭,路有冻死骨"之句,客观反映了当时社会的情况。白居易的《卖炭翁》中有"可怜身上衣正单,心忧炭贱愿天寒"之句,描绘了穷人的心理状态。可怜的卖炭老人在寒天时,身着单薄的衣衫,心里却在担心天若不寒,炭价会下跌,因此宁愿挨冻,也希望天寒冷些,他好将炭多卖些钱,去换得糊口的米。卖炭翁在饥寒交迫中仍在为生存而挣扎奋斗着。诗中显示出贫者不向贫穷低头的坚强意志,在诗的字里行间充分流露了作者悲天悯人的仁人胸怀。唐代秦韬玉的《贫女》有"苦恨年年压金线,为他人作嫁衣裳"句。直观地理解,作者看到古代手工女工总是为他人而不是为自己做嫁衣而鸣不平。这些古人的优秀品格,给我们以深刻的启示。

古代的山河阻隔,交通、信息不畅,也可称为一难。李白的《行路难》、《蜀道难》等,反映的就是这种难。《蜀道难》中有"蜀道难难于上青天"之说,当然,诗人直观地讲四川的路难行,而隐含地比喻人生之路坎坷艰险、困苦难前。至于古人由于地理环境、社会动乱造成离散的诗词颇多,不一一列举。总之,人类社会是在天难、地难、人难中向前发展的。中华民族有挺直的脊梁,有战胜苦难的优良传统,无论是在古代、近代,还是现代,都没有在苦难面前屈服过。

在《中华诗词名句》中,有两位大词人提出了年轻人对待难、苦和愁的态度。第一位是陆游。他在《书愤》中曰:"早年那知世事艰,中原北望气如山。楼船夜雪瓜洲渡,铁马秋风大散关。塞上长城空自许,镜中衰鬓已先斑。《出师》一表真世名,千载谁堪伯仲间?"作者自述,年轻时缺乏人生阅历,哪里知道世事的艰难呢?久经折磨,饱尝风霜,面对艰难坎坷,忆起自己气盛好动的年轻时代,不觉感慨万千。诗中,作者表达了对诸葛亮的崇敬,感叹国家多难,盼望有诸葛亮这样的绝代奇才能早日出现。陆游盼望的时代早已到来,当代的诸葛亮在中华民族中不断涌现。

第二位说难、苦和愁的是辛弃疾。他在《丑奴儿·少年不识愁滋味》中说:"少年不识愁滋味,爱上层楼。爱上层楼,为赋新词强说愁。而今识尽愁滋味,欲说还休。欲说还休,却道天凉好个秋。"作者说,我年轻时,一点儿也不知愁是什么滋味,一味地想上高楼,并且想模仿那些文人墨客,无忧而写忧愁。后来随着成长,遇到许多忧愁事,才知道这种愁滋味局外人是难以体会的。

从陆游和辛弃疾的诗词可以想到,在年轻时人对什么是难、什么是苦、什么是愁,往往理解得不深,这和阅历与环境有关。最近的四川汶川大地震给我们年轻人(也包括中老年人)上了一堂什么叫难、苦和愁的课。我们不必刻意制造某种难、苦和愁来锻炼年轻人,而是要引导年轻人如何去认识、对待和克服人生路上的难、苦和愁,使他们尽早成熟起来,成为一个在困难面前具有坚韧不拔、勇敢顽强精神的人。苏轼在《定惠院寓月夜偶出次韵》中有"少年辛苦真食蓼,老景清闲如啖蔗"句,形容人生不同阶段的不同境遇,年轻时期吃点儿苦,懂得难、苦和愁,对于将来冲破人生难关是有益的。我们耳闻目濡了当前的这场抗震救灾,党和国家领导人、人民解放军、公安干警和成千上万奋斗在抢险第一线的干部群众,是战胜难、苦和愁的楷模和榜样。他们给我们年轻人上了生动的一课,使我们从中学到了许多平常难以见到的伟大精神,这就是坚韧不拔、百折不挠、永不言弃、众志成城。说这些话,是为了与年轻人共勉。我们有了不畏难、苦和愁的年青一代,就有了民族振兴之本,中华民族就可以成为永不屈服的民族,不可战胜的民族!

人生识字忧患始

——读《中华诗词名句》中关于读书的名句

古人对学习的言教颇多。孔子的教育观,可能是中华民族关于学习和教育方面最早的理论了。孔子在 2 500 多年前就提出了"有教无类"、"因材施教"、"教学相长"、"全面教育"和"一视同仁"等教育思想,这在中华诗词中也有许多反映。将这些诗词的名句联起来赏析,可以使人受激励,得到许多教益。

学习是人与生俱来的本能,随着人类社会的发展,学习已成为各民族,尤其是中华民族的优良传统。学习是人生的终身任务,不过各个阶段有不同的学习形式。人从孩提时代就开始牙牙学语,模仿大人的言行。宋代范成大《夏日田园杂兴十二绝》(其七)中有"童孙未解供耕织,也傍桑阴学种瓜"句,说是儿童们还不懂得耕田织布,看到大人在忙碌,也依傍着桑树阴下,学着种瓜。作者是描写乡下人勤劳朴实的生活情景,而使我们看到孩子们从小就乐意模仿大人们的劳动。这就是他们的学习。

模仿大人们的劳动是学习,不过这是简单的学习。比较复杂的学习是从读书开始的。苏轼在《石卷舒墨堂》中有"人生识字忧患始"句,说人一旦识字,就是一生忧患的开始。也可以说,人不识字也就糊里糊涂地过算了,而从识字(读书)开始,懂得了一些知识,反而有了忧患意识,这种忧患随着知识的增加,会越来越严重。苏轼在诗中还有一句"姓名粗识可以休",意思是说,不必多识字,只要认识自己的姓名就算了。其实大家知道苏东坡是"唐宋八大家"之一,这句话是他一时不顺心的激愤之言罢了。在现实生活中,确实存在这种现象,一个人对某些知识钻研越深,越感到问题多,越来越感到自己知识太少而深感痛苦。这是为什么呢? 从认识论的角度来看,人们不断地钻研,就会有许许多多的新事物涌入视野,就促使人们去不断地研究,但是世界上的事物是普遍联系和永恒发展的,人们认识上的无限性和阶段性,使人们的认识永远达不到终极。人们似乎对此有些激愤。虽有激愤,但还是得继续研究下去。苏轼在《送安惇秀才失解西归》中"旧书不厌百回读,熟读深思子自明"中所说"旧"书,实际上是好书。因为一位作者的学识,经得起时间考验,能千百年流传下来,即使是旧书,但也可能是好书。

古人对读书到底有用还是无用的问题,也是在不断地争论和探索着的。汉代赵壹《刺世疾邪赋》有"文籍虽满腹,不如一囊钱"句,这句诗的背景是:东汉末年,党狱迭兴,正直的士大夫(君子)都受迫害下狱,而卑鄙无耻小人靠逢迎占了官位,卖官纳贿,政坛混乱污秽。在政治不清明的背景下,人们感叹学问不如金钱。唐代杨炯《从军行》有"宁为百夫长,胜作一书生"句,当敌人打来的时候,作者决心去从军,宁愿做一名小军官上战场杀敌,也不愿做一名无用的书生。这句诗的背景是:在战乱时还是投笔从戎好。苏轼《谢人见和雪后北台书壁》有"书生事业真堪笑,忍冻孤吟笔退尖"句,作者自嘲书生迷恋的写作事业实在可笑,表现了读书人在某种环境和条件下进行写作事业的辛酸无奈。这几句诗是反映读书人对读书的态度。我们分析问题,不能离开了具体的时间、地点、条件,否则就会对问题作出错误的判断。

古人对读书(学习)的态度是肯定的。诚然,由于各人在社会中所处的位置不同,而对读书是否有用的回答的出发点和归宿点是不同的。这里列举几句名句来赏析并从中汲取其精华,充实我们的精神,使我们在读书问题上减少不定度、未知度、混杂度和疑虑度。

唐代李颀《送陈章甫》中有"腹中贮书一万卷,不肯低头在草莽"句,说的是贮存着一肚子的学问,自然是不肯低头伏身于草莽之中。古人自然不像现代人那样讲理想、讲立志。但这句诗用现代话来说,就是读书人有了学问,才会志存高远。

宋代王安石《登飞来峰》中有"不畏浮云遮望眼,自缘身在最高层"句。王安石是北宋仁宗时期的丞相,他主张并实行改革,但因受当时大官僚保守派的激烈反对而失败。他的这句诗是说,掌握住了正确的观点和思想方法,就可以透过现象看到本质,不会被一时的假象所迷惑。王安石的改革虽然失败了,而这句诗所阐发的哲学思想,竟然与今天的马克思主义哲学的认识论观点相似。

宋代文天祥《正气歌》中有"风檐展书读,古道吐颜色"句,说是在透风的屋檐下展开古书来阅读,古人的精神风范与正义光辉全都映照在脸上。他的《正气歌》内容十分丰富,最后一句就是上述的词句。他鼓励后人通过读书学习古人的优秀品质,树立中华民族的正义之气。

宋真宗(赵恒)《励学篇》中有"书中自有黄金屋,书中自有颜如玉"句。他的意思是说,只有把书读好,才能得到珍贵如黄金般的房屋,才会拥有貌美如玉的女子。作者是以皇上的身份勉励学子勤奋向学的,也许他的出发点是善意的,但这种向往是功利主义的,对有志向的人来说,难免庸俗鄙陋。不难看出,其中含有糟粕的成分。

清代张问陶《庚戌九月三日移居松筠》中有"留得累人身外物,半肩行李半肩书"句,是描写作者在搬家时,整理了一些需保留的东西,结果一半是行李,一半是书,他认为读书人唯一的财富是书。非常现实地描写了读书人的清高,对自己读过和将要读的书很是珍惜。

民国时期吴芳吉《戊午元旦试笔》中有"三日不书民疾苦,文章辜负苍生多"句,说是三天没有描写民生疾苦的不平事了,平白写了这么多文章,但对不起老百姓的地方真是太多了。作者是当时难得的一位关心民生疾苦的诗人，他的诗悲天悯人，富有仁者胸怀，可惜他英年早逝，仅活到 36 岁就告别了人世。作者告诉我们后人，读书是为了什么，是为了人民，为了民族，为了国家，如果不为人民、民族、国家，就辜负了人民、民族和国家的期望。

论古道今谈读书，读书是艰苦的，但又是幸福的。正是这种艰苦的磨砺，才充实了自我、丰富了自我、发展了自我，使我们的才华学识不断增长，才有本领去服务人民、报效祖国。

一本书像一艘船，承载着我们从狭隘的海湾驶向无垠广阔的生活海洋。

莫愁前路无知己

——读《中华诗词名句》中关于友情的名句

　　人有七情。各学说对七情说法既同又异。儒家说七情：喜、怒、忧、惧、爱、恶、欲；佛教说七情：喜、怒、忧、惧、爱、憎、欲；中医说七情：喜、怒、忧、思、悲、恐、惊。自古以来，诗词是表达人们的情意和志向的。《中华诗词名句》中饱含着诗（词）人的情感。这情可分为亲情、爱情和友情。这里摘取部分名句，试图探讨古人对于人与人之间友情的看法。

　　从《中华诗词名句》中看到，在唐代之前很少有作品描述友情。而到了唐代，诗（词）人拓展了创作的新路子，描写友情为内容的诗作越来越多，到唐宋时掀起了高潮，而到明清似乎进入了低潮。

　　说到唐代诗人，当然首推"诗仙"李白和"诗圣"杜甫。李白在《金陵酒肆留别》中问好友说："请君试问东流水，别意与之谁短长。"古人深知友情之长而值得珍惜。李白的"桃花潭水深千尺，不及汪伦送我情"，是古今妇孺皆知的诗句，直至民国时期的诗僧苏曼殊，在《本事诗》中还模仿李白的这两句诗，写成"华严瀑布高千尺，未及卿卿爱我情"。不过，李白说的是友情，苏曼殊说的是爱情。

　　李白和杜甫同为中华民族诗作大家，他们不仅与同时代的诗人有着极好的关系，而且他们相互之间也十分亲密。李白生卒年是公元701—762年，杜甫生卒年是公元712—770年。李、杜是好友，也曾同游，彼此倾慕，杜甫对李白更是衷心赞美。李白在《戏赠杜甫》中有"借问别来太瘦生,只为从前作诗苦",说是"戏赠",却是真情关心。杜甫毕竟比李白晚生,对李白十分崇敬。现代有人曾作过统计,现存杜甫 1 440 余首诗中,与李白有关的诗有 20 首,专门寄赠或怀念李白的有 10 首。这里不妨摘录一些名句赏析一下。杜甫在《不见》中有"世人皆欲杀,吾意独怜才"之句。杜甫作《不见》前发生了一历史事件,李白曾入永王李磷幕府工作。李磷起兵攻打朝廷军队,兵败后,李白被判为附逆分子。杜甫《梦李白二首》(其一)诗说:"君今在罗网,何以有羽翼。"后李白被流放夜郎,中途遇赦,时年已 59 岁了。杜甫说,人们说李白该杀,我却认为应该爱惜他的才华。杜甫在《春日忆李白》中有"白也诗无敌,飘然思不群"句,说李白的诗天下无敌,他的诗飘逸洒脱,豪放不羁。这是杜甫对李白才华的推崇和赞赏。杜甫的《梦李白二首》(其一)中"死别已吞声,生别常恻恻","故人入我梦,明我长相忆"句,表达他对李白被流放后思念的心情。杜甫对李白整天饮酒高歌,也曾写诗规劝他。于《赠李白》中有"痛饮狂歌空度日,飞扬跋扈为谁雄?"说是你整天饮酒狂歌,日子白白地过去,举止飞扬跋扈,你向谁称雄呢?

读《中华诗词名句》中杜甫的诗句,深感他待朋友非常真诚。他在《徒步归行》中有:"人生交契无老少,论交何必先同调。"此句是送给他的友人李待进的,意思是人生相交贵在知心。杜甫《客至》中"花径不曾缘客扫,蓬门今始为君开"句,说是我满是落花的小路,从不曾为客人而打扫,蓬草编成的门,今日才为你的来到而打开。同在《客至》中有"盘飧市远无兼味,樽酒家贫只旧醅"句,这是杜甫招待朋友吃饭的事。说这里离市区较远,因此只有普通的菜,更由于家贫,只有往日自酿的酒。足显他对朋友的真诚。

唐代大散文家、诗人韩愈,出生要比李、杜晚,他在倡导古文运动中,于《调张籍》中肯定"李杜文章在,光焰万丈长"。韩愈在世时也是多灾多难,几起几落,但他常常记得自己的朋友。他在《山石》中有"嗟哉吾党二三子,安得至老不更归"句,说的是,我们几个同道之人,为什么到老还不回来呢？思念朋友心切情真。

人们常常在一起相处共事,而一旦分别来临时,更显得友情之可贵,别后思念之深切。唐代的诗人王维、王渤、白居易……均有许多情真意切的诗句。王维在《渭城曲》中有："劝君更尽一杯酒,西出阳关无故人。"临别前夕,殷勤劝酒,借酒以消友人的离别愁。高适《别董大》中有"莫愁前路无知己,天下谁人不识君"句,这似乎是对王维担心的宽释。说,凭着你(朋友)的声名,无论到哪里,天下又有谁不认识你呢! 真切地鼓励朋友到远方去奋斗。王渤《送杜少府之任蜀州》中："海内存知己,天涯若比邻。"原诗是送别诗,劝人莫为离别而伤心,是挚友之间深情的自然流露。唐代温庭筠《送人东归》中："何当重相见,樽酒慰离颜。"诗人尚未与友人分别,就盼望着能早日相逢。只能敬上一杯酒,慰藉友人离别时的容颜。唐代贾至《送李侍郎赴常州》："今日送君须尽醉,明朝相忆路漫漫。"也是此意。

好友分别以酒相送,是古人的一种礼仪,也是表达深情的一种形式。酒喝完了,送别就开始了。这节骨眼上,诗人们挥毫作诗,如现代摄影一般,记下了许许多多生动的情景。白居易在《南浦别》中："一看肠一断,好去莫回头。"唐代皇甫曾《淮口寄赵员外》中："相望知不见,终是屡回头。"五代牛希济《三查子·春山烟欲收》中："语已多,情未了,回首犹重道。"友人离别,难舍难分,千言万语,不胜依依。许多诗(词)人,叹息友人"别时容易见时难"和"相见时难别亦难"。

用思念表达友情是古诗(词)的又一个特点。苏轼《蝶恋花·簌簌无风花自堕》(暮春别李公择)有"我思君处君思我"。他是一个多情的词人,以为别人也像他那样。他思念别人时,别人也在思念他。还有他的《水调歌头·明月几时有》中的"但愿人长久,千里共婵娟",也是同样的心情。他性情坦率,感情真挚,这是大诗人苏轼的最可爱之处。

古代诗人对好友多少看法不一。宋代辛弃疾《贺新郎·甚矣吾衰矣》中有句"知我者,二三子",明代冯梦龙的《醒世恒言》卷三十上,也说"不如意事常八九,可与人言无二三"。他们都是叹息世上难遇知心朋友。宋代黄山谷《竹枝词·题歌罗驿》中主张"四海一家皆兄弟"。在现实生活中,友情有时间长短,有人穷时可做朋友,富时不可做朋友;有人平民时可为友,做官时不可为友;有的用得着时是朋友,用不着时不是朋友。因此,冯梦龙《醒世恒言》卷三十五中说"路遥知马力,日久见人心"。人与人要通过长期相处、观察和检验,才能真正看清一个人的品格与为人。

关于友情的诗词,过了唐宋年代,尤其是进入明清,就少了。偶尔见到清代顾贞观《贺新郎·我亦飘零零》有一句"问人生,到此凄凉否?千万恨,为兄剖"。作者在写这首词时,爱妻已死,知己永别,于是向朋友诉说内心深处的痛楚。患难时想与朋友抒发,这也不失为一种友情。近代章太炎的《狱中赠邹容》:"邹容吾小弟,被发下瀛洲。快剪刀除辫,干牛肉作糇。英雄一入狱,天地亦悲秋。临命须掺手,乾坤只两头。"章太炎比邹容大18岁,两人志同道合,奋力参与推翻清廷统治的斗争。章太炎因《苏报》案被捕入狱,邹容不愿让章一人承担,自投巡捕房入狱。为了革命,他视死如归,大义凛然。1905年他死于狱中时年仅20岁。邹容与章太炎之间的情谊,也许就是中国近现代的伟大革命友情的开端吧!

人生路上需友情,莫愁前路无知己。

江山代有人才出

——读《中华诗词名句》中关于人才的名句

人才,是指具有天才、才干、才能的人。所谓天才,除有先天赋予的因素之外,更主要的是出于后天的勤奋。一个人,尤其是青年人,如果不能成才,那么他的一生给社会所作的贡献也就微乎其微了,甚至会给社会带来各种各样的麻烦。同时,由于这个人不能成才,他向社会贡献极少,那么他向社会索取也只能相应地减少。因此,要使自己的人生更加美丽,就必须成才,早日成才!

从《中华诗词名句》中看到,人类社会发展的各个阶段都在呼唤人才。可以说,要求人们成才是社会发展的需要。以《中华诗词名句》为索引,我们可以从西周(公元前 11 世纪)至春秋中期(公元前 7 世纪)的诗歌总集——《诗经》中看到,这时就有人在诗中谈及人才。春秋《诗经·郑风·子衿》有"青青子衿,悠悠我心"之句。这不仅是爱情诗,而且或许是中华民族历史上最早渴求人才的诗。最起码是曹操最先理解了这个意思。他在《短歌行》中借用此句,以表渴求人才之意。

在曹操之前,就有刘邦在《大风歌》中有"安得猛士兮守四方"句,也是他表达要巩固汉王朝政权、急切招揽人才的心情。唐太宗李世民在《赐萧瑀》中"疾风知劲草,板荡识诚臣"句,是说越是在危急、艰险和动荡的时候,越需有品格高尚的忠贞志士。同时,也是在赞美有伟大情操、浩然气节的人才。其实,无论哪个阶级夺取政权和巩固政权都需要人才。

　　社会每到关键时刻就出现两种可能:一方面,是社会呼唤人才;另一方面,社会发展,尤其是关键时期也造就人才。这就是我们常说的"时势造英雄"。在《中华诗词名句》中关于人才的名句不多,但是,从偶然的几句中,也可以体会到它的必然。书中很少收入宋、元、明时期关于人才的诗词,这是该书编辑时没有收入呢?还是那个时代很少有诗(词)人写这方面的内容呢?手头没有更多的资料来弄清这个问题。然而到了清朝末年,这方面的诗词就明显地增加了。

　　清代袁枚《大树》中有"不逢大匠材难用"句。他将大树比喻为才华卓越的人才,那些有伟大才能的人,若是遇不到有远大眼光的人,就不容易受到重视。诗人虽有怀才不遇心意的表述,但他也说出了那个时代当权者的弊病。袁枚还有《谒岳王墓》(其七)中"江山也要伟人扶"句。这是说,江山社稷要伟人(名臣、名将)来保卫和扶持;如画的江山,也要有伟人的事业来增添其内在的蕴涵。民国时期郁达夫《咏西湖》中有"江山亦要文人捧"句,说是江山景色与文人绝美的佳作交相辉映,千古传颂。似乎是模仿袁枚的"江山也要伟人扶",不过他有了更多新意。

　　清代赵翼在《论诗五首》(其二)中吟出了"江山代有人才出,各领风骚数百年"的千古佳句。概括了千古人才成长的事实,赞美辈出的优秀人才,揭示了人才发展的规律。老一代必定让位于新一代,这是符合辩证法的,是什么力量也挡不住的。后来的《增广贤文》中两句"长江后浪推前浪,一代新人换旧人"。也是这个意思。

　　清代龚自珍《己亥杂诗》(其一二五)中有:"九州生气恃风雷,万马齐喑究可哀。我劝天公重抖擞,不拘一格降人才。"龚自珍是我国近代史上的启蒙思想家、著名作家,他处在封建社会快要崩溃的时代。很显然,他的这首诗与前人说人才的诗有着质的不同。在人才观上,如果说赵翼揭示了人才新陈代谢的自然规律,那么,龚自珍则是要求时代应当打破保守的、沉闷的人才环境,自觉地、主动地去呼唤、造就和组织人才。在明清时代,西方资本主义思想已经向东方传播。这个时代,资本主义经济已经在中国土地上萌芽,而且英国资本主义已显露出侵略中国的野心,一场伟大的社会革命就要到来。龚自珍的诗是对一个新世界的舆论准备,也是一个新的人才观的萌芽。他的观点,不仅在当时,而且就是在现在都有着不灭的光辉。

如何成才,不仅是当今世人应该考虑的问题,也是古人早已探索的问题。古人认为,要成才必须抛弃"官本位"的理念。中国社会长期受孔子的"学而优则仕"的影响,认为读书就是为了做官。而古人中有不少正直的士大夫纷纷向这个观点发起挑战。杜甫《旅夜书怀》中有"名岂文章著,官应老病休"句,他问,人的名声就靠文章吗?当官的年老多病就应当退休。作者表现出胸怀坦荡,不把世俗的名利放在心上。宋代辛弃疾《青玉案·东风夜放花千树》(元夕):"众里寻他千百度,蓦然回首,那人却在灯火阑珊处。"后半句是说"那人"独自站在阑珊处,代表凄冷、孤寂、落寞之意。"那人"不慕繁华,自甘寂寞,与世人性情大异。做事业,要耐得住寂寞、清静;当官,就是另外一种情境了,有的呼风唤雨,有的阿谀奉承,有的弄虚作假,有的趋炎附势……民国时期的诗人王国维在《人间词话》中对此作了深刻赏析,以为辛弃疾词的后半句是比喻当今成大事业、大学问者的三个境界中的第三境界,即最终、最高境界。形容人在艰苦追寻的过程中,饱尝风霜,因一心追求的目标终于出现在眼前而欣喜。这个评析很有新意。

清代吴伟业《自叹》中有"误尽平生是一官"句,作者悔恨自己误入仕途,结果带来无穷烦恼,想要回归田园,却又没有一点儿办法,这一生就被当初的一时糊涂给耽搁了。从"官本位"出发误了人生的事例甚多。要想自己成才,应当从"成就本位"出发,有了成就犹如人生站稳了脚跟,迈出了人生路上稳健的步伐。

成才的路程是艰难的,为了成才就要有自信心,有恒心。李白《将进酒》中"天生我材必有用,千金散尽还复来",是对自己的真才实学的肯定,也是对他人强烈的鼓动。只要有真才实学,必定能发挥才能,造福于社会,这是一种积极自诩的处世态度。有自信心,有恒心的进取,不等于孤芳自赏。杜甫《咏怀古迹五首》(其二)中有"风流儒雅亦吾师",表达了对宋玉的赞美和尊敬,认为宋玉具有卓越的才华和文雅的风度,是自己的老师。在成才的路上切忌自满自足,比上不足、比下有余的心态是妨碍成才的"绊脚石"。唐代王梵志《他人骑大马》中描写了这种心态:"他人骑大马,我独跨驴子。回顾担柴汉,心下较些子。"用这种心态对待名利得失是可以的;用这种心态对待自己的成才及对待为社会作奉献是不恰当的。作者表述的是前者,但我们谈成才是防止出现后者的想法。唐代王维《酌酒与裴迪》中"人性翻覆似波澜"句,唐代刘禹锡《竹枝词九首》(其七)中"长恨人心不如水,等闲平地起波澜"句,都是说人成才要有恒心和自信心。此句尽管诗人有远离尘世的苍凉意味,但我们借用此句说,有志于成才的人,是不可以有"到了这山望那山高,到了那山也无聊"的浮躁心态。否则,将是一事无成。

在古代诗词中,并没有直接提出人才的群众观念问题,但从许多名句中,已经可以看出有这样的理念萌芽:一个人成才是离不开群众和历史机遇的。唐代王维《老将行》中有"卫青不败由天幸,李广无功缘数奇",论卫、李成败有命运决定。"天幸"可理解为历史造成的机遇。唐代陈子昂《登幽州台歌》有:"前不见古人,后不见来者。"这里,作者一方面有抒发仕途坎坷、怀才不遇的苦闷;另一方面,作者综观历史但没有看到"前有古人,后有来者",对事业失去了信心。当然,古人有古人所处的历史环境,不可苛求古人像今人一样,有洞察历史的能力。然而,我们现今的人要成才,不可自诩为"天才"、"非凡",无论身处何时何环境中,不要对正义的事业失去信心。正义的事业是不会"空前绝后"的。正如毛主席教导的:"前途是光明的,道路是曲折的。"事物运动的波浪式前进和螺旋式上升,是事物正常发展的道路。

宋代卢梅坡有《雪梅》两首:"有梅无雪不精神,有雪无诗俗了人。日暮诗成天又雪,与梅并作十分春。""梅雪争春未肯降,骚人搁笔费评章。梅须逊雪三分白,雪却输梅一段香。"用诗歌艺术表述了梅、雪、人三者的相互关系。现在我们将这种关系引申到人生中的成才上来,对理解国家、群众和个人三者的关系似乎可以得到不一般的启示。

一个人的人生里程不能全由自己来安排和设计,但人生的成才之路全靠自己一步步地去走。这是我与年轻人共勉之言。

四时可爱唯春日

——读《中华诗词名句》中关于青春的名句

　　青春，本指一年四季的春季，因春天万物生长，草木葱青，因此称青春。春天有打春、新春、初春、早春、阳春、仲春、暮春等不同阶段的表述。青春，也指人的少壮时期。年少时称青春，年老了称素秋。古人常用时令的青春比喻人的年华上的青春。对于人生来说，青春是生命组歌中的绚烂华章，它理应与最美的事物联系在一起。青春意味着大地的绿色和人生的希望。

　　在《中华诗词名句》中，很难查找到"青春"两字的诗（词）句，只有到了民国时期，于右任先生在《壬子元日》中有"不信青春换不回"之句，才出现了"青春"二字。古人不用"青春"之词，并不是古人不谈人的青春，而是古人谈青春，往往把时令的青春与人的青春糅合起来谈。清代袁枚《偶作五绝句》中有"儿童不知春，问草何故绿"句，人在儿时不知春天到来意味着什么，只是问草为什么变绿了。晋代陶渊明《饮酒二十首》（其一）中有"寒暑有代谢，人道每如兹"句，说天地有春去秋来的时令更替，人间的道理也是如此。

　　人的生命发展规律并不和时令一样轮回循环，而是朝着一个方向发展的。由幼年开始，经历少年、青年、壮年或中年，到老年结束，不可能像时令那样从起点出发，又回到起点。在斯芬克斯之谜中，把人生过程比作一天，早晨用四条腿走路，正午用两条腿走路，黄昏用三条腿走路。而东方人把人生过程比作春夏秋冬。人类的生命是一个漫长的过程，但作为一个人来说，到了"黄昏"或"冬天",生命就到了尽头,不可能再回到"正午"或"春天",而是繁衍生息下一代进入"早晨"或"春天"。宋代张栻《立春偶成》有"春到人间草木知"句,是说能够理解自己生命意义的人类,在自身发展过程中逐渐理解要珍惜人生的"正午"或"春天",即珍惜人生的青春时期。民国时期王国维《晓步》中曰"四时可爱唯春日,一时能狂便少年",后半句说,能令人产生狂热豪情的便是那奔放的少年时代。

青春是美好的,古人自然是带着歌颂、希冀和赞美的口吻来吟诵青春的。晋代陶渊明《杂诗》有:"盛年不再来,一日难再晨。及时当勉励,岁月不待人。"年纪正轻的时候,要勉励自己及时努力,岁月一去不等人。李白有首《上李邕》的七言诗,其中有:"宣父犹能畏后生,丈夫未可轻年少。"李白年轻时豪情万丈,意气风发,对老夫子们看不起年轻人的行为不满,写下此诗,以抒内心不平。他说孔夫子(宣父)都说后生可畏,你们这些老夫子实在不该看不起年轻人啊! 由此想到陶渊明的"及时当勉励",不仅是自勉,而且作为前辈也应当多多鼓励年轻人,使之珍惜青春年华,努力学习和工作。青年人的特点是要多鼓励,他们更需要鲜花、掌声和笑语。

自古英雄出少年。在《中华诗词名句》中,有不少赞扬少年英武人才的诗作。唐代王维《少年行四首》(其二):"一身能擘两雕弧,虏骑千重只似无。"这是描写青年战士的英勇豪壮,年轻时练就一身硬功,作战时虽受敌骑层层包围,却如进入无人之境。王维的《老将行》中赞扬老将年轻时豪气冲天,"少年十五二十时,步行夺得胡马骑",是对老将壮举的追忆与思慕。唐代韦庄在《菩萨蛮·如今却忆江南乐》中回忆了年轻时风流潇洒、令人注目的形象:"当时年少春衫薄。骑马倚斜桥,满楼红袖招。"唐代李贺《致酒行》中表露赞扬青年壮志凌云的心情,"少年心事当拿云"。

光阴如箭,日月如梭;青春年华,易辞人去。不觉几年一过,人生由青年进入中年了。古人也不乏有许多感叹。杜甫《赠卫八处士》中有:"昔别君未婚,儿女忽成行。"昔日分别时,你还没结婚,多

年不见,你的儿女都成行满堂了。唐代罗隐《赠妓云英》:"我未成
名君未嫁,可能俱是不如人。"别后12年再见,赠诗以表天下失意
人的心情。古诗词中伤春的诗词真不少,有唐代李贺《嘲少年》:
"少年安得长少年,海波尚变为桑田。"说青春有限,应当珍惜光阴,
及时努力。宋代晏殊《玉楼春·绿杨芳草长亭路》:"年少抛人容易
去。"说年轻岁月容易去,本意也是勉励年轻人要珍惜青春年华。
还是晏殊《浣溪沙·一曲新词酒一杯》:"无可奈何花落去,似曾相
识燕归来。"既是感叹好花凋谢,流水无情,是惜春,也是惜青春
年华。

　　古人惜春的诗词颇多。宋代欧阳修《青玉案·一年春事都来
几》中:"一年春事都来几? 早过了,三之二。"说一年春天能有多
久? 转眼间,早过了三分之二。似惜春、恋春、伤春,实是对人生青
春的惜恋,问的是青春还有多少? 还是欧阳修,在《玉楼春·残春
一夜狂风》中有"借问春归何处"句。人们想留住春天,春天却无情
地逝去,问:"春天,你到哪里去了?"显示了作者对人生青春逝去惆
怅无奈的情绪。提这个问题的不是欧阳修一人,宋代黄庭坚在《清
平乐·春归何处》中有"若有人知春去处,唤取归来同住"句。对失
去的诗一般的年华或恋情无尽追忆。唐代李贺在《金铜仙人辞汉
歌》中有"天若有情天亦老"句,说出了自然规律不以人的意志为转
移的客观性。春去秋来和人的青春逝去是自然规律,是时间的一
维性的运动方式。

　　人的青春是什么? 青春属于谁? 青春不仅是花朵般的笑靥、
蓬勃的活力、诱人的乌发,它还包含着耕耘、探索、拼搏。青春不仅
属于那些风华正茂的青年人,更属于一切永不倦怠、永远进取的
人。清代袁枚《湖上杂诗》有"不羡神仙羡少年"句,作者在游览路
上听人说做神仙好,而他不羡慕神仙,却羡慕年轻人。明显是对青
年的爱慕与希冀,以及内心的惆怅:老人还能焕发青春吗? 宋代贺
铸在《浣溪沙·不信芳春厌老人》中有一段词:"不信芳春厌老人,
老人几度送馀春? 惜春行乐莫辞频。"说人老了,青春已逝,但心情

仍然要率直坦诚。欧阳修《采桑子·十年前是尊前客》有"鬓华虽改心无改"句，说人老了，但雄心壮志和年轻的心未改。

从《中华诗词名句》中看到，人的青春可以传递给下一代人。宋代辛弃疾《南乡子·何处望神州》（望京口北固亭有怀）："天下英雄谁敌手？曹刘。生子当如孙仲谋。"说细数天下英雄，有谁能成为孙权的对手呢？只有曹、刘，人们生儿子应当想生个像孙权这样的英雄人物。这不仅是对孙权的怀念和敬慕，而且也是说生儿要有出息。不错的，许多人都深感子女有出息是自己最大的成功和宽慰，而子女没出息是心灵上最大的压力和对先辈、对社会最大的歉疚。然而由理想变成现实，是很难的。清代赵翼《西湖晤袁子才喜赠》有："才可必传能有几，老犹得见为嫌迟。"说才华成就又能有几人得以流传后世呢？这是叹息前人卓越的才华难以流传。

我们中国共产党是有着久经考验的革命精神和光荣传统的，我们应当努力去发扬光大。这种青春传递，也是共产党员、党的干部、做父母的、做老师的、身为前辈的人应有的责任，可使我们的党、国家、民族青春永驻。从这个意义上来说，我们应当高呼："青春万岁！"

今朝一岁大家添

——读《中华诗词名句》中关于年岁的名句

2007 年春节前后，冰雪成灾，走亲访友也不甚方便，只得常在书斋中读《中华诗词名句》一书。也许正值年终岁初，对书中关于"年岁"的名句分外留意。宋代大文人陆游有一句"今朝一岁大家添，不是人间偏我老"很是打动我心。此句反映了事物发展的规律，也有点儿表现出人在自然规律面前的无可奈何。其实，人和一切事物一样，是一个过程，同在空间和时间中活动。这对每一个人来说是公平、公正、公开的。而在"今朝一岁大家添"面前，各人的心态是不一样的。六七岁的孩子添一岁，就进入了少年时期；十七八岁的人添一岁就是成人，按法律规定就享有公民权了；二十五六岁的人添一岁，考虑男婚女嫁的事就紧迫了，要不然就成了"大龄青年"。然而，像我这样"奔七"的人添一岁，意味着离"古稀"之年越来越近了。

对于年岁，古人有许多看法。把《中华诗词名句》的有关内容连着读，对人也颇有启迪。有人把老年形容成"夕阳红"。此说出自唐代大诗人李商隐的"夕阳无限好，只是近黄昏"。细细品来，人到晚年，过往的良辰美景早已远去，不禁叹息光阴易逝，青春不在。唐代诗人司空曙留给后人的诗不多，却有一句"雨中黄叶树，灯下白头人"，形容人老颜衰的凄凉愁苦，很能触动老年人的情思。宋朝诗人晏殊："夕阳西下几时回？无可奈何花落去。"时间的一维性，决定了光阴一去不复返。

古人对于年老，不都是叹息的。在古代大家中曹操是一个典型，他的《龟虽寿》中有"老骥伏枥，志在千里。烈士暮年，壮心不已"之句，说是老骏马还正在马槽吃草，而奔驰千里征途的志向和雄心犹在。英雄即使到了晚年，他的雄心壮志也毫不减退。后人常用这句话来表示一个老人胸怀大志。宋代大诗人陆游也是一个雄心壮志、老而不衰的人。他用"白发未除豪气在"的佳句来形容年纪老大，却仍是满腔豪情。到了近代的民国年间，有一位诗人叫于右任，他在《壬子元日》中意气风发、豪气万千地吟出了"不信青春唤不回"的诗句。人生最可贵的是有一股豪气和一颗年轻的心，这才是真正的青春。

这反映了人们对待"年岁"的两种态度，也可以说是两种人生观。

随着人们对生命的认识，逐渐理解了人的生命和宇宙间的万事万物一样，是一个产生、发展、消亡的过程。任何人都不可违反这个规律。秦皇汉武曾梦想长生不老，但在事物发展的必然规律面前，显得无能为力。因此，在《中华诗词名句》中有唐朝诗人白居易的带有辩证法观点的诗句："朱颜今日虽欺我，白发他时不放君。"说的是年轻人不要看不起老者，人总是要老的，这是规律，也不会放过你们的。是的，老人的"今天"就是中年人的"明天"，青年人的"后天"，少年人的"大后天"。所以有人说，尊重老者，也是尊重自己。

在"人是要老的"这个真理面前，人们也不是无能为力的。应当辩证地来对待这个问题，古人对此颇有见地。由于人生苦短，不少人主张在有限的生命里程中，尽可能地多做些有益于人民的事。主张年轻的时候多努力学习和工作。汉代人留有一曲《长歌行》，作者是谁不得而知。他留下了"少壮不努力，老大徒伤悲"的名句，是说少壮时候不努力向上，到了老大追悔也无济于事。名句流传千古，常常警示着我们年轻人。岳飞作的《满江红·怒发冲冠》中有："莫等闲，白了少年头，空悲切。"此言激励了许多有志青年为国家、为社会献身。民国时期的诗人王国维，在《浣溪沙·草偃云低渐合围》中写道："万事不如好身手，一生珍惜少年时。"也是说，少年时身体康健，是人生最值得珍惜的时光。这里的"少年"是指年轻的时候。少年时代，应当及时努力学习、工作，不要浪费这大好时光。

上面这些诗词都是鼓励、警示和提醒人在年轻的时候就要努力。这也是一种"入世教育"吧！然而，更多的人，随着进入老年，心里就烦躁起来。总是想着当年呼风唤雨、驰骋沙场的那些经历，许多时候表现出想要继续保持人生的价值。其实，老年人要学会"心平气和"地过日子。明代文人顾宪成为东林书院门前书过一副楹联："风声雨声读书声声声入耳；家事国事天下事事事关心。"人老了也得读书学习，也得关心国事民生。不过，不要动不动就是"当年我们如何如何"，要少有"今不如昔"的叹息。要有"岁寒三友"松竹梅"不要人夸颜色好，只留清气满乾坤"（元代王冕《墨梅》诗句）的胸怀。唐代诗人白居易的《赠梦得》中有几句对老朋友的祝愿："一愿世清平，二愿身强健，三愿临老头，数与君相见。"前半句不难理解，后半句说，当老友彼此都年老的时候，还能时常相聚，把酒言欢。正是故交老友，情深义重。

我们借古说今，理论年岁，不外乎也是这种心情。

不薄今人爱古人

——读《中华诗词名句》中关于写作的名句

　　曾几何时,中国文坛上又谈起要重视国学,要重视发展中华民族的人文科学。中华民族的人文科学,自然是与中华民族的传统文化联系在一起的。今天在中华大地上讲人文科学、讲国学,当然不能言必称希腊、法兰西或德意志。读一读《中华诗词名句》,深感其中的精深博大。就以"写作"为题来研究,也有许多难测深浅之处。

　　一个民族的传统文化,有一个长期积蓄的过程,决非一朝一夕能够集成。中华民族 5 000 年的文明史,是自古以来无数的人民群众创造的。某一时代最优秀的作品,离不开上个或上上个时代以及本时代所提供的思想材料。对于这一点,我们的前人早已说过。杜甫在《戏为六绝句》(其五)中有一句"不薄今人爱古人,清词丽句必为邻",一般文人均相轻,自命清高,看不起别人。而杜甫的"不薄今人爱古人"一句,表现了他的宽广胸襟。他认为,能吸收今人和古人的文学成果,文章就会写得好多了。毛泽东主席说:"从孔夫子到孙中山,我们应当给以总结,承继这一份珍贵的遗产。"他还提出,古为今用,洋为中用。这些思想是相通的。

　　古人对于写文章是十分慎重的,杜甫在《偶记》中有句"文章千古事,得失寸心知"。王安石的《商鞅诗》中有"一语为重百金轻"。杜甫与王安石是两个朝代的人,他们在不同的社会中地位不同,但他们都认为写文章是值得慎重的事情。当然,当时的社会环境不同,写文章的态度也不同,而从另一方面也可以看出这些正直的士大夫,学风之严谨,对历史之负责,这是肯定的。他们对自己文章的得失、好坏是明白的,是有自信心的,写出来就是要准备付诸实践的。

写什么?古人的回答是:写新事。唐代刘禹锡《杨柳枝词九首》(其一)中有句"请君莫奏前朝曲,听唱新翻《杨柳枝》。"表现出作者敢于创新、敢于去除陈规陋习的精神,倡导和支持新生事物以适应历史发展的潮流。元代元好问《论诗三十首》(其十二)中有"诗家总爱西昆好,独恨无人作郑笺"句。西昆体是唐代李商隐的诗体名。李商隐的诗,意境美好而晦涩难懂。郑笺是指汉代郑玄,他为古竹笺作注释。元好问倡导文人要用通俗易懂的文笔解释那些难懂的文章。要写新的作品,要写通俗易懂的作品,便于人们接受文章中的道理。这在今天也还是有意义的。

古人在探索文章的体制和结构方面有着独到的见解。陆游在《文章》中说:"文章本天成,妙手偶得之。"他认为,一般好的文章,是自然天成的,完全在于诗人作家凭着高妙的技巧捕捉瞬间的灵感。当然,他对诗人作家的灵感从何而来,没有解释。现在,我们知道了,正确的灵感来自于实践,来自于对生活独到的深刻的理解。社会发展到清代,张问陶在《论文》一诗中也得出了与陆游相近的结论:"文章体制本天生,模宋规唐徒自苦。""本天生"可以理解为各人的文章所表现的风格与体裁本来是不相同的,不要去简单模仿前人的作品。如果这样,恐怕是白白辛苦了。作者强调创造自己独特的文风,不要消极模仿古人。

以上是古人对文章体制的看法。下面将《中华诗词名句》中关于写作的具体问题列出来并加以赏析,以期有所启示。

古代名家对写作的标准是很高的。杜甫在《江上佳水如海势聊短述》中有"为人性僻耽佳句,语不惊人死不休"。作者自析性格孤僻,醉心于作诗,写出来的诗句一定要惊人,否则不肯罢休。后人常引用此句表达对写作的严格要求。

古人中的名家写作是很艰苦的。唐代卢廷让《苦吟》中有一句："吟安一个字,捻断数茎须。"说每到作诗时,殚思竭虑,为了选择一个妥当的字或词,常常要捻断几根胡须。可见古人名家写作时也是绞尽脑汁,苦思熟虑的。元代元好问在《论诗绝句》中说:"天涯有客号哈痴,误把抄书当作诗。"作者的意思是说:写作贵在创意,要有自己的风格,不可抄袭别人的。现代信息工具的出现使一些人偷起懒来,写文章就到网上去下载,有的甚至成段、成篇地抄袭别人,成了"现代哈痴"。王安石是文章大家,他在《题张司业诗》中有"看似寻常最奇崛,成如容易却艰辛"句,是赞美朋友张司业的。他说,看起来平常的,其实是最奇特卓越的;做起来好像很容易,其实是最为艰辛困难的。这也是赞美写作成功的人,背后总有许多鲜为人知的辛酸痛苦。古人告诉我们一个道理,写作也和做其他事情一样,"不是一番寒彻骨,怎得梅花扑鼻香"。(唐代裴休《宛陵录·上堂开字颂》)

在作品文风上,古人名家也是各行千秋。宋代苏轼在《水调歌头·落日绣帘卷》中有"一点浩然气,千里快哉风"句。他是说,写文章要把内心的豪情畅快地表达出来。也就是我们平时所说的"不要钝刀子割肉,半天割不出血来"。宋代杨万里《和段季石承左臧惠四绝句》中有句"个个诗家各筑坛,一家横割一江山",说文学风格不同的作家,筑坛立派,造成分裂。从现在的观点来看,分裂是不好的,应当求同存异。毛泽东主席倡导"百家争鸣,百花齐放"。无异纯同的文学作品是反映不了多样性的社会生活的。我们的祖国是一个多民族的国家,清代龚自珍在《杂诗》中有"文字缘同骨肉深"句,倡导文友相交,文字结缘,意气相投,情同骨肉。清代黄遵宪在《杂感》中主张"我手写我口",表示了创作自由的要求,同时也表示写文章要文思畅达,意到笔随。古人论写作的诗词名句还有许多,如清代郑板桥的"室雅何须大,花香不在多"、"删繁就简三秋树,标新立异二月花";清代程南溟的"佳句奚囊盛不住,满山风雨送人看",等等。这里特别值得注意的是杜甫在《解闷十二首》(其七)中一句"新诗改罢自长吟",这反映了古代大家的严谨风范,也反映了他对作品自我欣赏、其乐无穷的愉悦心态。

学习洋文,对于开放的中国是必须的,然而,学习国学更是继承和发扬中华民族优秀传统文化、创造中国特色的社会主义文化不可或缺的。我们不妨借用杜甫的"不薄今人爱古人"诗句,建立一个"不薄洋文爱国学"、"不薄洋人爱国人"的新理念!

古人眼里与诗中的月亮

——中秋夜读《中华诗词名句》中关于月亮的名句

新中国 60 华诞过后一天，便是中秋佳节。这年的中秋节，由于天气晴朗，看着晴空中的月亮，心情分外的舒畅。也就学习古人，细细地端详月亮。

月亮刚刚升起，黄澄的，挂在山上，像一个明亮、生动、注视着人间的精灵。再端详，她就像一位乡下的姑娘，梳妆之后，走出闺门，脸带着含羞而又热情的神色，顾盼着天下。是的，月亮窥视着芸芸众生，而地上的人们也在仰视着月亮。但是，人们对月亮的看法不尽一致。

自古以来的文人，创造了许许多多描绘月亮的语汇，如：月色朦胧、月似银盘、白月如霜、月色溶溶、一弯新月、中秋月圆、月朗星疏、月明星稀、明月如镜……就是在现代，人们对月亮的颜色看法也有异，有人说红月亮，有人唱白月亮，有人吟蓝月亮……

中秋之夜，看过月色，尝过月饼，阖家欢聚之余，读一读《中华诗词名句》，听一听古人对月亮的感叹。从《中华诗词名句》中看到，春秋时期的诗人没有留下对月亮的描绘，也许那时的人们对月亮怀着神秘的感觉，不便随意吟唱。从魏晋开始，有诗人写到月亮了。如曹操的《短歌行》中写道："月明星稀，乌鹊南飞。绕树三匝，何枝可依。"这是论招揽人才的事。"月明星稀"只是用对月的自然描写来表述人才的环境。曹丕在《燕歌行二首》中有"明月皎皎照我床"之句，也是用对月的自然描写来表述夜的清寂柔美之韵味。

晋代陶渊明《归园田居》中有"晨兴理荒秽，带月荷锄归"句，说是一大早去田里除草，直至晚上月亮升起来，才肩负锄头归家。这仍然是对月亮的自然描写。南北朝的诗人，对月亮仍然是那样自然描写。谢灵运《岁暮》中有"明月照积雪，朔风劲且哀"。说的是北方的月夜下雪地的苍凉。

历史进入唐代，唐人对月亮的诗兴似乎比前代人高涨了许多。唐代王昌龄的《出塞》中写到了"秦时明月汉时关，万里长征人未还"，是用月来表述时间、空间和人的情景关系。唐代王建《十五夜望月》中有"今夜月明人尽望，不知秋思落谁家"句，这是真正的中秋吟月思亲诗，在此之前少见。李白用自己的诗开创了一个人类对月亮探索的新时代。他把人生、酒与月亮联系在一起。用现在的话来说，他把月亮的运行与时间、空间、人生联系起来了。在《将进酒》中有"人生得意须尽欢，莫使金樽空对月"句。接着，他开始探索月亮是什么。他在《月朗月行》中有"小时不识月，呼作白玉盘"句。这尽管是表达他幼时的天真无邪，但也反映了人们对大自然的深究。接着他在《把酒问月》中有"青天有月来几时？我今停杯一问之"句。天上的月亮从什么时候才有的？这个问题，问了几百年，后人也难以回答。李白对月亮的兴趣越来越浓厚，描写有关月亮的诗也越来越多，而且意境越来越深远。有《关山月》中的"明月出天山，苍茫云海间"，《子夜吴歌·秋歌》中的"长安一片月，万户捣衣声"。再往后，李白对月亮的探究更是豪情万丈。他在《宣州谢朓楼饯别校书叔云》中有"俱怀逸兴壮思飞，欲上青天览明月"，想要上天去尽情欣赏月亮。览与揽可同义，即看或拥抱之义。他的《月下独酌四首》（其一）对月亮更是奇想突发，其中有"举杯邀明月，对影成三人"句，既叹独自寂寞，又感怡然自得。

杜甫对月亮也是情有独钟。苦恼时，对月空叹；寂寞时，以月壮志；想家时，对月思乡。他在《宿府》一诗中有"中天月色好谁看"一句，有怀才不遇、壮志难酬之叹。在《后出塞》中有"中天悬明月"句，面对大自然的美景，心中呈现出充实和美好之感。在《月夜》

中，他叹"今夜鄜州月，闺中只独看"，是月亮勾起他思念妻儿之情。

在《中华诗词名句》中看到，韩愈是另一个写中秋节月亮的诗人，在《八月十五夜赠张功曹》的诗中，有："一年明月今宵多，人生由命非由他，有酒不饮奈明何！"这是触景生情，面对皓月，诉叹心中的抑郁。诗人们在与大自然的交往中，逐渐领悟了人生哲理。人与月亮都是自然界中的一类，而人高于月亮。唐代张若虚《春江花月夜》中有"人生代代无穷已，江月年年只相似"句，看到了生命是严肃而可敬的。唐代赵嘏《江楼感旧》中的"同来望月人何处？风景依稀似去年"，与张若虚的意思相似。唐代张九龄《赋得自君之出矣》中的"思君如满月，夜夜减清辉"和他在《望月怀远》中的"海上升明月，天涯共此时"一样，有望月思念亲朋好友的感伤。唐朝诗人从月亮那里借来多少情感啊！像孟浩然、李商隐等等都有咏月思情的诗。

时间流逝，进入宋朝，苏轼写了《水调歌头·明月几时有》，把咏月思情的情感推向了新高潮。"人有悲欢离合，月有阴晴圆缺，此事古难全。"由人到月，悟出了一个道理——自古世上无十全十美的事。他告诉人们用坦荡、豁达、愉悦的心情对待世事。在此词中，苏轼也像李白一样，"明月几时有？把酒问青天"，此问不仅直率，且有深虑着人生的痛惜和悲伤之感。这与李白的"青天有月来几时，我今停杯一问之"是相似的。至此，古诗人从李白一问起，到苏轼一问止，人类社会的历史向前推进了整整400年，构成了中华诗词中咏月的高潮期。往后，咏月的人和诗就极少了。

对于现代的人来说，月是什么？月从何时来？基本认识不成问题。随着人类登月活动的展开，人类对月亮的起源、实质和运行规律会有更多的认识，今人对月亮不会再像古人那样浮想联翩了。据说我们党在延安时期有一个有趣的小故事：说的是一对青年小夫妻，妻子是刚从敌占区到延安的知识分子。一天晚上，从外面回来，看到天上的满月，很是激动，风风火火地拉着丈夫走出窑洞，丈夫以为发现了什么敌情，背上枪就跟着出来。妻子说："你看，今夜月色多美啊!"丈夫向天上看了看,便说:"月亮像大饼,有什好看呢?"就回窑洞去了。妻子挺扫兴,在桌子留下半阕诗:"嫁得郎君不解情,竟将明月比大饼。"丈夫一看笑了,在妻子的半阕诗下写到:"寒来花月不能衣,饥时一饼值千金。"这说明人们对于月亮的情趣不同,看法也不同。而如今,我们幸逢盛世,不愁衣食,有心境、有条件欣赏大自然之美。人们越来越懂得,我们自己也是大自然中的一部分,而且是最有灵性的、最有创造力的一部分,应当对大自然的其他部分有更深的理解。

古代女诗人与描写女子的诗

　　人类按性别来划分,理论上应当是男女各占一半。然而,在古今诗词中描写女子的诗在整个诗词中所占的比例并不大,而且诗人中女诗人比较少,但她们代表着人类的一半。欣逢"三八"妇女节,研究了一番古代女诗人与描写女子的诗,感觉颇有些意思。

　　《诗经》中的作品是从民间搜集来的,经孔子编纂后,将作者的姓名和性别都略去了。因此《诗经》中的作品已无作者姓名,当然也不注释性别了。此后的第一个女诗人,当数西楚霸王项羽的老婆虞姬了。在《中华诗词名句》中,虞姬的诗仅有一首。这就是《和垓下歌》:"汉兵已略地,四方楚歌声。大王意气尽,贱妾何聊生。"这首诗表达了虞姬愿与项羽同生共死的强烈愿望,是对项羽兵败的伤感与无奈,也是对爱情的执著。

　　到汉朝描写女子的诗也就多起来了。李延年的《佳人歌》和秦嘉的《留郡赠妇诗》都是此类诗。尤其是李延年的《佳人歌》中的"一顾倾人城,再顾倾人国"句,演变为后来的成语"倾国倾城",成了因女人美姿而造成国家倾覆的代名词,后来多形容女子容貌极美。

　　在汉武帝时代,有一位杰出的女诗人——卓文君。她以自己与司马相如的爱情故事写成《白头吟》:

　　　　皑如山上雪,皎如云间月。闻君有两意,故来相决绝。今日斗酒会,明旦沟水头。躞蹀御沟上,沟水东西流。凄凄复凄凄,嫁娶不须啼。愿得一心人,白头不相离。竹竿何袅袅,鱼尾何簁簁。男儿重意气,何用钱刀为!

这里明确地指出:爱情不是用金钱能买到的。

汉代宋子侯有一首描写女子的诗《董娇娆》:

> 洛阳城东路,桃李生路傍。花花自相对,叶叶自相当。春风东北起,花叶正低昂。不知谁家子,提笼行采桑。纤手折其枝,花落何飘扬。请谢彼姝子。何为见损伤?高秋八九月,白露变为霜。终年会飘堕,安得久馨香?秋时自零落,春月复芬芳。便时盛年去,欢爱永相忘。吾欲竟此曲,此曲愁人肠。归来酌美酒,挟瑟上高堂。

这首诗是描写一个歌妓与花的拟人对话,感叹女子的命运不如鲜花,并隐意作者自叹人生短促,发出青春不再的感慨。

在汉朝一批"无名氏"留下的诗句中,有一部分描写女子的诗。《艳歌行》中"水清石自见",比喻自己的清白。长诗《孔雀东南飞》也写作《焦仲卿妻》,是描写一对恩爱夫妻焦仲卿与刘兰芝被焦母强行拆散后,双双自杀的家庭伦理悲剧诗。记得全国刚解放时,有一首歌唱道:"旧社会,好比是,黑沽隆冬的枯井万丈深!井底下,压着咱们的老百姓,妇女在最底层!"读完了《孔雀东南飞》之后,深感封建社会中的妇女深受社会压迫之苦。这部长诗,作者不是女诗人,是一位男子为女子鸣不平而写的杰作,表达了女主人翁对夫妻爱情坚贞不移、永不改变的决心。

汉代还出现了许多女子思念丈夫的诗句。如《古诗十九首·行行重行行》、《古诗十九首·迢迢牵牛星》、《别诗》、《饮马长城窟行》、《留别妻》和《古诗·上山采蘼芜》,这一时期以思念为题的诗歌很是繁盛。曹魏时期的曹丕也有《燕歌行二首》(其一),其中有"牵牛织女遥相望,尔独何辜限河梁"句。说牛郎织女还可以隔河相望,而妇人却因不知丈夫身在何方而满怀伤情。汉朝末年的蔡文姬是我国历史上有名的女诗人,因其父蔡邕得罪了宦官,蔡文姬

16 岁前与父亲一起充军、流亡。后又被迫在匈奴度过了 12 年,生有两子。归汉后写了两首《悲愤诗》,是中国历史上由文人创造的第一首自传体五言长篇叙事诗。诗中凝注了爱国主义经久不衰的生命力。

南北朝的诗歌留下来的不多,但有一首北朝民歌《木兰诗》是描写我国家喻户晓、顶顶有名的花木兰替父从军的故事,非常生动。

唧唧复唧唧,木兰当户织,不闻机杼声,惟闻女叹息。问女何所思,问女何所忆,女亦无所思,女亦无所忆。昨夜见军帖,可汗大点兵。军书十二卷,卷卷有爷名,阿爷无大儿,木兰无长兄,愿为市鞍马,从此替爷征。东市买骏马,西市买鞍鞯,南市买辔头,北市买长鞭。旦辞爷娘去,暮至黄河边。不闻爷娘唤女声,但闻黄河流水鸣溅溅。但辞黄河去,暮宿黑山头。不闻爷娘唤女声,但闻燕山胡骑鸣啾啾。万里赴戎机,关山度若飞。朔气传金柝,寒光照铁衣。将军百战死,壮士十年归。归来见天子,天子坐明堂。策勋十二转,赏赐百千强。可汗问所欲,木兰不用尚书郎。愿驰千里足,送儿还故乡。爷娘闻女来,出郭相扶将。阿姊闻妹来,当户理红妆。小弟闻姊来,磨刀霍霍向猪羊。开我东阁门,坐我西阁床。脱我战时袍,着我旧时裳。当窗理云鬓,对镜贴花黄。出门看伙伴,伙伴皆惊惶。同行十二年,不知木兰是女郎!雄兔脚扑朔,雌兔眼迷离。双兔傍地走,安能辨我是雄雌?

到了唐朝,诗歌的题材更宽广,其中也有不少描写女子的诗,而且很精致。王昌龄的《宫怨》,描写女人不懂世事艰难,而要丈夫别去建功立业。此诗与王建的《新嫁娘词》一样,题材新颖。虽是短诗,但写得别具一格,摆脱了风行一时的"思夫"题材。李白以女子为题材的诗也有不少,像《长相思》(之二):"昔时横波目,今作流泪泉。"《闺情》:"美人在时花满堂,美人去后余空床。"还有《长干行》、《春思》等等。杜甫的《月夜》不仅写了对月思念妻子,而且还写了思念女儿。《丽人行》通过写女人,揭露鞭挞了当时唐玄宗李隆基的时政弊端。《别新婚》描写了新婚夫妻结婚一天后,丈夫就出门去当兵,与家人分手的悲痛情景。作者从另一侧面揭示了当时时局之乱带来的民生疾苦。《哀江头》写了当时有名的女人——杨贵妃。"明眸皓齿今何在? 血污游魂归不得。"这与白居易的《长恨歌》异曲同工。杜甫是一个关注百姓疾苦、悲天悯人的大诗人,自然会为社会最底层的妇女鸣不平,所写诗句十分形象和深刻。

唐代是我国诗人辈出的时代,在唐诗集中也收入了唐代诗人王驾的妻子、女诗人陈玉兰的《寄夫》:"夫戍边关妾在吴,西风吹妾妾忧夫。一行书信千行泪,寒到君边衣到无。"写得直白而又深情。稍后还有唐代葛鸦儿的《怀良人》:"蓬鬓荆钗世所稀,布裙犹是嫁时衣。胡麻好种无人种,正是归时底不归。"唐代秦韬玉的《贫女》:"蓬门未识绮罗香,拟托良媒益自伤。谁爱风流高格调,共怜时世俭梳妆。敢将十指夸针巧,不把双眉斗画长。苦恨年年压金线,为他人作嫁衣裳!"这些大概都属平民女诗人,写出来的诗是贴切平民女子的,或许她们自己就是平民女子。唐代女诗人中也不尽是平民女诗人。应当说,武则天也算是一位女诗人。她有一首《催花诗》:"明朝游上苑,火速报春知。花须连夜发,莫待晓风吹。"自然,武则天的诗和平民女诗人的诗从内容到口吻都有着天壤之别。

唐代孟郊的《游子吟》,实际是写的母亲与游子、春晖与小草的关系,这是唐诗中少见的一首写母爱的诗,也是自古以来老少皆吟、千古传诵的诗句。唐代李商隐的《无题二首》(其二)中有句"小姑居处本无郎",全诗是一个未婚女子的独白,从题材上来说也是很少见的。

唐代罗隐的《西施》:"家国兴亡自有时,吴人何苦怨西施。西施若解倾吴国,越国亡来又是谁。"他为古代女名人西施正名,国家兴亡,原因颇多,不是一个人能决定的。

五代之后,女诗人中开了忧国忧民先河的,首先是花蕊夫人徐氏的《述国亡诗》:"君王城上竖降旗,妾在深宫那得知?十四万人齐解甲,更无一个是男儿。"花蕊夫人是后蜀主孟昶的贵妃。后蜀主有十四万兵马,一仗未打就向宋投降了,做了亡国奴,其中一个有志气的男人都没有。

宋朝写女子的诗并不少,宋初张先的《行香子·舞雪歌云》中有"心中事,眼中泪,意中人"句,描写一女子心事满怀,不停地流淌眼泪,却还是痴心地思念意中人。苏东坡是诗词大家,但他写女人的诗词并不多,其中在《薄命佳人》中有感叹"自古佳人多命薄"之句,发出了世上女人难做的叹息。欧阳修诗词中描写女人的词很细致,他的《南歌子·凤髻金泥带》中有句"走来窗下笑相扶,爱道画眉深浅入时无",是描写夫妻闺中情趣的,这似乎在过去诗词中也是极少的。欧阳修的《生查子·去年元夜时》中的"月上柳梢头,人约黄昏后"句也很别致。

欧阳修是诗文大家,他的诗中还描写了中国古时的另一位女名人——王昭君。诗名为《和王介甫明妃曲二首》(其二),全诗如下:"汉宫有佳人,天子初未识。一朝随汉使,远嫁单于国。绝色天下无,一失难再得。虽能杀画工,于事竟何益?耳目所及尚如此,万里安能制夷狄?汉计诚已拙,女色难自夸。明妃去时泪,洒向枝上花。狂风日暮起,漂泊落谁家?红颜胜人多薄命,莫怨春风当自嗟。"其中"红颜胜人多薄命"句,与苏轼的"自古佳人多命薄"同义。宋代陆游写了很多诗词,其中《钗头凤·红酥手》是很有名的,是自己与前妻唐婉爱情从圆到破的内心写照。

李清照是宋代,甚至是中国历史上最杰出的女词人。她的诗词不仅多,而且情感真切,文辞生动,充满着忧国忧民的情感,怀着饱满的爱国情怀。她是描写古代女性心理活动最深刻最细腻的词人。宋代平民女词人也有许多杰作,像聂胜琼的《鹧鸪天·玉惨花愁出凤城》(寄李问之)也写得情真语挚,十分感人。原词如下:"玉惨花愁出凤城。莲花楼下柳青青。尊前一唱阳关曲，别个人人第五程。寻好梦，梦难成。况谁知我此时情？枕前泪共帘前雨，隔个窗儿滴到明。"

　　明思宗朱由检写过两首诗，送给历史上有名的巾帼英雄秦良玉。原诗如下："蜀锦征袍手制成，桃花马上请长缨，世间多少奇男子，谁肯沙场万里行。"另一首是："凭将箕帚扫胡虏，一派欢声动地呼。试看他年麟阁上，丹青先画美人图。"秦良玉是明代四川土司千马乘的妻子，丈夫死后，她承继军职，屡建战功，是明末有名的女将。明思宗为了嘉奖她，写下诗，并将她的像画在麒麟阁上。清末，自号"鉴湖女侠"的秋瑾看了秦良玉的英雄故事后，写下："其重男儿薄女儿，平台诗句赐娥眉。吾侪得此添生色，始信英雄亦有雌！"借秦良玉抒发自己的壮志。

　　当然，清朝关于女子的诗词颇多，值得读一读的是吴伟业的《圆圆曲》，篇幅较长，诗中一方面是说陈圆圆由于与吴三桂的关系而名传千古，"一代红妆照汗青"；另一方面，责备和鞭挞吴三桂"不顾江山为美人"。

　　清代有一女英雄——沙天香，作有《战歌》："边塞男儿重武功，剑光如电气如虹。人生自古谁无死，马革裹尸是英雄！"她是明末西藏人，是回族将领霍集占的妻子，曾促夫拥兵自立，称巴图汗国。清兵来攻时，她提剑上阵，并作《战歌》，鼓舞士气。后兵败被俘，死于北京。沙天香就是历史传说中的"香妃"，但她与丈夫霍集占妄图分裂祖国的叛乱行为注定是要失败的。

　　女子是人类社会中不可缺少的一部分，在封建社会，女子受到了许多不公正的评价和待遇。实际上，女子无论在古代还是现代，都是人类社会进步中重要的促进力量，是永放光辉的。让我们在"三八"妇女节以及所有的日子里，永远高呼：妇女万岁！母亲万岁！

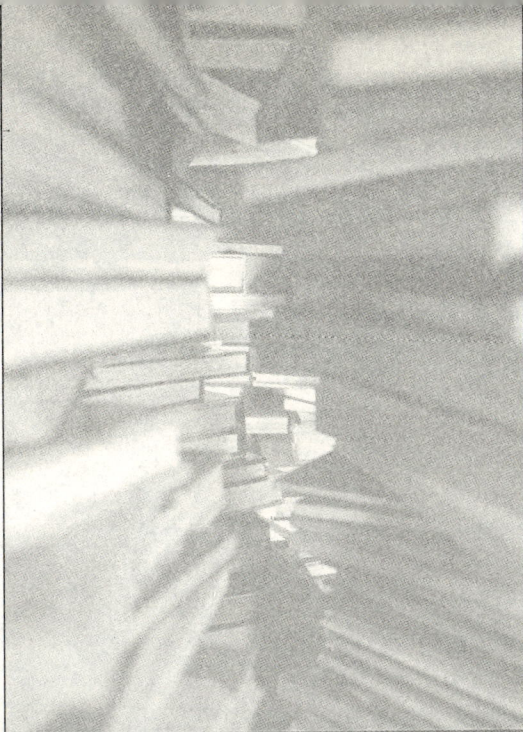

青灯苦读书蕴香

古往今来,许多大家评说书和读书;

有的说,书是香的,铜是臭的,

有的说,书未必都香,铜未必都臭;

有的说,读书有用,书中自有"黄金屋"、"颜如玉";

有的说,读书未必有用,读通数理化,不如有个好爸爸;

有的说,年轻时要好好读书,少壮不努力,老大徒伤悲;

有的说,老了也要读书,这叫老有所学。

关于书与读书,众说纷纭,只可以听听,关键是自己的主张。掌起青灯一盏,潜心苦读,自会感到书香,自会感到有用,自会感到终身学习的重要。

读书的名言与格言

　　这里谈读书，是指我们在工余之时读点儿书，而不是指人们受初、中、高等教育中的读书，也不是指上班在办公室读公文。这里所指的读书，是在一种轻松的心情下读书。正是孤灯一盏，清茶一杯，与你心爱的书牵手相伴。

　　读书应是人生不可缺少的一部分。为使人生不残缺，就要不断地读点儿书。关于读书，从古到今的名家和"无名"者留下了许多名言与格言。汉代刘向说："书犹药也，苦读之可以医愚。"唐代段成式说："人不读书，其犹夜行。"这是说人不读书，就会迷失方向。宋代苏轼说："读书万卷始通神。"明代朱舜水说："非读书不能作文，非熟读不能作文。"清代王豫说："凡读无益之书，皆是玩物丧志。"清代钱泳说："读万卷书，行万里路。"林语堂说："开卷有益，掩卷有味。"鲁迅说："爱看书的青年，大可以看看本分以外的书，即课外的书……譬如学理科的，偏看看文学书，学文学的，偏看看科学书，看看别个在那里研究的，究竟是怎么一回事。这样子，对于别人、别事，可以有更深的了解。"周恩来总理年轻时就提出："为中华之崛起而读书。"现代诗人臧克家说："尽量多读参考书，博览群书，扩大知识面。"吴晗说："读书是学习，摘抄是整理，写作是创造。"诗人闻一多说："一个人可以无师自通，却不可无书自通。"

　　以上摘录的只是中国人论读书的一些名言中很少的几句。外国人也是十分重视读书的。海伦·凯勒（美国）在《我的生活故事》

中说："一本新书像一艘船,带领着我们从狭隘的地方,驶向生活的无限广阔的海洋。"高尔基(前苏联)谈读书的名言是比较多的。他说："书是人类进步的阶梯。"还说："热爱书吧——这是知识的源泉!""读书是好的,但必须记住,书不过是书,要自己动脑筋才行。"赫尔岑(俄国)说："读书是取得多方面知识的最重要的手段。"笛卡儿(法国)说："读一本好书,就是和许多高尚的人说话。"希尔泰(瑞士)说："坏书是带有知识性的毒药,它会毒杀精神。"孟德斯鸠(法国)说："爱好读书,就能把无聊的时刻变成喜悦的时刻。"

读书,不仅是知名人物的热门话题,而且也是许多"无名者"的话题(说"无名者",是指他们不列在著名人物之中)。我早年就有过一本《无名者格言》的小册子,其中就有关于读书的格言。"锲而不舍地学习,就像是石上的雕刻一样,日子虽长,自己依旧清晰;不求甚解地读书,犹如沙石上的记录,后面正在写,前面已被风吹盖得无影无踪。"(蒋金铺)"书本的可贵不在于它的价值,而在于它的使用价值。"(赵英)"书是一种活的声音,它是我们永远尊重的理性代表。"(蔡雨)"走进图书馆,求知者绝不是为了摘取几束媚丽的花朵去炫人耳目,而是为了采撷智慧的良种。"(章胜利)"滴水日久,会把坚硬的石板穿透;读书经年,能将高深的学问攻破。"(凌卫本)

这些知名者和"无名者"的名言和格言,将读书的每一个环节简洁明了地揭示出来了,强调了作为任一时代的人读书的重要性和必要性,提醒人们要读好书,告诫我们不要读坏书。读书不是为了装潢"门面",而是要运用书中的道理去解决社会的生存和发展问题,与此同时也增进自己的知识,陶冶情操,修炼高尚的道德,做一个社会所需要的人。关于读书的名言和格言是古人与今人对读书的总结。

要倡导社会的读书之风,首先要从社会的精英做起。随着社会的发展,人民生活水平的提高,人们的兴趣趋向于多元化。而从目前状况来看,在一定程度上,吃喝玩乐的兴趣强化了,而读书作文的兴趣弱化了。不信,可以在某个周末到某机关或某企事业单位门口一览。那里的公车、私车忙碌的是什么？大致忙碌的是赴麻将扑克牌场、美酒佳肴雅室，甚至是一些"休闲"场所或歌舞升平的天地。现在利用业余时间读点儿书的人不是用极少来形容，而是寥若晨星。我们青年干部不爱读书，我们的青年缺乏读书之风，我们的民族将来该是怎样呢？但愿这是"杞人忧天"！

读书、爱书与藏书

书是什么？莎士比亚说："书籍是全世界的营养品，生活里没有书籍，就好像大地没有阳光；智慧里没有书籍，就好像鸟儿没有翅膀。"笛卡儿说："读一本好书，就是和许多高尚的人说话。"阿尔科特说："书是最有礼貌的伴侣。无论什么时候，不论你心情如何，都可以接近它。"

书确有好书坏书之分，好书应当是人们的精神食粮（营养品）。书是一群高尚的人，书是有礼貌的伴侣。当然，对好书坏书的评价，受一定的历史条件限制，在不同的社会、不同的阶级、不同的历史条件下，有着不同的标准。《红楼梦》曾经被认为是描写男女不纯洁关系的书，曾被列为"禁书"，而经过历史的检验，证实它是一部好书。它是一部反映中国社会从没落的封建社会向资本主义社会转折的一部全书。无论是从反映当时社会的政治、经济、文化和精神方面的面貌，还是从文学水平上来衡量，《红楼梦》肯定是一部好书，早已被解禁。马克思、恩格斯的《共产党宣言》也曾经被无产阶级革命的敌人使用层出不穷的手段加以诋毁与禁读。《共产党宣言》发表以来的 160 年的历史，证明了其所表达的思想的正确性，证明了马克思主义所取得的光辉的伟大的胜利。列宁说，《共产党宣言》"是每一个觉悟工人必读的书籍"。

苏轼《送安敦秀才失解西归》中有句诗："故书不厌百回读，熟读深思子自知。"但"故书"一词的意思，在不同的书上有所不同。

如浙江少年儿童出版社出版的《名言赠言集章》中称"故书",上海辞书出版社出版的《中华诗词名句鉴赏辞典》称"旧书"。而在我们平时的俗语称:"好书不厌百回读。"仔细想来,"故书"与"旧书"词意一致,而"故书"、"旧书"与"好书"如何理解呢?事实上它们之间没有不可逾越的鸿沟。凡是经得起时间考验而留传至今的古书,大多是好书,自然令人百读不厌。"旧(故)书不厌百回读"常用来赞美古典名著的伟大与不朽。"好书不厌百回读"常用于称赞一部好书趣味无穷,值得一再阅读。

喜欢读书的人,总是爱书的。高尔基说:"热爱书籍吧,书籍能帮助你们生活,能像朋友一样帮助你们在那使人眼花缭乱的思想感情和事件中理出一个头绪来,它能教会你们去尊重别人,也尊重自己,它将以热爱世界,热爱人的感情来鼓舞你们的智慧和心灵。"(《高尔基论青年》)

清代张问陶在《庚戌九月三日移居松筠》中说:"留得累人身外物,半肩行李半肩书。"可见作者搬迁时,有用的东西中,一半是行李,一半是书。他认为书是读书人独有的财富,对于自己读过或将要读的书很是珍惜。现在,时代不同了,人们对书的态度不同了,但大部分人还是爱书的。前些年,我给大学生上哲学课,竟然有些学生不买课本。经了解,不是他们没钱,而是对书有些厌弃。前几年开始,就有一些大学生在毕业离校前,将课本、参考书、文学书等都扔掉,轻轻松松"衣锦还乡"。其实,自己读过的书是珍贵的,无论是专业技术书,还是文学艺术书或政治书,都是十分可贵的。在将来的工作中遇到困难时,就会像想起自己的朋友一样,想起被遗弃的那些书。

故书、旧书、好书是要长期保存的,这就是藏书。藏书,是要有条件的。一是要有经济实力;二是要有藏书的场所;三是要对藏书有兴趣。我在海军工作时,当战士或下级干部时津贴或薪金不多,常常到书店,看到好书爱不释手,但囊中羞涩,只能望书兴叹。后来,在舰艇上工作,有书一两本好办,而多了就不能也不允许在舰艇上保存。因为,舰艇要求轻装。所以,我在海上 10 年,始终仅有一本薄薄的《唐诗一百首》。缺乏上述物质条件,藏书的兴趣也就罢了。最近,友人赠我一部徐明祥先生著的《潜庐藏书纪事》,徐先生不仅对藏书有情有趣,而且能做到常人难以做到的事情。他将他的藏书故事以及与藏书学者交往中的缘分和情感写成 36 篇文章,颇见其爱书之真诚,对书之情深。我们当以徐先生为榜样,好好读书、爱书和藏书。

远近高低各不同

　　"横看成岭侧成峰,远近高低各不同。"这是苏东坡吟咏庐山的名句,可以用来形容一个人或一件事物的多变化和多层面。同时,也可以形容一些事物的不同境界与现象。

　　其实,人们读书也是这样的。台湾作家潘希真(笔名琦君)在她的《琦君散文》《三更有梦书当枕》的题话中说:"少年读书,如隙中窥月。中年读书,如庭中赏月。老年读书,如台上望月。"这些读书体会确实是深刻的,没有大半生的读书经历是体会不出来的。尤其是用"窥月"、"赏月"和"望月"来形容读书所处的三个人生阶段,更是对人生、对读书的深层次的感悟。

　　如今我的人生也逾大半,更是体会到读书的如此境界。我出生在一个贫苦农民家庭,父母都不识字,自然家中没有故书、旧书,更没有好书可藏。在我幼年印象中,家中唯一的一本书,就是皇历。别看这历书,农家大有用处,查看农时节气、选择黄道吉日、卜算五谷年成、预知吉凶祸福都靠它。当我上了几年小学之后,已有一点儿阅读和写作的能力,家中的记账、书信往来、过年写对联,均是由我承担。那时已经解放几年了,农民生活有了根本的改善,然而农民的文化生活仍然那样贫乏,除了解放前家庭比较富裕的人家有文化人外,农村正处在扫除文盲阶段。记得 1954 年秋天,偶然看到村上一位在外地求学的青年,阅读着一部《钢铁是怎样炼成的》,我就向他借来阅读。一直读到了第二年春天,才算读完。这是我有生以来,第一次阅读文艺书籍,真有点儿"隙中窥月"之感。十几岁的我开始"窥"探人生。该书的上半部分,我的印象特别深刻,保尔似乎与我是差不多年纪的朋友,非常知心地向我讲述着他少年时期的故事。直至看到保尔与林务官的女儿冬妮亚的曲折恋爱故事时,我才初涉人生不可避免的问题——恋爱、婚姻和家庭。但是,当时不懂得什么是人生观,也不懂得什么是正确的人生观和怎样树立。

第二次阅读《钢铁是怎样炼成的》是在 1981 年。国家经历了十年"文革",我时任海军某师政治部组织科科长,正遇拨乱反正,工作劳累,犯了心脏病(心动过速、心律不齐、房颤),病情十分严重。经几天抢救后,缓解了一些,仍在疗养所里疗养。疗养所是一座面向大海、背依青山的平房,每日打针吃药,妻儿送来三餐,这叫"静养"。其实心中并不静,我请战友找来《钢铁是怎样炼成的》一书,背着医生、护士读起书来。一个人在病中读书,很容易将自己的命运与书中主人翁的命运联系起来。看着《钢铁是怎样炼成的》,我的心情越来越平静,那是因为看到了尼·奥斯特洛夫斯基在这部著作中的一段名言:"人最宝贵的是生命,生命属于人只有一次。一个人的生命应该这样度过的,当他回首往事的时候,他不会因为虚度年华而悔恨,也不会因为碌碌无为而羞耻。这样在他临死的时候就能够说:'我已把整个的生命和全部精力献给了最壮丽的事业——为人类的解放而斗争。'"读了这段话,带着病痛面对家庭、父母、妻儿也就坦然得多了。

第三次读《钢铁是怎样炼成的》是在 2001 年,我年满 60 岁,从工作岗位上退下来。家里人要为我过生日,大儿子问买什么东西给我作生日礼物呢?我说:"我少年时读过《钢铁是怎样炼成的》,后来又读过一遍,最近好多年不见这部书了。这是一部好书,也是我心爱的书,就买这部书送给我,让它伴我走过老年时代吧!"大儿子果然遵嘱,送来了一部新版的《钢铁是怎样炼成的》,我又从头读起来。与此同时,江苏省船舶工业行业协会筹建,我担负筹建的具体工作。这份工作虽是无权、无利、无名,但一干又是 10 年,我感到很欣慰,我的精神犹如保尔·柯察金一样,天天在追求"重新归队",开始新的生活。此种感受印证了琦君老师的话:"老年读书,如台上望月。"无论对人世间,还是对书中的人和事,都看得清晰而全面了。在这种环境下读书,没有精神上的压力,不必顾忌考试不过关,不必从什么功利出发,不必受时间的限制,悠悠地读来,细细地思考着书中的情节和自己几十年走过的路。

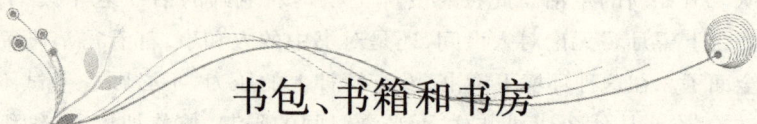

书包、书箱和书房

1960 年 1 月，我应征入伍，参加人民海军。心里总是感到这是一件很幸运的事。当时，公社选送给海军的青年有 30 多人，经过县里、专署的兵役部门千选万挑，仅留下两个人参加海军。一个是我，还有一个，前些年退伍后不久就病逝了。

这些新兵在镇江地区集中的时候，住在梦溪园外寿丘山下的一座大庙的殿上（后来在此地建成了镇江师范专科学校），尽管镇江有长江，有金山、焦山和北固山，是一个真山真水的好地方，但因人地生疏，我无心游山玩水。一日，坐着驴车到大市口新华书店去看书，看到了一部新出版的书——《红日》。此书的内容，现在不需多述了。因为，早就有电影《南征北战》和与《红日》小说同名的电影上映。

英国作家黎里在《尤菲绮斯》中有一句话说："书房里摆满书籍远比钱包里塞满钞票要好。"其实，我从家里出来，仅有 5 元钱，除了付 2 角钱坐驴车外，还剩 4.8 元，就一横心花了 1 元多钱，买了一部《红日》。因是刚刚穿上军装的新兵，也没有什么大事，几天就把这本书看完了。战友们不断地来借阅。新发的一个黄挎包就成了我的书包。后来，我经过训练团的航海专业技术的培训，被分配到海军驻浙江某舰艇部队。我的书包里始终也就是这么几本书。因为，每月仅有 6 元钱津贴，知道家在农村，每月父母买盐、灯油、火柴等日用品的钱，要靠我节省寄回去。我每月仅用 1 元钱，把 5 元钱寄回家。所以,书是买不起的。

到了 1970 年春,我从舰艇上调到政治机关,才有了几本书,其中有《毛泽东选集》1—4 卷,还有如《红楼梦》、《唐诗一百首》等几部中国古典名著。黄挎包显然装不下了,就捡了一个苹果包装箱,放在床底下装书。书越来越多,又托人找木工做了一个书箱,漆得发亮。自己感到很满足,因为自己也有一箱子书了。

1975 年春,部队批准我妻儿随军。并给了一套不到 40 平方米的住房。房子靠在山边,都是用山上的乱石砌起来的。人们称之为“窑洞”。家中虽没有自来水、卫生间,厨房间小得仅有 2 平方米,在那个年代就算是“高水平”的住宅了。在自己的小卧室的墙上架上几块板子,就算是书架,把书放上,免得像过去那样,为了找一本书,要把所有的书从箱子里都翻出来。在书架底下放上一张部队配备的小桌子,两个儿子住在外间客厅里。我把门一关,也算闹中取静,总算有了一个写作和读书的地方,甚是悠然自得。不过,那时海岛部队生活条件差,电是部队自己发的,一般是晚上五六点钟供电,晚上 10 点停电。停电后还得点上煤油灯或蜡烛读书和写作。根本谈不上空调、电视、电风扇、电热器。有了定居条件,我的书也越来越多了,书架上不仅有了一些文学书,还有几部马列主义的著作。

我一生对书是十分热爱的。1983 年初从部队转业时,全家的行李并不多,而书倒有好几箱。有过去看过的,也有没有看过的,都舍不得丢弃。书与衣物之类的东西相比,体积不大,但分量很重。到了学院后,许多帮我搬行李的地方同志以为我从部队带来了什么财富。我说,是财富,不过不一定值钱。后来,他们看到是一些旧书,恍然大悟。说确实是“财富”,可比起学院图书馆剔除的书差得多了。

回到地方,居住条件一次次提高。在 27 年中,我换了 4 次住房,房子一次比一次大,也一次比一次好。最后一次搬迁新居的时候,我就用心地布置了一个书房。书房的一堵墙上做了一大面的书橱,除了将这几年积聚起来的旧书放进书橱内,又增加了《资治通鉴》、《唐诗·宋词·元曲》以及四大古典名著等。除此之外,也有马克思主义经典作家的一些著作,还有读书、写作用的工具书。

这些年来,自己常常写些新闻稿和散文作品,时有一些稿酬所得。这些钱是我的"小金库",主要用于购书和自己出书的出版费和印刷费。稿费成了自己读书和写作的"发展基金",以读书写作养读书写作。苦也有甘,知足常乐。

耐得寂寞好读书

　　世界上有些事，需要轰轰烈烈去做。而读书这件事，读书人则必须耐得住寂寞。古人对于如何读书有两种态度。一种说法："一心专读圣贤书，两耳不闻窗外事。"诸葛亮在《诫子书》中说："夫君子之行，静以修身，俭以养德。非淡泊无以明志，非宁静无以致远。夫学须静也，才须学也。非学无以广才，非志无以成学。淫慢则不能励精，险躁则不能治性。年与时驰，意与日去，遂成枯落，多不接世，悲守穷庐，将复何及！"这一段话，译成白话，大意如此：君子的所作所为，是以宁静谦恭来培养和提高自己的品德修养。没有超脱名利的心境，就不能显明志向；没有安宁清净的胸怀，就不能达到远大目标。学习必须心静，才能需要学习，不学习就不能获得多方面的本领，而没有志向，学习也不会成功。任性放纵，就不能振奋精神；狡邪轻率，就不能修养身性。年岁和志向与岁月一起逝去，于是，萎靡不振，不能对社会有所贡献，伤心地守在家中，还能再有什么作为呢！用一句通俗的话来说，就是"读书学习要耐得住寂寞"。

　　另一种说法："风声雨声读书声声声入耳，家事国事天下事事事关心。"这是明代顾宪成写的东林书院门前的对联。人们常用这副对联来表示读书人对国事民生的关切。这种理解是正确的。但是，在现时社会环境下，在我们的生活中，何止是这些"声"和"事"呢！除此之外，还有金钱、官位、美色、酒肴、玩乐等的"声"和"事"

来干扰着一些人的感官,弄得有些人在上班时神情恍惚,业余时间忙于玩乐,哪有心思读书,生活变味儿了。甚至有些意志薄弱者堕落成革命事业的罪人。

可以说,静心必须读书,读书必须静心。但读书不应一概排除关心那些"声"和"事",即关注国事民生。读书若"两耳不闻窗外事",那我们读书做什么呢?

回忆起来,我自己有过一段读书的经历,这里不妨叙述出来,供朋友共斟酌。1962 年夏天,我参军后的第三年,在某艇中队任文书。当时,蒋介石叫嚣"反攻大陆",艇队备战到浙南海防前线,领导命我一个人留守机关。中队部设在浙江省黄岩县椒江边的一个镇上,有上下三间楼房、一个大天井。天井里堆满了用于艇上做饭的木柴,还有两口盛满水的大缸。周围环境算不上繁华,但称得上是个"花花小世界"。每天的工作是劈柴,以供艇队回港时补给。另外,就是领导嘱咐的:"没有事就读点儿书。"副中队长姓田,把一旅行袋的书交给了我。8 月的天气十分炎热,我给自己安排了一天工作:上午早饭后劈柴,干到 10 时半收工,洗澡后去大队部食堂用午餐;下午 2 点看书,直至读到晚上 10 点。田副中队长的藏书,当时看来是十分丰富的了。有《红楼梦》、明代抱瓮老人所辑的《今古奇观》(上下集)、《金陵春梦》(1—4 卷)等,《金陵春梦》是写蒋介石的事,还有几部现代小说。唯独《红楼梦》我看了前几回,因词意艰深看不下去。那时书店根本买不到《红楼梦》,是很难有机会读一读的,但其中的诗词深奥难懂,只得放下了。

后来逛书店时,看到了一部《中国共产党历史讲话》。那时,自己还未入党,这部书又比较通俗,加上我对党的认识已有一些基础,便感到这部党史是值得一读的好书。过了若干年,回首往事,深感读这部党史确立了我入党的志愿。后来不到半年时间,党组织就接纳我为中共预备党员。

整个夏天,并不是没有外界因素干扰读书,有时也有些青年男女买好票邀请我去看戏、看电影的,也有塞钱要木柴的(因那时社会上一切物资都十分缺乏），甚至有战友鼓动我趁机回家住几天的。我能够抵御这种干扰，原因有二：一方面是我有"做一个自觉守纪的战士"的信条，约束着自己的行动；另一方面，我自觉不自觉地认识到，要耐得住寂寞，别让花花世界扰乱自己的思绪。

对"读书年代"的回忆

新中国成立后的 60 年中,我们党倡导和发起了多次读书运动。1957 年下半年,在全党尤其在高等学校开展了"社会主义教育课程",提出阅读马克思、恩格斯、列宁、斯大林、毛泽东等领袖的著作。教育和学习的目的是以马克思主义的立场、观点和方法,来克服非马克思主义的立场、观点和方法。纵观历史,这次学习运动规模不大,而真正的历史意义和现实意义是在高等学校确立了马克思主义理论教育课程,这一点,一直坚持至今,今后也不会动摇。

所谓"读书年代",似应以 1960 年 9 月《毛泽东选集》第四卷出版发行为开启标志,至 1976 年 10 月"文化大革命"结束而结束。《毛泽东选集》第四卷包括毛主席在第三次国内革命战争时期写的 70 篇著作。这是"读书年代"阅读的主要著作。其间,毛主席发出"认真看书学习,弄通马克思主义"的号召,中共中央提出干部要读 6 部马克思、恩格斯、列宁的著作:《共产党宣言》、《法兰西内战》、《哥达纲领批判》、《反杜林论》、《国家与革命》、《唯物主义和经验批判主义》,实际阅读的范围要比这宽一点儿。

在"文化大革命"后期,毛主席曾不止一次地提倡高级干部读《红楼梦》,我们也跟着读。《红楼梦》成了畅销书。毛主席还提倡读一些其他古典文学作品,如《水浒》等。

在"读书年代"读毛主席著作的风潮席卷了全党、全军、全国各族人民。从年龄来说,从小学生到老年人,都读毛主席的书。我在农村看到,有些不识字的老爷爷、老奶奶也能流畅地背诵《为人民服务》、《纪念白求恩》和《愚公移山》(总称"老三篇")。全国树立了像焦裕禄、雷锋和"南京路上好八连"等一大批学习毛主席著作且学用结合得很好的先进典型。不可否认,那个年代不仅读书成风,而且社会风气十分的好。这是经历过那个年代的人都很留恋的。

对于这个"读书年代",有人是持否定态度的。以我所见,对这个年代,完全否定或完全肯定都是有失偏颇的。时隔 30 多年了,现在五六十岁的人与他们之前之后的人相比,显然对于人生和工作的态度是不一样的。一般说来,他们办事较认真,工作较勤奋,对己较严格,对人较谦和。当然,这是总观而论,就单个人来说,也不尽然。这些人是那个年代造就的人,他们的言行打着那个年代深深的烙印。那个年代的精神影响了几代人,也造就了后来岁月中的方方面面的人才。

至于毛主席提倡大家读《红楼梦》,初衷不知为何。据说,毛主席自己读《红楼梦》9 遍,说才读懂了一点。我们这样的人,功力浅薄,就更难以读懂了。现在想来有两点。一是《红楼梦》是描述中国社会由封建阶级世界观与资产阶级世界观交替或转折时期的文学名著,反映了这个转折时期的政治、经济、文化和人们的精神面貌。要研究中国的社会转折,读读《红楼梦》是十分必要的。就像欧洲社会由封建社会转向资本主义社会,首先在杰出的意大利诗人但丁·阿利格里所著的《神曲》中得到反映一样。《神曲》标志着封建中世纪的终结和资本主义新纪元的开端。中国社会发展到曹雪芹的年代,也是封建社会即将倾覆的时代,人们向往着一个人文主义的新社会的到来。毛主席认为一部《红楼梦》是中国社会的百科全书。二是可能还隐含着当时与林彪、江青反革命集团斗争的复杂性,借倡读《红楼梦》警示党内高级干部。

当然,这个"读书年代"也带来一些负面效应,如神化了毛主席和毛主席的言论;竟然将毛主席一贯反对的形式主义作为风行一时的主导学习形式；用极"左"的倾向和做法伤害了一些对"读书"有不同看法的同志，知识得不到尊重；把读书与应用的关系庸俗化，强调"立竿见影"，将理论应用于一切，不分人群和场合，不分时间和具体条件，都要求读书见效。这些教训是值得我们吸取的。

我学《共产党宣言》

　　1970 年八九月,中共中央在庐山召开九届二中全会。会上林彪、陈伯达等突然袭击,提出"天才论"和"设国家主席"等问题,妄图抢班夺权。他们的阴谋为毛泽东主席所识破(《中国百科年鉴(1980)》)。其中的"天才论"涉及哲学问题。争论的焦点是,人的才能是先天就有的,还是来自后天的社会实践。陈伯达号称是中国的马克思主义理论家。他的"天才论"不仅承认天才是先验的,而且还说发现天才的人是最大的天才。林彪在"文化大革命"一开始,就为《毛主席语录》写了前言,说毛主席是"最大的天才"。他在平时还宣扬:"毛主席是世界几百年、中国几千年才出现的天才。"后来的材料揭露,林彪的儿子林立果,二十几岁就当空军司令部办公室副主任、作战部副部长,林彪称儿子也是天才。按照陈伯达的推理,林彪是发现了天才的人,因此他是最大的天才。"天才论"的目的,是抢班夺权。毛主席在庐山写的《我的一点意见》中指出,"决不能跟陈伯达的谣言和诡辩混在一起"、"不要上号称懂马克思,而实际上根本不懂马克思那样的一些人的当"。这年 11 月,党中央发出高级干部学习马列著作的通知,提出"只有读一些马、恩、列、斯的基本著作,才能识别真假马列主义"。

　　在这样的大背景下,全党、全军干部开展了学马列活动。1974年,部队基层开展"三论",即恩格斯《论马克思》、列宁《论马克思和恩格斯》、斯大林《论列宁》的学习。我部政治部在培训连队理论学习骨干时,由我担任辅导列宁《论马克思和恩格斯》一书中的"马克思的学说"的工作。课后,一些学员问我,你读过《共产党宣言》吗?我说没有。这一问一答,使我心中升起了一股愧疚的情绪。自己身为政工干部,入党10多年,却没有读过一部马克思主义的书(毛主席的《实践论》、《矛盾论》等著作是读过的)。此后,我就在政治部资料室的《马克思、恩格斯全集》中找到了《共产党宣言》,开始阅读研究起来。

翻开《共产党宣言》,第一句话,就把我难住了。《宣言》说:"一个幽灵,一个共产主义的幽灵,在欧洲徘徊。"在我们的认识中,共产主义是光焰无际的思想,怎么是"幽灵"呢?后来经研究才认识到其中的含义。实际上,这是马克思、恩格斯用一种诙谐的语气,借用反动势力反对共产主义的话头作为文章的开端。共产主义的敌人骂共产主义思想是"幽灵"。骂,说明共产主义思想已经成为客观存在的社会力量;骂,反映了一切反动势力害怕共产主义。《宣言》的头两段,深刻地揭示了《宣言》诞生的背景。

再往下看,疑难处更多。当时,也没有参考资料,只能凭着自己的理解,一段段往下"抠"。用20世纪下半叶的认识,去理解19世纪上半叶时的思想,理解差错或肤浅是难以避免的,这一点我自己也是明白的。大约憋了一个多月,总算对《宣言》有了一个粗浅的理解,而且整理出了一份《〈共产党宣言〉段落大意》的学习参考资料。政治部领导看了很赞成,立即叫人打印,供政治部干部阅读《宣言》时参考,并由我给政治部的干部作学习辅导。我采取逐段逐句的解读,立足于弄懂原著,并不急于联系实际。此举受到领导和干部们的肯定和好评。这种读书,是在巨大压力下读的,越读懂得越多,思想上的压力就减轻了。

由于读了《共产党宣言》,我的工作发生了变化。原来的新闻工作不干了,改成搞理论教育工作,兼任党委学习中心组的学习秘书,主要工作是给师首长们辅导马列著作,也到教导队为团营连理论学习骨干培训讲课。后来,我们三位新闻干事都与我一样,走了同样的路,依次改为做理论教育工作。

在读《共产党宣言》取得经验的基础上,我逐步作阅读和讲解其他几部马列著作的准备工作。1971 年 7 月,部队党委送我到海军大连一海校(现为海军大连舰艇学院)学习哲学。1971 年 9 月,林彪叛国出逃,坠机身亡。1972 年 2 月,我们的学习中断了,回部队参加批林斗争。后来,又为部队领导和理论学习骨干解读了《法兰西内战》、《哥达纲领批判》、《国家与革命》、《路德维希·费尔巴哈和德国古典哲学的终结》、《帝国主义是资本主义的最高阶段》等马列著作。至此,我用读书消除了我心中"没有读过马列原著"的愧疚,但我深知马克思主义著作以及与之相关的书,多得如山似海。读了其中的一点儿书,真没有什么可高兴的。因为离正确透彻地理解的目标还十分遥远,要达到正确的应用差距更是十万八千里。正如苏轼所言:"人生识字忧患始。"越学越感到自己对马克思主义懂得太少,越应当努力去学习、研究和实践。

闹中读书别有情

　　1971 年 7 月，我进大连海校学哲学，原计划是两年。但那个年代，读书（包括学校的教育）常常被全国性的政治运动所冲击。这次学习哲学也是同样。哲学班由来自海军各舰队的 120 位学员组成。同时开班的还有 120 人的保卫干部班。开学头两个月，学习很正常。哲学班主要讲解哲学常识和名词解释。9 月 13 日，"九·一三"事件发生，林彪的可耻下场使我们这些人的脑子一片混乱。学校及时传达党中央的文件后，我们转向学习中央文件，揭批和声讨林彪的反党罪行，哲学学习中断了。学校大门口换上了陆军站岗，我们不得出校门。海军被陆军"军管"了，这究竟是怎么回事？过了几天，沈阳军区政治部有一位首长在学校大会上讲了一番话，说哲学班和保卫干部班的办班目的还没有查清，举办这两个班可能与林彪的政变有关。林彪政变成功，这两个班可能充当了"喉舌"和"打手"，要好好揭批。这一番话把大家搞糊涂了，情绪激动。后来，凡是这位首长上台讲话，学员们就鼓倒掌、跺脚，台下基本没有人听他的讲话。又过了几天，沈阳军区的一位首长来了。他说，你们大都是部队的 23 级干部（部队中级别最低的干部），就是这两个班有什么问题，也是上层领导的事，你们必须用正确的态度对待。他的这番话，大部分同志认为有道理，情绪也就逐步安定下来了。但也还有一小部分人仍然不安定，闹着要解散，也有的乘此机会去附近的旅顺、沈阳等地方玩，再就是到大连老虎滩去买鱼，晒鱼干。宿舍楼内人来人往，极少有人安心读书。

我是这样想的,在部队成天很忙,难有时间读书,现在尽管去留未定,但每天空闲得很,完全可以看书。因此,从某天开始,我们同班的几个人就开始读起马列著作来。读得都十分认真,逐句逐句都弄懂弄通,并做了许多读书笔记。其中最难读的要数恩格斯的《反杜林论》。因为,这部著作是驳论性的著作,通过批判来阐述马克思主义。杜林是德国的力学教授、哲学家和经济学家。他创造的那个理论"体系",实际上是东抄西摘凑成的大拼盘,并以此来攻击、篡改马克思主义。批判这样的"体系"是一个艰巨的任务。恩格斯称杜林的著作是"一个酸果"。批判杜林的所谓"体系",是维护党的统一和粉碎杜林的野心所必需的。我们阅读《反杜林论》时,由于当时发生了林彪叛逃事件,因此学习恩格斯的这部著作很有意义。但是,学习起来非常难,既要弄清杜林的假科学观点和含糊语言所表述的实质,又要在分清是非的基础上掌握马克思主义的观点,如果不掌握正确的理论,就难以辨识错误的观点。而且《反杜林论》的文字量大,达到 380 页。有的难读的地方,一天读懂的只有 3～5 页,必须有耐心才能读得下去。我读过的书上,划满了红杠、蓝杠,还有黑杠,有的书页上下左右都写满了注解。

用了半个多月啃完了《反杜林论》,感到挺有收获。这时,时令已进入了冬天。大连的冬天来得极早,记得那年 10 月 13 日就下大雪了。尽管穿上棉大衣,戴上棉帽,中午外出还是冻得如割耳割鼻似的,远不如在有暖气的室内仅穿一件绒衣就可以了。这样的气候,最适合做的事就是读书。因此,接着又读了《哥达纲领批判》、《国家与革命》、《路德维希·费尔巴哈和德国古典哲学的终结》、《帝国主义是资本主义的最高阶段》等。基本的方法是:先看一遍,再根据自己理解在书上画出重点,最后写一点体会。这些书读完了,笔记就写了几大本。在写《谈谈读书》时,翻了翻那时的笔记和读过的书,自己都难以相信自己那时读书的恒心和韧劲。确实,读理论书,不能像读文学作品那样一目十行,懂不懂不要紧,只要了解了意思就行,读理论著作不求甚解,就白花了时间和精力。

读书使复杂变简单

我在 1974 年绘制了一幅"价值·剩余价值示意图"，这是根据列宁《卡尔·马克思》一文中《马克思经济学说》绘制的，曾在部队培训理论学习骨干中起过辅导作用。这幅图的产生还有这样的一段过程。

1974 年 4 月，部队举办干部读书班，需要有人讲解马克思的经济学说。可是，当时部队没有人能讲这门课。首先请后勤部的一位副政委讲，他已满头白发，是在大学里学过政治经济学的。然而，他从"文化大革命"中消极地吸取教训，怕"言多必失，下次政治运动说不清"，不敢讲。后来，又安排一位副科长讲，这位副科长，读过一点儿马克思主义著作，人称"S 克思"。人们这样称呼他，也是对他的尊敬。他听说要他讲马克思经济学说，拿出马克思的《资本论》（共三卷）来。他说《资本论》我才看了一卷，不能讲，要讲起码 3 年之后。这显然是不可能的。

最后把讲解马克思经济学说的任务压向我的头上。那时，我虽然读了几本马列的书，但对马克思经济学说是知之甚少。马克思经济学说是马克思主义的三个组成部分之一，也是马克思主义的主要内容。马克思经济学说为科学社会主义奠定了理论基础，也是对马克思主义哲学的证实和运用。讲授马克思学说的课程，不能不讲马克思经济学说。后来，决定还是由我来担任马克思主义经济学说的辅导工作。

当时,部队所驻的是一个小海岛,找不到更多参考资料或去请理论专家,只能依据列宁的《卡尔·马克思(传略和马克思主义概述)》来备课。在备课的过程中,自己逐渐意识到,如此庞大的、完备的学说,靠一天时间如何让听课者了解马克思经济学说呢?

由于前几年我比较认真地读了马克思主义的几部著作,似乎对理论研究的方法有所体会。理论研究基本方法是:从简单到复杂。也就是说,从某一个论点或命题出发,向理论的纵深研究,揭示事物的内在联系。例如,恩格斯在《路德维希·费尔巴哈和德国古典哲学的终结》一书中,就是从黑格尔的"凡是现实的都是合理的,凡是合理的都是现实的"命题,引申出另一个命题"凡是现存的,都是应当灭亡的"。揭示出黑格尔哲学的合理内核——辩证法。黑格尔哲学如此庞大的体系经马克思、恩格斯这样"简单—复杂—简单"的一个过程,就把问题弄清楚了。在准备讲解马克思经济学说的过程中,也是按照马克思、恩格斯的方法经历了这样一个"简单—复杂—简单"的过程。马克思经济学说说来也很简单,就是通过价值、剩余价值等概念揭示资本主义社会的形成、发展和必然灭亡的规律,而揭示这个过程,是一个十分复杂的事情。《资本论》三卷数百万字,而要将这一学说表述出来,不可能用极其复杂的形式。要是讲剩余价值规律,以《资本论》来讲,那么讲一年甚至几年都难以讲完。对于部队连、营、团的马克思主义理论学习骨干,也不可能这样做。最后,我根据列宁的《马克思经济学说》的要点,完成了简图,把剩余价值每一个节点及与其他要点的关系表达出来,加上讲解,使听讲者的头脑中留下一张图的印象,然后由他们再去讲给别人听,既简明扼要,又不会遗漏节点。实践证明,这种图文式的讲解对于初学者来说,是一种易记易懂的好方法。后来,我转业至大学工作,讲授马克思主义原理课程,也是运用这张图。在讲解马克思主义哲学时,也采用了这种图解法,绘制成"马克思主义辩证唯物主义和历史唯物主义系统图",

从马克思主义哲学的来源、组成部分到各个部分内容和要点,都用线条连接起来。

　　书读多了,就能把复杂的理论问题变得简明,逐渐掌握其精神实质,理解其核心的理论,而且其中的要点、关系、逻辑就不易忘记,进而逐步融入自己的言行,融会贯通,指导社会实践。

从看到讲是飞跃

　　人生在世不仅要当当学生,有时候也可能当当师者。做教育工作的不必说了,就是做理论工作、政治工作和技术工作的,有时也要当老师。一个人读书是自己明白了一些什么,而把读懂的道理再讲给别人听,而且要让别人听懂,那是学习上的一大飞跃。读书很大部分是个人的单向性活动,而讲授某一知识是一人或多人的双向交流活动,自然后者比前者的难度大多了。

　　唐代韩愈有一篇散文,题为《师说》,寥寥 500 余字,把"师"说得明明白白。他说:古时候做学问的人,一定有老师,老师就是传授道理、讲授知识、解答疑难问题的。他又说:学生不一定不如老师,老师不一定样样比学生高明,只是懂得道理有先后,学术技能有专长罢了。

　　我在部队时,曾有幸为首长们当了一回"老师"。那是在 1972 年以后的两年多时间内,当时我担任海军某部党委学习中心组的理论学习秘书,每周有半天时间要与这些师职干部们一起学习,或讲课,或参加讨论,定期向上级党委报告学习情况。学习内容主要是党的现行政策方针、马列和毛主席著作。我为中心组讲授恩格斯的《路德维希·费尔巴哈和德国古典学的终结》这部著作。这是遵照毛主席关于"认真看书学习,弄通马克思主义"的教导,安排的马克思主义哲学学习,以便让大家了解马克思主义哲学的理论来源,弄清马克思主义哲学与黑格尔、费尔巴哈等哲学的联系和区别，从根本上掌握马克思主义哲学的基本原理。

这些师级干部，均是抗日战争或解放战争年代参军的。参军时，有的有些文化，有的不识字，是在战斗中、工作中学习文化，逐步懂得革命道理的。他们在领导工作和管理部队上很有一套经验，对于马克思主义理论却懂得甚少。当年听说这样一个小故事。有一位首长，要在会上讲话。讲话稿是秘书代拟的，他是照稿子宣读。其中有一段毛主席语录，他读破了句，弄得下面大笑起来。他照稿子读道：毛主席教导我们说："人的正确思想从哪里来的？是从天上掉下来的吗？不是。是自己头脑里固有的……"（他翻过一页纸）接着说："这里还有一个'吗'咧！"一段毛主席的语录读成如此样子，说明他平时没有读过这段语录，也说明他在讲话之前没有看过稿子。工农出生的部队干部，不善读书，出此差错也不奇怪，但这个例子正说明这些首长也要继续学习。

我给这些首长讲课，起初对他们有一种敬畏心理，显得紧张。但他们很认真、很严肃，使我有点师道尊严的感觉。不过也有人提出来的问题让人啼笑皆非，常常会扰乱学习的气氛。譬如，有人说："那个什么'巴哈'的名字为什么这样长？"说到辩证法，他们听说世界上的一切事物都有产生、发展和灭亡的过程。便问，共产党也如此吗？当我说也会遵循这个规律，万事万物都是逃不脱这个规律时，他们就说，这个观点错误的，共产党是万岁的。这一来就七嘴八舌，争论开了。我们的政委是懂得这些道理的，就说："大家别打岔，听讲下去就清楚了。"秩序稳定了。我列举了许多通俗的例子说明：在辩证法看来，世界上没有从来如此的东西，也没有永远如此的东西。他们听后认为我讲得有道理。政委就说："不是老师讲得有道理，而是马克思主义哲学是真理。"

他们认为学习马克思主义哲学能开阔思路，提供给人们正确的思想方法和工作方法，学习也就有兴趣了。这个学习持续了几个月（因为一周只学半天）。最后，大家感到有所得。记得在结束的时候，大家谈了学习体会。公家买了些书发给大家，其中，有艾

思奇主编的《辩证唯物主义·历史唯物主义》和罗森塔尔、尤金编
的《简明哲学词典》，我还给大家讲了自学哲学的方法，大家很
高兴。

　　后来，我又为他们辅导了马克思的《哥达纲领批判》和列宁的
《帝国主义论》等。两年后，我被任命为政治部组织科副科长，这才
结束了我的学习秘书工作。其实，这不仅是当了一回老师，也是提
高自己理论水平的宝贵机会。

读书的广度与深度

  在《冰心谈读书》一书中,冰心有这样一段话:"我读书奉行九个字,就是'读书好、好读书、读好书'。"这是我们读书的一个总要求。实际上各人读书的读法各不相同。古今中外有许多大家、大师、大腕谈过如何读书。归纳起来大致有几个字:一是"勤"字。"书山有路勤为径,学海无涯苦作舟。"懒,做一切事情都不行,读书更是如此。二是"钻"字。读书不能浅尝辄止,要向深度和广度发展。基础的书,要读得专些,而基础外的书,要读得广些,重要的书要读得精些。三是"活"字。忌死读书,须知出入法,读得进为入,用得上为出。四是"复"字。若真是好书,读一遍是不够的,要重复读几遍。头一遍只是在头脑里储存一些信息,第二遍可以研究其中的知识点,第三遍考虑哪些是可用的。五是"量"字。就是在一定时段内,读书要有一定的量。如每日、每月、每年读多少万字。读少了作用不大。工作忙了,可以适当增减,但某时段内总量不减。如果"一曝十寒"或"三天打鱼,两天晒网",效果就差了。

  如何读书,固然是理论问题,但说到底,是个实践问题。清代彭端淑的《为学一首示子侄》中有:"天下事有难易乎?为之,则难者亦易矣;不为,则易者亦难矣;人之为学有难易乎?学之,则难亦易矣;不学,则易者亦难矣。"读书,本来是人的主观行为,从自身的需要和兴趣出发,通过实践不断地探索、积累和创造出适合自己的方法。就是在强制性的环境中读书,所得的所感所想,也要靠个人自身去接受和体会。

我是一个半路转向教育工作的人，年近半百的时候，才给成人教育的学生讲授《马克思主义哲学原理》。显然，这种系统的讲授与短期培训是不一样的。无论是听课的人，还是学习的目的、要求，课时长短和衡量学习好差的标准，都是不一样的。由此对讲授者的学识要求是不一样的。为了讲好哲学课，自己读了一些《中国哲学史》、《欧洲哲学通史》的书籍，争取机会去听别的老师上课。这样就丰富了自己的知识和教学方法。否则，自己仅有"半瓢水"，怎么能给学生"一瓢水"呢？这种课，往往由于教师的知识贫乏而引起学生反感，认为这是"政治说教"，大致是为考个"60 分"而努力。教师的知识面宽了，并能结合现实的、历史的、国际的、国内的、整体的和个体的情况来讲，就使学生既体会到学风的严谨，又能感到是一种知识的享受，学习的兴趣也就会提高。

对我来说，新闻采写是在自己兴趣的基础上发展起来的。可以说是无师自通，但不是无书自通。起初自己也只能写点儿一两个"指头"或"豆腐块"大小的报道。到了地方，负责或参与此项工作，买了不少新闻采写的书，并认真地读，读多了，就产生飞跃，跃跃欲试地向大学生和企业报刊的编辑、通讯员讲讲新闻采写。在讲课的过程中，不断读书，使讲稿越来越充实。同时，自己的新闻稿也就越写越长，质量不断提高。

近几年来，逐渐对散文有些兴趣。每到书店，总要看看有什么散文作品的书。后来在我的书架上多了《冰心文萃》、《冰心散文》、《朱自清散文全集》、《琦君散文》等，还有《古文观止》、《中华今文观止》。此类书看多了，除了受到书中所叙事中蕴含的情、理、志的陶冶外，也逐步粗浅地感受到散文写作的基本方法和基本内容等，萌发出尝试散文写作的念头，逐渐将读书的兴趣转为读书与写作相结合。自己写的文章越来越多，尤其是当它上了报刊或自己的博客后，经受读者的评说和自己的欣赏，更逐渐感到其中的许多不足，有的因为是自己的文化素养问题，有的是因为自己的哲学思辨的能力问题,有的是因为自己写作技能问题。总之,由于感到自己的不足,而促使自己的读书向广度和深度发展。古今中外的书实在太多,是永远读不完的。因为人们有一种本能的求知欲望,还是会不断地读书,用有限的生命去认识无限的世界。

读书的环境与氛围

人的活动有一个场，这个场就是家庭、所在学校、工作单位、朋友圈子。读书更是如此，是可以在一系家族、一个单位、一群朋友之间相互影响的。

宋代范成大的《夏日田园杂兴十二绝》中有"童孙未解供耕织，也傍桑阴学种瓜"的诗句。古人看到了大人的活动对孩子的影响，小孩子虽不知道人为什么要耕织，但也学着大人劳作，在桑荫底下学着种瓜。我曾亲眼看过一家人，均爱读书看报，两岁的孩童躺在摇篮里就拿着画册，用小手指着字画，咿咿呀呀地"读书"。有人告诉我说，一个孩子的父亲或母亲若喜欢打麻将，这个孩子不久就会认识"东"、"南"、"西"、"北"风，"红中"，"白皮"，等等。我认为这是完全可能的。孩子的知识基本上是一张白纸，他接近什么，他就会学什么。

在封建社会讲究"门第"。"书香门第"就是说这个家族的前辈有人读书。书香一词，其实原来是古人为防止蠹虫咬食书籍，便在书中放置一种芸香草，这种草有一种清香之气，夹有这种草的书籍打开之后清香袭人，故而称之为"书香"。当然，也可能是因书有纸香、墨香而称"书香"。另一种解释，古时读书时要上一炷香，香气使人聚精会神。总之，"书香门第"是说这家族是有良好读书传统的人家。最近，我买了一部林语堂著的《苏东坡传》。在史称的"唐宋八大家"中，苏家就占了三席。苏东坡出生的时候，他的祖父63

岁,还健在,老人不识字,但人品不凡。苏东坡的父亲苏洵,到了27岁才开始发奋读书的。他对儿子苏轼、苏辙有很大的影响。苏东坡的文风与他父亲的文风一脉相承,一向坚持文章的淳朴风格,力戒当时流行的华美艳丽的习气。以苏洵为首形成的家庭氛围,正适合于富有文学天赋的青年的发育。

显然,一个人能否成才与周围的环境(包括家庭、学校、单位、社会)是有关的,但也不是绝对的。可以举出无数个例子来说明"才可必传能有几,老犹得见为嫌迟"(清代赵翼诗句),没有听说诸葛亮的儿子做出与他老子一样的伟业来;李白的儿子也没有成为伟大的诗人;刘备的儿子刘阿斗远远不如他父亲……可是,家庭对孩子的成长是有着密切影响的,这一点是可以肯定的。

人长大以后,在工作中或通过在社会上的交往,形成自己的朋友圈子,朋友圈子的氛围也会对自己有着密切影响。回想起来,自己也深有体会。我在部队生活多年,部队当然是一个积极上进而又纪律严明的群体,而具体的小群体对各人的影响是不同的。我在部队时,条件并不优越,两三个人合住在一间不到10平方米的宿舍内。我当时与两个新闻干事住在一起,一住就是近10年。工作性质相近,年龄虽有差距,军龄也有长短,但相处关系甚好,在读书上形成了共同的爱好。平时宿舍内不开牌局、不抽烟、不喝酒。除了其中有人下部队采访或开展其他工作外,在一起的时间约占一半。在一起时,晚饭后总到港口边去散步,回宿舍后就是看看书或聊聊天,聊的内容大致也是从读书中得来的或自己家庭里的事,不议论别人的长短。在这种氛围中,人不知不觉地向前发展着。后来,我到师政治部组织科当领导,他们一个调到蚌埠海军士官学校当领导,另一个到某扫雷舰当政委。再后来,我转业到镇江船舶学院(现江苏科技大学),他们一个去南京海军指挥学院任政治部领导(正师级),另一个转业到河南商丘师范学院任领导,近几年内都已陆续退休了。我们三人有此成绩,因素很多,但与我们当年相处之日形成的诸如读书之类的氛围是绝对有关的。这也是我们永不忘怀的日子。我们感谢自己创造的这环境和氛围。

　　人是必定生活在一个环境和氛围中的,但是这个环境和氛围,有的是要别人创造的。例如,孩子成长的环境和氛围,主要由父母、老师创造。而一群成人的环境和氛围,是由这群人共同创造的。一个良好的环境和氛围,不仅对这个集体有利,而且对自身的发展也是有利的。读书也是这样,一个人在良好的读书环境和氛围中得到享受,而这个环境和氛围也是靠大家来创造的。读书的环境和氛围是客观环境和主观努力相结合的产物。

读书、写作到出书

读书多了，往往会将书中的事和人与自己联系起来。常常给自己提出这样一些问题，作家能将别人的或自己的看似极平常的事写出来，使读者看了或赏心悦目，或与作品中的人同喜同悲，或被书中的人与事所感动、所激励，我们能行吗？这就是好书对人所起的作用。看书的人，因其启发也想写书。孔子说："诗可以兴，可以观，可以群，可以怨。迩之事父，远之事君，多识于鸟兽草木之名。"（《论语·阳货》）这就是说，诗歌能够起感发振奋人心的作用，能够帮助人们观风俗之盛衰，能够团结人们，也能够针砭时弊。可以为维护儒家的政治、伦理道德服务。孔子这里说的是诗歌的作用，实际上其他形式的文学作品大致也是如此。

看着作家们的文学作品，自己脑子里的负担就重起来了。我在海防前线战斗、工作和生活了 20 多年，遇到过许多的人和事，有些事记忆很深，常常在看到书中的人和事后，脑海中就会泛起过去的往事来。人脑也像电脑一样，储存的信息常常会被打开。不如将这些信息录制到光盘里或打印成纸本文件，电脑也可以轻松些。

我退休之后，虽仍在工作，但毕竟不像在职时那样压力大、工作忙，闲暇的时间多了，我就开始构思着写一部以海防前线的人和事为内容的书。当时，正遇上学校开始培养海军国防生，写这部书是有一定读者群的。为了写一部散文体裁的书，又比较深入地研究了散文的定义及其写作的基本要求,看了较多名家的散文作品。但我对出书仍然很犹豫,出一部书,不仅是书稿的写作、修改要花费很大精力,考虑更多的是自费出版,需要花一笔钱。毕竟是工薪阶层,家庭仅是小康水平。正在犹豫不决之时,发生了一个小故事。一天,我到大儿子家去。当时,他在江苏大学艺术学院任副院长。到了他家门前,敲了敲门,5岁大孙女宠宠来开门,她示意我不要大声讲话。我就小声地问:"你爸爸呢?"她悄悄地告诉我:"爸爸在看大书,准备写大书呢!"我又问:"你在做什么?"她笑着说:"看小书呢!"她接着大声地问我:"爷爷你看大书、写大书吗?"我说:"爷爷大书是看的,还没有写过大书呢!"我大儿子听我来了,就走出书房来。我对他说:"看来,我真要出一本书,要不然给宠宠这样的后代不好交代啊!"大儿子说:"你不是有打算了吗,出吧! 我支持!"

在许多人的鼓动和支持下,从2002年春天开始到2004年1月,散文集《海疆见闻》由时代文艺出版社出版了。书出版之后,江苏科技大学、哈尔滨工程大学、海军武汉工程大学、海军蚌埠士官学校等学校的学生成了这部书的读者,印刷数量虽只有2 000册,但也算实现了自己半生来出一本书的愿望,思想上有一种轻松的感觉。江苏科技大学为我举行了隆重的首发式。

自1962年起,我就是《人民海军报》的特约通讯员。经过几十年的实践,对如何写新闻积累了一些心得和书面材料。2007年5月,全国船舶记协在武汉召开年会,会上再次提出培养船舶工业新闻人才的问题。在同行们的鼓励下,2007年8月,由新华出版社出版了我的《新闻采写基础与创新》一书。该书一经出版,就受到我国沿海船舶工业企事业单位的青睐,许多单位都购买这本书作为培训企(事)业报刊通讯员的教材。我也常被邀到企业去讲解船舶工业新闻的采访和写作。我一个半路走上新闻工作的人,能为繁荣中国船舶工业的新闻工作尽绵薄之力,我感到十分欣慰。

　　前面说过,读书到讲课是人生读书活动的一大飞跃,而从读书到出书,更是读书活动的另一大飞跃。读书并不是要求读书的人都去上课、写书,而是要各自有着各自不同的目的;有的确有上课、写书的目的,有的只是把问题弄清楚,解惑释疑;有的纯粹是当闲书看看,通过阅读和了解书中的人和事,陶冶情操,修身养性。

顺应规律读好书

　　不觉"青灯苦读书蕴香"这个题目已经写了13篇。本来也不打算给别人留下什么，只是想把自己这半辈子的读书过程清理一下，想自己弄清楚如何读书？读什么书？怎样读书？也像一个人爬山一样，爬了一段路之后，坐下来，回首走过的路，思考一下，怎样在太阳下山前把要走的路走完。听来似乎有些凄惨，可实际上这是一个清醒的人的理性思考。

　　写着"青灯苦读书蕴香"这一篇，逐渐意识到这个题目之大，谈清楚之艰难。目前的中国随着经济体制改革的深入，文化必将经历一个转型时期，各种思潮都很活跃，马克思主义作为指导思想的地位也经受着挑战。这种状况的出现，并不奇怪。因为，社会的结构就是如此，经济是基础，经济基础决定上层建筑，社会存在决定社会意识。上层建筑和社会意识对经济基础和社会存在具有反作用。过去已经形成的上层建筑和意识形态，已不能完全地履行它的职责。例如，我们宣传资本主义的"唯利是图"显然行不通；我们宣传前些年的共产主义的"一心为公"、"毫不利己"也有些脱离实际了。这话在现在经济基础的条件下，应当怎么说呢？当然，对于不同的人群，有不同的要求，但有时候这个界限难以划清。所以，我们用什么标准来审视社会，也包括如何审视我们已读过和想要读的书呢？这一点给不少读书人带来了迷茫。

　　有些同志，尤其是青年同志，对读书，尤其是读与政治、经济、社会等方面有关内容书的时候,出现一点急躁情绪。他们就简单地作出结论:这个理论或那部书的观点过时了;也有的认为还是更古、更老的学说和观点有用。持这样的观点的人有的是读了一些这方面或那方面的书的,说话是有理、有据的。也有一些人根本没有读这方面或那方面的书,就轻口薄舌地作出否定或肯定的结论。不论对于何种学说,与其他事物的发展规律是一样的,是一个产生、发展和消亡的过程。《共产党宣言》前面有七篇序言。其中马克思和恩格斯在序言中说,有的情况过时了,而《宣言》的基本思想是不会过时的。这是因为,我们所处的时代,并没有走出"资产阶级灭亡和无产阶级的胜利是同样不可避免的"规律的控制范围。

某一时代的理论,可能是形形色色的,但其中必然有一个占主导地位,其余处于从属地位,而且也不会轻易地"反客为主"。一时代占主导地位的理论,也吸收或排斥其他的理论。这一时期的主导理论是否正确,也是要经过历史检验的。因此,反映某种理论的书是否是好书,也要经过历史的检验的。历史上许多书经历过检验,而且将继续经历检验。反映孔子思想的书经历了从秦始皇"焚书坑儒"到现代的"文化大革命"的检验,现在又有人在提倡儒家学说了。这说明此中有其还称得上光辉的东西。讲其中有用的东西,而不是全盘接收,人类对历史上的学说,历来是采取"扬弃"的态度,吸收其精华,剔除其糟粕。

中国历史上的许多名家,受过七灾八难,像屈原,因自己的主张受到打击与排挤,被去职并流放,最后投江自杀。司马迁受命写史,他从公平原则出发,替李陵辩护而获罪下狱,惨遭宫刑。唐代大诗人李白,在安史之乱发生后,因与永王有纠葛而获罪流放,后获赦。唐代大散文家、"唐宋八大家"之首的韩愈,因向皇上谏迎佛骨,语调直激而触怒皇上,几乎被判死刑,"一封朝奏九重天,夕贬潮州八千里"。此类例子不胜枚举,而他们的著作仍流传至今,他们的人格一直受到后来人的尊崇。还有些作者的著作受到当时的统治者或后来的统治者的禁印、禁阅,但最终还是禁不住。而且有这种现象:越禁,传播得越快越广。这种现象不仅在中国存在,在国际共产主义史上也是如此。马克思、恩格斯的《共产党宣言》1848 年问世至今,历经 151 年。据资料介绍,现在世界上有 80 多个版本的译本,尽管资产阶级对付《宣言》有着层出不穷的手段,闭口不提者有之,查禁、中伤者有之,付之一炬者有之,甚至在法西斯制度下,把持有《宣言》者投监、杀头,然而《宣言》却成了世界上政治文献中翻译得最多、流传最广的政治著作。

“青山遮不住,毕竟东流去。”我们谈读书、爱读书、真读书就是为了懂得社会发展的必然规律,成为正义事业滚滚潮流中的一滴水。

张养浩与他的《三事忠告》

我国是具有 5 000 年灿烂文化的文明古国。在漫长的历史长河中,出现了许多对于民族发展、社会进步作出过卓越贡献的杰出历史人物,留下了极为丰富的文化遗产,元代张养浩就是其中的一位。

(一)

张养浩(1270—1329 年),字希孟,号云庄。山东济南人,我国元代政治家、文学家。他做过地方官员,曾任堂邑(今山东聊城与冠县)县令;做过监察官员,曾任监察御史;做过中央政府的官员,曾在中书省(相当于国务院)任右司郎中,参议中书省事,以及礼部尚书等职。1329 年,关中大旱,他被任命为陕西行台中丞,在救灾工作中,积劳病逝,年仅 60 岁。

(二)

张养浩作为文学家,曾写过同情人民疾苦的诗篇。他的《山坡羊·潼关怀古》全曲为:"峰峦如聚,波涛如怒,山河表里潼关路。望西都,意踌躇,伤心秦汉经行处,宫阙万间都做了土。兴,百姓苦! 亡,百姓苦!"大意是:历来兵家必争之地的潼关,山势层峦,如人群聚集,河水波涛汹涌,似猛兽怒吼。关外的黄河与关内华山互为表里,地势险要。向西面望着长安,使人心起伏。秦皇和汉祖都在这里建过都城,可惜豪华壮丽的万间宫阙,都化成了泥土。每一个朝代的兴起,最受苦的是百姓;每一个朝代的灭亡,最痛苦的还是平民百姓。此曲在元曲中虽算不上鸿篇巨制,但也算得上我国古典文学作品中的名篇。就是今天读来,对我们也都颇有启迪。

(三)

民国时期的蔡东藩(1877—1945 年)先生撰编的《中国历代通俗演义》系列中的《元史通俗演义》两次提到张养浩。一是,在第三十四回中,至治元年元旦过后,元宵将近,元英宗欲张灯禁中,叠成鳌山。时任礼部尚书兼参议中书省事的张养浩托左丞相拜住向英宗转呈奏牍,劝英宗不要浪费财力和人力搞元宵张灯活动。起初,英宗不接受,后经拜住劝说。英宗感到张养浩的谏议是对的,说:"非张希孟不敢言,非卿不能再谏,朕即命他停办吧!"英宗不仅接受了谏议,而且还宣布数万工役参建的万寿山大刹停建。这是第一次。书中第二次提到是在第四十三回。张养浩当了一段时间的官后,就辞官归隐。此期间,陕西有五六年无雨,人自相食。朝廷起用张养浩为陕西行台御史中丞,命往赈饥。

在书中有这样一段描述:"先是张养浩辞官家居,七征不起,至是闻命,登车即行,见道旁饿夫,辄施以米,沟前饿殍,辄掩以土,迨经华山,祷西岳祠,泣拜不能起。忽觉黑云四布,天气阴翳,点滴淅沥诸甘霖一降三日。及到官,复虔祷社坛,又复大雨如注,水盈三尺,始见天霁。陕西自泰定二年,至天历二年,其间更历五六载,只见日光,不闻雨声,以至四野槁裂,百草无生;这时遇了这位张中丞,泣祷天神,诚通冥漠,居然暗遣了风师雨伯,来救陕民,那时原隰润膏,禾黍怒发,一片赤地,又变青畴。"张养浩"到官四月,未尝家居,止宿公署,夜则祷天,昼则出赈,几乎日无暇暑,每念及民生痛苦,即抚膺悲悼,因得疾不起,卒年六十,陕民如丧考妣,远近衔哀,后追封滨国公,谥文忠"。

在封建社会中,一个官吏能做到如此鞠躬尽瘁,死而后已,是十分了不起的,得到后人的称赞和传颂是完全应当的。

(四)

张养浩在他的从政经历中,留下的不只是蔡东藩先生在《演义》中所述的两个颇有影响的事例。他还给后人留下了一部对从政的地方官员、监察官员、中央官员的真诚劝告——《三事忠告》，即《牧民忠告》、《风宪忠告》和《庙堂忠告》，共计 30 节，每一节中又有若干条。"牧民"主要是从官员的德行和职事上来阐述如何当好地方官员，管理和爱护百姓。"风宪"主要是从官员的遵纪和守法上来阐述如何当好监察官员，维护法纪，倡导良好道德。"庙堂"即宗庙与明堂，也就是朝廷的意思，是指如何当好中央官员，恰当用人，忠于皇上，修身立德。

《三事忠告》是用文言文写成，文字并不多，文思清晰，语句练达，含义深刻，读来很有兴味。尽管如此，但在此难以一一列举。只能列举一两条，并依照有关注释，来理解《三事忠告》中的精辟之处。在此，列举《牧民忠告》"拜命第一"中的第一、三条"省己"和"戒贪"，加以理解，亦可知文中之精妙！

省己 命下之日，则扪心自省：有何勋阀行能，膺兹异数？苟要其禀禄，假其威权，惟济己私，靡思报国，天监伊迩，将不汝容！夫受人值而怠其工，偻人爵而旷其事，己则逸矣，如公道何？如百姓何？

译文 任职的命令下达的时候，就扪心自问：有什么特殊功绩、品德和才能，得到这样不寻常的优遇？假如领取这个职位的俸禄，凭借这个职位的权势，只是满足自己的私利，不想报效国家，上天就在上头看得清清楚楚，将不会宽容你的！接受了工薪而对工作懒散松懈，承担了职位而将公务撂在一边，自己倒是安乐了，对公道怎么样？对百姓怎么样？

戒贪 普天率土，生人无穷也。然受国宠灵，而为民司牧者，能几何人？既受命以牧斯民矣，而不能守公廉之心，是不自爱也。宁不为世所消耶？况一身之微，所享能几？阙心溪壑，适以自贼。一或罪及，上孤国恩，中贻亲辱，下使乡邻朋友蒙诟包羞。虽任累千金，不足以偿一夕缧绁之苦。与其戚于已败，曷若严于未然？嗟尔有官，所宜深戒。

译文 四海之内，人是无穷数的。但是受到国家的恩宠，而能当人民的官长的，能有多少人？既然承受职位来管理人民，却不能保持公正廉洁的心灵，这是不爱惜自己，难道就不会受到世人的责备吗？况且一个人是很微小的，所享用的东西能有多少呢？如果贪心像沟壑一样难以填满，这恰好毁了自己。一旦犯罪，上则辜负了国家恩宠，中则给亲人带来耻辱，下则使乡邻朋友蒙受羞耻。虽在任时积聚千金资财，也不足以补偿一夕牢狱的苦楚。与其在败露时悲戚，何不在还没有成为事实时严于律己？有官职的人们，这是应该深以为戒的。

读一读张养浩的《三事忠告》和他的人生传说，我们后人从心底钦佩这位封建社会的士大夫。许多论断，在今天也是不失光焰。从中可以看出他遵循儒家学说，始终言行一致。当然，张养浩受到他所生活的那个社会环境的制约，是站在巩固封建地主阶级统治的立场上来阐述道理的。同时，他的世界观上也带有一些唯心主义倾向，但我们不能太苛求古人了。

（五）

毛泽东主席说："我们是马克思主义的历史主义者，我们不应当割断历史。从孔夫子到孙中山，我们应当给以总结，承继这一份珍贵的遗产。这对于指导当前的伟大运动，是有重要帮助的。"党的十一届三中全会以来的 30 年的历史告诉我们，建设有中国特色的社会主义，首先应当认真学习马克思主义理论，努力掌握科学技术，既要从中国国情出发，学习国外一切真正好的东西，又要用辩证唯物主义和历史唯物主义的态度对待我国的文化遗产，摒弃糟粕，吸收精华。为此，我们的党员，尤其是党员干部，不妨读一读张养浩的《三事忠告》，思考一下这位封建士大夫提出的问题，作为一个以共产主义为奋斗目标的共产党员应当怎样来回答。

家有贤妻夫少祸

——从孔尚任的《桃花扇》谈起

近日,工作不算紧张,略有些闲暇。顺手抓来一两本研究《桃花扇》的书。以前,有一部与《桃花扇》同名的电影,在"文化大革命"中受过批判。此故事梗概我略知一二。可如今读起来,感到还有些值得思考之处。

(一)

《桃花扇》是清代著名的戏剧家、孔子的 64 代孙孔尚任创作的剧本,共 40 出。该剧本创作完成于康熙三十八年(1699 年)。在当时剧坛上,与洪昇的《长生殿》并称为"剧坛双璧",可见其艺术水准之高。

粗略一阅,《桃花扇》似乎写的是男女爱情;细细品味,它却是一部揭示中国封建社会走向衰落时期的南明王朝统治阶级内部矛盾的文学作品。不过这种揭露是用温情脉脉的爱情面纱掩盖着的,"桃花扇"这个形象物就是最好的例证。

在《桃花扇》面前,人们的评说不一,真是仁者见仁,智者见智。在"文化大革命"初期,把它当成"大毒草"来批。而如今来看,它是中国社会转折点的一个写照。因为,中国社会发展到明末清初时期,西方资本主义思想已经开始进入中国。封建地主阶级原来的一套统治方法已难以控制人民,也包括他们圈子中的知识分子。在经济体制上,在江南已出现了资本主义生产关系的萌芽。人们的自私心理日益膨胀,尤其是朝内朝外的官员们更是私心大发,他们为一己私利而明争暗斗。应当说,《桃花扇》的作者对此揭露得十分深刻,反映了当时"下层不愿,上层不能"的局面。当然,《桃花扇》的作者是从维护封建统治者利益的立场出发,是为当时的统治者歌功颂德的。这点是值得指出的,我们在阅读和理解该作品时应当认识到这是糟粕。

(二)

《桃花扇》是清朝文人写明朝的故事,毕竟隔代隔年,表述起来就更蜿蜒曲折。基本梗概是这样的:明末复社名士侯方域侨寓南京,经友人杨龙友介绍,与名妓李香君订了婚姻。这里有一点历史知识需要介绍。明代晚期以江南士大夫为主的政治集团,在修复了的宋代东林书院讲学,其中,"讲习之余,往往讽议朝政,裁量人物",其言论被称为清议。朝士慕其风者,多遥相应和。这种政治性讲学活动,形成了广泛的社会影响。明万历后期政治日趋腐败,到天启年间更出现了阉党擅权局面。张溥等人联络四方人士,主张"兴复古学,将使异日者务为有用",因名曰"复社"。其主要任务固然在于揣摩八股,切磋学问,砥砺品行,但又带有浓烈的政治色彩,以东林后继自任。其时复社文名极盛,一帮青年才俊、社会精英混在一起,他们言谈喜好影响当时的读书人,甚至可以左右当时的社会舆论。侯方域出身名门,家世很好,有明末四公子之一的美称,是复社首领之一,承袭了东林党人清流习气。

当侯方域与李香君结成伉俪之时,有一人掺和此事。这人就是阉党阮大铖。他是何许人也?阮大铖原投效过明朝末年权奸魏忠贤,并做了魏阉的干儿子。一次,他参加祭孔,被儒生们打得鼻青眼肿。魏忠贤倒台后,阮大铖无所事事,在南京无立足之地。尽管隐居城内,但于心不甘。想利用侯方域帮他抬举抬举,让时流们接纳他。就花巨资备了丰盛的妆奁,托侯方域的朋友杨龙友代送给侯李。侯方域当时很高兴,而李香君的头脑十分清醒,截然拒收此礼,认为侯方域接受了阮大铖的重礼,必定受朋友们耻笑,朋友们会认为侯与阮是一丘之貉。正如当代学者、《观音》一书的作者安意如所述:"她(李香君)瞬间所迸发的璀璨烈性,使得她的男人黯然失色,更使得后来包括现在为名为利所奴役的读书人羞惭,面目无光。这里使人感慨的是一个妓女,说来只是一个十四五岁的女孩的觉悟,却比那见多识广、才名卓著的官人见得深远,虑得周全。"

在《桃花扇》描述的这一故事情节面前,想起一句俗话:"家有贤妻夫少祸。"现时见诸报端的有不少愚蠢贪婪、卑鄙自大的官员,要是身边常有贤妻的规劝,肯定犯错误的几率要小得多。我们的党,不是天天在规劝他们"堂堂正正做人,老老实实办事"吗?对党的话听进去了多少?简直是微乎其微。当然,这些人的身边少不了也有些人在规劝,但人有丑陋的一面,为私利固执己见,使规劝毫无效果。

(三)

读完"家有贤妻夫少祸"这句话,再往下读《桃花扇》,其故事的结局却使人遗憾。后来侯方域与李香君的祸事真不少。

阉党阮大铖送去丰盛妆奁被李香君严词拒收后,阮记恨在心。后侯方域被阮大铖谗言陷害,被逼离开南京,避难于淮安漕抚史可法处。李自成进北京,崇祯缢死煤山。阮大铖、马士英等拥立福王而得势,大肆搜捕复社诸人,并逼迫李香君改嫁漕抚田仰。李香君誓死不从,以头撞地,血溅在侯方域赠予的一把宫扇上,后杨龙友在扇上点染成一枝桃花,这就是"桃花扇"的来历。清兵南下,南京陷落,国破家亡,李香君和侯方域在栖霞山道观里相会,被道士点化后,两人分别出家。这不是侯李道德有什么缺失而造成的,归根结底是那个社会制度直接造成的社会环境的悲剧,其结局实使人惋惜和同情。阮大铖如此卑鄙手段,使人深恶痛绝。南明王朝迅速地土崩瓦解,究其原因,不单是因为缺乏忠臣良将,从客观上来说,这也是符合历史唯物主义辩证法的。一些阶级胜利了,一些阶级的统治集团灭亡了。不过历代的人们还是希望少出侯方域、李香君"桃花扇"这样的悲剧,更希望不出阮大铖这样卑鄙无耻的小人。也许这仅仅是人们良好的愿望而已。

19 世纪英国文坛上的勃朗特三姐妹

最近,在阅读世界文学名著《简·爱》时才知道,在 19 世纪 40 年代的英国文坛上,曾出现过几颗转瞬即逝却光彩夺目的明星,这就是勃朗特三姐妹。

(一)

勃朗特三姐妹中,大姐夏洛蒂·勃朗特(1816—1855 年)的代表作是《简·爱》。二姐艾米莉·勃朗特(1818—1848 年)的代表作是《呼啸山庄》。三妹安妮·勃朗特(1820—1849 年)的代表作是《艾格尼斯·格雷》,另外她还著有长篇小说《怀尔德菲尔府的房客》。

据有关专家研究,勃朗特三姐妹的小说风格各有不同。夏洛蒂的作品文笔华丽,以想象力的自由驰骋见长;艾米莉的作品则充满着幻想和激情,具有现代主义的某些特点;安妮的作品朴素典雅,真挚自然,有节制,有分寸感。她们在英国文学史上占有重要的一席之地。她们的作品如同她们短暂、孤独、郁闷和不幸的身世一样,在反映现实的严肃主题上,又笼罩一层浪漫主义的神秘色彩。

(二)

勃朗特三姐妹出生于英国北部约克郡山区一个牧师家庭,幼年丧母,随当牧师的父亲读书成长。因家境贫寒,夏洛蒂曾就读于为贫苦儿童设立的寄宿学校。19 岁时,她在这个学校当教师。以后,三姐妹因生活所迫都曾背井离乡当过家庭教师。

三姐妹自幼对文学、美术、音乐都十分爱好,从少年时代就开始写作,三人曾于 1847 年合作自费出版了以艾米莉为主的诗集。1847 年,夏洛蒂的《简·爱》、艾米莉的《呼啸山庄》、安妮的《艾格尼斯·格雷》相继出版,轰动了当时的英国文坛。

不幸的是,次年艾米莉因患肺病逝世,时年 30 岁。不久,安妮也因患肺结核离开了人世,时年 29 岁。夏洛蒂迭遭丧乱,悲痛之极,还埋头写作。她的爱情姗姗来迟,38 岁结婚,婚后过了半年幸福生活后便一病不起,39 岁就离开了人世。

(三)

勃朗特三姐妹有着共同的成长环境,甚至有着较为相同的生活经历。尽管她们的作品所创作的人物和故事有所不同,但她们都努力揭示社会的不平等和不合理,对于社会的现实表现出强烈的不满和抗议。

夏洛蒂·勃朗特的《简·爱》是一部自传体小说。此中塑造了一个追求自由、具有叛逆性格的新女性。

艾米莉·勃朗特的《呼啸山庄》描述的是一个复仇的故事。虽不像《简·爱》那样紧扣作者本人的生活体验,但也凝聚了作者自己的思想情感。其实作者通过小说的人物表现出来的爱和恨是带有一种阶级感情的,但囿于作者认识的局限,未能充分表现出来。人们对于社会的认识有一个过程。要求一个当时仅有 20 多岁的年轻作家与马克思、恩格斯的《共产党宣言》的认识一样,那是太苛求了。

安妮·勃朗特的《艾格尼斯·格雷》具有很强的自传性。该书讲述一个自幼受人宠爱的娇弱英国少女格雷,因贫穷被迫外出,给富人当家庭教师。她怀着美好的理想和满腔的热情踏上社会,尝尽人间辛酸。但她不消极,终于赢得了爱情,开拓了成功的事业。作者通过小说,憧憬着人生美好的未来。

马克思、恩格斯在《共产党宣言》中指出:现代资产阶级本身原是一个长期发展过程的产物,它在封建统治时期是个被压迫的等级,自从大工业和世界市场确定的时候起,"资产阶级又在现代的代议制国家里获得了独占的政治统治权"。"资产阶级在凡是它已达到统治的地方,就都把所有封建的宗法的和淳朴的关系一一破坏。它无情地斩断了那些把人们系缠于其'天然尊长'的复杂封建羁绊,它使人与人之间除了赤条条的利害关系之外,除了冷酷无情的'现金交易'之外,再也找不出什么别的联系了。它把高尚激发的宗教虔诚、侠义血性和俗人温情一概淹没在利己主义计较的冰水之中。它把人的身价变成了交换价值,它把无数特许和几经挣得的自由都用一个没心肝的贸易自由来代替了。总而言之,它用公开无耻直截残酷的剥削代替了由宗教幻想和政治幻想掩盖着的剥削。资产阶级抹去了所有一切素被尊崇景仰的职业上面的神圣光彩。它把医生、律师、牧师、诗人和学者变成了它拿钱雇用的仆役。资产阶级撕破了家庭关系上面多笼罩着的温情脉脉的纱幕,并把这种关系化成了单纯金钱的关系。"

英国的资产阶级革命是不彻底的,建立的是一个以保留女皇为首的皇族的"君主立宪制"国家。勃朗特三姐妹的小说反映的社会状态就是这个社会状态。她们小说的思想材料和生活原型来自这个社会。这个社会为她们的创作提供了素材,而这个黑暗的社会也葬送了她们的青春和生命。她们在青年时期被生活所迫,都到富人家去从事郁闷的家庭教师工作。而富人们对她们并不尊重,而是把她们当做孩子的保姆和家中仆役。正如安妮在小说中说的"贵者虽自贵,视之若埃尘;贱者虽自贱,重之若千钧"。在这样的社会中,她们显示出常人难以具有的勤奋、刻苦和自信。我们从一些介绍材料中可以看到,夏洛蒂上过学,19岁就当教师。艾米莉少年开始写作,还承担着全家的繁重的家务劳动。甚至,一边做家务,一边还带着纸笔把自己脑子里涌现出来的文思记下来。安妮终生体弱多病,但在虚弱的外表下,却有一颗意志坚强、勇敢执著的心灵。她临终留下的最后一句话是:"勇敢一些夏洛蒂,勇敢一些!"这是她在远离故乡的海滨疗养胜地斯卡巴勒,临终前对她大姐的安慰和鼓励。

(四)

从勃朗特三姐妹英年早逝,想到今天的知识分子。两者生活在两个不同的社会。勃朗特三姐妹生活的时代,资产阶级正由革命转向反动,是不会给知识分子创造一种"尊重知识,尊重人才"的社会环境的。改革开放30多年来,我们社会主义中国已经创造或正在创造这样良好的环境和条件。而作为中国今日的知识分子,不仅要有为国分忧、勇于献身的精神,而且也要重视自己的健康,增强自我保护的意识,这不仅是为了自己的生命,而且也是为了家庭,为了国家,为了社会,这是长久之计,与所谓的"活命哲学"是有着本质上的区别的。

(五)

读了勃朗特三姐妹的介绍资料和她们的主要著作,她们如此年轻、聪慧、勤奋和成就卓著,使我由衷地敬佩她们,而对她们的英年早逝,我们作为后人,非常惋惜,要是她们能多活50年,不知又会为我们提供多少那个时代的画卷。我小时候常听老人说,那些英年早逝的亡者,是因为他们太美、太聪明、才能太高了,才被上天收去了,到天宫去任事了,但愿此话是真。勃朗特三姐妹还会在玉皇大帝或王母娘娘那里任事吗? 这显然是不着边际的,无法证实的唯心主义胡思乱想而已,不过,这也许是对好人有惋惜之情的人们的一种自我安慰:勃朗特三姐妹没有死!

韩愈与他的《师说》

——写在教师节

教师节将近,读读唐代韩愈的《师说》,再想一想现时代的师道尊严,就想写一点文字以庆祝这个节日。

(一)

中华民族历来有尊师重教的优良传统,讲究师道尊严。师道,含义颇多:一曰,犹师传承,旧时指对老师学识的承受和继承;二曰,求师学道,拜老师学习道理;三曰,为师之道,为师的责任。

韩愈的《师说》也许是中国古典文学中论及教师问题最早的论著。韩愈就其人格而言,也是值得后人敬仰的。韩愈(768—824年),字退之,河南南阳人,幼年孤苦,勤奋自学,25 岁中进士,官至吏部侍郎,人称"韩吏部"。他的一辈子也是坎坷波折,几起几落。贞元十九年,他任监察御史时,关中一带旱情严重。他上书请宽民徭,指责朝政,却被贬为阳山令。宪宗时,召用他为国子博士。元和十二年,协助裴度平定淮西藩镇吴元济的叛乱。元和十四年,佛教盛行,宪宗决定把陕西凤翔法门寺的一块佛骨抬到宫中供奉。韩愈反对,写了谏迎佛骨表,言辞直率激切,触怒皇帝。他几乎被处死刑,后贬为潮州刺史,"一封朝奏九重天,夕贬潮阳路八千"。穆宗长庆时,镇州发生兵变,他奉命前往宣抚。他用一席话说服了那里的将士,因此功又被提升为吏部侍郎。

(二)

韩愈倡导古文运动,在我国散文史上有着突出的革新意义。

他在"复古"的旗帜下，要求建立一种内容充实丰富、语言新颖独创、文气通畅流转的"散体"古文，开创了一代文风，对后世产生了很大影响。他与唐代的柳宗元和宋代的欧阳修、苏洵、苏轼、苏辙、王安石、曾巩等八位著名散文家并称为"唐宋八大家"，始于明初，流传至今。就从《师说》来看，也是文风清新，才情奔放，针砭时弊，见解精辟。其中提出教师的任务和作用为："传道、授业、解惑。"还提出"道之所存，师之所存"、"不耻相师"和"师不必贤于弟子"等观点，至今仍十分新颖。

从《师说》最后几句中可以看到，这篇论述师道的散文并不是一种向上级的建议，也不是向社会发出的倡议，更不是像现在那样在核心期刊上发表文章，而是赠送给一个 17 岁叫李蟠的孩子的。他从大处着眼，小处着手，阐明师道，转变学风。这种精神在今天也显得十分可贵。

（三）

韩愈的《师说》，全篇约 500 字，所论述的内容却十分丰富。因是古汉语，这种表述方式似乎离今时遥远了一些。也正因如此，他用简约的文字，表达了一些很深的道理。《师说》主要阐述了以下几点：

第一，老师的任务和作用。"师者，所以传道、授业、解惑也。"老师就是传授做人道理，讲授专业知识，解答疑难问题的。人不是生下来就懂事和明理的，谁都有不明白的事和理，如果不懂，又不向老师请教，那么疑难的问题就难以得到解决。在现时代，"老师"的概念已经扩大了。一个人获得知识，不单是从面对面的传授渠道中获得，而且可以通过读书、看电视、听广播，或参加某些会议，受家庭成员的影响和在参加其他社会实践活动中获取知识。当然，人在幼年、少年和青年时期的知识增长，主要还是依靠学校老师面对面的传授。

第二，老师的职业是崇高的职业。"古之学者必有师。""是故无贵无贱、无长无少，道之所存，师之所存也。"无论是富贵贫贱、年长年少都需要老师。当时老师传道的道,即是指儒家的"修身、齐家、治国、平天下"的学说。当然,对道的解释会随着社会的变化而变化。现在老师的传道,已在《中华人民共和国教师法》中有明确的规定。道的内容是变化的,但老师这个职业到哪个时代都是需要的。只要人类还存在道,那么老师也得存在。这就是说,老师职业之所以崇高,一是其任务和作用的重要性;二是永久性。

第三,能者为师。"生乎吾前,其闻道也,闻先乎吾,吾从而师之;生乎吾后,其闻道也,亦先乎吾,吾从而师之。"意思是说,无论生在我前面的,还是生在我后面的,他懂的道理比我早,我都要向他学习。在文后,韩愈引用了孔子的"三人行,则必有我师"的典故来说明老师是多方面的。用现时代的话来说,人民群众就是老师,社会实践也是老师。我当年在镇江船院自动化与计算机系党总支任副书记时曾对一位学生说:"某些方面,我是你老师;某些方面,你是我老师。"他善意地笑我所说不当。其实这话到今天还是对的。那时,我虽不知道韩愈的《师说》,但古今的事理是相通的。

第四,学生不必不如老师,老师不必高明于学生。《师说》中说:学生与老师"闻道有先后,术业有专攻,如此而已",这里说了一个认识的辩证关系和认识事物的条件和环境问题。"青出于蓝而胜于蓝",后来者居上,老师不一定样样都行,这是现时大家都认识的通常道理。而在现时代,对这一句话,必须有正确的理解。有时候,学生会苛求老师的学说、技术不完全。记得江苏科技大学有一位教授前几年说过一句很有道理的话:"用不完整的老师,培养出完整的学生。"哪个老师的知识是完整的呢?在一个院、系里,单个老师的知识都有擅长的一面,说来是不完整的,而几个、十几个老师的知识综合起来,知识就相对全面了。培养学生要求的是相对全面,但实际培养出来的人才还是绝对不全面的。在我们的许多教学制度上,也是过于苛求学生,其实按苛刻要求去做的学生,未必将来就一定成才,用不苛求的启发式教育培养出来的学生,也不一定不胜过他的老师!

（四）

改革开放 30 余年来,师道尊严又回到了我们中间。正反两方面的经验证明:一个社会没有师道尊严,不仅个人难以进步,而且社会也难以发展。然而,在知识受到尊重、人才受到尊重、老师受到尊重的大环境下,也出现了一些与之不相协调的现象。近几年来,某校长、某教授剽窃、抄袭别人论文的消息经常见诸报端。在教师队伍中出现了一些注水教授、注水文凭、唬人文凭。不学无术者,也取得了教师系列高级任职资格。这些人正让老师们汗颜。在教师队伍中有此一类,他自己不要尊严,不要诚信,还损坏了老师的形象,如何叫别人去尊重、信任他呢? 这样的人如何在他的学生面前为人师表呢? 这里,奉劝这些人再读一读韩愈的《师说》吧!

在水一方船有缘

古诗叹道："所谓伊人，在水一方。"

现时代有船，使在水一方的远方之人，不仅可以思念，而且也可以接近。

我注定与船有缘，20岁学航海，与船共处十年；30岁离开船，且在水一方，与船若即若离；40余岁进入造船院校，与培养造船人的老师一起，教人学习从水这方到水那一方；到了60岁，竟然与"造船人"为伍，与"造船人"为友。

"造船人"不怕苦、累、脏、险的精神熏陶了我，教育了我。我热爱他们，我愿与他们一起成为船上的一根肋骨，成为一块甲板……为与"在水一方"的人相会架桥铺路，祝愿他们一路顺畅。

三艘"渡江第一船"

——为纪念人民解放军百万雄师过大江 58 周年而采写

1949 年 4 月 21 日,在中国人民解放战争史上,是具有伟大意义的一天。这天,在国民党反动政府拒绝在国内和平协议上签字后,中国人民革命军事委员会主席毛泽东、中国人民解放军总司令朱德立即向全军发出"向全国进军"的命令,要求彻底歼灭国民党反动派,迅速解放全国人民,保卫中国领土主权的独立和完整。就在这天早上,西起九江东北的湖口,东至江阴,长达 500 多公里的战线上,人民解放军百万雄师,强渡长江,彻底摧毁了国民党反动派苦心经营了 3 个半月的长江防线。4 月 23 日,人民解放军解放了国民党 22 年来的反革命统治中心——南京。

百万雄师过大江的伟大壮举,与船舶有着紧密联系。当年人民解放军渡江没有桥,主要靠近乎原始的木帆船。也许因为职业的关系,每每遇到"渡江第一船"之类的文章和景物,我都很关注,甚至要到现场去踏看一番。

一叶扁舟立功勋

在江苏省江阴市长江边,有一个被称为"江尾海头"的黄山公园,在公园的江岸上陈列着一艘木质的小渡船,在小船驾驶室顶篷的横板上刷着"渡江第一船"5 个金黄色的大字,在驾驶室旁边还挂着一块"渡江第一船"的荣誉铭牌。

别看这一叶扁舟,它曾经在人民解放军强渡 500 公里长江的最东端的江阴,为人民解放事业建下功勋。

江阴,是长江进出之咽喉,也是长江入海前江面较为狭窄的一段,历来是江防要地。国民党军队在南岸设有江阴要塞,要塞筑有炮台,驻重兵把守。早在人民解放军渡江战役开始之前,我党地下工作者就已经深入炮台,渡江战役一开始,要塞的下层军官和士兵成功地举行了起义。因江面上常有英国和国民党海军的舰艇游弋,这艘原属当时江阴船厂厂长王小弟的小渡船,冒着极大的危险,载着50名解放军战士,从苏北的正东圩出发,靠划桨向江南进发。由于要塞炮台爱国官兵的起义,小船并没遇到炮台炮火的阻击,顺利到达江阴西面的徐树渡口登陆,率先将解放军勇士们送上岸,攻占了江岸阵地。为后续部队的登岸打开了缺口。战后,小船被授予"渡江第一船"的光荣称号。现在,这艘为中国人民解放事业立下了不朽功勋的小渡船,陈列在公园里,成为爱国主义和革命英雄主义教育的课堂。

"京电"铁船扬威名

在苏北灌南的盐河畔,静静地停泊着一艘不大、船头刷着白色"京电"二字的铁壳拖轮。别看它外壳不起眼,却是赫赫有名的"渡江第一船"。在1949年渡江战役中,它冲在最前,率先将100多名解放军勇士送到南岸。邓小平、陈毅等首长也是乘此船过江的。它先后运送了6 000名解放军指战员过江,威名显赫。

从船上资料显示,"京电"号拖轮是1925年由上海沈宝记船厂建造的。船长23.1米,型宽4.25米,载重量为41.4吨。整个船体的钢板是用铆钉固定的。至今,虽经80多年风雨,船体依然坚固。

1949年4月,人民解放军渡江战役开始之前,国民党军下令"封江"。江北的船带不走的就烧掉,南岸的船都集中在南京护城河内严加看管。"京电"号拖轮是南京下关电厂用来运煤的,国民党军不得不让它回到下关码头运煤,保证发电。

当时担任攻占南京任务的是人民解放军三野某军的几万名指

战员。三野首长决定派侦察小分队将"京电"号拖轮搞过来。小分队的 6 名侦察员乘着夜色过江,找到了"京电"号拖轮。当时船上有 16 名船员,听说解放军渡江需要这艘船,都很激动,仅用一小时准备,蒸气就烧足了。随着三颗绿色信号弹的升起,"京电"号拖轮起航,仅用 20 分钟就过了江。

"京电"号拖轮在当时渡江的船只中,算是吨位、马力较大的,而且是铁壳,船体坚固,十分难得。渡江战役开始以后,120 名解放军指战员在船上架起了几挺机枪。由于"京电"号拖轮运输量有限,后来,又弄来了一艘 58 米长,可载 250 吨的驳船,拖在后头,一次可渡 1 000 多人。整个渡江战役中,它运送了 6 000 名解放军指战员过江,其中包括邓小平、陈毅等总前委领导同志。

解放以后,"京电"号拖轮回到了原岗位,为下关电厂运送煤炭,以后又参加过多次抗洪抢险工作。1970 年,它先后被调拨到淮阴和灌南,参加苏北水运事业。1983 年 6 月,"京电"号被国家文物局和省有关部门认证为"渡江第一船"。1997 年光荣退役,被连云港市列为爱国主义教育基地。至今,已有 30 余万人参观过它。

独桅渔船建奇功

这里被称为"渡江第一船"的是一艘独桅小渔船,我虽没有见过,但我对它印象很深。那是在 20 世纪 50 年代的《文汇报》上读到的,那时渡江战役才过了 10 年。另外,那时我还才十几岁,很有记忆能力,因此过了许多年,还是记得其中的一些内容。这篇文章是作家吴强写的报告文学,题目为《渡江第一船——纪念渡江战役十周年》。

文中记述了 1949 年 4 月 20 日夜,人民解放军第三野战军某军队伍集结在安徽无为县江岸的姚沟、北埂一带。夜半,所有攻击部队都上了船。其中有一艘大半新的独桅小渔船,被编为 9 号船。乘这船渡江的是解放军某部九连 24 岁的连长——刘刚和司号员小顾、通讯员小余,还有一个排长带着一个战斗班。船老大王东诚是留着短黑胡子,身材矮小,但很健壮的中年人。

开船命令一下,刘刚就用低沉有力的声音喊道:"同志们!打过长江去!争做渡江第一船!行动!"满载着勇士的小船,离岸后就扯起了帆,就像箭似的射了出去。此时,广阔的江面上,十艘、百艘、千艘,数不清的满载勇士的船舶迅速展开,在波涛中前进,冲向国民党反动军队据守的长江南岸。船到中流,由于风大浪高,船舱积水,刘刚连长担心小船载荷加大,速度减慢,就指挥大家用瓷碗和钢盔向船外掏水。小渔船乘着东北风一过中流,犹如一马平川,飞向南岸。在敌人的探照灯照耀下,敌人发现了无数船只在渡江,开起火来,炮弹像暴风雨似的倾注下来,搅起江上高大的水柱,小渔船在摇晃中穿梭前进。此时,长江北岸解放军的大炮也发言了,炮弹的嘶啸声、爆炸声在朦胧的江面上激起巨大的气浪和绵延不断的回响。

刘刚连长的9号船离岸大约还有100米的时候,小渔船中了敌人的枪弹,接着桅杆也断了。但毕竟按照刘刚连长和船老大王东诚及全船同志的心愿,第一个靠上了长江南岸。刘刚下达了登岸攻击的命令,指战员们跳下船,涉着浅水,踏着淤泥,一边射击,一边向江堤冲去。连长命令通讯员小余,射出三颗绿色信号弹,报告胜利登陆的消息。在胜利的号声之中,刘刚连长带着勇士们冲向前方。

在纪念人民解放军渡江战役胜利50周年的1999年4月21日,安徽省繁昌县人民政府在荻港"渡江第一船"登陆点设立纪念碑,号召当地人民以"渡江第一船"的精神建设新繁昌。

结　语

写完这三艘"渡江第一船","钟山风雨起苍黄,百万雄师过大江"战役的壮观场面,犹在眼前。渡江战役中到底有多少"渡江第一船"尚未知晓,而这个光荣称号,给"造船人"和"开船人"有一点启示:人民解放战争需要船舶,建设现代化的社会主义国家需要船舶,中国走向世界也需要"渡江第一船"的精神。

"温玛""远嫁"了

　　"温玛（WUNMA）"号是江苏扬子江船厂有限公司为澳大利亚建造的首艘自航自装卸铅锌矿粉运输船。1999 年 8 月 22 日交付使用，也就是这天，人们冒着风雨且又欢天喜地地送走了她。回忆起当时的情景，似乎还在昨天。这些年来，我目送了江苏造船企业许多新船"远嫁"，但都没有像"温玛"号那样给我留下如此深刻的印象。

　　20 世纪末，江苏造船业逐渐走向国际市场。我的第二职业——新闻工作，也逐渐由华东船院的校园走向江苏造船企业。每到寒暑假都到企业走走看看，写几篇稿子。我先后给江苏扬子江船厂写了《改革未有穷期》、《劲旅是打出来的》等几篇稿件。1998 年底，我到江苏扬子江船厂采访，遇上了当时的厂长（现任江苏扬子江船业集团董事长、总经理）任元林，他对报道工作很支持。他告诉我，厂里正在为澳大利亚建造一艘自航自装卸铅锌矿粉的运输船，该船不仅是我国为澳大利亚建造的第一艘船，而且难度很大，此船建造成功与否关乎扬子江船厂的兴衰。因此，我非常关注这艘船建造的每一个节点。

　　1999 年 1 月 25 日，时令已是"三九"，天寒地冻。"温玛"号开工不久，我来到扬子江船厂。工作之余，登上厂后临江的"鹅眉嘴"小山岗，那里黄色的迎春花已经绽放，报告着春来的消息。我眺望着山下，船台上吊车运行，码头上船舶昂首，已经开工的"温玛"号分段上焊花四溅,展现出一幅"江南春早人勤"的图画,预示着扬子江船厂建造"温玛"号一定能够取得成功。

这艘船虽不足万吨,但首次建造这样科技含量高的新型船舶,对于当时的扬子江船厂来说,是走在一条荆棘丛生的道路上。首先是交船期紧迫。1998 年 3 月,澳大利亚向国际招标建造的这艘自航自卸的铅锌矿粉运输船,排水量为 7 700 吨,载重为 5 100 吨,造价为 1 400 万美元。扬子江船厂中标后,合同生效时已是 1998 年 5 月 24 日。按合同交船期为 1999 年 8 月 25 日,满打满算,该船建造周期只有 15 个月。

澳大利亚在中国订船,尚属首次。过去,他们与西方国家接触较多,对中国缺乏了解。因此,对扬子江船厂能否成功建造该船存有疑虑。这艘船建造难度确实很大。该船要求在驾驶室不仅可以遥控航行和靠泊,而且可以遥控铅锌矿粉的装卸。货舱是封闭式的,而在船舷水线以上有一个可供车辆进出的液压跳板……种种特殊的要求和设施,构成了一个"难"字。合同生效前,船东方面告诉船厂,图纸已设计好了。但事实上,船东方面提供的 80 多份图纸不及英国劳氏船级社要求送审的一半,因此,当务之急是补上 100 多张图纸,然后才能送审。

难的何止是补上图纸,为了不使交船期推迟,又要保证达到船东提出的技术要求,扬子江船厂只得采取边设计、边订货、边施工的办法。这样做给船厂和有关的协作单位带来了难以想象的困难和巨大的风险。有许多设备,直至船下水前才定下来,如化学灭火系统,世界上只有一家能生产该设备,好不容易订上货,直到船临下水时才到货安装。

"温玛"号轮上铅锌矿粉的装卸系统也是一个棘手的难题。参与攻关的大连重型机器厂,是一个科技实力很强的大型企业。4 月的一天,我又来到扬子江船厂,遇上大连重型机器厂的一位年轻工程师。他带着一班人正在解决装卸系统的问题。他说:"制造船上这样的装卸系统还是第一次,许多部件的设计制造都是在船厂进行,双方要不断地紧密协作,才能解决问题。"下水后不久,装卸系统开始试运行,3 500 吨砂子只用两小时就装卸完毕,一次性取得成功。

1999 年 8 月 22 日上午,在风雨中举行交船仪式。下午,"温玛"号轮就要起航了。在古人称为"江尾海头"的扬子江船厂码头上成了欢乐的海洋。"温玛"号轮一声长笛,解缆、进车、左舵……迎着风浪驶向大海,驶向遥远的南太平洋。送行人们的欢呼声、笑声,伴随着风雨声和机器轰鸣声,汇成了新的乐章。

我应邀参加交船仪式。下午 3 时,"温玛"号起航了,为了摄下她航行的照片,我冒着倾盆大雨下到小拖轮上。平时,在平地上蹚上几里也不难,而从码头上下小拖轮,短短的几米跳板就成了大风险。笔陡的跳板,光滑的鞋底,瓢泼的大雨,若不是两位青年工人死死地用绳子把我拉上码头,那也就没有《"江尾海头"谱新曲》的通讯和新闻照片了。"温玛"号给我留下了难忘的印象。船厂是船舶的"娘家",船东是船舶的"婆家"。"温玛"号"远嫁"已经 7 年了,她还好吗?

"宝马"老头

——对德国船东与中国船厂一次友好交往的回忆

写下这个标题,我心中暗自发笑,因为,曾在某车展上看到,轿车展出的时候,为了吸引人们的眼球,在轿车旁总站有一位打扮时髦的女郎,称之为"香车美女",而"宝马老头"是怎么回事呢?这里有一段德国船东与中国船厂一次友好交往的回忆。

故事发生在 2004 年 8 月 10 日,虽是盛夏季节,但江风习习,码头上还算凉爽。国际知名的航运企业——德国波特令公司在口岸船舶工业公司建造的首艘 3.2 万吨多用途集装箱船,举行命名暨交付使用仪式。德国波特令公司在中国订船并不是头次,在此以前是在另一企业订造同型船,结果拖期 6 个月,使船东和船厂双方都蒙受损失。波特令公司将后续船交给口岸船舶工业公司建造,首艘船 2003 年 3 月 28 日开工,2004 年 4 月 21 日下水,经过 110 天的舾装、调试和试航,结果证明该船性能良好,达到了设计和规范要求,按时交付使用。

双方商定,命名暨交付使用仪式定在 8 月 10 日这一天。前一天,波特令公司总裁皮特森先生,一个剃着光头的中年人,偕夫人带着一个庞大的团体,来参加命名和交付使用仪式。碧眼金发的德国来宾,加上喜庆的环境布置,厂区一派喜气洋洋。

码头上新船昂首,彩球飞扬,这对造船人来说是习以为常的了。而码头上停着的一辆新的"宝马"轿车,格外令人注目。这车是波特令公司赠给口岸船舶工业公司的。挡风玻璃上贴着一个大大红色的"赠"字,走近一看,下面还有一行小字:"德国波特令公司赠给口岸船舶工业公司。"据说,这辆车是皮特森总裁专从德国带来的,在中国价值 88 万元人民币。德国船东为何要给船厂送如此厚礼呢?那是因为口岸船舶工业公司为他们建造的首艘船,不仅质量过关,而且按时交付使用。在前一天,皮特森总裁一行到船台上转转,看到正在建造的第二艘同型船即将下水,进度与首艘船相比更快了,又看到工人们冒着酷暑造船,骄阳似火,挥汗如雨。当即决定拿出 12.5 万美元奖励造船工人。皮特森总裁在交船仪式上宣布这一决定后,工人们情绪高昂。同来参加仪式的皮特森太太,见到如此热烈而隆重的场面,非常激动。她决定为口岸船舶工业公司幼儿园捐赠 2 万美元,以关心造船人后代的成长。工人们为此掌声雷动,这掌声不只是为钱而鼓的,而是为船东和船厂的友谊而鼓的。至此,命名和交船仪式达到了高潮,盖在"ATACAMA(阿塔卡玛)"船名上的红绸已经揭下,为新船准备的香槟酒已经打开,宾主频频相互祝福:祝愿他们的友谊之舟——"阿塔卡玛"永远一帆风顺!相互祝愿共同兴旺发达!

　　仪式举行完了,我才能走近"宝马"。我感到,"宝马"从异国带来了喜气,我不能不趁此机会沾一点,就招呼正在照相的口岸船舶工业公司负责新闻宣传的刘娟,给我与"宝马"照了一张相,这就是"宝马老头"的故事。午宴的时候,船东驻厂代表克劳森先生与我同桌。当他知道我是《中国船舶报》记者时,就通过翻译问我,刊有这艘船消息的报纸以后能否送他一份以作纪念。我说:"当然可以!"2004 年 8 月 20 日,《中国船舶报》刊登了反映该船仪式的《按期交船 船东奖"宝马"》图片新闻。我按克劳森先生的要求做了,为船东与船厂之间的友谊作了一个记录和见证。

马厂长的"记者招待会"

——回忆一位优秀企业家

　　这里说的马厂长,就是长航集团金陵船厂马必海厂长。我第一次见到他是在 1998 年 12 月 10 日。那天,我与我的一位同事应邀参加该厂的一系列船舶建造节点,其中有为瑞典建造的 8 050 吨滚装船开工、为德国建造的 502TEU 集装箱船合拢、为加拿大建造的两艘 80 米驳船下水。马厂长身材魁梧,从他的四方脸上显示出一种刚毅之气。在船舶开工、合拢、下水等活动中,他与船东们谈笑风生,给人一种资深企业家的形象。

　　那天,参加金陵船厂船舶节点活动的报界人士中,除了我与我的同事外,还有《新华日报》记者秦红、《长江航运报》记者古宏训、《南京日报》一位摄影记者等共 5 人。各项仪式举行得很隆重,对记者的接待也很热情。中午就餐时,我们几位向厂办主任武伟提出了一个要求:所有仪式结束之后,希望能见一下马厂长。不一会,武主任告诉我们说:"下午 3 时,马厂长在办公室接待你们。因今日事务多,每个记者只能提一个问题。"

　　我们准时到达马厂长办公室,他招呼我们落座,说了一番欢迎的话之后,就开始"答记者问"。

　　"我是《中国船舶报》的特约记者,请问马厂长您常读'船报'吗?请你谈谈对'船报'有什么建议和意见?"我的同事首先提问。

　　"《中国船舶报》我是必读的!"马厂长爽朗地笑着说。"不仅如此,我要求全厂干部都要读。我们搞造船的不读'船报',而读其他报岂不是'不够专业'。我在真人面前不说假话，我们这里订《新华日报》不多，《长江航运报》也不多。因为，与造船关系不大，造船人不看'船报'是不行的。我们订阅《中国船舶报》发至车间、工段、项目承包组。要说希望，有一点，希望《中国船舶报》既报道大企业，也报道中小企业的生产、经营、科技和教育等情况和经验，这样可供我们学习。"

《新华日报》的秦红，是位女记者。她提的问题是："请问马厂长，金陵船厂的效益如何？您对'减员增效'如何看待？"马厂长说："看效益，不单是讲经济效益，还要看社会效益。减员增效，首先是要增效，是指经济的发展。只强调减员，把包袱甩给社会，把企业困难推给下岗职工是不合适的，企业应当与职工一起找到有效益的工作。金陵船厂有职工 3 000 余人，无一人下岗，职工收入在南京约在中等靠上。我在全厂收入不是最高的，最高的是技术骨干。去年，我的收入排在全厂第 14 位。足矣！"

《长江航运报》古宏训提出的问题是关于建造德国船的问题。如何看待"德国船咬人"？马厂长说："德国船咬人？在中国造船界时有反映，厂里也有人对造德国船有畏难情绪。如何看待造德国船难，厂职工代表会专题讨论过。我在职代会上提'换位思考'——'如果你是船东怎么办？'大家一致的回答是：'想造一艘高质量的船，并按时投入运营。'其实船东和船厂的目的是一致的，是一对矛盾，看上去是对立的，而实际上是统一的。统一就统一在：船东花了钱，想按时得到一艘高质量的船；船厂是得了钱，要按时造出一艘高质量的船。船东就是上帝，船东总是对的。只有符合船东的要求，船厂才有船可造。造德国船有一难，而不造就会有千难万难。"

《南京日报》的那位记者，也许因为是摄影记者，就没有提问。

最后，由我提问题了，似乎上面几位提出的问题，马厂长已经作了详尽的回答。我很难再提出问题，想了一下，我说："请问马厂长，当前企业的发展和改革应当抓什么？"马厂长反映非常敏捷。

他说:"首先要抓思想观念的转变,观念更新是企业发展的先导。"他列举了一件事:1997 年下半年,亚洲金融危机骤起,经营形势急转直下,眼看就要签约的印尼两艘 6 500 吨油轮却像"煮熟的鸭子又飞了",在东南亚地区报价的 30 多艘船无一落实。厂长马必海认为,"东方不亮西方亮",经营战略必须向欧美转移。去年初,获悉加拿大瑞涛公司要在中国建造 8 条驳船。船不大,价不高,接不接?决策层凭多年的思想观念更新,领会了市场经济的真谛:企业必须围着市场转,市场不会跟着企业跑。这就叫"随行就市"。最终拿到了订单。5 个月后,8 艘船一起交船,每艘平均周期 18 天。加拿大船东称赞说:"金陵船厂造价低,而质量不低。"

过去,我因较长期在学校工作,很少接触像马必海厂长这样的企业家,这次"记者招待会"有机会走近马厂长,他答记者问的一番话,从理到情都打动了我的心。会后,我与同行们感叹,马厂长不仅是优秀的企业家,而且也是"思想家"。他洞察问题是那样透彻,分析问题是那样深刻,有这样的企业家加思想家,造船企业就有前途了。

澄西船厂的"绿卡"

澄,是江苏江阴的简称;澄西,即江阴以西地区。澄西这个地方也算得上是革命老区了,据史料记载,1927 年,在中国共产党的领导下,这里建立了"中国工农红军江阴西区支队"。到抗日战争时期,这里被日寇占领,而在一江之隔的苏中地区是新四军东进抗日的敌后根据地。这样的一个地方对于转战大江南北的老革命家粟裕大将来说,是很不陌生的。据说,澄西船舶修造厂的厂址是 1973 年由粟裕将军亲定的。

斗转星移,时光流逝。到了 20 世纪 90 年代中期,我国的修造船业逐步开始与国际接轨,在产品质量方面,把 ISO 9000 族质量管理和质量保证体系标准认证证书视为进入国际市场的"绿卡"。1996 年底,我得到澄西船厂的两条新闻线索:一是他们目前改造的 10 万吨级"衡山"号浮船坞投产;二是其 ISO 9002 质量体系认证一次取得成功。当时在我国的修造船企业中通过 ISO 9002 质量体系认证的企业,还是凤毛麟角。据说当时澄西船厂是自加压力、自找苦吃而开展的这项巨大的工程。我感到这是新闻上的一条"活鱼"。

1997 年元旦刚过,我约张坚强同志一起到澄西船厂抓这条"活鱼"。头天晚上到了澄西船厂,入住船厂的招待所——衡山宾馆。"衡山"似乎对澄西人来说是特有纪念意义的名字。澄西船厂浮船坞有"四山"——钟山、岳山、金山和衡山,而其中的"衡山"号浮船坞是最大的,举力为 2.6 万吨。也许由于"衡山"号浮船坞的诞生给澄西船厂带来了机遇,因此,那年改造了厂门前的那条原不大的路,称为"衡山路",招待所改造成"衡山宾馆"。

我们到澄西船厂的第二天早上,与澄西船厂的厂长黄天明在衡山宾馆巧遇。一提起要采访,他就有些不愿意。那个年代,"人怕出名猪怕壮"的观念在一些企业家的脑子中影响很深。名声会招来"鞭打快牛",露富会招来"要赞助"。我就对他说,你放心,我不报道你挣了多少钱,而是报道你修的船质量好。他似乎理解了我们的来意,说,我 10 点前要与船东谈合同,要谈要等 10 点以后。我们就到厂部办公室去等着,时任厂里的副总经济师的周棋先给我们介绍着通过 ISO 质量体系认证的情况。到了中午 11 时,黄天明厂长回到办公室,一见我们还在谈,他就说:"你们的耐心使我诚服,我们吃饭去,边吃边谈。"

在衡山宾馆楼下的包间里,几个人坐下一桌。菜过五味,酒过三巡,黄天明厂长打开了话题。我们也就顾不上酒菜的诱人,专注地听,用心地记,不时也提出些问题。

黄天明厂长说:1994 年底,当大家沉浸在 10 万吨大坞建成投产的喜悦中时,厂里的高层决策者们又在思索运筹,寻求企业新的"兴奋点"。1995 年 2 月 13 日,我在全厂质量工作会议上果断地宣布:全面实施贯标认证工作,花两年时间取得国际"通行证"。当时,许多人不理解,觉得贯标认证是自找苦吃,工作量大,难度大,又不能带来直接利润,相反还可能影响正常生产。因此,在旧的习惯势力顽固地抵制新的质量标准和要求的情况下,"绿卡"之路就显得特别艰辛和漫长。针对这种思想,厂领导及时提出实现"两个思想转变",即:转变旧的思想观念(墨守成规,不求进取);转变不良习惯(不良的工作习惯和工艺习惯)。我根据群众建议并结合本厂的实际,把国际标准所体现的"精细管理"思想,即"经营上精打细算,管理上精心组织,生产上精心施工,工作上精益求精",进而确立了"精细管理,造好每条船,使条条船都是好广告"的质量经营方针。把 ISO 9000 族质量管理和质量保证系列标准认证证书视为进入国际市场的"绿卡",这一点也不夸张。在国际商务谈判中,经常遇到这样的问题:"你们通过 ISO 9000 质量体系认证了吗?"。国外用户曾对我们企业透露这样的信息:"如果你们工厂再不通过 ISO 9000 质量体系认证,我们就不来修船了。"1995 年 4 月成立认证委员会和认证工作办公室,到 1996 年 10 月 25 日中国船级社质量认证公司颁发证书,只用了 18 个月,比原计划整整提前了 6 个月。未经预审一次评审通过,这也算得上快速了。转变观念虽然走出了关键的一步,但最终要取得国际市场承认的"绿卡",还必须付出极其艰苦细致的劳动。贯标认证会影响生产吗?是自寻烦恼吗?不!澄西人上上下下都会这么肯定地回答。通过 ISO 9000 质量体系认证的那个春天,一家跨国公司的客商来澄西厂洽谈业务,一听说全厂正在贯标认证,就很快结束了质量方面的咨询,签订了业务合同,相互信任的合作关系不费口舌就建立起来了。这就是"绿卡"效应。贯标认证的第一年,澄西厂的生产也走上了一个新的起点,他们与希腊、印度、美国、德国、挪威和独联体等 20 多个国家和地区建立或巩固发展了修船业务关系。外轮修理创汇相当于 1994 年的 6.5 倍;外轮修理产值由占修船总产值的 26.5% 跃升为 75% 以上。"磨刀不误砍柴工",这就是"绿卡"效应。如今的企业处在接轨时期,都有许多困难,澄西厂也不例外,1996 年要自行消化企业的增本减利费用 3 000 万元以上,但由于他们逐步与国际市场接轨,质量保证体系逐步完善,"回头客"多了,预计今年生产总量比去年增长 40%,利润比去年增长 50%,创汇将突破 3 000 万美元大关。这就是"绿卡"效应。

陶安祥先生印象

　　陶安祥先生,现江苏亚星锚链有限公司董事长、中国首届
(2004 年)民营企业十大新闻人物之一。

　　初次见到陶安祥先生,是在 1999 年的春天,算来已有 8 年了。
但与他第一次见面时的印象,还是深深地留在我的记忆中。那时,
他执掌的企业叫靖江锚链厂。别看这"三把榔头,一只风箱"起家
的锚链厂,当时在世界的船用锚链行业中已小有名气。我是冲着
这点去采访陶安祥先生的。

　　可想不到的是,要见他也很难。我先到厂办,报了名,说明了
来意。秘书说,陶厂长挺忙,暂不能见,你等着吧!等了一个多小
时。我将秘书给我的"企业介绍"册子翻了一遍又一遍。陶厂长还
没有要见我的意思,我只能违反"非请莫到"的常规,擅自走进了他
的办公室。他只是一人静静地坐着,在思索着什么。我打过招呼
后,他让我在他的办公桌对面坐下。通姓报名后,交谈起来。

　　我说:"陶厂长,我看你很像中央电视台的一个著名主持人。"
他说:"是,有人说我像中央电视台的水均益。你说像吗?"我说:
"像,不过你比水均益多了些什么!""哦,脸上多了一颗痣吧!"我们
的交谈就从这里开始了。

　　他说:"我怕见你们这些记者。前几天,有一位记者来,要我在
报上做广告,我不同意。他就在这里软缠硬磨了几天。我上班,他
早已在我办公室等着;我下班,他又在我家里等着。你今天来,我

是故意不见的。想不到你真有耐心啊！"

我说："有记者采访你，这说明你的企业搞得好，同时，也希望得到你的支持。我不是做广告的，我只采写新闻。"

说话之间，已近午餐时分，他邀请我到他家一起共进午餐。我们边吃边谈。饭后，又派车把我送到长江渡口乘长途汽车踏上返回镇江的路途。后来，我根据这次采访写下了《靖江锚链厂生产兴旺》和《亚星锚链以质取胜》等稿件，刊载在《中国船舶报》上。

2004年夏天，江苏省船舶工业行业协会成立不久，会长吴立人教授一行到陶安祥先生所在的企业去考察。想不到的是，短短几年，今非昔比。在原靖江锚链厂旧址上，崛起了一个现代化管理的江苏亚星锚链有限公司。陶安祥先生任董事长。这个公司的锚链产业已经发展成为全国几个第一。当年乡镇企业的痕迹，荡然无存，并开始生产世界一流的海洋系泊链。

最近一次见到陶安祥先生，是在今年9月。他刚参加国防科工委在青岛召开的全国船舶工业会议回来。这位农民出身的企业家，待人还是那么诚恳朴实，说话直来直去。火热的情怀，透露着他对中国锚链业的自信、坚定和执著。他说："现在亚星锚链是年产12万吨锚链和海洋系泊链企业，在生产、销售和出口，连续多年名列国内同行第一。与正茂锚链一起占我国锚链的70%。别看锚链简单，它是一环套一环的。我们想问题，也应联系起来想，锚链连着人民海军现代化，连着海洋石油战略。锚链在我国众多船舶配套设备中，是国产化问题解决得最好的行业。"

"把船舶锚链、海洋系泊链列为'贱金属'是不适当的。锚链不应当属'贱金属'。"说到这里，他有些激动。他说："海洋石油平台矗立在大海上，要经受狂风巨浪的冲击，靠的仅仅是海底几根巨型锚链将平台牢固定在海面，其技术要求、锚链质量和生产锚链的水平可想而知，这不能属'贱金属'之列。"这反映了他对锚链制造业战略地位的深刻理解和人生的追求。他带领员工把原靖江锚链厂从一个简陋的乡镇企业，发展和改革成为现代化锚链制造企业。

公司生产锚链和海洋系泊链出口到世界 50 多个国家和地区,用到了世界顶级的"玛丽亚女王二号"和"海洋自由号"等豪华游轮上。扬中华民族之志气的成就,足以使他感到自豪,感到光荣。说到人生追求,陶安祥先生直言不讳地说:"我现在不缺钱,钱不是人生的追求,我的人生追求是要做到并保持世界最强的锚链生产企业。"

　　陶安祥不是一个普通的民营企业的新闻人物,他是一部大书,是一部易懂而又深奥的大书。我只是对他有一点印象,要看懂这部大书,还得继续认真地读下去。

穿越彩虹　驶向春天

——对我国地方造船业首艘万吨轮的回忆

当我再次看到当年靖江造船厂的 1.2 万吨运木散货船"虹春"号下水的照片时，勾起了我对 10 年前的一段回忆。

10 年前，我国船舶工业在邓小平南方重要讲话和党的十四大精神鼓舞下，发展的步伐明显加快，在开拓国际市场、增强发展后劲等方面登上了新台阶。1995 年我国造船产量已位居世界第三。那时，作为我国造船主力军的中国船舶工业总公司已经放开手脚，开始在改革和发展的道路上迅跑；而作为中国船舶工业的另一支队伍——地方造船业发展步履蹒跚，还在摸索着前进。其中，靖江造船厂（后改制为江苏新世纪造船股份有限公司）是感受到中国船舶工业发展春天最早的一家地方造船企业。

1996 年，我在华东船舶工业学院党委办公室、院长办公室任主任。这年 7 月，刚从武汉船校调来的王贯三副院长，带领我们一行走访江苏船企。一到靖江造船厂，就预感到这里的大发展即将来临。这个厂是一个县属的地方国有企业，建于 1970 年，一贯以造钢质驳船为业，但道路越走越窄。1994 年，以党委书记、厂长袁凯飞为首的新的领导班子上任后提出了"自谋出路、自强争先、自我发展"的发展思路，开始了建厂后的新一轮艰苦创业。平均年龄 40 多岁的新领导班子，经过对国外造船市场的大量调研和分析，得到这样几条信息：一是从 1997 年开始将出现一个持续 10 年左右的"造船热"，这是一个新的机遇；二是发达国家由于劳动力成本大幅上涨,竞争力下降,船东开始将目光投向劳动力成本较低的发展中国家,特别是被称为世界造船能力第三的中国;三是国内大船厂一般都承接 4 万吨以上的船舶,绝大部分小船厂又只能承接 1 万吨以下的船舶,1 万~4 万吨的船舶大厂不愿造,小厂不能造,开发这一产品前途广阔。根据这些市场信息,靖江造船厂确定了自己的市场位置和发展方向;抛开千吨驳,承接万吨轮,抓住机遇,迅速闯入国际船舶市场。

建造万吨轮的决策形成后,厂主要领导下深圳、上北京、跑武汉、闯上海,广泛接触客商,请船东到厂里考察。精诚所至,金石为开。1996 年 4 月,靖江造船厂终于叩开了国际造船市场的大门,争得香港船东第一批 3 艘 1.2 万吨散货轮订单。接着又中标印尼船东的一艘1.75 万吨油轮。后又顺利中标印尼客商的第 2 艘 1.75 万吨油轮。这些到 1999 年总造价达 11 亿元的订单,将靖江船厂与国际造船市场紧紧地联系在一起。

一年之后的 1997 年 7 月 18 日,我和其他几位同志应邀参加靖江造船厂首艘万吨轮"虹春"号下水典礼。我们准备了一份礼品,是一幅贝雕画,上面雕的是在万顷波涛中航行的一艘帆船,寓意"一帆风顺"。"虹春"号是靖江造船厂为香港恒和船务有限公司建造的 1.2 万吨运木散货船,船长 135 米,型宽 21.4 米,型深 11.8米,设计吃水 8.5 米,航速 13.1 节,按 NK 船级社规范建造。现在看来,建造一艘万吨轮对于江苏或沿海省的地方造船企业并非难事,也非奇事,而对于当时的地方造船业来说,建造万吨轮可称得上中国造船业的一大新闻。意义在于它是我国地方造船业建造的首艘万吨轮,是像靖江造船厂这样的地方造船企业走向国际市场的一个里程碑,它开了中国地方造船业建造万吨轮的先河。

如今的江苏新世纪造船公司(原靖江造船厂)经改革和发展的洗礼,早已成为江苏建造出口船的基地。"十五"期间,他们建造船舶有 47 艘,计 233.6 万载重吨,几乎艘艘都是万吨轮。去年,公司领导表示:今后一般不再造 5 万吨以下的船舶了。从不造驳船,到造出口船;从不造1万吨以下的船舶,到造5万吨以上的船舶:这是一大飞跃。"以后一般不造5万吨以下的船舶",可视为新世纪造船公司在"十一五"期间的新宣言和新飞跃。

2004年10月,江苏新世纪造船公司的《新世纪造船报》出刊百期,该刊的主编要我写几句,以示祝贺。回顾江苏新世纪造船公司的今昔,思绪万千,欣然写下了《新世纪造船颂》:"扬子江北靖江东,大江风景更浓重。苏中崛起'新世纪',亚非欧美名声隆。当年创业两手空,改革发展力无穷。江滩浅坞今胜地,万吨巨轮如长虹。"这虽算不上是诗,但饱含着我心中的激情。我仿佛又看到了我国地方造船业首艘万吨轮——1.2万吨运木散货船"虹春"号披红戴花下水时的情景。

一篇没被采用的新闻稿

——记赴南通中远川崎船舶工程有限公司的一次采访

20世纪90年代,中国船舶工业吸引外资发展造船尚属新生事物。中外合资造船企业的建设、生产、管理给中国人带来了一种神秘感,采访此类企业很不容易。在此类企业中,南通中远川崎船舶有限公司是令我关注的。这是因为,它是中国与世界造船强国"联姻"的产儿。我几次想进入"南通中远川崎"去看看,但都没有成功。

2000年8月的一天,我终于成功地进入该公司采访,写下了《远望必须登高——访南通中远川崎船舶工程有限公司》一稿,几经修改,发往《中国船舶报》,但未见刊用。询问后方知,与国外合资建船厂,各层次的认识不一致,此类稿件还不宜发表。稿件虽未刊登,但我经历了一次不平常的采访。

故事还是从1999年3月说起。当时《新华日报》刊载了一则关于南通中远川崎30万吨船坞投产的消息。我想,江苏最大的船坞建成应当在《中国船舶报》上有所反映。由于我无法进行现场实地采访,所以就将这份报纸上的消息重编了一下,在《中国船舶报》上登了两个指头大的简讯。不几天,南通中远川崎反映说,报上刊登的船坞尺度不对。该船坞的正确尺度是长350米,宽68米,深12.8米,配有两台各起吊300吨,既可独立,又可联动作业的门式起重机。而那份报纸上说"该坞是目前华东地区最大的船坞,坞长530米,宽25米"。显然,错误不小,从尺寸上看,竟然将30万吨的船坞描述成了一条长而窄的"水渠"。这一情形促使我决心要到现场去采访,看一看这个当时华东地区最大的船坞。

1999年8月的一天,我冒着酷热到南通中远川崎采访。那时,我与南通中远川崎的人交往得极少。到了公司的门口,门卫控制十分严格,巧的是我所能找的人又不在。正在无计可施时,我发现坐轿车进出厂门,门卫不加阻拦。所以,我想起了在南通中级人民法院我的一位战友。我打电话请他开了一个车来。不一会,车果然来了,车门上印有"法院"两个字,门卫毫无阻挡地让我们进了公司大门。我们将车停在办公区,站在公司的办公区,你很难看出这就是那个声名鹊起的造船企业。远处,绿草如茵,道路平直,繁花点点,间或有假山、藤蔓缀之;中处,灰白色的高大厂房,静谧得如同空城,近中午时分,竟不见人影走动,不禁使人怀疑是否碰上了休息日;远处,橙白相间的300吨门吊缓缓移动着,在蓝天白云的映衬下更显得英姿勃发,熠熠生辉。真没见过如此安详且安静的造船企业。

这时,我在"南通中远川崎"唯一的熟人——彭常青来了。当时,他负责公司的新闻工作。我说明来意后,他带我们参观了造船现场。沿着宽敞整洁的马路,绕过一幢幢建筑,眼前豁然开朗,船体、装焊、舾装、管件、涂装等车间赫然入目,真有"柳暗花明又一村"之感,我在主人的陪同下,顺着分离式布局的生产流程进行参观。在船体车间,我们看到,钢板从材料堆场通过输送辊道送过来,先进行涂装预处理,然后用电磁吊吊装到配有多台大型等离子数控切割机的生产线上切割。主人介绍说,他们率先在国内实行了无余量造船(即公差造船),钢板经过微机精确计算,废料极少。在生产工序流程上,他们采用"托盘"管理的先进方式,即根据船体节点区划进行材料的分类摆放,有点像厨师配菜,下道工序的人员可以根据需要各取所需,方便且高效。在焊接方面,他们全部采用现代化程度较高的半自动 CO_2 焊、埋弧焊和 HALVAS 高效焊,焊接变形小、补偿性强。分段制作采用分片到立体的流水作业法逐步推进,分段制作完毕即通过3台200吨全回转液压式平板车运送到涂装车间进行涂装,大件用150吨门座式吊机从屋顶吊入,小件则直接从大门进入。据说,这个貌似平常的涂装车间,完全可以不受温度、湿度影响,是个全天候作业且具有国际领先、国内一流水准的车间。我们感到,这里整个生产流程从构件加工、分段制作、分段总组成直至船坞合拢这样一个流畅的生产过程,完全没有一般船厂的忙、乱、差现象。在生产区划,员工身着整洁的工作服,头戴易于识别工种、职务的安全帽和标志,每个人都从容不迫地做着各自的工作,生产场地上干干净净,不见废料残渣。据介绍,这些现场工人个个都是多面手,会焊接,会开行车、高架车、铲车……公司采取这种一专多能的配员方式,不仅压缩了作业工种,也使人力资源效益得到了充分利用和发挥。难怪我们在偌大的厂区几乎见不到什么人呢。各车间显眼处都醒目地高悬着"整理、整顿、清洁、清扫"8个大字,主人说,这是"4S"管理(罗马拼音 Seiri, Seition, Setketsu, Seiso 的简称),是移植的日本企业管理的标准和要求。

我们兴致盎然地来到堪称华东之最的船坞边,坞内正在合拢第2艘4.7万吨散装货船的尾部,这庞然大物在30万吨级的船坞中,就变得不那么庞大了。说话之间,正在吊装的船尾分段就分毫不差地合拢了。这里给人印象最深的是,造如此大的船,几乎不用搭设脚手架。主人说,他们施行的分段总组技术,使高空作业低空化,低空作业平面化,有效地提高了作业安全性和施工质量,同时也为区域舾装、区域涂装创造了条件,大大缩短了造船周期。

该公司1995年12月底开始在一片荒芜的滩涂上围堰吹填。从1996年12月在坞区打下了第一根桩到1999年5月首制船下水,仅仅3年零4个月的时间,其建设速度之快,国内罕见。该公司从一开始就立足于高起点,紧紧以日本川崎重工的现代船舶设计理论技术和管理理念为依托,通过"技术引进—吸收—创新",达到了起点高、见效快、技术领先的效果,与世界造船业的潮流保持了"零距离"。

　　要想看得远,就必须站得高些,这是一个普普通通的道理。"他山之石,可以攻玉。"当时我想,我们可以从"南通中远川崎"借鉴和学习到我们所需要的东西。如今,中外合资的造船企业多了,人们的认识也开始从不太理解到理解,看到了"合资—引进先进技术和先进管理理念—吸收—创新"的过程,对"南通中远川崎"的神秘感也逐渐淡化了。他们的"4S"管理理念,已经发展为"5S"、"6S"、"7S"等,成了江苏造船企业的共同精神财富。鲁迅先生说过:"世上本无路,只因为走的人多了,也便成了路。"中国船舶工业要走的路是漫长的,总要有人在前面开路,也要有人在后面追随,共同呈现出"百舸争流"的局面,齐心协力走出创新之路,中国船舶工业发展的路就会更加宽广了。

载得春色过江南

——话说溱湖大会船

　　每年清明节前后,江苏新闻媒体总有一则与船有关的新闻吸引着人们,这就是溱湖大会船,今年也不例外。4 月 7 日,清明节后的第二天,十里溱湖,烟波浩渺。当地的 500 艘船只和上万名会船选手云集这里,沿岸游客观众 10 余万人。大会船不仅对四面八方的群众有吸引力,而且引起了美国、法国、德国、加拿大等国的驻华使节和夫人的关注,前来观看大会船。溱湖大会船目前是我国举办规模最大的民间赛船大会和江苏省首批非物质文化遗产之一。

　　溱湖,位于江苏省姜堰市东北隅,又称喜鹊湖。形似玉佩,登高远望,通达湖区的主要河流有 9 条,自然形成了"九龙朝阙"的奇异景观,是一片广阔的湿地。溱湖大会船有着悠久的历史,传说南宋时期,民族英雄岳飞的义军与金兵激战溱湖,杀得天昏地暗,血染溱湖。此后,当地民众为了祭奠抗金民族英雄岳飞义军中的牺牲者,每到清明节第二天,溱湖百姓都自发来此聚会,久而久之,演绎成一年一度的水乡民间盛会——中国姜堰溱湖会船节。

　　在这里,平时可以乘摇橹游船游览,摇船的女船工为你介绍当地的风土人情,唱着当地的民歌,游船穿梭在湖面河道,上空喜鹊特多。有时也可遇上小型的会船表演和操练,大会船却只是一年一度,届时,四乡八镇五彩缤纷的赛船就向溱湖集中,有富丽堂皇的贡船,有色彩斑斓的花船,有参加竞赛的篙船,有供妇女参赛的划船。在岸上,纵横百公里的里下河地区,村村竖着会船大旗,许多村头还搭台演戏,唱着当地流行的淮剧、扬剧、京剧和杂技,一直演到深夜。

如今的溱湖大会船也今非昔比,在大力弘扬传统民俗文化的基础上,当地政府组织部门用现代手段提升会船节的文化层次,以船舶文化搭台,以发展经济唱戏。"以船会友"的会船节,不仅让当地赚得了人气,还赚来了"财气"。今年会船期间,就有 56 个项目正式签约,其中协议外资 1 000 万美元以上的项目有 7 个。而在此之后,"国际五金采购节"、"溱湖八鲜美食节"、"华侨城民俗文化湿地行"、央视"激情广场"等活动将陆续展开。4 月 7 日 9 时 18 分,随着发令枪响,在如雷的掌声、欢呼声和歌唱声中,气势恢宏的大会船开始。沿湖岸边,人密如织,呼声如潮,观众游客超过10万;放眼湖面,旗如海,篙如林,千舟待发,扎着头巾的男选手与批着霞帔的女选手,在有节奏的锣鼓声和岸上 10 万多人的呐喊助威声中,奋力撑篙划船,一派百舸争流的壮观场面,大船如出水蛟龙,小船似离弦之箭。在演绎出千篙万桨的大场面、大气魄的同时,又辅以历史的传说和民间小调,层层递进地表演出"序"、"水上麾兵"、"祭祀英灵"、"竞技争雄"和"盛世歌舞"等 5 个篇章,充分凸现了会船的起源、文化特征和当地人民群众和谐共进的品质。

溱湖大会船虽是小船、内河船之会,却足以呈现出船舶文化的内涵,使我们这些造大船和开大船的人为之振奋。船舶文化的内涵就是奋勇争先,积极进取,我们在国际上的"大会船"中需要这种精神!

春去秋来人间情

　　人与人之间，有亲情、友情和爱情，这"三情"有时可以兼顾，但不能互相替代。除此之外，人可以与集体有情，与地域有情，也可以与某种物品有情。情是普遍存在的。

　　情是一种心理活动，而表示出来的是爱慕、相依、留恋、敬重。情是一种巨大力量，甚至可以为此奉献、奋斗和牺牲。情是建立在知的基础上的，只有相知才能相爱。情是志的基础，只有情深才能有坚强的意志。有志才有行，为亲人吃苦受累，为人民奋斗一生，为党、为祖国、为人民奉献一切。

　　情表现在平时生活、工作和斗争之中，表现在患难之际，表现在幸福之时。莫说不知情是何物，莫说不知情在何处，高尚的情就在我们每一个人身边。

军人的背后

2007 年 8 月 1 日，是中国人民解放军建军 80 周年纪念日，作为一个曾参加人民海军、在大海中战风斗浪 23 年的老水兵，我更是"每逢佳节倍思亲"。

对于祖国来说，一座座边防哨所、一支支海防舰艇编队就是她的钢铁屏障。而对于军队来说，祖国和人民则是他们的靠山、生命的源泉。对于一个军人来说，他的背后是自己的父母、妻子、儿女。有一首歌叫《咱当兵的人》，唱出了一个军人背后的实情。而每当听到《十五的月亮》的歌声，我便不禁想起自己作为钢铁屏障中一块"砖"的时候，父母妻儿曾给过我多么大的支持。

还是先从我妻子说起吧。我们是中学同学，在我当兵后的一次探亲时，我俩萌发了爱慕之情。从谈恋爱那一天起，我就告诉她，做妻子难，做军人的妻子更难。她说不怕。后来，由于部队战备，我们的婚期一推再推，到了二十七八岁仍然不能履约。最后，在部队领导关心下，她到部队与我举行了婚礼，那是在 1968 年的春天。

人在忙碌中总感到时间过得特别快。等我 12 月份回去探亲时，妻子已经快分娩了。由于是农村干部，她那时还拖着笨重的身子处理着公社里的事务。不久，妻子生孩子难产，在医院住了一周，虽然我的假期还有几天，可部队发来电报，要我火速归队。军令如山，我只得让妻子拖着虚弱的身子出院回家，让年逾六旬的父母和岳母照顾她。出生才几天的儿子自然不知道他爸爸为什么走了，又去什么地方了。后来的一年多时间里，我随艇队转战福建前线，直到 1970 年 5 月才回到基地。妻子带着儿子到部队探亲，已经3 岁的儿子见到我时，只是怯生生地躲在他妈妈身后，不敢叫爸爸。妻子说："孩子，在家时跟着别人家孩子叫别人爸爸，今天见到自己的爸爸又不叫了！"这真是难怪孩子，因为懂事后他还是第一次见到自己的爸爸。

　　我父母年轻时劳作辛苦，父亲刚过 60 岁就弯了腰，驼了背，失去了劳动能力。然而他们从不把生病和家中困难告诉我，却还关照我妻子写信时别提家中的困难。其实在那个艰苦的年代，我也一样，总是把不好的消息和不愉快的情绪闷在心里，也不告诉他们，只是一个劲地说："我好，我很忙。"1969 年，我在福建前线出了车祸，手指和左肋骨受伤，住了一个多月医院，都没有告诉他们，以免他们担惊受怕。那些战风斗浪的事，只是当故事讲给儿子听罢了。

　　如今，我已经离开部队多年，但回想起那段日子，总觉得愧对他们。因此撰文，衷心感谢我的父母、妻子、儿女，也感谢千千万万共和国军人的父母、妻子、儿女！

偶遇陶玉玲

2007 年春上,我的同事为我做了一个 BLOG,把我出版的《海疆见闻》散文集和我新写的《故乡》散文集编排在上面。一天,在我的"访客"栏内出现了一张人物照片,此人似曾相识,经仔细辨认,她是我国的著名影视演员陶玉玲。

其实,除了在 BLOG 上遇见陶玉玲外,我还有一次偶遇陶玉玲的经历。那时,我从海军部队转业到镇江船舶学院不久,在院长办公室任副主任。1985 年 9 月的一天,我代表学院领导去参加镇江第四中学的校庆活动。庆祝会还未开始,主席台上坐着一位女军人,看上去非常面熟。我苦苦地思索,她是谁?她是谁?突然想到,她就是电影《柳堡的故事》中的"二妹子"的扮演者陶玉玲。陶玉玲是镇江四中的校友,专程回校参加校庆活动。庆典活动结束后,我找到陶玉玲老师,邀请她到学院与师生见面,她欣然同意了。

第二天下午,我去接她,镇江四中的高校长陪同她一起来到镇江船舶学院。学院领导在校门口热情欢迎她。她以自身的经历做报告,3 000 人的大会堂座无虚席,报告轰动了整个学院。她说:"回到镇江,走在这石板路上,是多么的亲切和温馨啊!"1949 年,镇江刚解放,当时她才 15 岁,凭着对解放军文艺工作的向往,从镇江步行到昆山(现时火车里程为 188 千米),追寻解放军文工团。1949 年,她入华东军政大学文艺系戏剧队学习。1951 年到华东军区文艺干部培训班学习。1952 年任南京军区前线话剧团演员。

1956年因在影片《柳堡的故事》中扮演"二妹子"而出名。

像我这样年龄的一代人，只要看过电影《柳堡的故事》的人，都会对"二妹子"的形象有很深的印象。这要追溯到50年前的一段难忘的经历。那是1958年冬天，我18岁。与许多年轻人一起，从农村被组织到沪宁复线工程筑路。某天晚上，南京铁路分局的电影队到筑路工地上慰问，放映《柳堡的故事》。陶玉玲扮演的"二妹子"的纯情甜美的微笑，成了那个时代的青春偶像的象征。此外，还有这部电影的主题歌——《九九艳阳天》，也经久不息地回荡在我们的心中。看过《柳堡的故事》的第二天，筑路工地上的少男少女就开始学唱起这首歌来。第二年我离家参军去，我的青年朋友唱着这首歌为我送行。我结婚时，我爱人为我的战友们演唱这首歌。后来，我还专程去苏北寻访《柳堡的故事》的发源地。现在，我们家中一遇上高兴的事，儿子、孙女也会和我们一起唱起《九九艳阳天》。

偶遇陶玉玲，使我以至我全家加深了对《柳堡的故事》的情节、"二妹子"纯情甜美的微笑和《九九艳阳天》悠扬深情的歌声的印象。这些，伴随着我们这一代人走过了青年时代、中年时代，也必将伴随我们走过老年时代。在此，我由衷地说：谢谢《柳堡的故事》，谢谢陶玉玲老师，谢谢《九九艳阳天》。

海峡那边的歌星——高胜美

5 月 27 日,《京江晚报》载:"高胜美 5 月 30 日到镇江开唱。"这个消息,使我这个五音不全的人也开始激动起来了。似乎应当写一篇关于高胜美这位海峡那边的歌星的文章,因为高胜美以及她的歌声传遍了海峡两岸。说她是"海峡那边的歌星",是因为她出生在中国台湾,其实就她的影响来说,她是属于海峡两岸的歌星。

在十五六年前,我初次听到高胜美演唱歌曲是在录音机里。从歌曲的内容及风格来说,属山地情歌。那时,我家也刚达到温饱水平,省吃俭用地省了一些钱,买了一架录放机,常常播放高胜美的歌曲。

正如高胜美演唱的歌曲中的一句歌词:"一年容易又秋天,只见那红叶一片片。"一晃许多年过去了,我还保留着高胜美的录音带。有一年春天,学院买了一辆"奔驰"牌面包车。新车刚到,我随几位院领导和教授们乘车到苏北的一个县上去。路上,司机在车载录放机上放起了录音带上的歌曲。许多人听得入神,说这些歌唱得真好,是谁唱的? 我告诉大家,这是台湾歌星高胜美演唱的。同车的人将信将疑。抽出带子一看,果然是高胜美演唱的。他们开玩笑地说:"哦,老头也成歌迷了,竟然对高胜美演唱的情歌如此熟悉!"

听高胜美的歌多了,就想更多地了解高胜美。有一次,电视台介绍她家庭和她学习唱歌的一些情况。现在回忆起来,是说她是地地道道的台湾原住民布农族。她出生于 1969 年 1 月 27 日,幼时家庭贫寒,姐妹好几个。少年时,她就凭着自己的勤奋和天分登上舞台,用自己的辛勤获得经济收入,以减轻父母的经济负担。

也许因为高胜美出生在台湾,又是一个靠勤奋而成才的歌星,所以给我留下了深刻的印象。我虽然不懂得乐理,但感到她演唱的歌犹如真情叙述。聆听和欣赏她演唱的歌曲,心情烦躁时会使人平静,心情紧张时会使人松弛,心情低沉时会使人亢奋。

高胜美的歌听多了,也就有了一些心得。听她的歌不仅可以用一种愉悦的心情来对待世事,而且从她演唱的歌声和歌词中还可以得到一些做人的启示。高胜美演唱的歌曲中,有许多是表达离别之情的。如果没有弄错的话,起码有以下几首:《潇洒的走》、《星夜的离别》、《我没有骗你》、《午夜世界》、《默默祝福你》、《雨一直下》、《往事浑如梦》、《酒醉的探戈》、《缘》等等。这些歌的词作者和演唱者,要用歌声来启发人们认知爱情的可贵。然而,我常常反其道而思考着,有些人在分手、离别时才珍惜情,何不在牵手、相聚时好好珍惜情呢?有些人就是这样,已经得到的不觉得可贵,而将要失去或已经失去的反而觉得可贵。进而想到,人的情不只是爱情,还有亲情和友情,而人的一生在世不过百年,世人几十亿,与你构成爱情、亲情和友情的能有几人,占世人的几分之几,牵手和相聚能有多久呢! 无论是牵手、相聚,还是分手、离别,都要珍惜这些情。这也许就是我从欣赏高胜美演唱的情歌中所受的启示。

我向儿子学摄影

2007 年 5 月 4 日出版的《中国船舶报》上，刊登了我的《十年三看扬帆集团停车场》的新闻照片。后来，这副照片被船报评为"好图片"。想起此事，真要感谢儿子们的帮助。常理是，儿子向父辈学习，而时代不同了，许多方面做父亲的也要向儿子学习。因为，现代科技，还是年轻人懂得快、懂得多。

说来我也算是个有福之人，有两个儿子，又娶进了两个儿媳，生了两个孙女。两个儿子学的都是美术专业。大儿子是南京艺术学院的文学博士，现在江苏大学艺术学院任教；小儿子毕业于镇江师范专科学校美术专业，先在一家商场做美工，后又到在镇江一家婚纱摄影公司当摄影师、艺术总监，后来自己开了一家名为"极地摄影"的公司，对摄影有所研究。

早年，我搞新闻只用手写，后来大儿子说："搞新闻要学会照相，文字加图片，被采用的机会就会多些。"我就用一架老照相机学摄新闻图片。由于刚学，加上装备较差，采用率也就一般。后来，小儿子在公司当婚纱摄影师，添了新装备，将原来的理光 KR5-3 型相机送给了我。有了好照相机，但也不一定能拍出好照片来。记得有一次到苏州去玩，一路上拍了些照片。冲洗出来后，儿子们一张张评说。在一张以人像为主的风景照里，一座塔刚好与人像交叉。儿子们说这样的构图不好，使人看了很累。又看到拍摄的一张全身人像，取景时没有把脚拍下来。儿子们说，这照片把好好的人照成了"无脚"残疾了。他们说,人像照可以取人的 1/3、1/2 或 3/4,但不可取 5/6,一双脚没有了人像就很难看。儿子们看了几张正面的全身人像照又说,照人像,被摄影者的姿势,身体一般不可正面对镜头,要是在人正面取景,人像的肚子大,男人像"啤酒肚",女人像"有孕三月"。至于对光圈、速度的使用说得就更多了。我深信年青一代比我们这一代人聪明,使用数码相机、计算机处理照片以及对光线、色彩和造型的认识都比我强。自己不能守着"儿承父业"的旧观念,而应树立父子相互学习、共同提高的新观念才对。此后,我的摄影水平也有所提高,偶尔也有些作品在报刊上发表。

2007 年 3 月 20 日,我到浙江舟山参加中国船协联络处工作会。会议组织代表们参观浙江扬帆集团鲁家峙基地。我到那里,并非初次,与公司的徐裕康总经理、翁位萍总经理助理都不陌生。我们的汽车一到扬帆集团的停车场,几十辆轿车映入眼帘,我脑子里一闪,这与过去扬帆的自行车、摩托车停车场形成了很大反差,意识到这里有一幅好的新闻照片可拍摄。下车后,直奔港边的高处,顺光拍摄。由于相机没有广角镜,只能站在一个点上分别向两个角度拍摄。回到镇江后,两张照片冲洗出来,选来选去,只是单独一张难以表达出几十辆轿车的壮观场面。向小儿子问起此事,他说这事好办,两张对接起来就行了。显然,对接照片对搞婚纱摄影的人来说是"小菜一碟",照片接得"天衣无缝"。我又将 10 年中三次到扬帆集团停车场,从"自行车"、"摩托车"到"帕萨特轿车"的印象作了对比,写下了说明词,最终取得了成功。

儿子们听说我拍摄的新闻照片刊登在报上,都很高兴,并提醒我好好总结一下。我仔细琢磨了几天,认为,一幅好的新闻照片应当有三条:一是要有较高的新闻价值;二是要有画面的冲击力和形象感染力;三是要有恰当的文字说明。问起儿子们是否认同这个道理,他们说:"要说美学的东西我们懂一点儿,要说新闻的东西你比我们行。"

米生去矣,哀哉、痛哉

2007 年 5 月 19 日,周六下午 4 点,我还是习惯地到收发室取新到的《中国船舶报》,以便在晚饭前浏览一下。当翻到"金码头"版时,一个《米生,我永远的思念》的标题令我惊愕,当读完钱光剑同志这篇散文时,我一切都明白了。我的眼泪情不自禁地从腮边流淌下来,我在惋惜和悲痛之中沉思。连我爱人在厨房间喊我吃晚饭,都没有听见。我爱人见我眼圈红了,就问出了什么事。我说:"米生逝世了。"她问:"米生是谁?"我说:"米生姓戴,是我的朋友,仅 61 岁,就去世了,真可惜。"我爱人说:"着实年轻,真是可惜!"

我与米生先生初交在 1985 年春天。当时他在船舶总公司主办的《船舶工业》杂志编辑部工作,我在华东船院院长办公室当副主任,在扬州召开的通讯员会议上见到了他和编辑部的老太太谭丽庭,小姑娘王华、吕爱琴,帅小伙子林宪东。会后,我陪同他们从扬州经镇江返回北京。车过瓜洲渡口时,米生脱口朗诵王安石的《泊船瓜洲》:"京口瓜洲一水间,钟山只隔数重山。春风又绿江南岸,明月何时照我还。"

在镇江期间,我陪他们去看焦山。米生对书法、民间传记、历史故事等颇有兴趣。当时,彩色胶卷刚面市,我用一架老照相机为他们照相。米生总是说彩卷贵,我们年轻人少照几张,给老谭多照几张,她高龄了,再来的机会少了。下午,我想陪他们去金山。米生说，我们难得出来，还是到企业去看一看。因此，他们就到镇江的柴油机厂、锚链厂等企业去考察。米生给我留下的印象是，他关心工作、关心他人。

后来，《船舶工业》杂志和《船舶世界》报合并为《中国船舶报》，米生先生在报社任职。1997年夏天，我去北京参加厂校合作办学的会议，拿着学院党委关于建立"船报"江苏记者站的请示，专程去报社谈建立《中国船舶报》江苏记者站的事，顺便看看米生先生。他非常热情，把我介绍给霍汝素社长认识。米生先生说，老陈做事很认真，他这几年给"船报"写了许多稿子，由他组建江苏记者站是会成功的！他的介绍，给霍社长留下了较深刻的印象。因此，报社领导很快批复同意成立《中国船舶报》江苏记者站，挂靠在华东船院。1998年3月，经江苏省新闻出版局登记，记者站正式成立。

光阴如箭，日月如梭。《中国船舶报》江苏记者站成立至今已近10年，我常常想起米生先生对我的信任和重托，常常将记者站的工作作为我工作的一部分，届届都被《中国船舶报》评为优秀通讯员，两次获得"全国船舶新闻宣传先进个人"称号，报社还为我颁发了国家新闻出版局的记者证。

1997年7月，中国船舶总公司改制后成立两大集团。米生先生从领导岗位退至二线，仍在《中国船舶报》社兢兢业业地工作。我与他常有电话联系，约他到镇江一聚，他总说，要守着报纸版面走不开。未成一聚，终成憾事。我有关稿子的事找他，他总是笑呵呵地答应着去办。2004年7月，我随江苏船协与江苏科技大学考察团赴山东船舶工业企业考察，写下了6篇《山东船舶工业采访札记》并拍摄了一些照片。我就与米生先生联系，因为他当时还管着报纸版面上的事。他热情而认真地告诉我，连载6篇稿子，不是小事，还是将稿子和照片先发来，看后再定。后来，我遵嘱做了。稿子和照片分期刊出。米生先生对文章的标题和文字认真修改。这些，只有作者自己从字里行间才能看到米生先生与作者一样在稿

子上花费了心血。这些反映了他诚恳待人的品质，严谨的工作
作风。

　　如今，米生先生去了，我心中十分惋惜和悲痛，思绪万千，夜不
能眠。我想世界上有几十亿人，其中，我个人接触到的能有几个？
而在接触的人中间，又有几个能够留下如此美好的印象呢？米生
先生算是其中的一位。我谨以此文，作为一束素花，献给我的朋
友——米生先生，以寄托我的哀思，以慰藉为米生离去而哀痛的人
们。去的，让他安息吧，活着的人，要好好地活着！

谢谢"上帝"

怀着对"上帝"的感恩之心,写下了这个题目。为什么呢? 一年之前,由我编著、新华出版社出版的《新闻采写基础与创新》一书开始发行。印刷的 2 000 册书,连送带卖,现在只剩下不到 500 册了。这不仅将出书的出版印刷费收了回来,而且还获得了许多读者对该书的好评和赞语。我感谢读者,感谢众多的船舶记协的会员单位,感谢一切支持和帮助我出版发行这本书的朋友们!

我自 2001 年秋退休以后,常常与江苏船舶企业的报刊接触,深知这些企业办刊的艰难。办报钱不是大问题,而是办报的人才没有来源。试想,哪个新闻专业毕业生会到企业去办报呢? 我早就想自己编一本可供船舶"新闻人"学习参考的书,2007 年下半年,在许多朋友的鼓励和支持下,终于编就《新闻采写基础与创新》这本书。

对一般人说来,出版一本书是不易的。而亲身经历之后,更会感到这是一段荆棘丛生的里程。首先,要确定这本书给谁看(主要读者是谁),然后对这个对象进行研究。弄清读者需要什么? 我能提供什么? 还缺少什么? 好在我平时积累了一些刊载在《编务通讯》等杂志上的文章,重新搜集整理起来,发现其中还缺乏某些方面的内容。如如何写评论,如何写背景材料等,又开始做补缺工作。再将这些文章用一个思想串联起来。有了一个基本的样子后,接着找出版社,找专家写序言,以壮声势。

　　如今,图书出版业已进入市场经济运作模式,出版社容易找,但费用各出版社之间相差很大。听说新华出版社在出版新闻类著作方面很有影响,因此就决定了新华出版社。我请原《中国船舶报》总编由淑敏作序,她先推辞了几次,最后她还是以热情洋溢的笔调为该书作序。我有几个弟子对我出书很支持,他们将一篇篇文稿输入电脑。我又在每一篇文章前加一段话,本意是想既起到引言作用,又点出该文的中心思想。现在看来这样做的效果还是比较好的。最后制作成电子版文本发到出版社。个把月后,印好的书就托运到了镇江,我欣喜若狂,将一箱箱新书搬进了办公室。

　　出书是要给人看的,把书销售出去是最关键的。首先购书的是江苏科技大学党委宣传部,购了 85 本。后来,张家港校区和南徐学院等总计购了 250 本。欣逢中国船舶工业行业协会在上海召开信息工作会议,他得知我出版了《新闻采写基础与创新》一书,就通知我带 85 本书到会上发给与会代表,作为新闻与信息工作学习资料。会上上海船舶工业行业协会的同志要买 40 本书,发给《船舶行业信息》的通讯员。

　　全国船舶记协秘书处得知我的《新闻采写基础与创新》一书出版,石玉平秘书长通过手机给会员单位发了大量短信。"牵线搭桥"的工作做得很有效果,全国记协广西、广东、福建、湖北、上海、辽宁的部分全国船舶记协的会员单位先后来电、来信或来人购买《新闻采写基础与创新》一书。江苏的全国船舶记协的会员单位就更不必说了。这一本书的出版和发行,带来了一个企业新闻工作人员的培训热。单是邀我去讲新闻培训课的就有上海船舶工业行业协会、《中国船舶报》上海记者站、江苏记者站以及江苏科技大学东、西校区和张家港校区,还有江苏新世纪造船公司、中船澄西船舶修造有限公司、中海工业(江苏)公司、江苏帝一集团公司等单位。

　　全国船舶记协秘书处实际上做了一项开创性的工作,帮助会员单位开展了一次很好的写作交流活动。当然,其中最受益的是我。由于大家踊跃购买该书,使我很快就将2万多元出版费用收回了。对我来说,更重要的是我有机会以著书者的身份与船舶"新闻人"作了一次深入的学术交流。能为船舶工业培养新闻人才尽绵薄之力,我的内心感到十分欣慰。

写到这里,再回到题目上来。我带着感恩的心,借撰此文,谢谢"上帝"。正如毛泽东主席在《愚公移山》中说的:"这个上帝不是别人,就是全中国人民大众。"在这件事上,我感谢的不是那个西方人崇拜的上帝,而是我们全国船舶记协中支持我出版发行《新闻采写基础与创新》的会员单位的朋友们。其实,在我们的工作和生活中,无论做什么,无论成绩大小,都离不开这个"上帝"。他与我们同在。

牛年对牛的思念

2009 年是牛年,春节的吉祥语中便不离"牛"字,什么"牛气冲天"、"瑞牛送福"、"牛劲十足"、"牛年吉祥",等等。带牛的词语中,大都是褒义的,很少有贬义的词,就拿"对牛弹琴"来说,也不单是说牛不懂得五音,而是说弹琴人没有看准对象,隐含着批判弹琴人处事有某些不当之意。

人们为什么对牛有许多褒语呢?我想这是因为人类与牛相伴已久。据史载,在人类还在蒙昧时代的原始社会中,牛也与其他动物一样,被人类猎取为食物。到了父系氏族社会时期,社会生产力有了发展,在农业发展的基础上,畜牧业普遍发展起来,牛和猪、羊、狗、马一样逐步成为畜养动物。到春秋晚期,由于铁器的出现,在农业生产中出现了铁木制成的犁、耙等,人们就使唤牛来耕田耙地及干其他农活。直到进入现代社会,牛耕逐渐被现代农机替代,现在仅在边远地区的小块田地里还可见到牛耕。

在农业合作化前,牛被称之为"农家宝"。甚至在很长时间内,牛是受法律保护的,宰杀耕牛是要偿命的。我出生在农家,幼年就与牛打交道。七八岁的时候,就学着放牛。当时,家中贫困,父亲为养家糊口,除了给富人做长工外,还须种几亩租田。省吃俭用,积攒多年,才买了一头小黄牛。说它小,是它的个头小。对于一个七八岁的小孩,放这头牛也属不易。但牛很听话,并不欺人小。真是人们所言的"孺子牛"。土改中,我家分得了近 10 亩田,就和别人家合起来买了一头水牛。两家轮流放养,农时轮流使用。牛在农业上能做的事可多了,耕地、耙地、推水、滚麦、推磨、碾米、榨油等等。北方用牛拉车,南方很少见。我十三四岁时,除了上学,就是把牛养好。清明刚过,大地春意盎然,就可以出门放牛了。我常常手拿书本,一边放牛,一边背书。晚上少不得还得给牛喂点草料或豆料。草料是用干净稻草铡成"一寸三刀"。那时年龄和气力还小,一不小心也会把手指铡伤。到春夏之交,人和牛就很辛苦了。早上就耕田,中午稍休息一会儿,让牛吃点草接着干。我放学回家,第一件事就是去割草,要割上两大篮才够牛吃一晚上。

这头大水牛也不是像人们想象的"孺子牛"那样老实,也有调皮的时候。有时它闷头在田埂上啃草,当你不注意时,舌头一撩,就把田边的一棵稻苗吃了。有时天热,干完活,它会迫不及待地往河里奔,在河里、泥里打滚,放牛的孩子力气小,拉它不上来,只有等大人来,高声地骂它,它才会很不情愿地爬起来。有时牛放到太阳下山时,小孩就骑到它背上往家赶,但它留恋食草,赖着不走,用树枝打它,先是不动,打多了它也发起飙来,一股劲地猛跑,甚至会弄得你从牛背上掉下来。它还是一面吃草,一面眨眨眼看你,似乎有些歉疚的样子。

大水牛与放牛的孩子共处时间长了,也会有感情。它在田间耕田,只要看到你来,它会发出"嗯啊!嗯啊!"的叫声,知道你来放牧它了或送草给它吃了。我小的时候也是很顽皮的,一次在一个竹林边放牛,爬上树后从树枝上摔下来,一时难以爬起,牛站在身旁不吃草,也不离去。后来,大水牛老了,就卖给了人家。那天被人家牵走的时候,它流着眼泪,多次回眸,恋恋不舍地与我和我的家人告别。

再续盛世锦绣来

——写在"船报"出刊千期之际，以表庆贺与谢意

2009 年 3 月 20 日，《中国船舶报》（以下简称"船报"）出刊 1 000 期。这是值得报人和读者记住并庆贺的日子。我作为"江苏造船人"中的一员，怀着对"船报"的感恩之心，由衷地向她说一声："谢谢！"

记得前年，江苏省政府主管船舶工业部门的一位领导同志在一次会上讲话中说："江苏省船舶工业所以有如此之好的声誉，一是，省委省政府的支持；二是，船企员工的艰苦奋斗；三是，'船报'的宣传。"此话不是随便说说的，而是反映了江苏船舶工业发展的客观情况。

"船报"是我国船舶工业行业的主流强势媒体。曾有"一报在手，行业在握"的誉称。"船报"的后 500 期，是伴随着江苏船舶工业发展同行的。在此之前，江苏船舶工业的消息，在"船报"上寥若晨星。

据资料记载，进入新世纪以后，江苏主要造船企业造船总量扶摇直上：2001 年交付使用的船舶 52 艘，计 70.07 万载重吨；2002 年交付使用的船舶 50 艘，计 137.79 万载重吨；2003 年交付使用的船舶 56 艘，计 164.37 万载重吨；2004 年交付使用的船舶 46 艘，计 163.567 5 万载重吨；2005 年交付使用的船舶 53 艘，计 197.95 万载重吨；2006 年交付使用的船舶 76 艘，计 312.6 万载重吨；2007 年交付使用的船舶 85 艘，计 389.569 万载重吨；2008 年交付使用的

船舶 119 艘,计 515.025 万载重吨。江苏船舶工业的每一步发展,都得到了"船报"的关注和支持。同样据资料记载显示:最近 4 年多来,"船报"刊登反映江苏船舶工业的报道达 1 700 余篇。江苏船舶工业只要有一点儿进步,版面上都会有所反映。这是无价的支持! 这对于国内外船界人士了解江苏船舶工业、提高其知名度和美誉度,起到了不可替代的作用。这是"江苏造船人"的无形资产。

"江苏造船人"对"船报"的热爱,也是情有独钟。每每碰到造船企业的决策者谈起读报、用报,他们都会对"船报"赞不绝口。他们从"船报"中汲取了许多有益于企业改革与发展的营养,创造了一系列带有江苏造船特色的新理念:"吨位就是地位";"不仅要有吨位,而且要造'双高船'";"为要造'双高船',就要提高科技创新能力,实施'数字化'造船";"不仅以吨位论英雄,更要以效益论英雄";等等。同时在管理和经营上也形成了一套新理念:"体制改革促发展";"抓基建,抓技改,强'身'健'体'";"拓展市场";"进军'双高船'";"错位经营";"批量造船";"做精做实";等等。这些理念的思想材料,一方面来自江苏船舶工业自身的创造性实践;另一方面,也来自"船报"提供的中国造船人创造的精神财富。

据江苏省国防科技工业办公室日前发布的信息,2008 年江苏省造船完工量达 889.5 万载重吨,占我国造船总吨位的 30.9%。两大集团与江苏造船,呈现了"三分天下有其一"的态势。当前世界金融海啸,带来经济上的严重危机,一向具有艰苦奋斗传统的"江苏造船人"有着坚定的信念,与同业的兄弟们定能够共度时艰,迎接造船业的下一个"春天"。此间,仍然不可缺少"船报"的支持和引导。江苏到北京,远隔千里,在"船报"刊出 1 000 期之际,我们庆贺的掌声,我们赞扬的微笑,我们敬献的鲜花,难以传到"船报"。在此,写几句心里话,通过电讯传至"船报",聊表"江苏造船人"的心意:

庆贺"船报"出刊千期

青枝绿叶一千期,春秋寒暑二十载。

老干新枝齐争春,再续盛世锦绣来。

黎明前的战斗

这是 60 年前的事情了,但给我的记忆是那么清晰,那么使人难以忘记。

(一)

1949 年 4 月 21 日,是人民解放军渡江战役开始的第一天。后来,在党史上读到这么一节:"由于国民党政府拒绝在《国内和平协定》上签字,4 月 21 日,毛泽东主席和朱德总司令发布向全国进军的命令,由总前委书记邓小平统一指挥的第二、第三野战军(原中原野战军和华东野战军)在中原军区部队配合下,得到江北人民的支援和江南游击队的策应,发起渡江战役。在西起湖口,东至江阴的千里战线上,百万雄师分三路强渡长江。国民党苦心经营三个半月的长江防线顷刻瓦解……4 月 23 日,解放军占领国民党的统治中心南京,宣告了延续二十二年的国民党反动统治的覆灭。"

(二)

我的家乡在离长江边仅有 20 多里的常州以北的一个交通要道旁。在我家乡向北大约五六里的地方,有个叫潘墅的小镇,别看这镇小,却是长江边通往常州市区的一个陆上要道。因此,它成为人民解放军渡江部队与国民党江防部队的必争之地。从 4 月 21 日下午开始,经过一昼两夜的战斗,最终以人民解放军的胜利、国民党反动军队的失败而告终。因为这是江南解放前夕在我家乡发生的一场激战,在此就称为"黎明前的战斗"吧!

(三)

如果有人问我,你谈得如此之详,是你亲身参加了这次战斗吗?我只能回答,我没有那么荣幸。因为,那时我只是一个不满9岁的孩童。但是,这是我平生第一次听到如此激烈的枪炮声,第一次看到映红了半边天的战火,目睹了国民党军队败逃和人民解放军英勇挺进的情景。这些情景在我幼小的心灵中,留下了难以磨灭的印象。这就是黎明前的战斗。

(四)

在后来的岁月中,故乡的人们常常谈起这黎明前的战斗,怀念在这次战斗中为人民解放事业英勇牺牲的烈士们。但难以说得全其中前前后后的细节。到了1983年,也就是这次战斗的35年之后,当地党委和政府组织人员整理这次战斗的史料,才弄清了这次战斗的来龙去脉。

1949年4月21日,渡江战役打响。下午,人民解放军第三野战军23军67师进入江北七圩港一线江面。傍晚,解放军炮击江南国民党江防阵地,晚上八九点钟,该军各团突击连即向江南进发。深夜11时,67师200、201团渡过长江,按规定计划向敌纵深攻击前进,以夺取通往常州的前进道路。人民解放军201团三营八连和机枪连,与当日进驻的国民党54军291师遭遇。在人民解放军两个连的猛烈攻击下,一举打进了敌军师部,并击毙了该师师长廖定藩,打乱了敌军的顽抗部署。要是江边至常州通道打通,人民解放军就可以截住敌人从南京向上海和浙江的逃亡之路。因此,天亮后,敌军拼命反扑,妄想重新夺回失去的阵地,以控制江边通往常州的交通要道。人民解放军两个连的指战员不畏敌人的疯狂反扑而顽强战斗。八连副连长王太山,在双腿被打断的情况下,仍怀抱两枚手榴弹,爬出阵地百余米,与冲上来的顽敌同归于尽。二排排长石太成在组织第二次突围中,因敌军火力太猛,未能成功而牺牲。机枪连政治指导员潘增祥身负重伤,坚持指挥战斗,在敌军蜂拥而上的关键时刻,用机枪和手榴弹,给敌军以沉重打击后英勇牺牲。营指导员瞿钦民身负 8 处重伤,坚守在阵地上,终因弹尽援绝,为人民解放事业流尽了最后一滴血……在最紧急的关头,进入邻近地区的 119 团驰援八连和机枪连,经一个小时激战,将国民党军打得溃不成军,向南逃窜。那已经是 4 月 22 日的深夜了。

(五)

了解到这些情况之后,我将自己当晚见闻与之联接起来。我家住在常州——魏村(江边)的公路边,离公路不过百十米,但中间隔了一条河汊。父亲牵着牛,带着我姐到远处避难了,我母亲带着我躲在猪圈里。4 月 22 日的傍晚,公路上人车兵马不断,估计是从江边败下来的国民党军队,他们吆喝声、漫骂声、脚步声,嘈杂了一晚上。猪圈有一个向北的窗户,我们偷偷地看看外面,漆黑一片中,有些手电光或灯笼火,时亮时灭地在公路上向常州方向蜿蜒而去。第二天早上,公路上又出现了队伍,偶有些兵走近我家门口,他们泥水满身,并不打扰百姓。后来,人们才知道这就是人民解放军。

(六)

1984 年 3 月 20 日,中共龙虎塘乡委员会、武进县龙虎塘乡人民政府,在江渡战役中潘墅战斗的遗址上建立了一座革命烈士纪念塔,碑文是:"一九四九年四月二十一日,中国人民解放军横渡长江,在潘墅一带遇国民党军残部顽抗。第三野战军二十三军六十七师二〇一团三营围歼,激战一天两夜,教导员瞿钦民、机枪连指导员潘增祥、副连长王太山、排长石太成等 40 余人光荣牺牲。今为激励后人,振兴中华,特择地建塔,以寄哀思,并昭懋功。"

(七)

读完这一段碑文,难以用一种语言来表达心中的哀痛,这些烈士为了中国人民的解放事业,牺牲在这黎明前的战斗中,如果他们的生命再延续几小时,他们就看到了敌人的失败,看到了人民的胜利,看到了东方喷薄欲出的太阳。他们为了人民的解放,牺牲在胜利前一刻,使高山垂泪,江水呜咽。他们的鲜血洒在我故乡的土地上,洒在祖国的大地上,必定会开出灿烂的永不凋零的鲜花。祖国人民不会忘记他们,一代代后来人不会忘记他们,并将继承他们的事业直至永远! 永远!

碧海丹心铸利剑

——写在中国人民解放军海军诞生 60 周年

　　初到江苏泰州的人，少不了要到原来的白马庙去看一看"中国人民解放军海军诞生地纪念馆"。那里陈列着人民海军成立前后的大量文物。我是 2007 年 7 月 7 日到那里去的。也许因为我在人民海军战斗、工作和生活了 23 个年头，对这样的纪念馆有着不一般的情感。2009 年 4 月 23 日，是人民海军诞生 60 周年纪念日，我欣然提笔写下此文。

　　1949 年 4 月 23 日，人民解放军攻占南京。在国民党"青天白日"旗帜跌落尘埃，红旗插上了南京国民党总统府的时候，中国大地上另一件有着重大历史意义的大事发生了。就在这天，根据中共中央军委的命令，中国人民解放军的第一支海军部队——华东军区海军在江苏泰州白马庙成立。人民海军的成立，是伟大的中国人民革命胜利的产物，标志着我国从此结束了有海无防的屈辱历史。

　　建立一支党领导下的人民海军，是党中央和毛主席在中国革命即将取得最后胜利、新中国即将诞生之际酝酿的战略决策。1949 年 1 月 8 日，中共中央政治局通过决议提出："1949 年及 1950 年我们应当争取组成一支能够使用的空军，及一支保卫沿海沿江的海军。"华东军区海军成立，由原华中军区副司令员张爱萍任司令员兼政治委员。1949 年 12 月 15 日，中南军区海军相继成立。1950 年 1 月 12 日，毛主席签发命令，任命肖劲光为中国人民解放军海军司令员,组建了海军领导机关。至 1955 年 10 月 24 日,华东军区海军更名为人民解放军海军东海舰队,华南军区海军更名为南海舰队。1960 年 8 月 1 日,在海军青岛基地的基础上成立了北海舰队。1952 年 4 月,海军航空总部成立(2003 年 10 月,中共中央军委决定撤销海军航空总部,其下属部队归舰队指挥)。

对人民海军历史了解一二的人,说到人民海军的成立,必然不会忘记毛主席对人民海军的几次题词,这是人民海军发展的指路明灯,在时过半个多世纪的今天来看,仍然不失其灿烂的光辉。在人民海军成立约半年之后,毛主席亲笔为初建的人民海军题词:"我们一定要建设一支海军,这支海军要能保卫我们的海防,有效地防御帝国主义的可能的侵略。"人民海军成立 4 年后的 2 月 19 至 24 日,这是极不平凡的日子。这天,毛主席在百忙中,由公安部长罗瑞卿等陪同,在武汉乘"长江"舰下行,由"洛阳"舰护航。编队于 2 月 20 日到达九江。毛泽东改乘"洛阳"舰到安庆,再乘"长江"舰续航,编队于 2 月 23 日到达南京。期间,毛主席先后为"长江"、"洛阳"、"南昌"、"黄河"、"广州"等 5 舰题写了同样的题词:"为了反对帝国主义的侵略,我们一定要建立强大的海军。"

为落实党中央和毛主席关于海军建设的一系列重要指示和重大决策,海军广大官兵按照海军装备建设以"空、潜、快"为重点的建设方针,在新中国成立初期国家经济十分困难、拿不出太多的资金投入海军建设的情况下,立足于保质量、保重点的原则,艰苦奋斗、勤俭建军,使海军不断得到发展,战斗力不断提高。人民海军在毛泽东、邓小平、江泽民、胡锦涛等几代领导人的关怀下,从无到有,从小到大。现在已拥有核潜艇、常规潜艇、导弹驱逐舰、导弹护卫舰、导弹快艇、鱼雷快艇、高速护卫艇、岸防对海导弹和海军航空兵及大型海上补给舰船,比起初建时期,海军强大得多了。据说,前几年我海军在台湾海峡演习时,美海军航母发现我核潜艇不在大陆港内,很快从原地向东撤出 300 多海里。怕了!

不久前,中国国务委员兼国防部长梁光烈上将在会见日本客人时表示,中国不能永远没有航母。这是我国军方高层首次公开正式作出这项表明。这说明,中国人民解放军海军在不久的将来,将拥有自己的航空母舰。这对于全党、全军、全国人民,尤其对于曾经献身过海军建设的人和正准备为海军建设献身的人,是十分振奋人心的好消息。

建设一支强大的海军,不仅是毛主席等老一辈革命家的伟大决策,也是我们每一个与海军建设有关的人的坚强决心和宏伟目标!

昨夜星辰昨夜风
——与《江苏科技大学报》500期的情结

    2009年6月15日,《江苏科技大学报》出刊满500期,这是值得庆祝的事情。所以值得庆祝,不仅因为她是江苏科技大学的强势媒体,堪称我们这艘"航船"上的旗帜,而更重要的是她是这所大学的师生员工25年来的良师益友。当年,"红杏枝头春意闹",如今已是"绿叶成荫子满枝"了。这里用唐代大诗人李商隐的"昨夜星辰昨夜风"的诗句来形容我与"院报"相聚的美好日子,是最恰当的了。

(一)

    《江苏科技大学报》的前身,是《镇江船院报》(后文简称"院报")。她的诞生是与改革开放分不开的。1984年,祖国大地春风拂煦,给我国高等教育改革和发展带来了春的消息,使过去近乎处于封闭或半封闭状态的大学校园的人们懂得,办高等教育应当是开放的,不仅要自己了解自己,而且要了解别人,也要让别人了解自己;不仅要让领导了解校园里的事,而且也要让师生员工都了解校园内的事。《镇江船院报》应运而育,经过"十月怀胎",终于在1984年9月29日"一朝分娩"——试刊出版了。

    我是在"院报"诞生的前一年从海军转业到华东船舶工业学院的。由于我在部队时任过一段时间的新闻干事,对新闻工作有着一种特别的兴趣,逐渐与"院报"的编辑熟识。后来,我被调到自动化与计算机系党总支任副书记,开始给院报写稿。记得第一篇稿子是刊登于 1985 年 9 月 9 日的通讯《袁再芳》。袁再芳是体育老师，兼任 82361,84351 班的班主任。她是众多用心血浇灌造船人才的"大学启蒙者"中的一位。她对学生管得严，爱得深。如今再读此文，袁老师的事迹还是那么动人，那样亲切。在系里工作的日子里，我不仅成了该系师生的朋友，而且也与"院报"结下了不解之缘。

（二）

也许是我能写点儿报道的缘故，在自动化与计算机系工作仅三个学期，就被调到院办公室任副主任，与蒋安庆主任共事。记得我上任时，当时的院长陈宽教授交代，要我多与"院报"联络，要多在"院报"上反映学院高层领导活动的信息。我牢记领导的嘱托，从此以后的相当一段时间内，自觉给"院报"提供报道，并将此看成是我工作职责中的一部分和我事业中的一部分。记得到院办写的头几篇稿子是发表于 1985 年 12 月 12 日的《我院首届院务委员会召开第一次会议》、《原"豆腐房"已命名为"船院新村"》和《船院新村展望》等。当时，稿子的署名是我的笔名"陈渝"。我深知我这个"半路出家"的教育工作者，哪一点儿也不可与那些"科班出身"的同志比，不过我并不气馁。在撰写此文时，翻开当时的一些文字记述，上面有我当时写下的一段话："大人物有大追求，小人物有小追求。如果我们这样的小人物连小追求都没有了。那么连做小人物的资格都没有了。"现在看来，这话还是有点儿人生哲理的。

当时的"院报"由余城德、张坚强等几位年轻人任编辑，老教师毛佩琴作指导。我经过一段时间的实践，逐渐增强了新闻的敏感性。1988 年 3 月的一天早上，学生食堂门口，学院举办了一个"浪费现象"展览，展出的是早餐后从学生餐桌上收集来的剩馒头和包子皮，还有从学生宿舍没收来的电炉。展版上算了一笔账，如果全校学生每人每天浪费半两粮食（半个馒头），一年就是 300 个农民辛勤耕作一年的收获。我感到这个"小题大做"做得好。当时，中国人还没有完全摆脱饥饿问题，而我们的学生不惜粮、不惜电，浪费现象令人发指。因此，我采写了《浪费现象令人忧，艰苦创业不可丢——我院团委组织"浪费现象"展览》一稿，并在当年的江苏高校好新闻评选中获得了一等奖。这也许是"院报"获得的省高校校报评选的第一个一等奖。

（三）

1987年，我被调任到党委宣传部任副部长。原来的部长、副部长都调任到其他部门任职。宣传部没有部长，我负责部门工作。部内除了日常的思想政治教育工作外，还有学院广播站、"院报"编辑部和大礼堂的电影放映和管理工作。大家挺团结，效率也较高，而我花精力最多的还是"院报"。两位年轻编辑当时还是党外人士，而且"院报"关系到学院内舆论的导向问题，深感不可大意。我也常常参与编辑工作。那时，编印工作困难极多。近乎于活字印刷的原始状态，异地印刷，带来许多不便。有一段时间要过江到扬州师院去印，大江阻隔，常因风雨难渡。后来，改在丹阳练湖印刷厂印刷，仍是车马劳顿，但还是每期按时出版和发行。

1989年，"院报"在极其困难的情况下还是保证了基本按期出版，成为正确舆论的风向标。当时，也有些人用"院报"上的观点自我"对号入座"，闹出些非议之事。在学院党委明确对"院报"的支持下，没有使一些人的小题大做得逞。而那时，我们的校园新闻在办好"院报"的基础上，已发展到了进入社会新闻媒体的新阶段。

（四）

1989年春夏之交，学院党委决定恢复党委机关各部门，我被调任党办副主任兼统战部副部长，随后又任主任兼部长。工作自然比以前繁忙，但我还是常常将新闻工作作为自己的一项工作。曾记得，当时，美籍教师唐·怀德里特和琼·怀德里特夫妇受美中教育服务中心派遣，在我院负责国际贸易高级培训班教学。他们的教学方法与我国传统的教学方法有着许多不同。我采写了《两位来自异国的园丁》的通讯，首刊于"院报"，后被多家报纸采用，并由"院报"推荐分别获得江苏高校校报好新闻二等奖和江苏省1989

年好新闻三等奖。

在此之前，我开始在大学生中开展新闻采写培训工作，写下了《高校学生学一点新闻采写好》论文，并开设新闻采写讲座，被大学生记者团（后改称为大学生通讯社）聘为指导教师。1990 年 7 月，我获得了新闻编辑任职资格。20 世纪 90 年代以后，我又先后在船舶工程系、学院"三办"和成人教育学院任职，一直与"院报"保持着密切的联系。应当说，"院报"对我的工作给予了许多帮助和支持，在这些单位的改革与发展中起到了促进作用。这时的"院报"已更名为《华东船舶工业学院报》。编辑部进入了一个全盛时期，建立了以年轻人为主的采编班子。

（五）

1999 年 10 月，我已经 58 岁了。我主动提出退居二线。不久，我自荐并经领导同意，到"院报"编辑部工作，因为我对新闻工作有着一种特别的兴趣。爱因斯坦说过："对一切来说，热爱是最好的老师。"减员后的"院报"编辑部，只有我与刘剑一老一少负责采编校和发行工作。尤其是我，既不会使用电脑，又没有搞过排版，一切都是在新情况下重操不算精通的"旧业"。

（六）

我进入"院报"编辑部的时候，也是我国高等教育大发展的时期，同时也是我院大发展的时期。"院报"理所当然地反映了改革与发展这个时代的主旋律，充分反映学院的教学、科研、管理和基础设施建设动态、成果和经验。应当说，两个人办一张"半月刊"的报纸，是"院报"有史以来人员最精简的时期。当时，我身体不算好，常常遇到着急的事腰部就疼，后来才发现是十二指肠溃疡作怪。但还是起早摸黑，利用休息日加班加点，确保"院报"按时保质出版。有人对我说："退居二线了，还拼这个命干什么！"当时有几位江苏大学文秘专业和媒体传播专业的大学生到"院报"实习。他们与我们建立了良好的关系，边学习边工作，一起同甘共苦，他们学到了东西，也支持了我们的工作。在这一时期，我们华东船舶工业学院的新闻已经冲出了校园,《新华日报》、《中国船舶报》、《中国教育报》,甚至《光明日报》、《人民日报》也偶尔刊有我们的稿子。

（七）

退居二线后,忙忙碌碌三年,感到很充实。到 2001 年 10 月,我年满 60 岁,就办了退休手续。进入了"退而不休"的人生晚年的一个特殊阶段,在中国船舶工业行业协会江苏联络处开始江苏省船舶工业行业协会的筹建工作,后来又在江苏船协秘书处干了 5 年。在此期间,"院报"于 2004 年 4 月随江苏科技大学的建立更名为《江苏科技大学报》,由半月刊改成旬报。诚然,我与校报的情结未了。不过,由于工作关系,我的视野之中,对江苏科技大学的事目睹耳闻得少了,而对于江苏船舶工业的新闻知道得多了。我在"校报"上刊载的新闻少了,而散文之类的东西多了。期间,由我著的《海疆见闻》和《新闻采写基础与创新》两书分别由时代文艺出版社和新华出版社出版,为初学写作者提供了学习写作的读物。我没有收笔,因为,我与《江苏科技大学报》情结还未了。

（八）

此文写到这里,想起了一首名叫《昨夜星辰》的歌,歌词是:"爱是不变的星辰,爱是永恒的星辰,绝不会在银河中坠落。常记着那份情,那份爱,今夜星辰,今夜星辰,依然闪烁。"借用这段歌词,来形容我与"院报"(后来的"校报")在星明风清中相聚的快乐时光,似乎是恰当的。

1949·故乡

——写在中华人民共和国成立 60 周年前夕

2009 年初秋时节,我携妻子回故乡。这几年,我虽每年都要回故乡几次,可这次回故乡与往常不同。因为今年是共和国成立 60 周年的年份。60 年前的这个秋季,是故乡新生的季节。因此,站在故乡的热土上,联想得那么遥远,那么深沉。

我的故乡,在常州以北的常澄公路与常魏公路的交汇点上。它有一个神奇的名字,叫龙虎塘。相传远古时有一飞龙与当地一群猛虎于此争斗,搅得天翻地覆。因此小镇周围尽是芦苇塘和几丈深的泥潭,故得此地名。在我少年时,在此地河上跨着一座环型石桥,名风云桥。桥上镌刻着一副古时留下的对联:"无龙无虎龙虎塘,有风有云风云桥。"据传,朱元璋手下大将徐达在此与张士诚酣战,太平军在此抗击过清军,共产党领导抗日游击队在此与日寇周旋⋯⋯故乡淋沐着历史的风云。

1949 年,在这中国革命的历史关头,故乡又经历了一场历史的风云。这年的 4 月 23 日,人民解放军百万雄师过大江,使故乡得到了解放。接着,人民政权建立起来。首先是党的组织——中共龙虎塘乡委员会,由原来党的地下工作者与解放军中转为地方工作的同志组成。党的领导下的故乡人民政府建立起来了。同时,乡农民协会、乡妇女联合会、新民主主义青年团乡团委、少年先锋队组织和工商联合会等也相继成立。在党的领导下,人民政府组织故乡恢复经济。农村土地改革还没有开始,土地耕作基本上还是维持原来的局面,实行减租减息。人民生活开始安定下来。故乡人民希望人民政权巩固起来，创造一个和平、民主、自由、平等的新社会。

然而，历史的规律总是如此。一个反动政权被推翻之后，失败的敌人总是不甘心灭亡。他们疯狂地向新政权进行反扑。1949 年夏天，那些不甘心失败隐藏的反动分子，就开始蠢蠢欲动。他们用似是而非的文字涂鸦——"天书"来制造谣言，说"蒋介石要回来过中秋"。他们还用许多手电筒光，在夏夜的薄雾的天空中摇曳，以达到相互联系或扰乱民心的目的。后来查明，这些谣言是反动道会——"一贯道"所为。政府立即将反动道会的几个头目抓捕，宣布他们的罪行，并实行法律治罪。这些谣言也就不攻自破了。

1949 年秋季，对江南农村来说是一个难得的好年成。早稻已经收割，晚稻颗粒饱满，遍地澄黄。几千年压在中国农民头上的封建剥削制度终于推翻了。10 月 1 日，毛主席在北京天安门上升起第一面五星红旗，宣告"中华人民共和国中央人民政府今天成立了"的时候，我故乡的人民也群情沸腾。先是在故乡唯一的一个大操场上，召开"庆祝中华人民共和国成立大会"，红旗飘扬，锣鼓喧天，秧歌队、腰鼓队、连响队、龙灯、马灯、活报剧，纷纷登场。"中华人民共和国万岁"的口号声此起彼落，歌声一浪盖过一浪。大会以后，全乡 18 个行政村，分成 18 路游行队伍，从庆祝大会会场出发，走向四面八方。队伍前面有民兵队，其中有步枪队、大刀队等；学生队，其中有红缨枪队，也有手持三角红旗或小棍上糊着标语的；农民队，有肩扛扁担、锄头的；妇女队，腰缠红布带。一路上口号声、歌声和笑声不断，所到之处，万人空巷，男女老少，欢声笑语。那时，我虽只有 9 岁，但此种景象，时至今日，仍然历历在目。

人民大众胜利之日，是反动阶级痛苦之时。开国大典之后，故乡进入了深秋季节。除抓紧秋收秋种之外，政治上也开展了贫苦农民诉苦和斗地主运动。许多地方召开大会，一些贫苦农民出身的老人拿着血衣，袒露着身上的伤痕，控诉着地主、恶霸、反革命分子欺压百姓的罪行。台上台下的哭声、口号声如潮似涌。中国农民的千年、百年、几十年闷在心里的苦和冤、仇与恨都喷吐出来了。那时的文艺宣传活动搞得非常好,常与群众思想引起共鸣。记得有一次,演出正在进行着,剧情是一个地主欺凌一个贫苦农民的女儿。剧情激起了台下一个民兵的愤恨,就拉开枪栓,向台上打了一枪。虽未伤及演员,却把台上的油灯打灭了一盏。演出的场地上着实乱了一阵,很快平息下来。这位民兵也醒悟过来了,悔恨自己虽然对地主有仇有恨,但也不能向演戏台上开枪。这件事说明,农民的阶级义愤激发起来了,敢于拿起武器与敌人作斗争了。

新中国的成立,使人民感到有了自己的政权,可以站直腰杆做人说话了。这为 1950 年的土地改革、抗美援朝和严厉镇压反革命三大运动,奠定了坚实的政治基础和思想基础。

我从对故乡的沉思中醒来,放眼今日,故乡已经不再是 60 年前满目疮痍的故乡了。走过了 60 年曲折道路,尤其是近 30 年来改革开放,终于,故乡彻底改变了过去的旧模样,摆脱了贫困落后,踏上了小康之路。原来的乡间农村,变成了常州市新北区:和谐安静的居民住宅区,笔直宽大的城区公路,货物充裕的各色市场,绚丽多彩的中小学校和幼儿园。偶尔与我的乡邻们谈起今天的幸福生活,他们由衷地感谢党中央,感谢毛主席、邓小平、江泽民和胡锦涛等一代代国家领导人,感谢伟大的社会主义祖国!

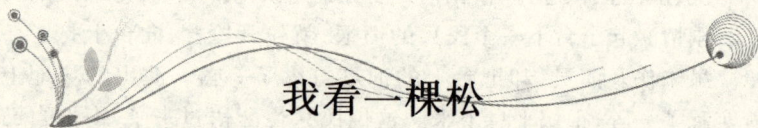

我看一棵松

题记:事有巧合,2009 年 10 月 5 日,偶知我与我的学生刘素美
生日同庆,浮想联翩,欣然以松为题,偶成一首,以勉之!

十年前
我看你——是一棵幼松
主干苗条
翠叶葱茏
你看我
已是一棵老松

五年前
我看你——是一棵小松
与另一棵相挽
携幼松遥看彩虹
你看我
还是一棵老松

今天
我看你——是一棵大松
经历风霜雨雪
欢度春夏秋冬

你看我
仍是一棵老松

将来
我看你——要成为一棵不老松
革命人永远年轻
绿妆南山不摇动
你看我
还愿做一棵老松

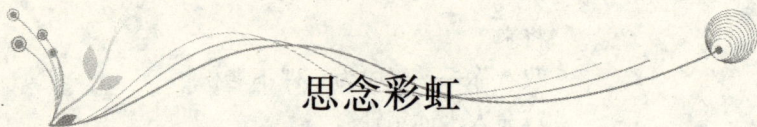

思念彩虹

许多年前，
一个雷暴风雨天。
雨后斜阳西照，
东方彩虹现。
赤橙黄绿青蓝紫，
跨在湖山江河边。

自此常梦彩虹仙，
拱桥下面荡秋千。
彩桥狭窄不见墩，
吾恐仙子落人间。

如今人生入暮年，
七色彩链仍如前。
彩虹本是半个圆，
还有一半藏心间。

只待满天迷漫雪，
彩虹收起七彩链。
难成化虚为实际，
或作化实为虚篇。

白丁香花又开了

——寄友人

告诉你,白丁香花又开了!

满树的花,洁白晶莹的肌体,似点点白雪。花儿好似一滴滴的清水,流进我的心田。

记得那年秋,我们在银杏树下的一间平房中办公。银杏树的黄叶和果实落在房顶上,发出"沙沙"、"嘣嘣"的响声。一个秋色满地的日子里,我们从街上买来一株白丁香树,把这株幼苗种在盆里。

你说,不知哪一年我们的白丁香树,才能长到如屋后参天的银杏树那样,展示出春天的嫩绿,夏日的阴凉,秋色的硕果,冬季的银花。

我与你是两个时代的人,我的年龄比你长两倍。可是我们成了忘年之交。我们虽有"代沟",但都有一颗向往美好的心。后来,你走了,我留下了。我一人照顾着盆里幼小的白丁香花,我太爱她了。一次,买了两元钱的油炸花生米,埋到盆里。果然,春天里,幼小的白丁香花苗蓬勃而起,枝繁叶茂,但没有开花。我想她还小呢!在此安家不到两年。进入秋天,我想小苗该进补了,明年定会开花。买来一瓶牛奶,掺了些水,浇到白丁香花的根部。想不到,我做错了。白丁香花不断落叶。后来,落到一张叶子都没有了,很担心她会死去。摸摸她的枝条,挺有韧性。我坚信她不会死,因为她是我们忘年交的象征。我老了,但我的朋友你还年轻,充满着活力，即使我们先后终老，还有我们各自的后代。

我牵挂着她，熬过了一个寒冷的冬天。春天终于来了，白丁香花树光秃秃的枝条上冒出了新芽，那新芽像翡翠一般，后又像一粒粒绿色香瓜子，再就像一片片展翅的彩蝶。初春的气候乍暖还寒，白天我把花盆端到太阳下，晚上又收进阳台。

早春，天气也暖和了。一天中午，我惊喜地发现，白丁香花树上有花蕊了，我浇了点儿水。几天后的一个早晨，一股馨香飘进了我的办公室，那气味像梅花的香味，那样清幽，那样微妙。哦，白丁香花开了！雪没有她白，梅没有她香。我很想给你打个电话，可与你失去了联系。后来，我退休了，我只得把白丁香花带回家。我的儿子，知道我爱白丁香花，特地从宜兴带回一只青花瓷的大花盆，并给白丁香花树搬了一次家。如今，她似一阵风，也是一段景。

白丁香花开得这么好，你没有来看过她。今年花季又将过去，她要睡了。到了明年的春天，她会醒来，会和着春之歌的乐曲，重新奏起友谊的新曲。明年，白丁香花还会开的，会更白、更香。

赞美梧桐树

冬天一天比一天走近了。山上的松树林,还是那样青翠。山下的竹子,也还那样碧绿。唯有梧桐树,叶落了。

有人赞美松树,有人赞美竹林,大概没有人赞美过梧桐树吧。我早就想写一篇小文赞美梧桐树,可是没有这个勇气。现在我自己也像梧桐树一样,要落叶了。因此,鼓起勇气来赞美梧桐树。

为什么要赞美梧桐树呢? 那是因为梧桐树与许许多多的革命者一样,当人们需要她的时候,她毫无保留地奉献出自己的一切。春天,梧桐树的满枝嫩绿奉献给春光;夏天,梧桐树的一片阴凉奉献给人们;秋天,梧桐树的浑身金甲奉献给大地;冬天,梧桐树腾出的空间阳光灿烂。人们需要春光、阴凉、秋色和阳光,她都奉献出来了。这样的精神,不值得赞美吗?

可是,有些人对梧桐树的缺点还是有些议论的。说她不会开花,说她春天桐叶芽上有飞毛,说她到夏天会生毛毛虫,说她秋天会落叶……因此,前几年校园内外,似乎掀起了一个"杀"梧桐树的热潮。一两人合抱不过来的、50 年树龄的梧桐树成片成片地被"杀"了。尽管如此,梧桐树还是为人们奉献了自己的躯体。运去做家具或去劈成柴火为人们取暖或煮饭。很少有像赞美松树、梅花、桃花、修竹那样赞美梧桐树。她一代代无怨无悔地站在道路两边。

我想从古诗中找几句名句来颂扬梧桐树,确实很难。翻了半夜书,好不容易找了 4 句:唐代杜甫《秋兴八首》(其八)中有句"香稻啄余鹦鹉粒,碧梧栖老凤凰枝",全诗虽不是赞扬梧桐树,是反映当地的物产富庶的,但无意中吟出了赞美梧桐树的词。我们常常说"栽得梧桐树,引得凤凰来",用来比譬某个社会组织搞好了,有才能的人自然会来加盟。既然凤凰都愿栖落上面的树,这个树肯定也是名贵的树了。可惜,自古被称为吉祥之鸟、富贵之鸟的凤凰,早已绝迹,或许只是传说中的神鸟,梧桐树也就逐渐变得不名贵了。

唐代李欣《送陈章甫》中有一句:"四月南风大麦黄,枣花未落桐叶长。"这里的"桐叶长"是作为季节的标志来叙述的,说不上对梧桐树的褒贬。

唐代孟浩然的《断句》中有:"微云淡河汉,疏雨滴梧桐。"意是描写秋夜的清丽淡雅。看来雨水滴在梧桐树叶上是美好的秋色,对梧桐树还是有褒义的。

唐代吕岩的《梧桐影》中有:"今夜故人来不来?教人立尽梧桐影。"描写情侣约会时,等待对方前来赴约的渴盼心境。这词把情侣、梧桐树影和渴盼的心境联系在一起,从意境上是赞美梧桐树的。

因我读诗书极少,在唐之前和之后,再没有发现诗人涉及梧桐树的诗句。也许是后来的人发现梧桐树的缺点太多了,也就不写了。其实,作为草木的梧桐树,与人一样的。人无完人,草木也无完草木。人有缺点,也有优点,草木也是如此。甚至,人与木有些优缺点是与生俱有的,是客观存在的,这是符合辩证法则的。人们评价人与草木都应当用辩证的观点。这样才能使大地留得草木,社会喜得人才,使得自然界和人类社会和谐发展。

白衣天使赞

白衣天使是什么样？
有人说你像白色的和平鸽，
有人说你像白色的海鸥，
我看你是一簇白色的火焰。
白色的火焰啊！
拒绝死神的敲门，
融化着人生最后的冰霜，
拯救着人生的希望。
你火热的心，
当走进你的炼炉时，
你充满着希望，
但有时的结局也使你带着悲伤。
然而，救死扶伤是你秉持的责任心，
你柔声的呼唤是生命的钟声，
你的笑声是生命的浪花，
你与你的病号共同扼着死神的咽喉，
争得生的希望。

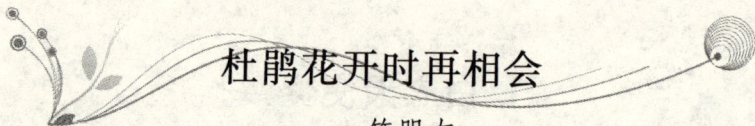

杜鹃花开时再相会

——答朋友

朋友,您问杜鹃花何时红？啊,我告诉您,红杜鹃花开了,就红了。不过,您要知道,杜鹃花不单是您所记挂在心的红杜鹃,实际上还有白杜鹃、粉杜鹃、紫杜鹃和白色的花朵上滴着血滴的滴血杜鹃。您可不要重浓色而轻淡色,否则,杜鹃花姐妹会对您有意见的！

我与杜鹃花有个约会。每年杜鹃鸟鸣时,我准会携着我的朋友,到称之为"城市山林"的镇江的杜鹃苑去看她们。那时,杜鹃花姐妹们,你不让我,我不让你,都开满了花赶趟儿。红的像火,白的犹如雪,粉的如霞,紫的似气,更有那血色杜鹃花的"忆君泪落东流水,岁岁花开知为谁"(唐代李欣的诗句)的意境。她们的浓烈芬芳带着甜味,使人沉醉。多姿多彩的杜鹃花,吸引着多少人的心啊！

朋友,您知道吗？杜鹃花标志着一种坚定的信念。在唐代诗人李商隐的《锦瑟》一诗中有"庄生晓梦迷蝴蝶,望帝春心托杜鹃"一句。前半句与杜鹃花无关,暂且放一放。而后半句与杜鹃花有关,需要给您唠叨几句。"望帝春心托杜鹃",相传我华夏周朝末年,蜀地有一位君主叫杜宇,后禅让退位,不幸国亡身死,死后灵魂化为杜鹃鸟,将一片春心寄托在杜鹃鸟身上。春天杜鹃则悲啼不止,以表盼望春天归来的心意,直叫得口中滴血,血滴在盛开花朵上,这花就是人们所称的杜鹃花。杜鹃和杜鹃花,给人们表达了两个字,就是"执著"。

朋友,您看过朝鲜的电影《卖花姑娘》吗?影片中讲述了一个姑娘的遭遇。她幼小就失去了父母,后与哥哥离散。在生活无着的情况下,她以卖花为生,卖的花叫"金达莱",这就是中国人称的杜鹃花。卖花姑娘饱受着不平等社会的欺凌和有钱人的白眼和势利眼。但她还是执著地坚信,只要活下去,一定能找到她的哥哥。当她见到哥哥时,她哥哥已经是朝鲜人民军的一位高级指挥员了。凡是那个年代看过这部电影的人,都会被卖花姑娘追求光明、追求平等、追求自由的精神所感动。想起当年放映这部影片时观众的情景,就会深切地感到,人们渴望光明的愿望是一致的。记得有些青年人连看 5 场,有的女孩子从放映开始,一直哭到结束,即使卖花姑娘在微笑中含泪与她哥哥相见,将一束金达莱送给她哥哥的幸福时刻,场内还是一片哭声。那是幸福的哭声,为卖花姑娘庆幸的哭声。

朋友,您肯定看过中国电影《闪闪的红星》吧。在影片中,看到漫山遍野盛开的花,叫映山红,那就是我们常说的杜鹃花。这里表现的信念,是对革命的执著。您听,"若要盼得那红军来,岭上开满呦映山红"。

无论是朝鲜民族的金达莱、中国革命战争年代红色根据地的映山红,还是中华民族从古至今的杜鹃花,都集中地表达了一句话:执著地追求人类的光明、人类的进步,追求恋人间的一片真情。

有着执著精神的杜鹃花是年年会开的。她的精神已经成为我们的精神财富,不必有欧阳修大师的"今年花胜去年红,可惜明年花更好,知与谁同"的悲感。人世聚散寻常事,杜鹃花开春又是。我们坚信杜鹃花一定会开的,该红的、该白的、该粉的、该紫的、该血色的,还是依旧。无论与谁同去看,都是不要紧的。我们只是不要忘记了她的那种执著的精神。

朋友,您别着急。时令已经进入冬天,杜鹃花的叶子还是那样翠绿。这证明她还没有睡去,她在构思着春天烂漫的图画,孕育着春天开放的花蕊,迎接大好春光的到来。待到杜鹃鸟鸣叫着"不如归去"时,我带您去与杜鹃花约会,到时您会感受到杜鹃花与梅花不一样的。梅花信仰"不要人夸颜色好,只留清气满乾坤"(元代元冕《墨梅》诗句);而杜鹃花信仰"唯要人夸颜色好,留得浓香满人间"。用我们的掌声做她的绿叶,您会感到一路上响彻着杜鹃花的笑声。

剑 客

题记：我身边有位"剑客"，她读了我给我弟子写的小文，心里有些不平，说我偏心。今以匆匆几句赠之，让"剑客"开心。

十年前，
剑客初长成。
莫道颜似月季一小丫，
敢于佩剑天下行。
龙虎山父母给她留烙印，
瘦西湖畔受师训。
有着梁红玉的勇猛，
更有招隐戴女磨笄的恒心。
古时剑客好斗勇，
现代剑客爱书琴。
著文匡扶正义莫辞难，
仗剑保国安民是本分。

游南郊赋

题记:2003 年 10 月 29 日,陪同王荣生会长夫妇和刘德谦秘书长游南郊。回程时,众人尚未尽兴,一路议论颇多。闻之,偶成几句,并赠南徐学院。

京口南郊胜景美,
仙迹名人接踵来。
太子编成昭明选,
留下千年读书台。
布衣皇上今何在?
黄鹤山上气象瑞。
听鹂高士遗招隐,
戴女磨笄成美谈。
刘勰大师展龙学,
后人供奉文苑内。
城市山林米颠书,
千古奇绝令人爱。
彩云归下青青树,
伯先将军魂犹在。
兽窟山中无害物,
鸟外虎跑有玉蕊。

更喜今朝有新景，
南徐学院育人才。
镇江四处皆有情，
最爱南徐大道外。

岁寒三友——松、竹、梅

自古以来，中国的文人对松、竹、梅的品格都深表敬仰，称之为"岁寒三友"。国画家喜欢画之，书法家喜欢书之，诗人喜欢吟之。古今文人画、书、吟松、竹、梅，只是追求意境，通过描述这些意境来彰显这些物的品格，并将此品格延伸到人所追求的品格上来。在此隆冬之中，我借古人之意浅谈一番松、竹、梅。

松

松，是岁寒三友中的大哥。在清代李渔的《闲情偶寄》中说："苍松古柏，美其老也。一切花竹，贵在少年，独松、柏与梅三物，则贵老而贱幼。"古今中国文人赞扬松，是赞扬松的骨气。唐代李白在《赠韦侍御黄裳》中，以华山上的松树鼓励朋友做一个有骨气的大丈夫。他诗中吟："太华生长松，亭亭凌霜雪。天与百尺高，岂为微飙折。桃李卖阳艳，路人行且迷。春光扫地尽，碧叶成黄泥。愿君学长松，慎勿作桃李。受屈不改心，然后知君子。"

唐代王维在诗中涉及松的有几处。在他看来，松是可与美好的事物共处一体的。如《山居秋暝》中有："明月松间照，清泉石上流。"山中的夜晚，有明月青松，有流水青石，闲静幽美，恬淡宜人。在《酬张少府》中有："松风吹解带，山月照弹琴。"这是描写诗人远离尘世，在松林月下解带弹琴的闲情逸趣。王维是见松触景生情，融意入境，所见者大，所思之远。其实，他写与松树在一起，是表明自身之高雅。

现代作家写松树的，也不在少数。其中当以陶铸的《松树的风格》为代表，以写松树之境，抒革命之意。最近，读了蔺子的《黄山小记》其中有一段写松，他写道："黄山树木中最有特色的要算松树了，奇美挺秀，松树大都总在石头缝里，只要有一层尘土就能立足，往往在断崖绝壁的地方伸展它们的枝翼，塑造了坚强不屈的形象。"这也是以松为境，抒人之意。

在现代社会中，松树代表着这样的一种人，他创造了文明和幸福，却生活在文明与幸福之外。我们周围散发着松树的清香，如我们用的家具，用的纸都与松树有关。但很少有人见过它、爱惜它，但松树依旧那样挺立着，傲着霜雪，顶着雷雹。

竹

竹以隐者的姿态，居深山幽谷吟风弄月。

古人与竹为伴，以为高雅。苏东坡的《于潜僧绿筠轩》中有句诗："无肉令人瘦，无竹令人俗。"说没有竹子可供观赏，会使人变得庸俗。竹有"节"，古代志士仁人偏爱竹，认为竹有气节，可使人不流于庸俗。

在《中华诗词名句》中，吟竹的名句有一些，比吟松的句子多，但比吟梅的句子少。一些诗人常常将修竹与淑女为伍，也是说明人要与竹一样有气节。唐代杜甫在《佳人》中有："天寒翠袖薄，日暮倚修竹。"这是用修竹比喻人心孤高，以及怀才不遇的惆怅。清代舒位的《空谷》中："天寒修竹娟娟静，翠袖苍茫独立时。"这也犹如上述杜甫的诗意，是说在天寒的暮色之下，诗人独倚修竹，保持如竹的气节，宁受冷遇也不随世俗浮沉的去向。诗人用修竹形容佳人，又用佳人比喻怀才不遇的诗人自己，用娟娟修竹表达自己的高尚情操。诗人十分恰当地运用诗歌创作的"比"与"兴"的手法，这使诗意更加含蓄，在展示佳境中蕴涵着真意。

竹以瘦为美，直瘦得纯粹是一节节骨头。它可以为笛、为箫，横着吹的是笛,竖着吹的是箫。人们在思念时候吹,在寂寞时候吹,在欢庆时候吹,在悲哀时候吹,仍是一管竹韵。这韵仍是修竹不屈的凡心发出的韵。

自古至今,人们画竹、书竹、吟竹,只是用描写竹的客观的境来表达画家、书家和诗家主观的意。集中起来就是一个信念,要求自己,也希望别人,像竹一样有气节,死而不改变自己的本形。

梅

在"岁寒三友"中,画、书、吟梅则为最多。梅在"三友"中虽为小弟,但它是伟大的。在清代李渔的《闲情偶寄》中有这样一段话:"花之最先者梅,果之最先者樱桃。若以次序定尊卑,则梅当王于花……"梅之伟大不仅如此,而且它是告别旧"时代",开启新"时代"的承前启后者。人类社会也是如此,凡是标志结束和开启一个新时代的人物,都是划时代的伟人。

从《中华诗词名句》中看到,较先咏梅的是唐代的裴休其《宛陵录·上堂开示颂》中有:"不是一番寒彻骨,怎得梅花扑鼻香。"用现时的话来说,经得起严格的锻炼折磨,然后才有苦尽甘来的特殊成就。所有成功都不是偶然的。梅花在非常艰难的环境中开放,不畏风雪严寒,敢为万花之先,它值得骄傲。古今文人赞美它,歌颂它,是敬仰它的一身傲骨。在清代李渔的《闲情偶寄》中看到,古时文人在梅花开时,有"妻梅"之说。就是说梅花开的时候,正值天寒地冻,有人将梅当做伴侣,想着法子与梅花同眠。宋代陆游《梅花绝句》有:"何方可化身千亿,一树梅花一放翁。"陆游对梅花的感情可不一般,他担心在梅花盛开时,难以欣赏每一株梅花,希望自己能化身千亿个,每一树梅花都欣赏到。诗人想象丰富,而且表现出了真挚、可爱的性格,令人敬仰。而陆游在《卜算子·驿外断桥边》(咏梅)表达了复杂的心情,而且有些消极情绪。诗人在表达梅花傲骨的同时,也表达了诗人自己的傲骨。

古人在赞美梅花的高尚品格的同时,也辩证表述了梅的品格产生的环境,这就是雪。宋代卢梅坡的《雪梅》一诗充分抒发了这种关系,原诗:"有梅无雪不精神,有雪无诗俗了人。日暮诗成天又雪,与梅并作十分春。""梅雪争春未肯降,骚人搁笔费评章。梅须逊雪三分白,雪却输梅一段香。"依诗来看,人不可没有傲骨,但不要傲视一切。梅花的傲气,固然有自己傲的资本,但它的这种资本是由环境(无论是顺境,还是逆境)造就的。梅花的高尚品格是有别的事物衬托的,也许梅花有许多地方还不如别的什么花呢!

愿春色铺满你的路

——写给我的一位忘年之交

> "一条小路曲曲弯弯细又长，
>
> 一直通往迷雾的远方。"

啊，朋友！

每当我听到这首前苏联歌曲《小路》时，就会想起你。因为，我曾有一次牵着你的手走过了一段崎岖的小路。那是一个暮春的日子，我和你去长江北面的一个造船厂采访新闻。长江春水盈盈，芦苇青青。我们渡过了长江就下了船，后又登上了一艘很小的铁壳渡船，摇橹的是一位大嫂。她摇着吱吱发响的橹，把我们送到河对岸。靠岸的便是一段高低不平的乱石路。我想你是第一次到船厂去，一定要十分关心你的安全。我一面叮嘱你注意脚下走稳，一面拉着你的手，确保你在这崎岖的路上万无一失。

自此以后，你也总是关心着我。记得那时我们难得有时间一起上街。不过，只要一起上街，你总是挽着我的手，避让着来往的车辆。我渐渐悟出了一个道理。这就是在人生道路上，人们应当互相搀扶着走。

朋友，你在博客上称自己是"三心二意"，这是一个带有笑话的称呼。其实你走的人生道路是一心一意的。我记得你在我这里实习将要结束时，在一次乘公共汽车时，遇上了一位青年，你们一见钟情，就谈起了恋爱。而你的父母，你的朋友和同学，包括作为你的老师的我，都是反对的。你们执著地相爱着。人们不得不在你执著坚定的态度面前让步。庆幸的是"有情人终成眷属",而且现在生活得十分美满。许多人担心的也是怕你们得不到美满幸福,既然现在你们达到了你们父母、同学、老师等一切人所企盼的结果,我们也就心悦诚服了。我和你的朋友们一起祝贺你们的幸福。我赞美你的忠诚、厚道和一心一意地走着人生之路的品格。

朋友,天下有多少路? 人们不时会思考应该走哪条路。高山巍巍,有人想披荆斩棘,拓展一条盘山的路;大海扬波,有人想劈风破浪,闯荡一条航海的路;蓝天碧透,有人想穿云拨雾,冲出一条翔翔天空的路;风沙漫漫,有人愿做一头骆驼,打通一条通往绿洲的路;沃野无垠,有人想辛勤耕耘,用双手播种出一条希望之路。各人都有自己的路可走,不管别人说什么,自己要坚定地走自己经过精心选择的路。

想来,人一辈子不可避免地要与路打交道。朋友,你不知道吧,我就是一个大半辈子与路打交道的人。我幼时在乡间田野的阡陌上放牛割草。记得 17 岁那年,与大人一起参加长江边德胜河道的开通和常州青龙公路的修筑。18 岁参加沪宁铁路双轨复线工程。从 20 岁开始,在东海航道上往返行走。43 岁以后,一直在学校为学生铺设成才之路。如今,已年近七旬,自己的路又在何处? 可以预料,注定是与路分不开的。

路在不停的脚步中,越来越坚定,越来越宽广。路在不停的脚步中,无限地延伸。地上的路可能是笔直平坦,而人生之路却总是弯弯曲曲的。我觉得每人都走在路上,而每个人也都是一条路。

朋友,写到这里,我用周冰倩的《真的好想你》中的一句歌词并改一个字作为我的小文的题目和结束语:"寒冷的冬天哟也早已过去,愿春色铺满您的路(心)。"

热土有歌动地哀

故乡,有第一、第二、第三……之说。

我的第一故乡在常州一个叫"龙虎塘"的小镇,第二故乡在大海,第三故乡在江南一个人杰地灵的小城——镇江。

真是"小城故事多"。自古以来,多少英雄豪杰,多少文人墨客在镇江留下了无数动人的歌。使后人可赞可叹、可歌可泣。

27年的时间不算短,我只采摘了这片热土上的几朵小花,但它也够绚丽灿烂的了。

讲着昨天的故事,吟着古人留下的诗歌,脚踏着足下的这片热土,展望着美好的未来,是人生的快乐!

"布衣皇帝"与镇江黄鹤山

　　出镇江闹市区,向南约2千米处,沪宁铁路两侧数峰竞秀,路南有黄鹤山、磨笄山和燕子山,路北有虎头山。其中,又以黄鹤山的传说最为神奇。

　　黄鹤山山高82.1米,面积为0.18平方千米。古语说:"山不在高,有仙则名,水不在深,有龙则灵。"黄鹤山就以出了一个布衣皇帝——南朝宋武帝刘裕而闻名。

　　刘裕(365—422年),字德舆,小字寄奴。祖籍彭城(今徐州),寄居京口(即镇江),故宅在寿邱山(刘裕做皇帝后,此处改造为"丹徒宫")。幼时家贫,以贩履、种地和捕鱼为业。刘裕青年时曾在黄鹤山麓的竹林寺附近种田、砍柴,常到寺庙里休息,并凿得一泉,为"寄奴泉",现存有清代嘉庆年间重建刻碑。东晋末年,东晋皇族司马道子父子掌握军政大权,政治非常腐败,公元399年下令将东南部的佃客征到建康当兵,激起佃客们的强烈反抗。东汉末年遗留下来的五斗米道徒孙恩趁机以宗教形式组织反晋力量,在浙东起义。十几天就发展起义军十几万人,杀了不少地方官员。东晋政权十分惊恐,急调大将谢琰、刘牢之率军镇压。此时刘裕已投军,成了刘牢之属下的一名部将。起义军多次从浙江沿海登陆作战,先后杀死谢琰、袁公松等重要官吏。公元402年,孙恩最后一次登陆作战,因寡不敌众,与一百多战士投水牺牲。余部继续转战于浙、江、闽、粤、桂等地,坚持了10年左右。据史料称,曾有十万起义军突击京口,刘裕曾与起义军大战于镇江云台山下。

刘裕在镇压起义军过程中不断乘机扩充实力,掌握了东晋的军政大权,后又出兵灭南燕,回师败卢循,西收巴蜀,击灭后秦。元熙二年(420年),废晋帝自立,国号宋,历史上称为刘宋(420—479年)。刘裕开创的刘宋及后来的齐、梁、陈四朝160多年与北方的北魏、东魏、西魏、北齐、北周140多年,在中国历史上并称为南北朝。

刘裕在南北朝时期称得上是一位勇将和比较开明的庶族皇帝。因他出身农民,也称"布衣皇帝"。他当政时严禁世家大族隐匿户口和土地,实行土断政策,裁减侨置郡县,加强中央集权。他建立的宋与北方的北魏对峙,成为南北朝对峙160余年的开端。南宋词人辛弃疾在《永遇乐·千古江山》(京口北固亭怀古)中,有赞扬刘裕的词句:"斜阳草树,寻常巷陌,人道寄奴曾住。想当年,金戈铁马,气吞万里如虎。"当时辛弃疾怀念刘裕,是呼唤他的风云不可一世的英雄气概。这是以宋金对抗为背景的呼声,希望历史上再有刘裕这样的人才出现,以抗金复国。

按照古人的说法,凡为帝王者,生时必有祥瑞之征兆。相传宋武帝刘裕未发迹时,有一次在黄鹤山下种田累了,休息时,忽有成群黄鹤在他身旁飞来飞去,此事给他留下很深的印象,以为这是祥瑞。他做皇帝后,就将此山改成黄鹤山。还有人编造他出生那天,有神光照室,黄昏时天降甘霖。这些也许是刘裕当了皇帝后,有人附会上去的。中国历代的皇帝都用这些"神话"来"证明"他们当皇帝是天命所归。

黄鹤山历来是一个山清水秀之地。这里相传有八景:逢僧处、香花桥、寄奴泉、杜鹃台、濂溪祠、米芾墓、马祖塔、太傅松。八景实指八个古迹。

唐代李涉的《竹院逢僧话》恐怕是较早写在黄鹤山麓竹林寺壁上的诗了,诗曰:"终日昏昏醉梦间,忽闻春尽强登山。因过竹院逢僧话,偷得浮生半日闲。"

宋代苏轼在《古今诗话》中说鹤林寺中的杜鹃花更是带有神秘色彩:"上苑夭桃自作行,刘郎去后几回芳。厌从年少追新赏,闲对宫花识旧香。欲赠佳人非泛洧,好细幽佩与沉湘。鹤林神女无消息,为问何由返帝乡。"诗人别具匠心,虚构了一个温馨的故事。

粗略数来,唐代诗人在黄鹤山鹤林寺(原竹林寺)写诗的有骆宾王、古峤、綦毋潜、王昌龄、刘禹锡、储光羲、顾况、李嘉祐、李正封、皇甫冉、方干、李涉、张祜、李德裕、许浑、李绅、戴叔伦、李咸用、崔深等;宋朝诗人写诗的有梅尧臣、苏舜钦、曾巩、王安石、苏轼、王淇、米芾、俞烈、王影、岳珂、陈均、缪潮、陆秀夫、文天祥等。他们在此高吟诗篇、抒情咏志。后来的元明清三代到此一览者更多,而且也留下了许多诗作,连康熙、乾隆也均到此访求遗迹,写诗作赋。在此,我不妨也来两句,与古人凑个热闹:

黄鹤山

落花时节探古寺,春光满目下翠微。
游人只知春将去,不知此山是何意。
昔时寄奴祥瑞地,如今黄鹤已远飞。
青山万松气象新,红楼千幢车驰骋。

古代音乐家戴颙与镇江南山招隐寺

我在镇江这些年，每到仲春飞花季节，都要到镇江南山去看一看，这已成了习惯。今年也不例外，"五一"节后我带着妻子和 6 岁的小孙女到南山一游。前几年镇江有一位市长说："要长寿，到镇江，镇江有南山，寿比南山。"确实，这是一处风景优美的地方。不知哪位古人说过："常与青山绿水为伴，必会长寿，常与诗书打交道，你的儿子必定有才。"想来这些话，确实有些道理。

南山深处，便有一处风景吸引着游人。这就是招隐寺的招隐石牌坊。在牌坊横额刻着篆体的"宋戴颙高隐处"。在牌坊的石柱上，镌刻着"读书人去留萧寺，招隐山空忆戴公"的楹联。这上联留着以后再谈，先谈下联。

"招隐山"原名"兽窟山"，因当时这里出现过虎、鹿、狐等野兽。后有一隐者在此居住，人们为怀念他将此山改名为"招隐山"，这位隐者就是戴颙。

戴颙（377—441 年），字仲若，是著名的艺术家，在雕塑、绘画、诗文和音乐等艺术方面均有很深的造诣。他生活的时代是我国历史上的南朝刘宋时期。他一生不愿入仕，曾多次婉拒南朝宋武帝刘裕之邀。后隐居山林，钻研艺术。先隐居在浙江会稽剡中，后隐居在镇江南山兽窟山中，并终老于此。戴颙在诸艺术门类中，更精于音乐，善弹奏各种乐器，还会作曲。曾经作过新弄（乐章）15 部和长弄 1 部（亦说共 18 部），其代表作有"游弦"、"广陵"和"止息"

等,在民间流传甚广。他的音乐才能,是来自对自然界的感受和理解。在古人流传下来的写作掌故中,有戴颙创造的"鼓吹诗肠"一则。说的是戴颙在兽窟山中的事。有一回,戴颙提着一篮酒和果品,悠悠自在地走上山林。山村里有位年轻人看到了他,问他做什么去。戴颙说,去听听黄鹂的叫声,好作几首诗。年轻人有些不解地说,黄鹂叫和诗有什么关系啊?戴颙摇头说道:"不吟诗者,不明此理啊。吟诗要有诗兴,没有诗兴就作不出好诗。黄鹂的鸣叫可以医治俗耳,鼓吹诗肠。"说完,他便悠悠自得地走了。年轻人若有所悟,"诗肠"要靠外界物景"鼓吹"。实际上戴颙的观点是说,人必须从自然界景物中寻觅悟性、灵感。自然景物能陶冶作者的情怀,触发诗人的思绪。戴颙就是这样一位喜欢借助于自然界的神韵来诱发创作灵感的艺术家。后人也得出了与戴颙同样的结论。

　　招隐寺初建于山上,由戴颙故宅改建。戴颙生前在此聚石引水,植林开涧,筑精舍三百间,以为藏书游憩之所。他的建筑技艺使当时许多江东之士常来学习和模仿。戴颙夫妇一生仅生一女,父女竟有同样的性格。父亲矢志不入仕,女儿矢志不出嫁,始终在山巅磨笄(发簪)。其女将三百余间精舍全部施舍给招隐寺。后称"初唐四杰"之一的骆宾王,曾来过招隐寺,并留下了壮丽的诗篇:"共寻招隐寺,初识戴公。还依旧泉壑,应改苍云霞。绿竹寒天笋,红蕉腊月花。为系日光斜。"可见戴颙早在初唐时期就很出名。唐代刘禹锡也在招隐寺留下了《题招隐寺》:"隐士遗尘在,高僧精舍开。地形临诸断,江势触山回。楚野花多思,南禽声咽哀。殷勤最高顶,闲即望多来。"

　　招隐寺树木参天,花草繁盛,飞禽众多,尤以黄鹂闻世。就是在如今,仍然还是常常鸣声悦耳。艺术家戴颙一生,对黄鹂更是情有独钟。据传,他所研制的桐木琴取名为"鸧鹒"(即黄鹂),能奏出婉转如黄鹂之啼鸣的乐声。他甚至能听懂黄鹂鸣叫所表达的音符。他曾在琴曲中写道:"鹂声一起宫商羽。"就是说黄鹂唱出了乐谱中的三个音符。后人为了纪念他,在山腰建起了"听鹂山房",门联概括了戴颙的性情和喜好：

> 泉音每清心，自有山林招隐逸。
>
> 莺声犹在耳，好携柑酒话兴亡。

　　戴颙离我们这个时代，已有 1 600 多年了。他留给我们的是一种执著追求的精神。我们这个时代，好是好，但许多地方表现出一种浮躁之气。不少人想的是利、是名，经常见异思迁，为名利所困。其实，要想在有生之年办成几件事，没有执著追求的精神是办不成的。我们今天谈戴颙，谈招隐，不是要到青山绿水中去躲避现实，而是应当投身于火热的现实生活中去，为国为民做几件好事，做几件有利于社会进步的事。一个人能力有大小，但应当执著追求办几件好事，不贪其利，不图虚名，我们才无愧于这个时代。

才秀人微的大诗人——鲍照

人生在世，其结局是不一样的。有人无才而高官厚禄，有人才秀而无名无位，也有人是才秀人微，也有人无才也无名。

南北朝刘宋时期的鲍照就是一位才秀人微的大诗人。鲍照（414—466 年），字明远，何处人士，众说不一，只知是东海人，至于东海具体指何处，有说在今山东南部和江苏北部一带；有说在今山东郯城一带；有说在今连云港市；有说在今山东苍山县南，莫衷一是。又有资料介绍鲍照生平说："从现有史料看到，他早年可能是在今江苏镇江一带出生并长大的。"而在几本镇江学者撰写的镇江文史书籍中，几乎均未提及此人在镇江的行迹。我们暂且将鲍照视为在镇江这片热土上活动过的一位古代大诗人。

说这话，也不是完全没有根据的。鲍照的诗中有一首《行京口至竹里》的五言诗："高柯危且竦，锋石横复仄。复涧隐松声，重崖伏云色。冰闭寒方壮，风动鸟倾翼。斯志逢凋严，孤游值嚄逼。兼途无憩鞍，半菽不遑食。君子树令名，细人效命力。不见长河水，清浊俱不息。"

鲍照的一生十分不幸。他出身寒微，尽管他在文学上具有卓越的才能，也没有引起当时统治者的重视。他自叹"北州衰论，身地孤贱"。南北朝梁代著名文学理论评判家钟嵘在《诗品》中为鲍照说了句公道话：鲍照"其才秀人微，故取湮当代"。后来文论者才将鲍照与谢灵运、颜延之并称为"元嘉三大家"。据史料评论，鲍照的成就要比谢灵运、颜延之高得多。他的辞赋和骈文都是当时的名作，为历来读者索取。在诗的方面，他的成就尤为突出。鲍照与同时的文人相比，最大的不同之处就在于他不是一味地"吟风月，弄花草"，而是写了大量的抒发身世的愤慨以及揭露黑暗现实的作品。

他有《拟行路难》十八首，其一是："对案不能食，拔剑击柱长叹息。丈夫生世会几时，安能蹀躞垂羽翼？弃置罢官去，还家自休息。朝出与亲辞，暮还在亲侧。弄儿床前戏，看妇机中织。自古圣贤尽贫贱，何况我辈孤且直！"最后一句是名句，说自古以来，自古以来圣贤的人都生活得贫贱，圣贤尚且如此，更何况像我这样出身卑微、性格刚直的凡人呢？有自我安慰与鼓励的意思。一时成败得失，不必记挂在心上。

鲍照还有一首《代出自蓟北门行》，也是相当激昂的诗："羽檄起边亭，烽火入咸阳。征骑屯广武，分兵救朔方。严秋筋竿劲，虏阵精且强。天子按剑怒，使者遥相望。雁行缘石径，鱼贯度飞梁。箫鼓流汉思，旌甲被胡霜。疾风冲塞起，沙砾自飘扬。马毛缩如猬，角弓不可张。时危见臣节，世乱识忠良。投躯报明主，身死为国殇。"其中"时危见臣节，世乱识忠良"是千古名句。时局危乱的时候，就可以看出那些臣子的节操；天下纷乱的时候，就可以了解一个人是否忠良。应当说，这名句是说得相当精辟的了。

鲍照这样一个"孤且直"的人才，一生十分不幸。他的抱负始终得不到临川王等人的重视。一生贫困潦倒，郁郁不得志，只做过几任小官。曾任临海王子顼的前军行参军、前军刑狱参军等官职，因此，亦称"鲍参军"。后因宫廷内部斗争而死于乱兵之中，留有《鲍参军集》。后人评说，他是南朝成就卓越的诗人，钟嵘在《诗品》中评价鲍照的诗是"跨两代而孤出"。其诗抨击门阀，蔑视权贵，充满怀才不遇、抑郁愤懑之情。其边塞诗抒写豪情壮志、报国热忱，显得笔力劲道，俊逸清拔，有"七言之祖"的称誉。

鲍照，是 1 500 多年前在我们足下这片热土上走过的一位中华民族文人中的英雄。我们始终不该，也不会忘记他在诗中表达出来的英雄精神。我们这个时代虽然与过去的时代有着本质的不同，但古人一些优秀的精神仍然不会泯灭，而且会在我们心中重新燃烧起来。

刘勰与他的《文心雕龙》

南北朝时期的齐代,在镇江这块热土上出了一位文学理论批评家,并成就了一部我国古典文学批评史上杰作——《文心雕龙》,在我国文学批评史上树立了一个新的里程碑。他就是《文心雕龙》的作者刘勰。

刘勰(约465—约521年),字彦和,原籍山东莒县(今山东莒县),世居京口(今镇江市),京口在历史上也曾称南东莞。他幼年丧父,勤奋好学,因家贫,无力婚娶,依靠沙门僧侣,住在佛寺里。经过十多年在定林寺(南京紫金山)的勤奋攻读,他精通佛教经论。同时也深入钻研儒家经典,对孔子的儒教学说十分佩服。他决心写一部书来论述各体文章的写作,以纠正当时文坛上存在的不良风气。直至他30多岁时,写成了37 000多字的《文心雕龙》。

最初,他的《文心雕龙》并没有引起当时文坛的注意。后来,他想方设法将该书送给了当时的大官僚、文坛领袖沈约。沈约读了之后,大加赞赏,认为是"深得文理"的巨著。从此,这部书才被看重。

梁武帝天监初年,刘勰开始步入仕途,做过几任小官。初为奉朝请,其后又历任了临川王萧宏的记室、太末(今浙江衢县)令、南康王萧绩记室兼太子萧统东宫通事舍人,世人亦以"舍人"称他。他深受萧统所重,他的文学思想对萧统影响较深刻。后来梁武帝命刘勰与慧震和尚于定林寺编定佛经。50多岁时,他对仕途不再抱有希望,决定出家当和尚,改名慧地,不久他就死在佛寺里。他留下的著作不多,除《文心雕龙》外,还有《灭惑论》和《梁建安王造剡山石城寺石像碑》两篇,均是宣扬佛教的。

刘勰的《文心雕龙》,我早年读过,因当时没有注释,读来十分困难。近几年读了注释本,好读一些。很惭愧自己文学理论和古典文学知识浅薄,只知一点儿皮毛。刘勰写作《文心雕龙》的原意是谈作文之原则和方法。他在《序志》篇中指出,"文心"是"言为文之用心",也就是说如何用心写好文章。他解释"雕龙"时说:"古来文章,以雕缛成体,岂取驺奭之群言雕龙也?"原来在战国时代,有一位文人叫邹衍,善于谈天说地,后来又有一位文人叫驺奭,又发挥其学说,当时有"谈天衍,雕龙奭"之称,雕龙是指言辞修饰得很细致。这句话大意是说,自古以来的文章,写得美丽细致,他这部书细微地讨论作文之道,故采取过去"雕龙奭"的说法。书名叫《文心雕龙》,用现代的话来说,可以表述为:这本书是"文章作法精义"。《文心雕龙》对于我自己来说,是一个迷宫,站在它的门口发愣,怕是走进去了,又摸不出来,只是老远地看到门内呈现着许多辉煌的宝物,而不敢近前。《文心雕龙》共50篇,分上、下编。大致分4部分:一是总论;二是文体论;三是对创作进行的系统讨论;四是全书总序(古人著书,序是放在书后的)。成书年代是萧齐末年。当时的文学创作正趋于追求形式之华美,这与当时统治集团的苟安态度有关。《文心雕龙》的产生是适应当时形势的,这部著作既有汲取古人文化的精华,也有纠正过去文论的缺点和错误,受到了佛经严密逻辑的影响。因此,本书在结构严密上远远超过了同时代学者的论著,在文论的体系上颇具特色。

《文心雕龙》的宗旨本是指导写作,是一部研究文章作法的经典。但在讲述文章写法的过程中,广泛地评论了历史上作家的作品,系统地研究了不少文学理论,总结了许多作家作品的成败得失两方面的经验,以此来指导写作。正如毛泽东主席说的:"有比较才能有鉴别。有鉴别,有斗争,才能发展。"学习文章写法,大致也是在比较和鉴别中学习获得的。发扬和抛弃,应当是一般的学习方法,也正是由于《文心雕龙》对以往的作家及其作品的批评具有很强的理论性,才成为我国古代文学理论批评中的巨著,因此它保持着永久的生命力,"龙学"成为世界文学界研究的学问。试想,要是一部泛泛而谈文章写法的书,会有如此旺盛的生命力吗?

在镇江南山,镇江市人民政府于 20 世纪 90 年代建有为纪念刘勰与他的《文心雕龙》的"文苑"。在此的一幅展板上,写着鲁迅研究刘勰和《文心雕龙》后得出的一个结论:"篇章既富,评骘遂生,东则有刘彦和之《文心》,西则有亚里士多德之《诗学》。解析神质,包举洪纤,开源发流,为世楷式。"

研究《文心雕龙》的著述浩如烟海,对于一个站在"龙学"大厦门外的人是说不清楚大厦里的情况的。正如恩格斯在《路德维希·费尔巴哈和德国古典哲学的终结》中评价黑格尔哲学中的辩证法时指出的:"人们只要不是无谓地停留在它们面前,而是深入到大厦里面去,那就会发现无数珍宝,这些珍宝就是在今天也还具有充分的价值。"刘勰的《文心雕龙》也许与恩格斯所指出的黑格尔的辩证法的价值是同样的道理。

萧统与他的《昭明文选》

走进镇江南山招隐寺,石碑坊上的楹联映入眼帘,"读书人去留萧寺,招隐山空忆戴公"。关于下联古音乐家戴颙在上篇已述过,现在还需要说一说上联"读书人去留萧寺"。

这个"读书人"是指中国历史上南北朝梁代的文学家萧统。萧统(501—531年),字施德,南兰陵人(一说在今镇江丹阳,一说在今常州)。萧统是梁武帝萧衍的长子,武帝天监元年(502年)被立为太子,卒年31岁,谥昭明,史称"昭明太子"。他英年早逝,使后人甚为痛惜。

在招隐寺往西的山腰上,有昭明太子的读书台和编辑文选的"编辑部"——增华阁。萧统不是因为他是太子而声明远播,是因为他编辑了《昭明文选》。由此可见,当官给后人留下的是美名或骂名,只有能够展示个人才华学识的著作,才能给后人以深刻印象。萧统5岁就遍读五经,长大后,喜引纳才学之士,讨论典籍,商榷古今文章得失,又好著述文章。当时东宫有书3万卷,名才兼集,文学气氛之盛,为晋及南朝宋以来所未有。他在编撰《文选》时,不仅自己博古通今,学力充足,并且能礼贤下士,求贤若渴,引纳了当时南朝著名学士,云集"增华阁"。连出家当了和尚的《文心雕龙》著者刘勰也都被其招来,朝夕相处,共同研讨典籍文章。昭明太子除著《文选》之外,还撰古今典诰文言为《正序》10卷,选五言诗为《古今诗苑英华》19卷(《南史》作《英华集》20卷),可惜有的文集已经亡佚。他所编的《文选》对后代影响较大，流传甚广，反映了他的文学思想，在过去较长的时期内是有较大影响的诗文选本之一。

《文选》是现存最早的一部我国古代文章总集，选录了上起先秦、下迄梁普通七年（公元 526 年）以前的赋、诗、骚、七、诏、册、令、敕、策文、表、上书、启、弹事、牋、奏记、书、移、檄、对问、设论、辞、序、颂、赞、符命、史论、史述赞、论、连珠、箴、铭、诔、哀、碑、墓志、行状、吊文、祭文等 38 类 700 余篇。可概括成诗歌、辞赋和杂文三大类。所选作品的作家，除无名氏之外，共有 129 家，都是各个时代具有代表性的作家。如屈原、宋玉、司马相如、司马迁、扬雄、班固、张衡、曹操父子、刘桢、王粲、陆机、潘岳、任昉、沈约等。详近略远，所选作品以晋后为多。昭明太子为《文选》亲撰长序。然而，他也因心力交瘁，书成不久即双目失明，后病逝在建康。

《文选》选择文章的方法和对文章的认识，与现代人对文学作品的看法还是有很大差距的：主要是对作品的思想意义和内容透视不够，而在作品的形式上，也仅仅是对辞藻、对偶和声律等方面给予重视。尽管如此，《文选》还是对于后人研究这段时期的文学发展提供了很大的便利。唐宋年代，年轻举子都十分重视对《文选》的攻读。后人对《文选》的注释研究也较多。在招隐寺到读书台、增华阁的半道上，塑有一座 2002 年 10 月召开的"第五届文选学国际学术研讨会"纪念碑。可见，《文选》已经成为一门世界性的学问，后人在不断研究和探索《文选》编辑的主旨、选择作品的标准以及对入选作品评述的精义。

读书台、增华阁历经兴废，现存的建筑是建于清末民初的，后又几经全面修缮。读书台塑有昭明太子坐像，它给后人留下了无限遐思，使后人似乎见到了 1 400 多年前，昭明太子带领众多著名学士在此纵论天下文章的情景，似乎见到了《文选》使南朝"文学之盛，晋宋以来，未之有也"的景象。昭明太子在此选文、攻书、撰写文章之年，当是 20 岁（520 年）。他要臣属幕僚，将宫女、御乐全部遣回建康,有人疏谏反对,他说:"何必丝与竹,山水有清音。"仅留下 8 个太监陪同,后称"八公",长年在此攻读。由此向东南一里处有"八公洞",就是"八公"梵修之处。清代王士禛有《昭明读书台》诗:"王孙读书处,梵宇自萧森。无复维摩室,空余双树林。荒台梁竭尽,夕景楚江阴。古像悲犹在,风流不可寻。"如今我们适逢太平盛世,到古人读书、写作的地方敬谒昭明太子,正如宋代文天祥《正气歌》中的一句名句:"风檐展书读,古道照颜色。"即是说:在微风吹拂的屋檐下,古人的精神与我们相互辉映。我们担负着前人从未开辟过的伟大事业,怎么能不好好读点儿书呢!

"诗仙"李白的《焦山望松寥山》

　　李白(701—762年),唐代大诗人,这是大家所熟知的。然而,李白在我们足下这片热土上写过多少诗? 写的什么诗? 恐怕知道的人就不多了。

　　近来,翻阅镇江的文史资料,方才知晓李白写有一首《焦山望松寥山》五言古诗,甚是使人喜出望外。因为翻遍《唐诗三百首》、《唐诗一百首》、《唐诗、宋词、元曲》、《唐诗鉴赏辞典》等书,都没有找到李白为镇江写的诗,而《焦山望松寥山》诗的发现,证明李白确实来过我们足下的这片热土。而且,李白的这首诗,写的是镇江一座很不起眼的小山,也许是其他诗人从未关注的一个景点。

　　《焦山望松寥山》五言古诗如下:"石壁望松寥,宛然在碧霄。安得五采虹,驾天作长桥。仙人如爱我,举手来相招。"

　　松寥山,一般镇江本地人或匆匆过往的外地人,都是不了的。现在既然发现了李白为此山赋诗,就需要对此山作一些介绍。在焦山东北长江中,有两座小山,均属焦山余脉。据史料记载,唐时此山叫松寥山,又称瘗鹤山(海拔12.1米)。另一座叫夷山,又叫小焦山、海门山或鹰山(海拔23.5米)。因山四周均是绝壁悬崖,人迹难到,成了鹰、鸥、鹳等的栖身之地。两山分峙江中,古称海门。古时,镇江往东即入东海,焦山一带是江海相连。随着时光的流逝,沧海桑田的变迁,后来才使焦山以东淤起平原,此山也陷入了滩涂。

　　《焦山望松寥山》诗写于何时？在此作些探讨。李白是唐代伟大的诗人，祖籍陇西成纪（今甘肃秦安县），出生于中亚碎叶城（吉尔吉斯境内，唐属安西护都府），5 岁随父入蜀，25 岁出蜀远游长江、黄河中下游各地。估计《焦山望松寥山》一诗，正是写于游历时。从诗中的情景来看，诗人心情开朗，感情热烈，笔调雄奇奔放，诗句瑰丽绚烂，浪漫主义的诗风已趋于成熟。不太像天宝元年（742 年）40 多岁以后，因受谗出京漫游生活中的诗作。很显然，《焦山望松寥山》与他 745 年下吴越所作《梦游天姥吟留别》时的精神状态是不大一样的。再者，焦山望松寥山之处，如今的道路经过修缮也不是十分好行，何况在 1 270 余年前呢？肯定更是路途难行。20 多岁的人，涉水翻山去看江中一小山可能性较大。而且，年轻诗人，在客观的事实面前，主观想象丰富。安史之乱后，李白因受牵连被判流放夜郎。中途遇赦后，常在洞庭、金陵之间游览山水，按古时人的寿命衡量，此时李白已算是中年以上了，要渡江攀登焦山，北望松寥夷山可能性较小。因此，推断《焦山望松寥山》诗的写作时间是在诗人年轻时写的。此推论当不算武断。

　　《焦山望松寥山》，充满着浪漫主义的诗情画意。千余年前的焦山北面，可能没有滩涂，而且没有上山登高的百十步台阶。"石壁望松寥"是实景。"宛然在碧霄"，是半实半虚的描述。"安得五采虹，驾天作长桥。"怎么能得到五彩的虹呢？"采"通彩。"驾天作长桥"的"驾"，似乎应是"架"，不知是后人抄录有误呢，还是诗人别有新意呢？最后，诗人展开了更加丰富又大胆的幻想："仙人如爱我，举手来相招。"如果说这首诗是成功的，那么很大程度上是由诗人在诗中表现出来的幻想逐步递进决定的。三阕诗一层比一层加大了幻想成分，使读者逐步摆脱了狭窄的天地，看到或部分看到了广阔无垠、瑰丽无比的世界，以此来加强诗的艺术感染力。诗人的幻想，使我们随着他的笔端展开幻想，摆脱实景的拘泥，进入了广阔无垠的世界，更加深刻地理解了诗的思想内容。诗人企盼要有一个宽松的自由发展的环境。李白不仅靠理智，而且靠幻想和激情,写出了好诗。

李白是自古备受敬仰和爱戴的"诗仙"。在现时代的中国人中,从牙牙学语的幼童到步履蹒跚的老者,无不知道李白的大名。甚至他们会在一些场合吟诵"诗仙"的诗句,诚挚地表达自己的情意。我遐思着,"诗仙"李白走过我们足下这片热土,说不定留下的不只是《焦山望松寥山》一首诗,还可能留下了一片"诗林"。我们得继续探寻,不要把这些瑰宝埋没在故纸堆里。即使就是这么一首,也可谓是"诗种"了,我们后人也应当为此感到欣慰了。我们足下这片热土是光荣的。因为,1270 余年前的诗仙,在这里留下了闪光的足迹。

唐朝诗人许浑与镇江丁卯桥

　　镇江丁卯桥的东南方有一个名为金田花园的居民小区。在小区高楼之间有一座用花岗岩雕琢的古人像，这就是唐代诗人许浑的雕像。许浑虽也是唐朝的知名诗人，但现在的人了解他的并不多。笔者问起当地居民，并不知道其人其事，也不了解为什么这里会塑他的像。这引起了我对许浑研究的兴趣，并撰此小文，以示对许浑的纪念。

　　许浑（791—858 年），字用晦，润州丹阳人。年轻时参加科举考试，屡试不中，直到唐文宗太和元年（827 年）41 岁时才中进士。许浑的为官情况，几种资料的说法不尽一致。一说，他历任睦州（今浙江建德）、郢州（今湖北江陵）刺史；二说，他还任过当涂（今安徽当涂）、太平（今安徽太平）县令；三说，他曾在朝中任虞部员外郎、监察御使。不管怎么说，他是一个在唐朝做官的诗人。

　　他自少苦学，多病，喜爱林泉，不乐仕进。唐宣宗大中三年（849 年）为监察御史时"抱疾不任朝谒，坚乞东归"，居润州丁卯村舍。后复起任润州司马。晚年退居丁卯村舍，辑缀诗作，因名《丁卯集》。他擅长律体诗作，在当时诗人中有很高的评价。有相当数量诗篇与杜牧及他人诗作重见互出。唐代韦庄有："江南才子许浑诗，字字清新句句奇。"宋代陆游在《读许浑诗集》中有："裴相功名冠四朝，许浑身世落渔樵。若论风月江山立，丁卯桥应胜午桥。"

　　世人所熟知的名句"山雨欲来风满楼"，就出自许浑之手。这是许浑所作的《咸阳城西楼晚眺》诗中的名句,至今犹为人传诵。全诗为:"一上高城万里愁,兼葭杨柳似汀州。溪云初起日沉阁,山雨欲来风满楼。鸟下绿芜秦苑夕,蝉鸣黄叶汉宫秋。行人莫问当年事,故国东来渭水流。"这是说,山雨就要来了,整栋楼中盈满了山风,通常用这一名句来形容大事即将发生前所显示的预兆或前奏。许浑所作的诗很多,共有 500 余首,但现在能搜集到的只是其中的一部分。

说到许浑,必然会想到他的《丁卯集》,说到《丁卯集》就会想到镇江的丁卯桥。东晋元帝时,粮船运粮出京口,因河水浅涸,故在此立坝(埭),而此坝筑成在丁卯日,故有此名。丁卯桥在镇江南门外一里处,古时是一个交通方便、环境清幽之地。许浑长期定居于此,直至唐宣宗大中十三年(858 年)终老于此,后葬于今镇江市谏壁镇附近的云山,离丁卯桥 20 余里。

据史料介绍,1982 年元旦,在丁卯桥建筑工地上出土了一批唐代银器,有 900 余件之多。大都是酒壶、盘、碟、碗、筷、匕、行酒令筹,还有女子梳妆用的大量银钗等。这批银器的制作工艺十分精致,有的是镀金的,可见当时这里之富裕、繁华和富人生活之奢侈。

从许浑的诗中发现,他虽长期定居在丁卯桥,但直接描写丁卯桥的诗并不多,有一首《夜归丁卯村舍》:"月凉风静夜,归客泊岩前。桥响犬遥吠,庭空人散眠。绿蒲低水槛,红叶半江船。自有还家计,南湖二顷田。"他在丁卯桥定居时结集的诗集——《丁卯集》是很有名的,丁卯桥也就可能因此而更为后人所关注。丁卯桥的后来人,将许浑的雕像塑在他们现今居住的生活小区内,一方面出于对许浑这位古诗人的尊敬和爱戴;另一方面也出于希望利用名人的声望,营造一个新时代的文化建设的氛围,以提高丁卯桥及其周围地段的知名度和美誉度,使古老文化与现代灿烂成果交相辉映的意愿。还是唐代大诗人杜甫的《戏为六绝句》(其五)中的名句"不薄今人爱古人"说得好,既爱今人,也爱古人,我们中国特色的社会主义文化事业才能繁荣兴旺!

唐代诗人张祜情系镇江山水

在浩瀚的诗海中,情是海中的激浪。张祜是一位很有激情的诗人,因为他与我们足下的这片热土有些情缘,所以我不得不在青灯下寻找他的踪迹。

张祜(792—854 年),字承吉,何处人士资料上有些不一致,一说是南阳人(今属河南),又说清河人(今属河北)。原来客居姑苏,后又客居长安。到了晚年,他隐居曲阿(今江苏丹阳),并至终老,与镇江有着"沾亲带故"的关系。他一生没有做官,有诗名而无官名,好游山水,与白居易、杜牧有交往。杜牧有诗赞他:"睫在眼前长不见,道非身外更何求。何人得似张公子,千首诗轻万户侯。"晚年喜曲阿,筑室隐居,留有《张承吉诗》。张祜在他处有时也称张祐,与其字承吉均通。还有明朝人的《诗薮》中,说他的小名叫冬瓜。

张祜的诗收入现代出版诗集中的并不多,在《唐诗三百首》中仅有《赠内人》、《集灵台》(二首)和《题金陵渡》。在《唐诗、宋词、元曲》一书中收入的与《唐诗三百首》相同,而在《唐宋词鉴赏辞典》中又加了一首《何满子》。在《中华诗词名句》中收入的有《纵游淮南》中一首,在《镇江文史资料》中收入的有《润州金山寺》,在一部介绍镇江南郊的书中有《招隐寺》和《鹤林寺》各一首。这 8 首诗中,有 4 首是描写镇江山水的。张祜的诗不可能只有 8 首,不过,现所能搜集到的仅有这些。

从搜集来的这几首诗中,《何满子》和《赠内人》是宫怨诗。

《何满子》："故国三千里,深宫二十年。一声《河满子》,双泪落君前。"是抒宫女哀婉感叹之情。他虽没有正面批判皇帝将宫女当做玩物的荒唐,但人们读了此诗,自然会想到这些宫女在皇帝面前唱起声调婉转的《河满子》的情景,禁不住热泪盈眶。《赠内人》:"禁门宫树月痕过,媚眼惟看宿鹭窠。斜拔玉钗灯影畔,剔开红焰救飞蛾。"内人,是宫内宜春院的歌舞妓女,她们入宫之后就与世隔绝了,被剥夺了自由和人生幸福。诗人匠心独到,既不正面描写她们的凄凉生活,也不直接道出愁肠万转,而是从她们中间一个人在月下、灯下的两个动作,影射出她们的遭遇和内心的痛楚。

《集灵台》(二首)属于讽刺诗。集灵台,即唐玄宗的长生殿,是祭神求仙之所。诗中"上皇"指唐玄宗。《集灵台》(其一):"日光斜照集灵台,红树花迎晓露开。昨夜上皇新授箓,太真含笑入帘来。"《集灵台》(其二):"虢国夫人承主恩,平明骑马入宫门。却嫌脂粉污颜色,淡扫峨眉朝至尊。"虢国夫人是杨贵妃的三姐,称号是唐玄宗所封。相传她不施粉脂,天然艳丽,常素面朝见上皇。

只有了解诗的背景,才会更加深切地理解其中之意。杨贵妃本为唐玄宗之子寿王的妃子,后被玄宗看上,命为女道士,赐号太真,再收入后宫。杨贵妃得宠于唐玄宗后,杨氏家族皆受封爵,真是"一人得道,鸡犬升天"。杨贵妃的大姐封为韩国夫人,三姐封为虢国夫人,八姐封为秦国夫人。此诗是讽刺唐玄宗与杨家姐妹的暧昧关系和杨家姐妹专宠跋扈的嚣张气焰。

张祜不仅宫怨诗和讽刺诗出众,山水诗也别具一格。作为镇江这片热土上的后来人的我,对搜集到的 4 首描写镇江山水的诗更加青睐。《题金陵渡》:"金陵津渡小山楼,一宿行人自可愁。潮落夜江斜月里,两三星火是瓜洲。"金陵津渡就是镇江的西津古渡。有资料疑指南京附近渡口,肯定不是! 要是指南京附近渡口,晚上肯定看不到"两三星火是瓜洲"。而在西津渡北望,瓜洲渡只一江之隔,一切便不容置疑了。此诗中,"两三星火是瓜洲"是点睛之笔,给读者点染了一幅美妙的夜江图,若无此句,此诗近无可读之处。

张祜另一首描写镇江山水的是《润州金山寺》:"一宿金山寺,超然离世群。僧归夜船月,龙出晓堂云。树色中流见,钟声两岸闻。翻思在朝市,终日醉醺醺。"此诗描写的是千年前金山的情景。在 200 多年前,自古在江心的金山"登陆"了,与江南陆地连成了一片,环境已与张祜描写的金山大不一样了。此诗是难得寻觅到的千年前对金山的描绘。张祜确实依恋于润州的山山水水,他与同时代的许浑是挚友,他们踏遍了这里的大地。他的《招隐寺》写得简约而又情景交融:"千年戴颙宅,佛庙此重修。古寺人名在,清泉鹿迹幽。竹光寒闭院,山影夜藏楼。未得高僧旨,烟霞空暂游。"全诗共计 40 个字,用生动的文学语言,点出了许多招隐寺的风景和故事。他的《鹤林寺》写得更是凝练,表达了作者的心态:"古寺名僧多异时,道情虚遣俗情悲。千年鹤在市朝变,来去旧山人不知。"这是一首以情为主、以景为实、以景起兴、以情展景的抒情怀古诗。

张祜还有一首《纵游淮南》:"十里长街市井连,明月桥上看神仙。人生只合扬州老,禅智山光好墓田。"此诗后两句堪称名句,作者借期盼死后能埋骨扬州,极力赞美了扬州的美丽风景。此诗不知写于何时,不知他百年后是否埋在扬州,也许他如愿了。也许他后来发现丹阳的风光也很不错,故而隐居于丹阳,并终老于此。到底他葬于何处,我就孤陋寡闻了。也许是后人遂了他的愿,因见《唐诗三百首》中介绍张祜时有一句:"恰巧相合。"也许是青山处处埋忠骨,身后他并没有埋到"禅智山光好墓田"中去。不必许多"也许",张祜毕竟是从我们足下这片热土上走过的一位诗人,给我们后人留下了独特风格的诗歌。

穷困潦倒的宋代词人——柳永

  也许是因为他穷困潦倒,而后人难以找到他的葬身之地;也许是因为他做了一个不起眼的小官,连《宋史》也没有提到他;也许是因为他写的词十分委婉,没有多少激昂的词句而被后人遗忘。但是,他毕竟是伟大的词人。他,就是宋代的柳永。

  柳永(约 987—1053 年),初名三变,字耆卿,福建崇安人。景祐元年(1034 年)中进士,初为睦州掾官,后终于屯田员外郎,亦称柳屯田。屯田,即屯聚垦田。从汉武帝起,历朝几乎皆有。宋"率营田以民",实行民屯。员外郎,即是郎官定员编制以外设置的官。柳永最终的官职只是一个管理垦田且是正式编制以外的小官。这样的官儿终身失意,穷困潦倒,似乎是理所当然的事。柳永因死于润州(今镇江),所以与镇江有些关系。

  柳永一生的创作活动主要是在宋真宗、宋仁宗时期,当时是宋朝比较重视文化发展和人才培养的年代。柳永有一句"忍把浮名,换了浅斟低唱"的词句,连宋仁宗也知道。柳永科考时,仁宗见他的名字说:"此人不就是填词的柳三变吗?"又说:"何用浮名,且去填词。"当时名为柳三变的柳永,就自称"奉旨填词"。后改名为永,景祐元年及第,当了一个屯田的小官吏。柳永的歌词流传很广,有"凡有井水饮处,即能歌柳词"之说法。也就是说有人居住之处,都唱柳永的歌词。

  据资料介绍,柳永作词善于铺叙,又能吸收民间口语,故词的语言通俗明畅,感情真切。所谓"铺叙",即是词作的结构安排和叙述。他的词继承和发展了唐代末年民间慢词,奠定了宋代慢词的基础,推动了词的发展,在文学史上有较大的影响。

词是一种按照乐谱曲调和节奏填写,用以歌唱的文学体裁。词可以长短分为"小令"（58 字之内）、"中调"（59～91 字）和"长调"（200 字以上）。柳永的词一般以长调为主,以小令为次。

这里抄录几首柳永的词,一是供鉴赏,二是展示一下柳永高超的艺术才华。

昼夜乐·洞房记得初相遇

洞房记得初相遇。便只合、长相聚。何期小会幽欢,变作离情别绪。况值阑珊春色暮。对满目、乱花狂絮。直恐好风光,尽随伊归去。一场寂寞凭谁诉。算前言,总轻负。早知恁地难排,悔不当时留住。其奈风流端正外,更别有、系人心处。一日不思量,也攒眉千度。

雨霖铃·寒蝉凄切

寒蝉凄切,对长亭晚,骤雨初歇。都门帐饮无绪,留恋处兰舟催发。执手相看泪眼,竟无语凝噎。念去去千里烟波,暮霭沉沉楚天阔。多情自古伤离别,更那堪冷落清秋节！今宵酒醒何处？杨柳岸晓风残月。此去经年,应是良辰好景虚设。便纵有千种风情,更与何人说？

鹤冲天·黄金榜上

黄金榜上,偶失龙头望。明代暂遗贤,如何向？未遂风云便,争不恣狂荡？何须论得丧。才子词人,自是白衣卿相。烟花巷陌,依约丹青屏障。幸有意中人,堪寻访。且恁偎红倚翠,风流事、平生畅。青春都一饷。忍把浮名,换了浅斟低唱！

蝶恋花·伫倚危楼风细细

伫倚危楼风细细,望极春愁,黯黯生天际。草色烟光残照里,无言谁会凭阑意。拟把疏狂图一醉,对酒当歌,强乐还无味。衣带渐宽终不悔,为伊消得人憔悴。

玉蝴蝶·望处雨收云断

望处雨收云断,凭阑悄悄,目送秋光。晚景萧疏,堪动宋玉悲凉。水风轻、苹花渐老,月露冷、梧叶飘黄。遣情伤。故人何在?烟水茫茫。难忘。文期酒会,几孤风月,屡变星霜。海阔山遥,未知何处是潇湘!念双燕、难凭远信,指暮天、空识归航。黯相望。断鸿声里,立尽斜阳。

八声甘州·对潇潇暮雨洒江天

对潇潇暮雨洒江天,一番洗清秋。渐霜风凄紧,关河冷落,残照当楼。是处红衰翠减,苒苒物华休。惟有长江水,无语东流。不忍登高临远,望故乡渺邈,归思难收。叹年来踪迹,何事苦淹留?想佳人妆楼颙望,误几回、天际识归舟。争知我,倚阑干处,正恁凝愁!

据有关资料介绍,柳永反映青楼女子生活的词较多,其中也有描写歌妓声色的庸俗作品,这是他作品中的糟粕,也许是作者失意潦倒,沉醉于酒色之中的缘故。此外,他尤工于写羁旅行役、离情别绪之作,且层次清晰,结构完整,情景相融。艺术风格细致而含蓄,语言通俗而犹如白话。他遗有《乐章集》,收入词共 190 多首。而他的诗作极少,仅存留两三首,是描写劳动人民贫苦生活的,十分真实而深刻。

柳永于皇祐末年(1053 年)死于镇江,当时竟无人殡葬。据宋代叶梦得《避暑录话》和葛胜仲《丹阳集》记载:柳永死后,棺柩放在润州一寺内 20 余年,熙宁八年(1075 年),太守王安礼(王安石之弟)在北固山下买一墓地,置葬具,把柳永入土。直到清代,士兵修筑工事时,才发现了柳永的墓志铭和一只玉笪。墓志铭是柳永侄儿所写,发现时文字已模糊不清,仅有百字可辨。从文中可知,柳永侄儿也不知道叔父究竟是何时安葬的,写墓志铭时,已是叔父去世 20 多年之后了。可以想见,柳永晚年的处境是何等悲惨。我不

禁深深为柳永叹息,故写一首小诗录于此:

　　豪富沈括贫柳永,两人均在文人中。

　　如今梦溪有园在,三变仍潦难找茔。

　　镇江有名前人捧,不必去分富与穷。

　　写此小文作纪念,莫让古人言不公。

北宋诗人曾公亮的《宿甘露僧舍》

　　枕中云气千峰近，床底松声万壑哀。

　　要看银山拍天浪，开窗放入大江来。

　　这是北宋诗人曾公亮某日夜宿镇江北固山甘露寺僧舍中所写的《宿甘露僧舍》。

　　甘露寺，自古就是著名的游览胜地。古往今来，诗人墨客不知留下多少吟咏的诗章和挥洒的墨宝。当属曾公亮的这首绝句最为奇特。

　　曾公亮（999—1078 年），字仲明，泉江（今属福建）人，天圣二年（1024 年）进士。嘉祐元年，授吏部侍郎、同中书门下平章事。熙宁二年（1069 年）进昭文馆大学士，累封鲁国公，旋以太傅致仕。元丰三年（1078 年），公亮逝世，赠太师、中书令，谥宣靖。曾与丁度编《武经总要》（属军事著作），也许因未留下个人诗集，所以不怎么听过他的诗名，可谓是官名大而诗名小。偶然看书发现他的《宿甘露僧舍》一诗，感到十分新奇。

　　在镇江居住多年，深知北固山之雄奇，甘露寺历史故事和民间传说颇多，有的是英武之辈集聚谋略，有的是男女相爱龙凤呈祥，有的是骚人墨客展示才华。甘露寺建于何年，在资料中有多种说法。一说，据《北固山志》记载："世传创自吴初。"《三国演义》记载："东汉建安十四年（209 年），刘备来京口，吴国太在甘露寺招亲。"二说，据《郡邑旧志》上说，甘露寺在"吴王皓（孙权之孙子）甘

露年号改元时（265 年）建"，寺以年号命名。三说，据宋嘉云《镇江
府志》记载："唐宋历中（825—826 年）李德裕建。"又有资料载："唐
润州刺史李德裕是以州宅之地予甘露寺，为拓其基。"当是扩建，而
非兴建。四说，甘露寺原建山下，唐僖宗乾符年间为镇海节度使裴
璩重建。宋大中祥符年间（1010 年）寺僧祖宣因寺倒塌而移建山
上，规模宏大。大中元符末年，毁于火，不久重建。建炎年间又毁
于兵，绍兴年间复建。嘉定年间大修，焕然一新。至元朝天历年间
被大火焚毁，智本和尚将寺移建山下。至顺年间（1331 年）又上山
重建。清光绪年间（1890 年），由镇江观察黄祖络筹款修建的。千
百年来，甘露寺屡建屡毁，屡毁屡建。

自古至今的文人墨客，把北固山、甘露寺、多景楼等的诗词写了
又写。简略一数，就有十余位名家。唐代王弯《次北固山下》、唐代杜
牧《寄题甘露寺北轩》、唐代罗隐《题狠石》、宋代欧阳修《甘露寺》、宋
代沈括《甘露寺》、宋代米芾《甘露寺》、南宋代陆游《水调歌头·多
景楼》、宋代辛弃疾《永遇乐·京口北固亭怀古》和《南乡子·登京
口北固亭有怀》、宋代陈亮《念奴娇·登多景楼》、宋代岳珂（岳飞之
孙）《祝英台近·登多景楼》、元代萨都剌《清明日登北固山》、明代
姚广孝《登多景楼》。宋代曾公亮的《宿甘露僧舍》还未列入镇江文
史资料。

曾公亮的《宿甘露僧舍》绝句，与前之古人和后之来者的诗不
同，写的是自身在甘露寺中过夜的感受。诗中不怀人思古，不提甘
露寺所在的北固山之险要，不将一夜感受与国计民生相连，不谈男
爱女情和花忧月思，而是通过自身的感受，说了要说的话。

曾公亮诗的前两句，是说诗人在靠江的房间里休息，屋里充满
着水汽，如云似雾，连枕头也都是凉凉的。房下响起了松涛声，如
海潮一样，"呼啦呼啦"一阵紧似一阵。潮湿的空气和松涛声，把诗
人带进了一个幻想的世界中，仿佛自身置于千峰之巅，山中云雾直
扑枕上。诗人想象置身于岩壑深处，风卷松涛，从床底袭来，有些
惊恐之感。"千峰"、"万壑"是诗人的幻想。

后两句设想新奇,真使人有惊天石破之感。诗人住的地方,窗外陡峭的山崖下面便是长江。据说,当时长江有十八里宽,风浪加上海涛(长江受大海潮汐影响),面临十八里江面的潮汐和风势,诗人脱口吟出后两句:"要看银山拍天浪,开窗放入大江来。"猜想这是诗人在清晨,感受了一夜水汽,听了一夜松涛声,起来想看一看窗外,想看"银山拍天浪",便推开北面窗户,"放入大江来"。大江如何模样?风水相激,排山倒海,波浪翻卷,风起云涌,犹如银山当头压来,使人吃惊吟出"放入大江来",传神地表达了诗人一瞬间的真实感受,成为千古名句,叹为观止!

我有幸在足下这片热土上生活数年,如今再登北固山,探访古人曾游的甘露寺,读一读古人的诗,我们会更爱足下这片热土。祖国的概念不是抽象的,是由一块块不可分割的热土组成的。爱祖国,便要热爱每一块足下的热土。

沈括与他的《梦溪笔谈》

　　居住在镇江的人，或是来过镇江一两次的人，大都会知道梦溪广场、梦溪路，甚至梦溪园巷。在镇江市东部梦溪广场上，矗立着一座花岗岩塑像。一个老者手中拿着一卷书，凝视着西南方的第二故乡——梦溪园。这就是北宋著名科学家沈括。

　　沈括（1031—1095 年），字存中，北宋杭州钱塘人。其父沈周一度做过润州刺史。沈括少时随父出行，对镇江有着良好的印象。宋仁宗时他参加王安石变法运动，官至翰林学士。曾出使辽国，办理外交，镇守鄜延（陕北），防御西夏入侵，有很大贡献。王安石罢相后，他也连遭降职，宋元丰五年（1082 年），因朝廷特派大臣徐禧专权独断，失陷永和城，沈括连累坐贬。元祐三年（1088 年）才准许"任便居住"，沈括举家迁至京口，筑"梦溪园"定居。

　　沈括为什么会定居京口，原因可能有二：一是他幼时随父在润州住过；二是牵涉当时的人事关系，王安石罢相后居住江宁，沈括为避反对派的猜疑，故编造了一个"梦溪"的故事。据其《自云》所述，这个故事是这样的：沈括 30 岁（约 1060 年）时，曾梦到一地，登上小山，山上开满野花，并由树木所掩，山下是一条清溪。他很喜爱这个环境。后在熙宁十年、十一年（1077，1078 年）任宣城知府时，沈括听一位道士说京口有一处地方，像极其梦中所遇之地。元祐元年（1086 年），他有公务到京口，去看了道士所言之地，似乎是梦中恍惚之境。于是，花万贯钱，买下了这块地，开始兴建家园。

后定居于此,只为"圆梦",别无他意。也许这番话是为避嫌而编造的一番"托词"。

沈括为官多年,还是很有钱的。他将门前小溪称"梦溪",园名为"梦溪园"。当年园内有亭、台、楼、阁、轩、堂、斋等建筑。晚清镇江人戴守梧在《京口竹枝词》中有:"溪水潺潺入郑湖,花如复锦满平芜。梦中山水萦情处,沈括风流绝世无。"现梦溪园巷的梦溪园,是原园的一部分。前幢为清代修建的瓦房,坐东朝西;另一幢为清式厅房,坐北朝南。1988年由镇江市人民政府出资修复,当时也算得上是镇江的一件盛事。我有幸参加了这里的"梦溪园沈括纪念展"的开幕式。

沈括晚年在此安居了8年才去世。让沈括身后出名的不是"梦溪园",而是他在此处所著的《梦溪笔谈》等著作。沈括根据自己长期的实践活动,总结了科技、历史、考古、文学艺术等方面的成果,写下了《梦溪笔谈》、《梦溪忘怀录》、《良方》以及一些散文、诗歌。其中《梦溪笔谈》学术价值最高,对天文、地理、哲学、数学、音律、音乐、医卜、文学、军事、工技、矿藏、人事、官政等17个门类均有编述,《梦溪笔谈》共计609条、26卷。英国著名科学史专家李约瑟称《梦溪笔谈》是"中国科学史上的坐标"。"石油"一词,世界上第一次出现是在《梦溪笔谈》的《石油》篇中,一直延续至今。沈括描写石油的黑烟很大,他写了一首诗:"二郎山下雪纷纷,旋卓穹庐学塞人。化尽素衣冬未老,石烟多似洛阳尘。"他指点人们可以用煤烟、石油烟做墨,不要再砍山上的松树烧烟做墨了。当然,现时代,石油不单是可以用来做墨,而且成为世界经济的命脉之一了。在900多年前,沈括就已经知道石油的"石烟之利",可以用来代替越伐越少的松树。

沈括很重视人民群众在发展科学技术中的作用。他说:"至于技巧、器械、大小、尺寸、黑黄苍赤,岂能尽出于圣人!百工(技工)、群有司(各种管理者)、市井(商人)、田野之人(农民)莫不预焉!"900多年前能提出这样精辟的思想,是十分可贵的。他不但这样说，也这样去做。他写的《梦溪笔谈》一书，有大量内容是从劳动人民那里学习和采访得来的。《梦溪笔谈》是一部内容极其丰富的古代科学技术著作。

梦溪的"园"和"溪"均已不存，但《梦溪笔谈》的文章将永存。沈括《梦溪笔谈》中的"梦溪"一词广为传播，在镇江就有"梦溪广场"、"梦溪路"、"梦溪园巷"、"江大梦溪校区"，还有"梦溪嘉苑"小区。《梦溪笔谈》现已被英、法、德、美、日等国翻译出版，这是沈括在世时决不会想到的。

学古创新的书家米芾与鹤林寺

对镇江古迹略有了解的人谈起鹤林寺,不仅会谈到刘裕,而且一定会谈到另一位名人,这就是中国古代书法史上称之为"宋四家"之一的米芾。

米芾(1051—1107年),字元章,号海岳外史,世居太原,迁襄阳,后定居润州。宋徽宗时召为书画博士,曾官至礼部员外郎(亦说工部员外郎),人称米南宫,因他行为狂放不羁,又有"米颠"雅号。米芾是一位极有才华的书法家,对作品的鉴赏能力也很强。历史上将苏轼(1037—1101年)、黄庭坚(1045—1105年)、米芾、蔡襄(1012—1067年)合称为"宋四家"。

米芾与其余三位大书法家一样,造诣很高,但各有千秋。米芾在书法创作上曾长期艰苦学习古人风格,他的临摹功夫是非常出名的,尤其是临摹王羲之、王献之的字能达到乱真的地步,流传至今的王献之《中秋帖》,据说就是米芾临本。米芾的书法在真、草、篆、隶、行各体都擅长,行、草书尤为出色。他既善于学古,又贵于创新,走出了一条自己的路。他曾在皇帝面前谈论苏轼、黄庭坚、蔡襄和自己的书法风格,认为苏轼是"画字",黄庭坚是"描字",蔡襄是"勒字"(意为在石头上刻写),他自己是"刷字"。也就是说他的书法是用笔迅疾而劲健,尽兴尽势尽力写出来的。因此,米芾的书法有着痛快淋漓、奇纵变法、雄健清新的特色。

米芾欣赏镇江美景,在此作书画几十年。他在市内有三处住宅,即北固山下海岳庵、千秋桥畔的西山书院和南郊鹤林寺旁题为"城市山林"的精舍。其中尤以鹤林寺旁的宅处为佳。他酷爱鹤林山水,建宅定居在鹤林寺养老堂的黄鹤山麓,曾在此手书"城市山林"大字匾额。今人对"城市山林"有更深的理解,认为不仅他的书体精妙入神,而且寓意极为深刻,富有哲理。镇江北固山多景楼的匾额"天下江山第一楼"的题字也出自米芾手笔。米芾也与古代文人一样,诗文、书画均强,资料上找到他的《甘露寺》一诗:"邑故重重构,春归户户岚。搓浮大委骨,画失兽遗眈。神护卫公塔,天留米老庵。柏梁终厌胜,会到越人潭。"米芾在绘画上也有很深的造诣,宋徽宗招贤时,他献上其子米友仁所画山水图,技法和意境均有创新,成"米家山水"一家。清代镇江的"京口画派"继承米芾美学理论和技法,独成一派,称是"全仿米南宫,以气韵为主"而形成。米芾对"京口画派"的形成有着重大影响。他生前曾对鹤林寺主持聪禅师说:"我自随父母由襄阳移居润州,就爱上这里的江山之美。久之,更爱鹤林的松石沉秀,我与鹤林有缘,死后誓为鹤林寺的护法伽蓝。"后他出知淮阴军,死于军官署内,终年57岁。他死后,聪禅师请来米芾长子米友仁手书"当山护法伽蓝神御史银青米公神位"牌位供于寺中伽蓝殿内,遗骨归葬润州。

关于米芾墓葬有两种说法:一是,据其友人蔡肇所写《墓志铭》说,米芾墓在距鹤林寺20里的丹徒长山之下,应属可信;二是,说米芾墓在黄鹤山前,即鹤林寺前田野中,墓前有明人米万钟立的墓碑,这符合米芾生前的心愿。清代诗人余京《谒米南宫墓》有"山荒樵径十三松,米老孤坟此地逢"句。鲍皋亦有《鹤林寺米南宫祠》诗:"埋骨青山是处宜,精魂长伴马禅师。五州弥漫南宫笔,千里江山北固诗。古竹林深寻墓道,杜鹃花发傍丛祠。俨然遗像颠犹在,袍笏何如拜石时。"读来有些使人伤感。如今米南宫墓已不再破残,墓前有整齐的墓道,有宽阔的平台,墓旁两侧有原墓石枋柱一对,刻有联语:"抔土足千秋,襄阳文史宣和笔,丛林才数载,宋朝郎署米家山。"近年来,镇江市丹徒区人民政府投资,在镇江西南十里长山下建米芾公园,似乎表示米芾墓在长山之下。

　　无论是立碑、重建石刻还是咏诗、筑公园等,都是后人表达对米芾的无限景仰和喜爱之情。

宋代爱国词人辛弃疾与镇江北固山

宋代出的词人真多，而其中最著名的要数苏轼和辛弃疾，他们是豪放派的代表，尤其是辛弃疾，将词人的豪放精神和风格寄予在抒发爱国情感上。

辛弃疾（1140—1207 年），字幼安，号稼轩，山东历城（今山东济南）人。他生长在山东沦陷区。南宋绍兴三十一年（1161 年），金主完颜亮大举南侵，山东农民起义军领袖耿京起来抗金，辛弃疾率领 2 000 人去投奔，次年奉表南归。宋高宗派他任江阴签判，后又任湖北、湖南、江西、浙东安抚使。他一生坚决主张抗金，收复中原。由于受到投降派的迫害，曾被迫辞官两次，在江西上饶、铅山度过了 20 年的闲居生活。宋宁宗嘉泰三年（1203 年），起用他任绍兴府，后改任镇江府，但他恢复中原的愿望仍不能实现，最后又被弹劾回铅山，忧愤而死。他是两宋词人中作词最多的，传世的就有626 首。作词风格以豪放为主，与苏轼接近，世称"苏辛"。其词作内容充满着慷慨激昂、誓复中原的爱国思想情感。留有《稼轩长短句》，后人编有《稼轩词编年笺注》和《辛稼轩诗文抄存》，其中他在越州、杭州、润州（镇江）、信州诸作编成第六卷。

在镇江写的词影响很大的有《永遇乐·京口北固亭怀古》："千古江山，英雄无觅孙仲谋处。舞榭歌台，风流总被雨打风吹去。斜阳草树，寻常巷陌，人道寄奴曾住。想当年，金戈铁马，气吞万里如虎。元嘉草草，封狼居胥，赢得仓皇北顾。四十三年，望中犹记，烽火扬州路。可堪回首,佛狸祠下,一片神鸦社鼓。凭谁问:廉颇老矣,尚能饭否?"

另一首是《南乡子·望京口北固亭有怀》:"何处望神州?满眼风光北固楼。千古兴亡多少事?悠悠。不尽长江滚滚流!年少万兜鍪,坐断东南战未休。天下英雄谁敌手?曹刘。生子当如孙仲谋!"

"千古江山"和"何处望神州"句,写出了作者希冀恢复中原的豪情壮志,这种爱国热情直到晚年还有流露。这是因为他处在一个民族矛盾极为尖锐的时代,他的词作深刻地反映了这个时代,充满了爱国主义思想感情。与其说他写北固山的景,倒不如说他写的是企盼国家有个好的领袖人物,使国家兴旺振兴起来。

辛弃疾在写这些词时,有一段佳话,不妨在此说说。1205年,辛弃疾已年逾花甲,仍然出任镇江知府,公事之余,喜与朋友论词。有一次他请朋友品酒赏词,岳飞的孙子——岳珂在场。辛弃疾在宴会上吟他早年填写的《贺新郎·甚矣吾衰矣》:"我见青山多妩媚,料青山见我应如是。""不恨古人吾不见,恨古人不见吾狂耳。"接着辛弃疾又命歌妓唱他的新作,就是上述的《永遇乐·京口北固亭怀古》,亲自击节助兴。歌罢,他要求客人提意见。来客碍于情面,只是客套一番。唯有岳珂年少气盛,大胆提问说:"您老的旧作气势宏伟,可谓雄视当今,只是头尾两部分的警句似乎有些雷同,至于新作一气连用了四个典故,是否太多了一些?"辛弃疾听了眼睛一亮,特地起身为岳珂斟上一杯酒,高兴地对大家说:"岳公子可真是眼明语快,直爽地指出了我的老毛病呵!"年轻人敢于对老作家的作品提意见,而老作家又虚心诚恳地接受,真是令人感动的一幅画面。

上述的两首词,似乎前者是"永遇乐",后者是"南乡子",两者除词牌不同外,同写镇江北固亭,手法是否有些不同?如有不同,难道辛弃疾真是接受了岳珂的意见?如果没有改进,那也应当原谅辛老。因为一个人写作风格的形成和改变绝非一朝一夕的事。

"岳珂摘疵"与"辛老虚心"均是古代文坛上的佳话,是现代文人学习的楷模。

辛弃疾首先是一个爱国者,然后才是一个大词人。他把词当做战斗的武器,在他的词中,抗金御敌、收复失地是重要的内容和中心主题。他奔走呼号50年,以英雄自许和以英雄许人的报国豪情常洋溢于他词的字里行间。他酒醉里,睡梦里,都在用兵打仗、指挥杀敌、立功报国,表现出他挽救国家危亡的雄心壮志。由此,使他的词有深刻的社会意义和深远的影响。

中华民族的优秀传统,就是由自古至今的诸如辛弃疾这样的志士仁人传承下来的,形成了生生不息的伟大民族精神,中华民族永不屈服地屹立在世界的民族之林。我们应当感谢辛弃疾这样的文人,在精神上哺育了我们这些后代。我们要学习他的深刻的文化思想和高超的文学艺术,更应当学习他做人的高尚品格。

抗金名将韩世忠及夫人梁红玉在镇江

　　韩世忠（1089—1151 年）是南宋抗金名将，镇江人乃至所有国人都知道他曾率宋军八千兵，与金兀术的十万大军激战黄天荡（南京附近），还有他的妻子梁红玉金山击鼓退金兵的故事。这里根据资料撰文介绍这对宋时夫妻名将。

　　韩世忠，名良臣，延安人，行伍出身，拜周侗门下学武，与岳飞是同学。在防御西夏入侵中原时有功。1122 年，他以偏将身份参加镇压方腊起义。宋金战争开始后，他在河北力抗金兵，旋随高宗南下，升至浙西制置使。

　　韩世忠的夫人梁红玉，本是良家女子，自幼父母早逝，流入勾栏，艳名大噪。她父亲是个名教师，衣钵祖传。她十八般武艺，件件皆能，而且知书识字，善相人术。堕落青楼，本非她本意，所以久怀择人而事之心。直到遇着韩世忠，方才付托终身。

　　俗语道："有缘千里来相会，无缘对面不相识。"韩世忠正在穷途落魄的时候，到京口（镇江）投亲无着，滞留京口，借宿在天后宫的后院里。一日早上，梁红玉到天后宫去进香，在院内恍惚看到一只猛虎，径向破屋中窜去，却见屋中有一男子睡得鼾声如雷。梁红玉怕那人受虎侵害，就大声呼唤："有虎来了，快快醒来！"那男子就是韩世忠，一骨碌跳下地来，忙问："猛虎何在？我去打死它，不用畏惧！"梁红玉入室找虎，连耗子也无，哪有猛虎。经过这场虚惊，韩世忠与梁红玉由相识到相知，进而到相爱。梁红玉接济韩世忠许多川资,鼓励他远道去投军。一年后,韩世忠由偏将升为统制,荣归梁红玉住处——花蕊院,为梁红玉缴银赎身,乘船归家,举行婚礼。有情人终成眷属,名将美女,佳偶天成。自此,梁红玉随韩世忠至军中参赞军务。

宋建炎三年(1129年)冬,金兀术统兵十万,占领南宋都城临安。南宋庸主不敢抵抗,退至浙江台州海面。金兀术追赶不上,将临安洗劫一空。他将所劫财物装了数十艘船,经过常州,取道镇江北去。恰值浙西制置使韩世忠屯兵镇江,专截金兵归路。韩世忠与梁夫人在军中参赞戎机,分析双方势态,金兵有十万,宋军仅八千,众寡悬殊。宋军纵能以一当十,也难操胜券。他们根据金兀术对镇江地理不熟的状况,判断他必上金山观察地形,决定在金山龙王庙设伏。果然金兀术进入伏击圈,后侥幸逃脱,但损失两员偏将。韩世忠又与梁夫人商量。梁红玉提出:"妾坐船楼,执旗击鼓以助战,将军视旗向而冲,闻鼓声进击。"次日,金兀术亲率舟师冲来,遥见宋军船楼一女将,不知何人,以为女将,不甚在意。梁红玉把令字旗挥动,万箭同发,火炮齐轰,杀得金兵纷纷落水或毙命。金兀术方知女将厉害,纷纷后退。忽见斜刺里有数十只战船挡住去路,为首的正是忠勇冠时的韩世忠将军。金兵不敢迎敌,转舵向西,又有宋将率舟师挡住去路,为首的仍是韩世忠。金兀术正在惊诧间,其爱婿龙虎大王跳上船头,与韩世忠交战,被韩世忠长矛挑入水中,被宋水军所擒,金兀术大惊,即拟原路逃跑。宋军紧围,难以冲出,败入黄天荡。后在重金收买之下,引出了汉奸献计,用人工疏通淤塞的老鹳河,逃往南京,行抵牛头山又遇岳飞率军堵击。金兵只得从水路回头,又被韩世忠在江上截住,金兀术许以财富与韩世忠和谈。韩世忠拒绝,并当来使面斩龙虎大王。后又有汉奸献计,金兀术用火攻宋军船队,使宋军受损严重,金兀术逃往江北。

宋金镇江江面一战,虽双方有损,宋高宗还是下诏嘉勉说:"世忠部下仅有八千人,能摧金兵十万之众,相持至四十八天,屡次获胜,擒斩贼虏无算;今虽失败,功多过少,不足为罪,特拜检校少保兼武成感德节度使,以示劝勉。"1134 年,韩世忠又在扬州西北的大仪设伏,大败金和伪齐联军。两年后任京东淮东路宣抚处置使,开府楚州,力谋收复失地。因秦桧把持朝政,力主议和,韩世忠多次上疏反对。1140 年围淮阴,次年援濠州,均获胜利。不久被召至临安,解除兵权。岳飞冤狱,他面责秦桧,愤慨地说:"'莫须有'三字,何以服天下!"以后乃自请解职,隐居西湖,绝口不谈国事,借以避祸。在中华诗词中,有韩世忠词一首《南乡子·人有几何般》:"人有几何般,富贵荣华总自闲。自古英雄都是梦,为官,宝玉妻儿宿债缠。年事正衰残,须发苍苍骨髓干。不道山林多好处,贪欢,只恐痴迷误了贤。"在庸主占位、奸臣当道的政局面前,他心灰意冷到了极点,隐居 10 年后,于公元 1151 年在忧愤中病死。

他死后,人民还是记着他的英名。人们用各种形式传颂他和他的夫人梁红玉的事迹与精神。其中,"梁红玉击鼓退金兵"就是一例。清代赵翼有《金山咏韩忠武事》一诗:"满江风卷怒涛声,千载如闻战鼓鸣。南渡君犹能将将,中权师竟出卿卿。时清兵燹无遗迹,事往英雄尚大名。愧我亦曾身执戟,至今仍作一书生。"这首诗是在韩世忠逝世 760 多年后写的。至今人们读起宋金对抗的历史,还会赞颂岳飞、宗泽、韩世忠等抗金名将,正是"留取丹心照汗青";同时也会继续唾骂那个陷害忠良、卖国求荣的奸贼——秦桧,正是"骨朽人间骂未销"。

清明时节敬谒宗泽墓

　　800 多年前的宋靖康元年（1126 年），在宋金对抗中，有一位 68 岁高龄的老将，重用偏裨小将岳飞（后擢升为大将），率义兵百万，在中原地区经 70 余战，连破金兵 30 余寨，威震河朔，令金人丧胆，受人民爱戴。他就是后来长眠于镇江京砚山的民族老英雄——宗泽。

　　清明节前夕，怀着对宗泽先贤的崇敬，驱车十数里，专程到京砚山北麓瞻仰这位先贤和他的夫人陈氏墓。镇江东郊有一条以宗泽命名的道路，路很长，下车后顺着行人的指点，才找到了宗泽墓。公路与墓之间有一用水泥浇注的墓道。踏上墓道，远远就看到了牌坊上的"宗泽墓"横额，牌坊上有一楹联："大宋濒危撑一柱，英雄垂死尚三呼。"概括了这位老英雄的杰出思想和英雄行为。

　　宗泽（1059—1128 年），字汝霖，浙江义乌人。宗泽为官清正，历任县尉、县令、通判、知府等职，所到之处关心民间疾苦，以廉洁著称，颇有政绩。宋宣和元年（1119 年）任职南京，因主管鸿庆宫改建神宵宫不当，招致诬陷，被革职贬至镇江。靖康元年（1126 年），宗泽离开镇江，去北方撑危局，抗金兵。当时宋高宗不敢抗金，而北方人民自己组织起来武装抗金，在短短几个月里，两河南北出现了成百万的人民抗金义军。宗泽募集义兵，抗金守土，受命出任义兵总管，旋被任为副元帅，率军奋勇与金兵战斗，屡败金兵。连金兵都称他"宗爷爷"。

宗泽有一首军旅诗《早发》："伞幄垂垂马踏沙,水长山远路多花。眼中形势胸中策,缓步徐行静不哗。"由此诗可见宗泽之大将风度。他指挥有方,胸有成竹,雄才大略,部队纪律严明。黄淮两岸人民爱他若神明,把恢复安定生活的希望寄托在他的身上。他曾 24 次上书,请宋高宗赵构还都汴京,准他出师收复失地。可都被投降派所阻挠,庸主赵构不敢采纳。他忧愤成疾,背上生疽,不幸于建炎二年(1228 年)七月十二日含愤逝世,终年 70 岁。

宗泽病重时,他在病榻上仍勉励来探望他的将士:"只要你们能歼灭强敌,我虽死无恨!"感动得将士们泪流满面。宗泽临终前不谈一句家事,只是吟诵唐代大诗人杜甫悼念诸葛亮的名句:"出师未捷身先死,长使英雄泪满襟。"气绝前,连呼三声"渡河",充分表现出他对宋朝山河的热爱以及对收复失地的强烈愿望!东京和两河人民闻之号哭不绝,太学生 1 000 余人写了祭文哭奠,广大人民沉痛悼念这位"国而忘家"的老英雄。昏庸的南宋朝廷不允将士推戴他在军中的儿子宗颖继任的请求,任命严酷而无能的杜充为留守。杜充一反宗泽的规制,终于弃城南逃,百万义军逐渐解体,中原地方从此完全沦陷于金人手中。后杜充也在建康(今南京)降金。宗泽死后,赵构假惺惺地赐谥"忠简"。

后宗泽之子宗颖、学生岳飞将他的遗柩南运,依据他生前的夙愿安葬于镇江京砚山北麓今址,与其夫人陈氏合葬。宗泽老英雄在生前留有《妻葬京砚山结庐龙目湖上》诗一首:"一对龙湖青眼开,乾坤倚剑独徘徊。白云深处堪埋骨,京砚山头梦未回。"岳飞深感他怜才知遇之恩,绍兴年间,特在墓旁花山湾云台寺内建了功德院来祭祀他。后来岳飞孙子岳珂来镇江作客时又重修祠庙,他和后世地方官曾两次从义乌调来宗泽后裔到此守墓,所以京砚山一带农村及镇江城内,宗姓一脉始终绵延不绝。

清代沈德潜有《宗忠简公墓》诗,是凭吊宗泽老英雄的:"径走澶渊溯上游,渡河直欲复神州。晋元已作南迁计,诸葛空怀北伐谋。当日庙堂违奏议,只今樵牧护松楸。请看京岘山边水,日落涛

"声恨未休。"

到宗泽墓敬谒之前，先看了一些书，略知宗泽是一位抗金的老英雄。当面对刻有"宋宗忠简公讳泽之墓"文字的墓碑时，我身边响起山峦的松涛，眼看苍翠郁葱的常青树。庄严肃穆的氛围使我情不自禁地向宗泽老英雄鞠躬行礼，感激他为我们后人留下的中华民族的为国、爱民、死而后已的民族气节和英勇精神。清明前几天，我冒着濛濛细雨，再次来到宗泽墓道，看到墓前放满了花圈、花束和祭奠的酒水。当我退出墓道时，正南的阳光照射在牌坊背面的楹联上："颁表八百年前勋绩永昭明于日月，锡垂万千载后珠玑长炳耀乎乾坤。"

此联，凝聚了古今人们对老英雄褒奖和评说！

文天祥、陆秀夫与镇江

　　南宋文天祥、陆秀夫都是抗元的英雄。自古至今,他们深受后人的敬仰。南宋有 152 年历史,若与北宋合计,持续 320 年的大宋王朝以他们的殉节为标志而终结。

　　文天祥(1236—1283 年),字宋瑞,一字履善,号文山,江西吉州庐陵(今吉安)人。宝祐四年(1256 年)考取进士第一名,历任湖南提刑、赣州知州。南宋恭帝德祐元年(1275 年),元兵南下,文天祥在赣州组织义军,入卫临安,次年任右丞相。与元军议和时被扣留,后于镇江脱逃,经真州、通州,逃往温州。端宗景炎二年(1277 年)进兵江西,收复多处州县。不久进入广西,次年在五坡岭(今广东海州北)被俘。拒绝元将诱降,于次年送至元大都(今北京)囚禁三年,屡经威逼利诱,誓死不屈,编《指南录》,作《正气歌》,大义凛然,终在柴市口被害。著有《文山先生全集》。

　　陆秀夫(1236—1279 年),字君实,楚州盐城人,少年久居镇江。1256 年中进士,曾为李庭芝幕府。1276 年任礼部侍郎,曾奉命向元军请和,不成。元军攻破南宋都城临安(今杭州),他和将领苏刘义等退至温州。后在福州拥立赵昰为帝,继续抗元。1278 年 11 岁的赵昰病死,他又和张世杰等立赵昺为帝,并任左丞相。次年在崖山(今广东新会南海中)坚持抗元。崖山被攻破后,背负赵昺投海死。遗著有《陆公烈集》。

　　文天祥与陆秀夫一个出生在江西吉安,一个出生在江苏盐城,他们在 1256 年同中进士。一个在 1276 年担任南宋右丞相,一个在 1278 年担任南宋左丞相。文天祥与镇江有着不一般的关系。1276 年,他为南宋右丞相,出使与元军和谈,被扣后押解北去,经镇江泛海至福州,访求益王赵昰和广王赵昺。后又与陆秀夫、苏刘义、陈宜中、张世杰等立广王昺为帝。镇江北固山下有一凤凰池,池畔立有一碑,碑上刻有"文天祥脱险处"字样,是后人为纪念文天祥而立。文天祥虽不像陆秀夫那样少年时代就在镇江久居,但他在镇江留下了遗迹。在镇江市的文史资料中看到了他的一首七言诗,题为《饮中泠泉》:"扬子江心第一泉,南金来北铸文渊,男儿斩却楼兰首,闲品茶经拜羽仙。"从中可见文天祥当年爱憎分明。

陆秀夫虽说少年久居镇江,但因年代久远,难以寻觅他留下的遗迹,仅在镇江市文史资料中找到他的一首五言诗《鹤林寺》:"岁月未可尽,朝错屡不眠。山前多古木,床上半残编。放犊饮溪水,助僧耕稻田。寺门久断扫,分食愧农贤。"此诗虽难看出陆秀夫要表达的精神,但可以通过他的诗句看到他的文才。

文天祥与陆秀夫的精神在南宋王朝覆亡之前达到了光辉的顶点。文天祥、陆秀夫、张世杰在南宋社稷覆亡之际,仍奉少主与强敌对抗,明知无益,仍坚持奋斗到最后,此即诸葛亮所谓"鞠躬尽瘁,死而后已"。成败得失,原非忠臣烈士所暇计及,但他们留给了后人一笔宝贵的精神财富。这就是广州崖山之战,文天祥、张世杰兵微将寡,结果文天祥战败,被抓遇害;张世杰战败,投海殉国;陆秀夫负少帝昺蹈海赴死。文天祥比陆秀夫迟三年被害,留下了《过零丁洋》七言诗,其中"人生自古谁无死,留取丹心照汗青"成为千古传颂的名句。还有他在元大都所作的《正气歌》及小序,现全文抄录于此:

> 余囚北庭,坐一土室,室广八尺,深可四寻,单扉低
> 小,白间短窄,污下而幽暗。当此夏日,诸气萃然:雨潦四
> 集,浮动床几,时则为水气;涂泥半朝,蒸沤历澜,时则为
> 土气;乍晴暴热,风道四塞,时则为日气;檐阴薪爨,助长

炎虐,时则为火气;仓腐寄顿,陈陈逼人,时则为米气;骈肩杂沓,腥臊汗垢,时则为人气;或圊溷、或毁尸、或腐鼠,恶气杂出,时则为秽气。叠是数气,当之者鲜不为厉。而予以孱弱,俯仰其间,于兹二年矣,幸而无恙,是殆有养致然尔。然亦安知所养何哉?孟子曰:"吾善养吾浩然之气。"彼气有七,吾气有一,以一敌七,吾何患焉!况浩然者,乃天地之正气也,作正气歌一首。

天地有正气,杂然赋流形。下则为河岳,上则为日星。
于人曰浩然,沛乎塞苍冥。皇路当清夷,含和吐明庭。
时穷节乃见,一一垂丹青。在齐太史简,在晋董狐笔。
在秦张良椎,在汉苏武节。为严将军头,为嵇侍中血。
为张睢阳齿,为颜常山舌。或为辽东帽,清操厉冰雪。
或为出师表,鬼神泣壮烈。或为渡江楫,慷慨吞胡羯。
或为击贼笏,逆竖头破裂。是气所磅礴,凛然万古存。
当其贯日月,生死安足论!地维赖以立,天柱赖以尊。
三纲实系命,道义为之根。嗟余遘阳九,隶也实不力。
楚囚缨其冠,传车送穷北。鼎镬甘如饴,求之不可得。
阴房阒鬼火,春院闭天黑。牛骥同一皂,鸡栖凤凰食。
一朝蒙雾露,分作沟中瘠。如此再寒暑,百沴自辟易。
嗟哉沮洳场,为我安乐国。岂有他谬巧,阴阳不能贼!
顾此耿耿在,仰视浮云白。悠悠我心悲,苍天曷有极!
哲人日已远,典刑在夙昔。风檐展书读,古道照颜色。

《正气歌》记述了与敌人艰苦斗争的历程,表现出昂扬的斗志、必胜的信念、视死如归的民族气节,这都成为无数革命者的榜样和楷模。《正气歌》是中华民族永放灿烂光辉的诗篇!

清代诗人龚自珍与镇江鼎石山

　　在镇江市区东南约 1 公里处,屹立一山,山上有塔。从江苏科技大学出南大门,几步之遥就能到达山下,此山就是鼎石山(亦称宝塔山)。高 35.3 米,占地面积仅 0.02 平方千米。山上有塔,名僧伽塔。塔有 7 级,青砖砌成,是镇江有名的五塔之一。

　　别看这点滴翠山,初春时节这里有着明媚的无穷春光。前几日,我带着妻子和 6 岁的小孙女登山一览,别有一番情趣。走进山门,一丛丛鲜亮黄色的迎春花迎面而来,山还不算太绿,黄色的小花显得特别抢眼。我们沿着南坡上山,也许因为这里是向阳坡,春天的进程似乎比别处快了一些,柳梢上冒出了绿芽,一眼望去,柳树丛中似乎飘拂着一层绿烟。正是古人的“柳如烟”之说。红梅阁里的梅花正含苞待放,而平常少见的绿梅却抢先开了。正有“江南无所有,聊赠一枝春”的意境。

　　绕过西南方的山脚,那里立有一块诗碑。诗碑上凿刻的是清代龚自珍的《己亥杂诗》(其一二五):“九州生气恃风雷,万马齐喑究可哀。我劝天公重抖擞,不拘一格降人才。”此诗曾久读了,但并不知出自何处。回到寒舍,翻阅资料,方才了解龚自珍其人、其诗与鼎石山的关系。龚自珍(1792—1841 年),浙江杭州人,晚年居住丹阳,是清代杰出的思想家、文学家,我国资产阶级改良主义的先驱。因要求振兴国家的宏志无法实现,遭到顽固势力的打击排斥,含愤辞官南归。在返程路上,先见田园荒芜,民生凋敝。一天,路过镇江鼎石山下,正遇庙会,人山人海。应老道长之邀,提笔写下上述七绝一首。老道长见诗中有"风雷"、"天公"之辞,很对道家思路,连声称好。其实龚自珍的诗有很多,"落红不是无情物,化作春泥更护花"、"文字缘同骨肉深"、"但开风气不为师"、"美人如玉剑如虹"、"莫信诗人竟平淡,二分梁甫一分骚"等名句,均出自他手,可谓才情横溢。特别这首诗是借题发挥,抨击时弊,渴求改革,其词气势磅礴。今天读来,也使人内心有雷霆万钧之感,不失其光辉。

说来也奇,鼎石山从北麓看去是一座石山,这样的小山顶上竟有两个湖。说湖未免太大了些,故称之为潭或池。一个自古称"祈天池",一个称"喜雨潭"。池、潭位于鼎石山巅的僧伽塔东侧。在池正南方古有天都庙,现已不存。据资料介绍,古时庙内塑有玉皇大帝、雷神、风神,是旱天民众向天神膜拜求雨之处。龚自珍借景抒情,将天公、风雷都写进了诗中,又把自己心中的所感、所想和所要言而难言的思绪凝聚在诗中。在此诗末,他还有一个极妙的自注:"过镇江,见赛玉皇及风神雷神者,祷词万数。道士乞撰青词。""青词",即是道士祭神时,献给天神的祝祷文。

龚自珍"我劝天公重抖擞,不拘一格降人才"的诗句,点出了后人对鼎石山装扮的主题。鼎石山巅有一塔,名僧伽塔,塔高 32.5米,塔基直径 7 米,7 层。据说该塔原在镇江市内寿邱山巅,明代有个读书人叫张凤翼,字君羽。家中富裕,乐于公益事业。在县学读书时,听信形家(风水先生)之言,认为寿邱山上僧伽塔不吉利,妨碍考生中举,建议将塔移至别处。当时知县庞时雍极力反对,张凤翼趁庞知县离镇江上京谒见皇上之际,将塔迁建于鼎石山。庞知县得知此事,要严办张凤翼,罗列罪名,将张凤翼打入大狱。适逢巡按御史视察,张呼冤。同窗程友廉替张申诉:"迁塔对大家有利,如有罪,是我为首,应该制我,不办我而治张,是图谋他的财产,张是冤枉,请御史明察。"御史明断:"张生迁塔非为财,应释放!"事后,张凤翼和程友廉及御史名声传颂一时。尽管那一场斗争是带有唯心主义思想色彩的,而且是在龚自珍之前许多年发生的事,但"人才"这个主题词,把两件事拉到了一起。

前些年,镇江市人民政府在位于鼎石山东侧的岗巅,建起了六层花岗岩的学子亭。该亭由原江苏理工大学、江苏科技大学、原镇江医学院、原镇江师范专科学校、镇江高等专科学校、原镇江会计专科学校等校联合兴建。亭上刻有历史上镇江的12位著名学者的姓名和生平介绍:祖冲之、刘勰、许浑、苏颂、沈括、米芾、计成、马相伯、刘鹗、柳诒徵、巴玉藻、茅以升。亭匾由费孝通题写,与龚自珍的诗碑和僧伽塔遥想呼应。清代汪琬有一首《鼎石山野眺》:"城南倚孤棹,极望但苍苍。白马吴门迥,青山楚塞长。桃花临断岸,兰若出斜阳。惟羡东流水,潺溪到故乡。"汪琬(1624—1690年),长洲(今江苏苏州)人。康熙时召试"博学鸿儒"一等,授翰林编修,乞病归。

如今,站在鼎石山上远眺,北面的江苏科技大学和镇江高等专科学校更使鼎石山的"人才"主题突出,再一次表现出镇江历史文化名城的古代文明与现代人才培养的伟业交相辉映。要是故人汪琬再临鼎石山,定然会写出更加瑰丽的诗章来。

镇江保卫战与海龄副都统

在中英鸦片战争中,腐败的清政府与英军屡战屡败之后,提出了议和,而英军不答应议和,变本加厉地把炮弹打到清朝统治者更重要的地方,以胁迫清政府答应更多的条件。

1842年6月,英军进犯长江口的门户吴淞。吴淞守将是年近七旬的老将陈化成。他率兵坚守西炮台,顽强应战,击伤敌舰数艘,英军不敢前进。这时,增援吴淞东炮台的两江总督牛鉴见敌人来攻,慌忙率军逃走。英军在东炮台登陆,水陆夹攻西炮台。陈化成孤军绝援,身负重伤,仍奋勇抵抗。最后,他和士兵全部壮烈牺牲。英军占领了吴淞口,上海、宝山随即失守。接着,英军溯长江西上,发起"扬子江战役",英舰直逼长江重镇——镇江。这是历史上第一支外国舰队驶入我国最大的内河——长江。镇江守军抵御英国侵略军的一场悲壮的镇江保卫战打响了。

在这场保卫战中,有三座抗英炮台:圌山关炮台、焦山炮台和象山东码头炮台。圌山关炮台是守卫镇江的第一道隘口,位于距镇江城东北50里滨江的圌山支脉五峰山之大矶头、二矶头上。当时,此处设炮位20位,有18 000斤大炮。另在焦山设8位6 000至8 000斤大炮,象山东码头设4位3 000至6 000斤大炮。炮台以石为基,以大木为梁柱,用黄泥、石灰、细砂三合土捣实而成,主体为暗堡式,按炮分列炮室。1841年,海防形势吃紧,镇守京口(镇江)的副都统海龄(满族),率守军在上述各炮台大炮演放,以壮声威,藉资熟练。1842 年 7 月 14 日,英舰驶抵圌山关,当时清军守军仅有 80 余人,面对英军 70 余艘军舰来犯,毫不畏怯。当英军先导舰"伯鲁多号"和"复仇神号"进入岸炮射程之后,炮台守将率兵点火开炮,猛击敌舰。次日,英舰集结再犯,炮台守将集中所有炮火轰击前锋"摩底士底号",弹无虚发,打得敌舰在关下江面乱转。双方对峙许久后,炮台弹药用尽,不得不撤离,退守镇江,圌山关炮台失守。

1842 年 7 月 16 日,攻占圌山关炮台的英舰"司塔林号"和另一艘轮船上行探测航道,当进入焦山与象山间的狭窄航道时,焦山守军奋勇开炮,随"司塔林号"后的"费莱吉森号"开炮轰击炮台,并派兵登陆。当时清军守兵仅有一百多人,在云骑尉巴扎尔带领下,与登陆英军展开白刃战。杀死、杀伤了大批英军,但终因寡不敌众,除两人游至对岸报信外,全部壮烈牺牲。当日下午,英舰驶进当时还在江中的金山江面,受到山脚下船民燃烧柴船的火攻,英舰退至圌山关江面,两天不敢逆江游弋。

7 月 17 日至 20 日,英舰由江北向金山、焦山之间的江面集结。象山东码头炮台守军发炮猛击,伤敌船数艘,打死英兵数十人。英军复利用汉奸驾引舢板登陆。这时,在镇江北门城楼指挥的副都统海龄,立即命守城青州兵前往抵御,首批登陆的英军十多人,均被青州兵斩落江中。由于两岸炮火密集,英舰又退至圌山关江面。海龄向清廷求援不得,深感兵力不足,错误下令撤弃沿江防务,将兵力调入城内防务。英舰通过焦山、象山狭窄航道上岸,进犯镇江。英军 7 000 多人攻城,守城清军仅有 1 600 人,在副都统指挥下,开展了肉搏战。城破后,镇江军民下定决心,与英军展开巷战,杀死英军数百人后,清军尽溃,力不能支。海龄为不被俘,与妻子儿女一起在家中自焚殉节。1 200 名旗兵和 400 青州兵的鲜血,洒满了整个镇江城。据英官方公布,死伤的英军有 185 人,其实真正被打死的英军人数超过这个数字几倍,英方将战死者大都归为中暑或病死。

在气壮山河的镇江保卫战中,镇江守军奋勇击敌,使英军受创严重。伟大导师恩格斯在《英人对华的新远征》一文中,高度赞扬了镇江守军的英雄战斗。他指出:"如果这些侵略者到处都遭到同样的抵抗,他们绝对到不了南京。"

168 年前的镇江保卫战,由于清政府执行妥协投降政策而失败,但在这场战争的最后阶段,镇江守军在敌众我寡、敌强我弱、孤立无援的形势下,充分表现出对敌作战的勇敢和锐气,用鲜血写下了可歌可泣的反侵略战争的光辉篇章。海龄副都统虽指挥失当,但他不愧是中华民族近代史上的英雄,镇江不愧是中国近代史上的英雄城市。

在此,我写一首诗纪念镇江保卫战:

论鸦片战争

百年前事难述评,败因根本在清廷。

汉奸逃兵犹可诛,英雄千古留香名。

先烈若是还有灵,定说历史能鉴明。

落后必然会挨打,富国强兵是根本。

后　记

经过一个春天的忙碌,《星辰集》终于可以付印了。内心是止不住的喜悦。

在此要感谢我的家人,出书要费大量时间和精力,如果没有家人的同意和支持是办不成的。他们认为我年过七旬,出一部书作为纪念是很有意义的。因为这不仅是遂了我的心愿,同时也是对社会有益的。

赵婉言同志从百忙中抽时间为《星辰集》作了序,说了许多的好话。我知道,这话她是真心的,但我还总是感到我实际上并不像她说的那样好。常常也是在同自己的"懒惰"和"敷衍"作斗争的。我的大儿子——江苏大学艺术学院副教授陈见东,给《星辰集》题写了书名,为这个集子增色不少。

《星辰集》的出版使我又一次深切地感受到,一部书从写作到出版,并非易事。没有我的领导、同事和弟子们的鼓励和支持,是决然办不成的。《星辰集》的出版得到了江苏科技大学宣传部和科技处以及江苏省船舶工业协会的关心和支持。本集文稿从写作到结集都得到了江苏船协秘书处王杜芬、孙见凤的帮助。她们不辞劳苦对该书的文字进行了计算机处理,并以"星辰的故事"为名开通了博客,先期分篇接受读者的评论。在结集过程中,我的弟子刘素美、王蕊、陈蕾蕾等帮我做了大量的修改和校对工作。

在结集前,我听取了江苏科技大学船海学院院长蒋志勇教授,我过去的同事、江苏科技大学资产经营公司副总经理汤晓蒙,我的大弟子王直、顾平、俞孟蕻教授,我的小儿子、镇江极地摄影总经理陈海东等人的意见,他们对于本书的结构等方面提出了很有价值的意见和建议。

江苏大学出版社的总编、副社长芮月英女士,财务处的秦秋英老师,编辑部的郭杰编辑,他们对该书的出版给予了热情的支持和帮助。《星辰集》出版的过程,使我加深了对江苏大学出版社的了解,为我和我的同事、朋友今后出版书籍展现了一条又近又快又好的道路,在此一并向他们表示谢忱!

陈耀群

2010 年 6 月